Eylül

Mehmet Rauf

YAKAMOZ YAYINCILIK

ISBN 978-605-384-027-5

1. BASKI HAZİRAN 2009

Eylül

YAZAR MEHMET RAUF

YAYIN YÖNETMENİ ENDER HALUK DERİNCE

GÖRSEL YÖNETMEN FARUK DERİNCE

YAYIN KOORDİNATÖRÜ ŞAFAK DUMLU

BASIN ve HALKLA İLİŞKİLER AKİF BAYRAK

MÜŞTERİ TEMSİLCİSİ RAMAZAN YORULMAZ

BASKI MELİSA MATBAACILIK
Çifte Havuzlar Yolu
Acar Sitesi No: 4
Davutpaşa/İSTANBUL

sonsuz kitap

Gürsel Mah. Alaybey Sk. No: 7/1 Kağıthane/İSTANBUL
Tel: 0212 222 72 25 Faks: 0212 222 72 35
E-posta: info@yakamoz.com.tr

Sonsuz Kitap, Yakamoz Yayınları'nın tescilli markasıdır.

Eylül

Mehmet Rauf

*

Salonda, bahçedekilerin kahkahaları işitiliyordu. Süreyya, canı sıkılanlara özgü bir sabırsızlıkla, "Çılgın kız!" diye söylendi.

Balkona açılan büyük kapıdan, parmaklığa dayanmış, dışarıya baktığı görülen eşine dönüp: "Ama bu gece hava ne güzel!" dedi.

Bu nisan gününün saat on birde başlayan yağmuru yarım saat sonra dinmiş, rutubetli yapraklardaki yeşil renklerin üzerinde, şimdi altından incileriyle lacivert bir sema titriyordu; topraktan, ağaçlardan yayılan rutubetli üfürüklerde etkileyici bir içe işleyiş vardı.

Genç kadın pencerenin kenarına dayanarak bir-iki uzun nefes aldı. Her nefes alışta ömrü uzuyormuş gibi ah çekiyordu. Sonra, hâlâ sigarasının dumanlarına bulanmış, zayıf bir kış tepesi gibi mazlum ve kederli duran Süreyya'ya doğru gelerek elinden tuttu, kaldırmak istedi:

"Hava bu kadar güzelken burada somurtup oturmak, gezip eğlenenlere haksız yere kızmaktan daha mı iyidir? Haydi, biz de çıkalım..."

Süreyya'nın canı bu gece pek sıkılıyordu. "Adam, bırak!" dedi. Sade babasına değil, sanki tüm köye dargındı. Yazlığa çıkacakları zaman o kadar ısrar etmiş fakat bu sefer de deniz kıyısında bir yere gitmeye babasını razı edememişti. Büyükbabalarının vaktiyle gelip nasıl budala bir hesapla "şu taş ocağında" yaptırdığı bu köşk onları her sene başka yere gitmekten alıkoyuyordu. Bütün kışın o Boğaziçi'ni kurarken yine koşup geldikleri "şu çöplük" çocukluğundan beri yaşaya yaşaya usandığı, bu içinde bir şey olmayan çöl, onu artık çıkıp gezmekten alıkoyacak kadar bıktırmıştı!.. Babasına karşı bir şey yapamamasının intikamını almak isteyerek hırsını başkalarından çıkarıyor, buradaki hayatın aleyhinde bulunmak için her şey kendisine bir neden oluyordu. Bunun için her günkü hayatında çoğu kez neşeli olan Süreyya, buraya taşındıkları on günden beri hemen daima sisli, tam bir taşkınlık, hatta o kadar sevdiği eşi Suad'a karşı bile hemen hiç bir sebep olmayarak haksız davranıyordu.

Suad'ın kendi kolunu tutan elinden çekip yanı başına oturarak ve kendisine dargın olmadığı için gülümsemek lazım geldiğini hatırlayarak kaçamak, nursuz bir gülümsemeyle: "Şimdi hep çamur oluruz; toprak, toprak değil ki... İki dakika yağmur yağdı mı, haddin varsa yürü! Bastığın yerden ayağın bir okka çamurla kalkar..." dedi.

Genç kadın beş senelik derin bir yakınlığın sağladığı bakışın verdiği etki ile pek iyi fark ettiği bu neşesizliğin yok olması için artık bir şey yapamamanın üzüntüsüyle, hüzünlü bir sesle sordu: "Pek sıkılıyorsun galiba?"

"Evet, sorma... Patlıyorum... Burası zaten yaşanılacak bir yer mi? Allah'ın kırı... Hele bu yemekten sonraki saatler. Sabahleyin yemeğe kadar, akşamüstü... Özetle her zaman insan boğuluyor... Herkes, böyle bir köşede eziliyor... Kendimi bostan kıyısında zannediyorum."

Suad, kaşlarında bir endişe kıvrımıyla, gözleri daha çok kararak, kaç senedir bu aynı yerde aynı hayatta şikâyet için hiçbir hâl görülmeden geçirilmiş mutlu günleri düşünerek susuyordu; bir aralık; "Önceden hiç böyle söylemiyordun" demek istedi. Fakat neye yarayacaktı? Ufak bir bahane, adi bir sebeple geçiştirilmeyecek miydi? "Bari sen git, oralarda kal, biraz eğlenirsin!" diyecek oluyordu; fakat beş senedir beraber bulunmaya, her şeyi beraber yapmaya o kadar alışmışlardı ki, kocasına karşı kalbindeki derin bağlılığın yönlendirmesiyle fedakârlığa razı olup söylese bile onun bunu fark ederek kırıldığını görerek daha rahatsız olacağını, yine yeminlerin başlayacağını, hiçbir şey değişmeyerek sade dış görünüş adına uğraşılmış olacağını düşünüyordu. Çünkü asıl suçun köşkte olmadığını hissediyordu. Suç ne şu sebebini düşünce kalbini sızlatan can sıkıntısında, ne de aşkla ve bağlılıkla geçtiği hâlde beş senelik hayatın yıprattığı kalplerde, bu kalplerin, insan kalbinin eskimeye olan kabiliyetindeydi. Ve o, kadın, bu acı düşünceyle başını eğip susarken, Süreyya söyleniyor, şikâyet ediyordu. Belki ellinci defa olarak:

"Ah! Büyükbabalarımız?" diyordu; "Anlaşılmaz hesaplarla bu cehennem köşelerinde bağ yapıp gelip kapacaklarına, ne olurdu şu, İstanbul'u İstanbul yapan güzel yerlere gitselerdi... Sonra bir babanın budalalığı, bütün bir aileye geçici bir hastalık oluyor; bütün torunlar gelip onlar gibi bu köşelerde çile doldurmaya mecbur olurlar... Bağ, üzüm... İşte Flokserada hepsini berbat etti ya... Yer, yer değil ki... Bak babam elindekini, avucundakini harcasın, bu vebaya karşı koyabilir mi?" Sonra birdenbire köpürdü:

"Ah, bu çöl!" dedi. "Şimdi farz et ki Boğaziçi'nde, ya da mesela Adalar'dayız... Deniz yok mu deniz? En sıcak havalarda bile insana can verir. Serin... mavi... hoş... Hâlbuki burada poyraz çıkacak diye ta saat sekizi, dokuzu beklemeli... Duman, duman... Külhan gibi... Sonra manzaranın sınırlı olması, monotonluğu... Düşün Suad: Bir sandalımız olurdu. Sabahları erken, ya da akşamları geç vakit sen şemsiyeni kapardın, ben küreklere sarılırdım... Mehtap olsun olmasın, oranın geceleri ne güzeldir."

Süreyya söylenirken hayallere dalıyordu, gerçekte orada denizdeymiş gibi haz alarak tarif ediyordu. Kocasının yerine düşünen Suad: "Ama mademki bu mümkün değil!" demek istedi. Fakat yine kendini tuttu. Kocasının şu ferahlık zamanında bu söz, kanatlarını tutmak gibi olacak, üstüne üstlük bu imkânsız değerlendirmesi onu yeniden üzecekti. Bunu Süreyya kendi söyledi:

"Fakat işte mümkün olmuyor, babam razı değil... Çünkü... Çünkü istemiyor, sevmiyor; hepsi işte ondan. Eğer o istese biz mutlu olacağız... Bak, mutluluğumuza ne kadar önemsiz bir engel var..."

Sonra elini kaldırıp bilinmeyen bir düşmanı tehdit ediyormuş gibi: "Ah para!" diye söylendi. "Hiç olmazsa elli lira lazımdı. Elli lira" diyor sonra ümitsizce: "Ve bunu bulmanın imkânı yok..." diye köpürüyordu: "İmkânı yok, elli lira bulmak mümkün değil... Yoksa ben şimdiye kadar seni bin kere kapıp götürürdüm."

Suad: "Oh, ne iyi olurdu..." diye sevindi. Süreyya başını çevirip, hanımının sevinçle parlayan siyah gözlerine bakarak devam etti:

"Ne mutlu olurduk, Suad, ne mutlu olurduk... Hem asıl senin için, vallahi tamamen senin için istiyorum... Sen söylemiyorsun fakat ben fark ediyorum ki, gelip burada kapanmak seni fena yapıyor. Bir kere havasızlık... Sıkıntı... Biz papaz değiliz ki bu manastırda yaşayalım... Hayat kalabalık, güzel put içinde olur. Kalabalık içinde yalnız yaşamak, kalabalık içinde gezip beraber bir köşeye kaçmak, işte asıl zevk budur. İnsan, kalpleri birbirine bağlayan bu bağları o zaman anlar. Ben, seni ne kadar sevdiğimi başka kadınları gördüğüm zaman anlıyorum. Bazen rast gelip, hatta senden güzel bulduğum kadınlara bakıyorum da kendi kendime hiç birisini senin kadar, senin gibi sevemeyeceğime yemin ediyorum. Sende bir şey var, öyle bir şey ki hiçbirinde rast gelmiyorum... Öyle bir şey ki, işte bütün endişelerim senin yanında yok oluyor. Ruhuma bir şifa, bir rahatlık geliyor! Dudaklarını, gözlerime dokunduğun zaman bütün canımın koşa koşa gelip toplandığını, orada sana ulaşmaktan mutlu olarak kaldığını hissediyorum. Hele şimdi bana öyle geliyor ki, ben dünyada senden başka hangi kadını alsaydım, hiçbirisiyle senin gibi olmayacaktım; senin gibi böyle samimi, ruhuma kadar, böyle canıma kadar samimi..."

Böyle söylerken hemen dudaklarının yanında Suad'ın gözlerini öpüyor, elindeki elini kaldırıp dudaklarından ayırmıyordu. Süreyya, bu elin ipek dokumasını uzun uzun koklayarak bir inilti hâlinde:

"Ah Suad" dedi, "sen de olmasaydın..."

Genç kadın mutlu ve suskun bir cevap ararcasına gözlerinin içene dalarak, kalbinden kopan içten sesiyle: "Sen de olmasaydın ölürdüm Suad" dedi. Sesinde bir hüzün titreyişi vardı.

Suad, suskun ve heyecanlı duruyordu. Kocasının bu ateşli ve ihtiraslı zamanlarında o daima suskun kalır, söylemek istediklerini onun gibi söyleyemediğinden ansızın taşan, arzuların kucağında boğularak, bütün bağlılık ateşlerini ancak susmakla hapsederek ezilirdi ve hâlâ böyle yeni bir gelin gibi kızarıp hislerini ne bir sözle, ne bir tavırla gösteremediği zamanlar olurdu. Heyecanla asıl ruhundan çıkan haykırışları bastırıyordu. Bu hâl kalbini daha çok hararetle kocasına bağlayarak ruhu ona karşı böyle zamanlarda, kayaları parçalayıcı bir çağlayan gürültüsüyle saldırışa geçerdi. Şimdi yine kendi kendine itiraf ediyordu ki, bu anda Süreyya için hayatını isteseler mutlulukla verirdi. Beş senedir kendini nasıl şereflendirdiğini, bir erkek namına ne büyük fedakârlıklarla hiç başka kocalara benzemeyerek, nasıl sadece kendini sevdiğini, bütün davranışlarına, bütün tavırlarına kendisi için nasıl bir şefkat, nasıl bir yumuşaklık vererek yaşadığını pek güzel fark ediyordu. Çocukluk yılları anne babasının huysuzlukları içinde esir gibi geçtiği için her türlü düşüncesinin üstünde bulduğu bu karı-koca hayatı onu sonsuz minnettar etmişti. Sözle o kadar ilişkisi olmayanlara özel o içtenlik sayesinde yürüttüğü ince, derin düşünceleriyle bu ilişkinin ne gibi şeylerle bağlantılı olduğunu fark etmiyor değildi; hele gittikçe eski ateşin azaldığını, eski sıcaklığın her gün biraz daha ılımlı hâle döndüğünü görüyor, dikkatli, acıyan bakışıyla hepsini hissediyordu. Fakat aralarında bir şey hiç azalmıyor, daima artıyordu ki, o da içtenlikti. Kocasının içtenliğinden hiçbir zaman şüphe etmek ihtimali yoktu. Her gün, bir gün önce şüphe etmediği içtenliği daha çoğalmış görüyordu. O derecede ki, evliliğinin ilk yıllarındaki bağlılıkları ve içtenlikleri pek güçlü ve emin bulduğu hâlde şimdiye karşılaştırıldığından bir hiçti. Bugün: "O zaman nasıl emin olmuşum?" diyeceği geliyordu. Ve o zamanın sıcaklığı ve arzusu bugün çözülmeye uğramışsa da kendisi tedbirli ve düşünceli bir kadın seçimiyle bu içtenliği öncekilere tercih ederek o çözülmeden doğan hüznü gidermeye çalışıyordu.

Süreyya, tekrar parasızlıktan sızlanarak:

"Bak" dedi, "bak, Suad, elli lira insanı nelerden mahrum ediyor? Sonra, biz de adamız değil mi? Hanımını mutlu etmek için elli lira bulamayan erkek..."

Kocasını böyle âciz görmek istemeyen Suad, o öyle düşünmesin, düşkün görünmesin diye:

"Fakat ben seni böyle daha çok seviyorum; herkes zengin olabilir fakat senin gibi olamaz..." dedi.

Sonra Süreyya'nın üzüntülerini dağıtmak için ilave etti:

"Mademki sen beni kapıp bir yalıya götüremiyorsun, bari ben seni alayım da balkona olsun çıkarayım... Gece o kadar güzel ki, faydalanmamak cinayet sayılır."

Bu sırada bahçeden, gecenin bir köşesinden tiz, parlak bir kahkaha sesi geldi. Suad pencereye doğru yürüyerek:

"Bak kız kardeşine... O hiç senin gibi düşünmüyor..." dedi.

Süreyya da balkona çıkmıştı. Orada bir hasır koltuğa düşer gibi oturarak:

"Yanında Necib mi var?" diye sordu.

Suad öbür sandalyeden pelerinini almış örtünüyordu. Gülerek cevap verdi:

"Galiba..."

"Kocası babamın yanında değil mi? Tuhaf evlilik, tuhaf koca, tuhaf karı... Özellikle tuhaf karı...

Suad gülerek:

"Özellikle tuhaf koca..."

O zaman kendi düşüncelerini savundular.

Süreyya'nın iddiasınca, her işte olduğu gibi bunda da babasının bir kötü tedbiri sonucu olarak kötü bir evlilik yapmış olan kız kardeşi Hacer, evliliğinin bu, daha ilk senesi olduğu hâlde kocasından soğuyarak aralarında açık bir kayıtsızlık hüküm sürüyordu. Fatin, her türlü düşüncenin üstünde bayağı bir efendi çıkınca bir kuş gibi şen, biraz ince, hoppaca olan Hacer için bu derin bir nefrete dönüşmüştü.

Süreyya, tek tük ağaçlarla uzayıp ta karşıki dağların eteğine kadar giden bağa doğru bakarak tekrar ediyordu. "Çılgın kız! Zavallı Necib, geldi geleli elinden çekmediği kalmadı. Geldiğine bin kere pişman olmuştur..."

Necib, Süreyya'nın kuzeni idi ki, ara sıra köşke konuk gelirdi.

Ve Süreyya genç, güzel, zarif Necib'i düşünerek eniştesi Fatin Bey'i görüyor, yağlıymış gibi parlayan ensesi, yüzü, daima bir faydalanma ümidiyle yan bakan küçük hilekâr gözleri, biraz yüksek omuzlarının üstünde yemek yerken bir hayvan şekli veren, öne eğilmiş büyük başıyla nasıl iğrenç bir yüz olduğunu kabul ederek Hacer'e hak vermek istiyordu. Fatin Bey, ötede kıskanç bir devamlılıkla beyefendiye bulaşıp evde asıl hükmeden olmak için her şeyi yaparak, insana yakışmaz her kötülüğü yaparken ateşin, titiz Hacer'in Necib'i ümitsizliğine bir intikam bahanesi yapmasından ürküyordu. Sonra dedi ki:

"Yok, bana öyle geliyor ki, Fatin'in yerinde kim olsaydı Hacer yine böyle olacaktı. Onda hâlâ çocukluktan kalma bir afacanlık var ki, artık özür falan kabul etmez. Kendisini gören, okuldan kaçmış, komşu evinde oyun oynayan bir mahalle kızı zanneder."

Suad savundu:

"Ooo, rica ederim, bey, haksızlık etme... Hacer'i sürekli suçlu görmeye o kadar alışmışsın ki, artık her ne yapsa kötü görüyorsun. Hele düşün, zavallı kız! O güldükçe bir şeyi beni tırmalıyor gibi geliyor."

O zaman, Hacer'in düğünden önceki hâlini anlatmaya başladı. Genç kızın taşıdığı ve itiraf ettiği ümitlerini, isteklerini, bütün o genç kızların kadın oldukları zamana ait hayallerini anlatarak, sonra karşısında birden böyle resmi dairede otura otura, ihtiyar memurlar arasında büyüyerek ihtiyarlamış, tembelleşmiş bir hanım bulunca ne hâle geldiğini gösteriyordu.

"Şimdi düşün" diyordu. "Diyelim ki... İşte mesela Necib Bey ona pek iyi bir koca olabilirdi. Öyle biri ile birleşip otursaydı zannediyor musun ki Hacer böyle olurdu. Daha doğrusu böyle olsa belki tabii gelirdi. Gerçekten şimdi öncekinden titiz, öncekinden hırçındır. Ama yemin ederim ki böyle kötü kalpli değildir. Sen kardeşisin ama benim kadar bilemezsin, kadın kadını daha iyi tanır."

Süreyya, kendi kendine söylenir gibi:

"Necib, evet, Necib pek iyi olurdu... Hatta annem de hep onu ileri sürüyordu... Fakat babam bile içinde böyle evlilik iyi olmaz" dedi, gitti... Ondan başka ben de düşündüm ki, Necib kız kardeşime pek uygunsa da fakat kız kardeşim Necib'e hiç layık değildir. Necib'e daha iyi terbiye görmüş, daha ağır başlı, daha ince bir kadın lazımdır. Hem Necib, evlenmekten ölümden kaçar gibi kaçar."

Suad gülüyordu:

"Aman Necib Bey tuhaftır... 'Bence evlenmek, ölmektir' der durur!"

"Necib için gelip böyle bir bucağa kapanarak kalmak, baharı, bütün yazı böyle geçirmek... Oh, bunun imkânı yoktur. O, serbest alışmış, gezmeye, eğlenmeye alışmış... Ona bekârlık hayatının cazibelerini unutturup kendine bağlamak için ben kadın isterim... Hacer mi? Hacer, Necib'e kendini bir ay sevdiremezdi. Bizim terbiye ettiğimiz kızlar ne olacak?"

Suad yeniden güldü:

"Aman, beyefendi duymasın, yine neler söyler..."

Süreyya omuzların kaldırarak sustu.

Hava gittikçe serinliyor, durgun hava sanki hep su oluyordu. Gece, berrak, altın pullu mavi tülleriyle titreyerek adeta donduruyordu.

Suad pelerininin içinde büzülerek:

"Soğuk" dedi, "istersen içeri girelim..."

O anda aşağıdan bir ses yükseldi:

"Pek soğuk, pek" diyordu. Bu, Necib'in sesiydi. Suad anlayarak: "Biz içeri kaçıyoruz." dedi. Hacer soğuktan büzülmüş sesiyle: "Ama bütün bütün kaçmayınız. Biz de salona geliyoruz..." dedi.

Salona geçtikleri zaman Suad camları kapadı. Hacer'le, Necib dışardan gürültüyle geliyorlardı. Kapı şiddetle açılarak Hacer içeri atladı. Pelerininin yüksek yakasında kaybolmuş küçük yüzü mosmor kesilmişti. Koştu, elini Suad'ın boynuna sokarak "Üşümüş müyüm bak?" dedi.

Necib pardösüsünü çıkarmış, oraya bırakıyordu.

Süreyya, ona doğru yürüyerek:

"Eğer Hacer hasta olursa seni tutacağım, Necib." dedi. Sonra elini alarak: "Bak senin elin de donmuş!"

Necib gülüyordu:

"O hâlde beni yine Hacer Hanım kurtarır. Çünkü bu kabahatte ne kadar az suçum olduğunu herkesten iyi o bilir. Bir türlü ikna edip buraya getiremedim. Önceden öyle değildi, şimdi şair olmuş... Elinden gelse biçilmiş, tartılmış şiir söyleyecek."

Hacer lambanın yanında, ayakta ellerini ağzına götürmüş, nefesiyle ısıtmaya çalışarak kardeşine bakıyordu. Sonra omuz silkerek Necib'e döndü:

"Senin korkman boşuna" dedi. "Onlar hep sözdür... O sözleri hep dinledik... Şimdi senin asıl yapacağın şey sobayı yaktırmaktır."

Necib sobayı yaktırmak için uğraşıyordu. Suad dedi ki:

"Durun, Necib Bey, hizmetçiler onu bir saatte yakamazlar, bırakın bana... Siz yalnız söyleyiniz de ateş getirsinler."

Süreyya, Hacer'in yanına gelmiş, ellerini eline almış tutuyordu. Hacer, Süreyya'dan korkmamakla beraber ondan daima suçunu örtmeye çalışan afacan çocuklara has bir tavırla aynanın önündeki saate bakarak:

"Ooo, saat üç buçuk... yatmanıza daha vakit var. Bezik oynayalım mı çocuklar?"

Süreyya cevap vermeyerek:

"Sen küçük olmalıydın Hacer" diyordu. "Seni mini mini tokatlarla iyice bir dövmeliydim; o zaman belki Necib Bey'in de öcünü alırdım..."

Necib, sobayı yakmak için Suad'a yardım ederek:

"Benim öcümü mü? Dünyada öç kadar tanımadığım bir his yoktur. Bugün beni döven birini yarın biri döverken görsem ağlayacağım gelir" dedi.

Şimdi soba alev almış, odunlar telâşlı bir çıtırtı ile yanmaya başlamıştı.

Hacer, Süreyya'nın elinden kurtularak bezik masasını düzeltmeye başladı; "Haydi beziğe, beziğe..." diyordu. Suad: "Ben oynamam, bakarım" diye masaya oturdu. Necib, Hacer, Süreyya oynamaya karar verdiler. Onlar oynarken o, seyrediyordu. Birden o kadar dalmış, gözlerinin önündeki şeylere dikilen bakışı onları görmeyerek başka dünyalara o kadar uzayıp gitmişti ki, orada olduğunu ancak oyun bittiği zaman fark etti.

Necib Bey kâğıtları toplayarak: "Dur bakalım daha..." diyordu. Hacer, önünden kâğıtları iterek: "Benim canım sıkıldı." dedi. Süreyya: "İşte gördünüz a! Bizim Hacer'le oyun olmaz..." diye kâğıtları toplamakta Necib'e yardım ediyordu. Hacer: "Efendim, Allah rahatlık versin!" dedi. O gittiği zaman Necib kâğıtları bırakarak:

"Tuhaf gelir ama hakkı da var ya..." dedi. "Burada oturup da, insan yine neşesini koruyabilmek için sizin gibi olmalı. On gün kalmak kararıyla gelmiştim, galiba yarın ilk trenle kaçacağım... Burada nasıl yaşıyorsunuz bilemem ki... Zorla insan cehenneme girer mi?"

O zaman Suad, yarın istediği zaman buradan kaçabilmenin kocası tarafından da bir mutluluk diye kabul edileceğini düşündü; Süreyya'ya baktı, o biraz önce hanımına ettiği sızlanmaları şimdi Necib'e dinletmeye başlamıştı. Necib hep hak veriyor, kendinin bir an olsun duramayacağını söyleyerek gittikçe güç bulan kararla: "Aman, hemen yarın kaçalım!" diyordu.

Suad:

"Buradan nereye gidersiniz?" diye sordu.

"Ada'ya... Şimdi ada, gittikçe güzelleşir, İstanbul'un en güzel yeri, bu ayda adalardır. Dayıma gider kalırım... Hele pazar günleri o kadar kalabalık oluyor ki..."

Süreyya, daldığı sessizlikten uyanarak:

"Ben olsam Büyükada'ya gitmem... Daha ıssız bir yere... Öyle bir yer olsun ki, ben kalabalık içinde olayım da yine orada yaşamayayım... Ben gitsem, mesela Heybeli'ye, yahut Burgaz'a..."

Necib gülerek:

"A, orada bir gün yaşayamam..." diyordu. Sonra ikisine de bakarak ciddi bir tavırla: "Siz ikiniz için oraları çok iyidir... Fakat benim gibi yalnız yaşayan bir adam için... Eğer ben de sizin gibi olsam, hatta buradan ayrılmam." dedi.

Süreyya gülerek reddediyordu. Burada insanın boğulduğundan, yaşamanın mümkün olmadığından bahsediyordu. O zaman Necib kabul etmedi:

"Evet, öyle bir yer olmalı ki, insan kalabalıkta yaşamalı; fakat iyice görmeden..."

Onlar konuşurken Suad düşünüyordu ki, kocası gibi kalabalığı sevmez bir adam, değil kalabalık içinde büyümüş Necib Bey bile, kendine bir eş bulursa burada kocasının cehennem dediği bu köşede yaşamaya razı idi. Ve Süreyya'yı böyle daima neşeli ve yalnız beraber olmaktan başka her türlü endişeden arındıramamak ona büyük bir felâket gibi geliyordu. Ta en derin değerlendirmelerinde bir ateş, bir küçük korku, bu felâketin gerçekte büyümesi fikrinden doğan bir acı gittikçe kendini hissettirmeye başlıyordu. "Ne yapmalı Ya Rabbim" diyordu. Ve Necib onlardan bahsederken hep mutlu ve birbirine uygun bir eş olduklarını söyledikçe Suad, ona memnun ve minnettar bir bakışla bakarak teşekkür etmek istiyordu. Hâlâ mutluluk rengini koruyan bu ortak hayatlarının en derinlerinde kendi hissolunmaz, görülmez üzüntüler hissettiğinden, o söyledikçe gerçekten onun zannettiği kadar mutlu olduklarına inanmak istiyordu. Hiç, hiç bir kederleri, ayrılıkları, hiç bir problemleri yoktu; fakat işte bu kadar içten, bu kadar bağlı bir hayata alıştığı için en hissolunmaz şeyler ona bir tehdit gibi geliyordu.

Birden Necib'in "Hep suç, daima aynı hayat sürülmekte..." sözü kulaklarını yırttı. Evet, değişmek gerekmiyor muydu? Eğer bugün yalnız vücuduyla kocasını her istekten arındıramıyorsa ve bunun sebebi, hayatlarının daima monoton olması ise... Bundan sonra, o korktuğu geleceğe sahip olmak için hayatını değiştirmeli değil miydi? Şimdiye kadar hayatlarını hiçbir hesapla düzenlememiş hep akıp giden olaylara tabi bırakmıştı; fakat bundan sonra idare etmek, düzenlemek gerekeceğini anlıyordu. Hatta mutluluklarının bir şekilde devamı onları bıkkınlığa değilse bile üzüntüye yönelten bir his içinde tutmakta idi. Bu, kendisine yeterli bir dersti. Evet, artık biraz yapmacık da olsa oyun oynamalıydı. Ve bunu derin bir acı ile hissediyordu. O her şeyden arınmış doğal geçmişi, hiçbir bağlanma olmadan olmadan, hayal bile edemediği bir neşeyle daima beklenilmeyen tebessümlerle gelen hep güzelliklerle, hep sevinçlerle gelen o sade hayat, ona şimdi ele geçmesi imkânsız bir lütuf olduğunu, bir yıkım yasıyla görünüyordu.

Ah çocukları sağ olsaydı... Ve bunu düşünür düşünmez her zamanki gibi ta ciğerinden bir şey sızlayarak gözlerini yaşlarla doldurdu. Ah çocuk! Bunu anlıyordu. Bir çocuğun bir ailede nasıl bir bağ olduğunu, yerine konamayacak bir mutluluk olduğunu, bir yenilikle kalplerin nasıl tatlandığını ve mutlu ettiğini düşünüyor, tüm bunlar aklına geldiğinde başka bir üzüntünün kollarına düşüyordu. Ah sağ olsaydı, onların hayatını nasıl daima sıcak, daima genç tutacaktı... Bu ışık kendilerinde o kadar derin bir yara açmıştı ki tekrar doğurmak için büyük bir korku, dayanılmaz bir çekingenlik hissediyordu. Ey, o hâlde? Bırakacak mıydı? Mutluluklarının böyle hiç görülmeyen, hissedilmeyen fakat etkileyen, zedeleyen ve bir gün bir büyük yara hâlinde meydana çıkacak olan bu kurdunu bırakacak mıydı?

Kocasını, gittikçe bu hüzne yenik, gittikçe bu hüznün pençesinde o daha güzel geçen zamanlara hasret çekerken görüyor, bu hasret çekiş büyüdükçe kendine ait hislerinin azala azala belki bir gün temel engel kendisi sayılarak büsbütün ihmal edileceğini düşünüyordu. Ve kendi etkisinin kaybolmasından çok, başka bir etkide, daha kuvvetli bir etkiye yenilmesi olasılığı; işte bu imkân onu yakıyordu. Tekrar sormaya başladı:

"Ey, o hâlde? Evet, uğraşmak gerekirdi. Fakat nasıl? Önce onun istediğini yapmalıydı. Birden kocasına karşı kalbindeki sevgi o kadar coştu ki: "Peki, sen de git, Necib Bey'le beraber sen de eğlen..." diyeceği geldi. Fakat sonra kadınlığı ona bir takım görüntüler sundu. Daima her zevkte ortak oldukları hâlde, şimdi onu kendisinin yabancı, yoksun kaldığı zevkler içinde gördü. Bayağı bir kıskanç, pek özleyen ve bu şekilde yaşayan bir eş olmadığı hâlde de buna katlanamadı; onu hiçbir eğlenceden yoksun etmek istemez, fakat hep eğlencelerine eşlik etmek isteğinden de kendini alıkoyamazdı. Aklına birden parlayan bir fikir geldi bu kendine o kadar beklenmedik bir istek verdi ki, oturamayarak kalktı, gezinmeye başladı.

Süreyya ile Necib, sözlerine hâlâ devam ediyorlardı. Şimdi Necib ona bir olay anlatıyor, Süreyya dayanmış, dalgın dalgın onu dinliyordu. Ve genç kadın, kocasını sevinçli ve mutlu görmek için o kadar içten bir arzu duyuyor, onu mutlu etmek, onu hiçbir kadının mutlu edemeyeceği kadar mutlu etmek için o kadar sonsuz bir güç hissediyordu ki, artık her türlü engele karşı gelmek kendisi için bir sıkıntı değil, bir zevk olacağını düşünüyordu.

Yavaşça çıktı, kocası görmeden babasına mektup yazmak için hemen odasına kapandı. Mektubunu, o şimdi gelip görecek diye bin heyecan içinde yazıp bitirdikten sonra hemen zarflayıp dadısının odasına gitti. Küçükten beri elinde büyüdüğü bu ellilik kadın, kocası öldükten sonra Suad'ın isteğiyle buraya yanına gelmişti. Birçok ricalarla onu yarın erkenden İstanbul'a kadar gitmeye razı ettikten sonra yukarıya çıkıp Süreyya'yı hâlâ Necib Bey'le salonda bulunca, şimdiden başarılı olmuş gibi memnun yanlarına oturdu.

Sabahleyin uyanır uyanmaz Suad'ın ilk işi hizmetçiye: "Dadım gitti mi" diye sormak oldu. Kız, ihtiyar kadının erkenden indiğini haber verince memnun bir şekilde kalkıp camları açtırdı. Bol bir güneş gecenin nemini silik, bitkin buharlar hâlinde oraya buraya dolamış, rüzgârsız havada asılı kalmıştı. Ta uzakta, üzerinde tek tük köşklerle ağaçların kaynaştığı bir ovanın ötesinde ufka kadar deniz görünüyordu.

Süreyya'ya: "Acaba Necib bey gitti mi?" diye sordu. Süreyya bir koltuğa uzanmış düşünüyordu. Bunun üzerine kalktı, "Daha gitmemiştir, gidecek olsaydı gece vedalaşırdı. Dur bir kere bakayım..." dedi ve camlı kapıyı açarak köşkün üç tarafını saran balkonda yürüyüp öbür cephede bir pencerenin önünde durdu. Necib, pencerenin yanındaki koltukta dalgın oturuyordu."

"Ben seni uyuyor zannettimdi."

"Ooo, saat bir, bu zamana kadar uyumak için insan miskin olmalı. Özellikle ben buranın asıl sabahını severim. Şehrin harıltısı içinde yaşadıkça insana biraz huzur, biraz kır, bir-iki kuş sesi pek hoş geliyor."

Evet, kütüklerin arasında elbisesiyle dolaşarak yanındaki bağcı ile bir şeyler konuşan beyefendiyi göstererek:

"O hiç sizin gibi düşünmüyor." dedi.

Süreyya, hiddetle omuzlarını kaldırdı:

"O da eğer bu sene bir salkım üzüm alabilirse..."

Güneş tatlı bir okşamayla sıcaklığını hissettirmeye başlamış, pencerelerden giren ışık huzmelerinin yarım gölgesinde gülerek ışıklarını resmediyordu. Sakinlik içinde yüksek sesle bahçede konuşan beyefendiyi dinliyorlardı. Süreyya: "Annem geliyor..." dedi.

Balkonun öbür tarafından annesi geliyordu. Gülerek, bahçede ki babasını gösterdi. Süreyya başını sallayarak: "Gördün!" dedi. Hanımefendi, Necib'e rahat edip etmediğini soruyor, Süreyya ona zaman bırakmayarak, "Garip soru" diyordu. "Sanki burada, boğulmaktan başka bir şey varmış gibi... Şimdi sıcak gittikçe ateşlenerek, her taraf bir fırın, ağaçsız rüzgârsız bir hamam ateşliği gibi şiddetle yanmaya başlar... Hiç o zaman gelip sormazsınız; nasılsınız, terliyor musunuz, boğuluyor musunuz? demezsiniz... Rüzgâr çıksın diye saatin dokuzunu beklemeli..."

Arkadan Suad'ın sesini işittiler. Gülerek, hanımefendiye: "Vallahi benim suçum yok anneciğim" diyordu. "O mümkün değil bu sene burada oturamayacak..."

Hanımefendi gülerek: "Öyle ya, bir yalı tutar, alır seni götürür..." dedi.

Süreyya alaylı bir şekilde: "Evet, sayenizde..." diye söylendi.

Necib, dedi ki:

"Ne iyi olur vallahi... Bir küçük yalı... Karı-koca istediğiniz gibi bir yalıyı otuz liraya tutarsınız."

Suad, birden kalbi atarak sordu:

"Otuz liraya mı?"

Süreyya annesinin elini tutmuş, ona şikâyet ediyor, yalvarıyordu. Annesi gülerek, başını sallıyor, "mümkün değil, imkânı yok..." diye tekrar ediyordu. Babasının elindekini avucundakini çubuklara verdiğini; hatta parasızlıktan şikâyet ettiğini söylüyor, kendisine gelince: "Ben nereden bulurum?" diyordu. Süreyya: "Ah, sizde ne çıkınlar vardır!" diyor annesi gülerek: "Otuz lira... Mümkün değil... Sen erkek, değil misin, bir karını besleyemiyorsun?" diye eğleniyordu.

O zaman Süreyya, hiddetle:

"Evet, hakkın var; fakat ben aylığımla ancak boğazımızı sağlayabiliyorum... Önceden peşin otuz lira... Bunun için borç mu etmeli?" dedi.

Onlar konuşurken, Suad kocasına işittirmeye çalışarak Necib'e dedi ki: "Bugün gidiyor musunuz?" ve öteki tereddüt ederken Suad burada kalmanın onun için bir fedakârlık olduğunu düşünerek bir rica sesiyle ekledi: "Bugün kalınız..." Sonra bunu da yeterli görmeyerek: "Kalınız, size ihtiyacım var" dedi.

Bu ses, bu tavır o kadar esrarengiz, o kadar tatlıydı ki, Necib hatta şaşırır bile görünmeden baş eğdi.

*

Suad onları sıkmadan akşamı etmek için razı oldu. Süreyya'yı büsbütün öfkelendirmek istermiş gibi, hava o kadar sıcak, o kadar durgun olmuştu ki, hepsi baygın baygın perdelerin arkasına sinen serince gölgeye sığınmışlardı. Fatin Beyefendi İstanbul'a resmî daireye gittiklerinde evde iki erkekle üç kadın kalmıştı. Hacer ise bugün öğle yemeğinden önce görünmedi. Onun önem verdiği şeylerde böyle birden küsüşleri sebepsiz ihmal edişleri vardı; bu sabah sarışın vücutlara özgü hassasiyet ile pek üzüldüğüne karar vererek onlar, Suad'la iki erkek otururlarken, Suad gezmek teklifini pek uygun görmediğinden sonunda piyanoyu bir kurtuluş çaresi kabul etti. Necib'in musikiyi pek sevdiğini bildiğinden onu eğlendirebilmek için çoğu zaman ihmal ettiği piyanosuna geçti.

Süreyya, uzanmış olduğu minderde, gözleri tavana dikilmiş, kımıldanmayarak: "Sıcakta dinlenmiyor!" diyordu. Sonra gülerek: "Bununla beraber çal Suad, teşekkür ederim, etraftaki sinek-böcek uğultusunun yanında piyanon gerçekten musiki yerine geçiyor..." diye gülüyordu.

Necib, tam tersine oldukça zevk alarak, alçak bir sandalyeyle köşede ki piyanonun yanına gelip oturmuştu; Suad çoktan beri çalmadığı için çalmakta zorlanıyor, elinin ustalığı tembelliğinin cezası olarak kaybolduğundan konu açarak sızlanıyordu.

Evin içinde, piyano nağmeleri dalgalanıyordu. Yemek haberi geldiği zaman Süreyya uzun bir "of" ile kalkarak koştu; piyanonun kapağını kapadı, "Musiki ile idam" diye eğlenerek: "Aman kurtulduk Ya Rabbim... Sen de mi işkence meleklerinden oldun Suad?" diyordu.

Sofrada yine o konuyu açtılar. Necib şikâyete başlamadan, hanımefendi gülerek: "İşte yalıya gidiyorsunuz a!" dedi. Süreyya acı bir edayla: "Evet, sayenizde?" derken Hacer merakla soruyordu. Hanımefendi, tatlı sesiyle ağır ağır anlatıyor, Süreyya'nın artık buradan sıkıldığında, kaçacağını, Boğaziçi'nde bir yalı tutup Suad'ı götüreceğini hafif bir gülümseyişle haber veriyordu. Hacer, önce gerçek zannetti, Birden bütün yüzünü kaplayan bir öfke alevinden sonra kendini tutarak: "Oh ne iyi. Burada yalnız başımıza..." dedi. Hanımefendi, gülerek sözünü kesti: "Artık biz de yalıya konuk gideriz, şimdiye kadar bizde konuktu, şimdiden sonra da biz onlarda... Değil mi Hacer?"

Hacer soğuk bir şekilde: "O, niçinmiş o? Biz de istesek gidemez miyiz?" dedi.

Süreyya, bir "ah" çekerek: "Gitsek de hep beraber gitsek..." diyordu Hacer, yüzündeki sevinç ışığını gizleyemeyerek: "Ha" dedi. "Ben de, gerçekten gidiyorlar zannettimdi."

Necib, Hacer'in böyle küçüklüklere pek çok kapılarak onları böyle basit bir şekilde açığa vurduğunu görmekle beraber, ona acıyordu. Suad'ın üstünlüğü, güzellikçe belki Hacer'e üstün gelirdi; fakat Suad'ın bütün diğer şeylerde ona üstünlüğü o kadar göze çarpıyordu ki, bunu Hacer'in de fark etmemesi mümkün değildi. Ahlâkça, ağırbaşlılıkla, yumuşak huyluluk ve incelikle bu üstünlük Suad'a öyle bir hâl veriyordu ki; güzelliği bundan zenginleşiyordu. Kocasına olan bağlılığı, sakin, daima gülümseyen, daima alçakgönüllü hâlleri bir yücelik sebebi oluyor, onu yükseltiyordu. Hâlbuki Hacer'in öyle anları olurdu ki bir gölge gibi hissedilmeyen ince kaşları, şeffaf cildi, saçlarının dilber hâliyle gerçekten güzel bir kadın olduğu görülür, Necib bu güzellikte biraz yaramaz, biraz yırtıcı kuş rengi bulurdu. Sonra Suad'ın mutluluğu yanında harcanmış evliliğinden ötürü bu kadına karşı gizleyemediği nezaketsizlik ve tahammülsüzlükten dolayı onu azarlayıp dururdu. Necib eğer Suad'ın yumuşak huyluluğu ve idaresi olmasa Hacer'le anlaşmanın mümkün olamayacağını, Hacer'in hatta fırsat bile beklemeyen şu hırçın saldırılarına Suad'ın nasıl bir yumuşaklık ve tahammülle karşılık verdiğini fark ediyordu.

Sofradan kalkıp salona çıktıkları zaman: "siz pek iyi yapıyorsunuz" dedi.

Suad önce anlamadı. Bunların kendine bir saldırı olmadığını, Hacer'in bazen herkese karşı böyle davrandığını iddia etti. Fakat Süreyya da birleşerek, bütün o tavırların birer açık saldırı olduğunu kabule zorladılar. O zaman, onu bir küçük kardeş gibi sevdiğini, her hâline pek çok acıdığını, bunun için öyle küçük şeylere önem vermemeyi seçtiğini söyledi:

"Yemin ederim ki, Hacer sizin sandığınız kadar kötü bir kız değildir. Eğer iyi idare edilse çok iyi olur, hâlbuki..." diyordu.

Süreyya ağız dolusu dumanını savurarak:

"İşte asıl iş orada ya!" diye haykırdı. "Bu kadar kişinin içinde de bu sabır bir sende var..."

Necib gülerek: "İşte ben de bu sabra hayran oluyorum..." dedi.

Süreyya, Suad'ın elinden tutmuş, Necib'e gösteriyordu: "Benim karım bir melektir, Necib..." Suad gülümseyerek: "Kızarmak lazım mı?" diye sordu.

Süreyya:

"Sen ne yaparsan yap, ben izninizle ve iyi bir dinlenmeye yahut dinlenmeye niyetle gider şuraya yatarım" dedi.

Salona henüz giren Hacer:

"Ooo, ağabeyim bu gün yine öğle uykusuna pek erken başladı." diye söylendi. Sonra Suad'a dönüp: "Bu uyku ile yalıda ne yaparsın? Senin, orada yalnızlıktan canın pek sıkılacak gibi sanıyorum..." dedi. Suad gülümseyerek sordu:

"Niçin, siz gelmez misiniz?"

Hacer, bir çeşit dans eder gibi Necib'e doğru giderken "Ben mi" dedi. Biraz tereddütten sonra ekledi: "Canım hele bir kere yalı tutulsun da... Bu ne kadar acele?.."

Biraz durdu, sonra söylemek istediği sözü sindirdiğini gösterir uzun bir solukla, orada yatan Süreyya'yı görmemiş gibi, Necib'e yaklaşıp: "Akşama kadar benimle berabersin..." dedi.

Necib: "Ya şimdi siz Suad Hanım'ın yalnızlığından konuşuyordunuz?" diyecek oldu, Hacer uzun bir "Ooo" koyuvererek başladı... "O şimdi yalnız değil ki... İnsana kuru hayallerden iyi arkadaş mı olur? Kuzum, bu yalı hayalleri öyle bir hastalıktır ki insanı oldukça vefalı bir dosttan daha iyi oyalar."

Necib yine: "Hep beraber burada otururuz, değil mi Hacer Hanım?" diyor, Süreyya yattığı yerden sesleniyordu:

"İsterseniz gezmeye çıkınız, kütük ormanlarına yahut fasulye korusuna..."

Hacer, Necib'in çekingen davranışlarına, Süreyya'nın biraz kuru sesine bakıp sonra Suad'ın sessizliğine saldırdı: "Yalıyı nerede tutuyorsunuz, Suad?"

Suad gülmeye çalışarak: "Bakalım, daha karar vermedik" dedi.

"Öyleyse karar vermemek için çok zorluk çekmeyeceksiniz... Ben de ilk başta gerçek sanmıştım... Bizde bu züğürtlük varken... Böyle söylenilir, söylenilir, birçok tatlı hayaller kurulur -Süreyya gülerek Necib'e bakıyordu... Sonra vazgeçilir, değil mi? Zaten bundan kolay şey mi olur? Ağabeyim belli a! Önce bir heves, bir heves... Üstüne uyku... Ooo, Paris'e de böyle gidip gelmedi miydi?"

Suad bu lafların arasında hep kendi kendine: "Ah akşam olsa!" diyordu. Akşamüstü hepsini kandırıp yola çıkardı. Fakat son tren gelip de, dadısının çıkmadığını görünce, canı pek sıkıldı. O kadar yorulduğu hâlde, babasının belki aldırmayacağını düşünerek kızıyordu. Dadısı, ertesi akşam, öbür akşam da gelmedi. Suad, her gün, akşama kadar bin sabırsızlık işkenceleriyle bekliyor, bütün gün umduğu hâlde son saatte ümidini kesip onun gelmeyeceğini, gelse bile boş geleceğini düşünüyor, ümitsizliğe düşüyordu. Öbür gün tekrar tekrar Necib'i alıkoymak için fazlasıyla sıkıldı. Bununla beraber niçin alıkoyduğunu da anlamıyordu. Yalnız, onun kalben Süreyya'ya ne derece bağlı olduğunu bildiğinden, para geldiği zaman, kocasının sevincinde hazır bulunmasını istiyor, bundan başka Necib'in, Boğaziçi hakkındaki bilgisinden yararlanacağını da düşünüyordu. Fakat akşamlara kadar Hacer'in şımarık, hırçın kadınlığı elinden neler çektiğini görerek sıkılıyordu. Bunun için yine: "Kalınız!" sözünü büyük bir zorlukla söyleyebiliyordu. Fakat Necib, pek ciddi davranarak bağlı koymaların sebebini anlamak için hiçbir imada bulunmamış, hep sakinlikle beklemişti.

İkinci akşam, yine bir aralık yalnız kalınca:

"Sizi akşama kadar burada bekletip sıkıyorum, affediniz..." dedi. "Süreyya'ya bir oyun yapacağım, sizin de bulunmanızı istiyorum; fakat olmuyor ki..."

Necib: "Zaten cumartesi inmeye karar vermiştim." diye tekrar ricaya engel oldu. Ne olduğunu anlamamakla beraber bu oyunun yalıya dair olacağına karar veriyordu. Artık bütün köşkün ağzında bir alay olan bu meseleden konu açıldıkça Suad'da görülen heyecan bu kararını güçlendiriyordu. Fakat meseleden hepsi o kadar bıktılar ki, artık gereğinden fazla oluyor, hatta rahatsız ediyordu. Bunu fark eden Necib, Suad'ın cevap vermediğini gördükçe kadının sabrına, tahammülüne şaşıyordu.

Suad'la, işte beş seneden beri tanışıyorlardı. Bu beş sene içinde ona olan hürmeti her an çoğalmış, kadınlar arasında böylesine rastlamanın pek güç olduğunu sanmaya kadar varmıştı. Necib zaten pek az ziyaret ettiği bu aileye, Süreyya'nın evliliğinden sonra daha az gelmeye başlamıştı. O zaman, henüz okuldan çıkmış, uzun eğitim yıllarının biriktirdiği bir arzu ve heves ve ateş ile yaşamaya koyulmuştu. Kadınlar hakkında pek uzaktan ve sayfalar arasında inceden inceye araştırma, deneme ve düşünmeden çok taklitten doğma bir incelemenin, derinliği olmayan düşüncelerinin yöneltmesiyle aşka dair karışık fikirleri vardı. Bu tecrübeler kendisine aşk yaraları açtı ve gençliğe özel ateşin yöneltmesiyle sınamalarını pek kolayca genele yayarak kadınlara dair kuvvetli ve önyargılı bir fikir ve felsefe edinmiş; artık hayat savaşında yaralanma tehlikesine karşı tamamıyla güçlü bir zırhla silahlanmış olduğuna inanarak öylece yaşamaya başladı. Bu sırada, ara sıra gördüğü Suad, onun yumuşak huyluluk ve sakinlik içindeki neşesi, ciddiyet ve ağırbaşlılığa engel olmayan çocukluğu, kendisine pek yüzeysel, pek yapma gelir, onun da öteki kadınlar gibi olduğunu düşünerek, Süreyya'nın ilk zamanlar belirttiği memnuniyet işaretlerine kalben: "Çok geçmez görürsün!" diye baş sallardı. Fakat zaman geçip bu memnuniyetin hâlâ devam ettiğini ve arttığını gördükçe merakı arttı. Sonunda öyle oldu ki, bir gün Süreyya'ya: "Sen birinci ikrâmiyeyi kazanmışsın, azizim!" dedi ve elini sıkarak: "Fakat birinci ikramiye de layık bir ele düştüğüne teşekkür etmelidir; çünkü iltifat etmediğime eminsin ya, inan ki birbirinize layıksınız."

Şimdi köşkte hepsi, bey, Fatin, Hacer; hatta bazen bunlara katılan hanımefendi hep birden eğlenmek için yalı konusunu dillerine dolamışlardı. Süreyya kâh sertlikle, kâh şaka ile karşılık veriyor, yalnız ara sıra Fatin'e, ağırca ve acı gelen bu şakalar hepsini güldürüyordu. Necib daima tarafsız kaldığı bu tartışmaların Suad üzerindeki etkilerini tartmak isteyerek, onu inceliyor Suad'ın sakinliğe şaşırıyordu.

Fatin iki lokma arasında fırsat bulup bir kahkaha salıyorken beyefendi sert yüzüyle sessizliğini biraz bozarak: "Ben Suad Hanım'ı böyle çocuklara kulak asmaz sanıyordum..." diyor, o zaman Süreyya köpürerek: "Canım ortada bir şey yok, bir yere giden yok..." diye haykırıyor. Hacer: "Sade gitmek değil habersizce kaçacaklar... Zavallı Suad'ın suçu yok ki, götürmek isteyen Süreyya..."

Ve Fatin tekrar iki lokma arasında, "Kadın, kocasına boyun eğmeye her zaman zorunludur!" ilkesini okuyordu.

Bu hâl dadının dönüşüne kadar devam etti. O da ancak cumartesi günü öğleyin gelebildi: "Senin baban kolay kolay bu kadar uğraşmazdı ama bilmem ki ne yazdın? Üç gündür bunlar için uğraştı durdu..." diye Suad'ın eline bir zarf verdi.

Suad hemen zarfın kenarını yırttı. Heyecandan eli titriyor bu dolu zarfı açamıyordu. Sonra koştu, balkonda konuşan Necib'le Süreyya'nın arasına atladı. "Yalıya gidiyoruz!" dedi. Süreyya bakıyordu. Önce inanamadı. "Ne oluyor, niçin?" diye bakan bir bakışla Suad'ın gösterdiği kâğıt paraları alıyordu. Sonra birden: "Bu ne? Bunlar ne? Nereden?" diye sordu. Suad, eliyle ağzını kapayarak "Sus!" diyor, öbürü "Kim gönderdi?" diye sorarken, "Babam, babam..." cevabını veriyordu. Sonra oturup alçak sesle: "Şimdi bu para ile kimseye bildirmeden gidip yalıyı tutmalı, sonra da hepsinin gözünün önünde buradan çıkıp gitmeli..." dedi.

O zaman üç kişi karar verdiler ki, yalı tutuluncaya kadar kimsenin bir şeyden haberi olmayacaktı. Yalı tutulunca, köşkten yalnız hanımefendi'ye haber verilerek sıvışılacak ve herkes bir sabah kafesi boş, kuşları uçmuş bulup şaşacaktı.

Şimdi oradaki hayatı, harcamaları düşünüyorlar, on beş lira ile idare edebileceklerini hesaplıyorlardı. Süreyya: "Ah bir kere oraya gidelim de aç kalalım." diyordu. Sonra Necib'e dönüp: "Artık bize konuk gelirsin." diyor, Suad "Elbette, elbette!" diyerek Necib Bey'i üç gündür sırf yalı birlikte gidilip tutulsun diye alıkoyduğunu itiraf ediyor, artık, bütün oyunun ne olduğunu anlatıyordu.

Süreyya seviniyor "Ah Suad, Suad!" diyor ve dayanamayarak şimdi gidip onların yüzüne haykıracağını ve hepsine birden "Yarın yalı tutuluyor" diyeceğini söylüyordu. Suad: "Aman Süreyya sabret, iki gün daha beklemek iyi olacaktır" dedi.

Süreyya, çocuk gibi olmuştu:

"Hemen taşınırız" diyordu. "Hemen o gün... Aman burada bir dakika durmayalım. Şu uğursuz yerden kurtulayım... Ah ne zevk Necib, ne zevk! Hepsine birden, "Biz yarın gidiyoruz artık, bugün yalı tutuldu" demek, ne zevk. Billahi Fatin'in lokması boğazında kalır. Gözlerinin ne hırsla açıldığını buradan görüyorum! Ah, bir kere o gün gelse, o gün, o saat gelse bir kere..."

Hemen karar verildi: Yarın pazar değil miydi? Erkenden Necib'le Süreyya gidecekler, küçük, şık bir yalı tutacaklardı. Otuz liraları vardı. Suad: "Yetişmezse..." kaygılanıyor, Necib inandırmaya çalışıyordu: "Ötesi kolay, asıl gerekli olan elde..."

Ve birden Necib kendini hatırlayıp düşündü: Bu işte o pek yabancı olduğu için hiçbir girişimi olamazdı. Fakat onlar kendisini o kadar sıcak, o kadar gizlilikle işe karıştırıyorlardı ki, artık isteğinin tersine, olayların akışına kapılmaktan başka çaresi yoktu.

Akşam sofraya oturup da Fatin yine iki lokma arasında ağzı, gözleri açık olarak yalıdan konu açtığı ve yan bir bakışla beyefendiye sırıtıp hoşa gitmeye çalıştığı zaman üç günlük yıkımın acısı çıkmış oldu: Üç arkadaş zevk içinde birbirine bakıştılar. Süreyya, kendini tutamayıp sakin göstermeye çalıştığı sevinçli bir sesle: "Evet, yarın gidip tutacağız..." deyiverdi.

Hacer, gülerek: "Hangi han satıldı acaba?" diye eğlendi. Beyefendi, sadece yemeğiyle oyalanarak: "Mahmutpaşa'da han mı yok? Bir tanesini satmıştır..." diye mırıldandı. Fatin gülerek, yemek arasında boğuluyor gibi "vallahi billahi" diyordu.

Süreyya büsbütün söyleyecekti; fakat Suad o kadar derin bir şekilde yalvaran bakışlarla baktı ki, karşıdan Necib, Süreyya'nın dayanamayıp susmasına hak verdi.

Yemekten kalktıkları zaman üç dost Süreyya'nın küçük odasına geçtiler. Balkona çıkmış olan Suad, havaya bakarak: "Hava pek kapalı, Allah vere yağmur yağmasa!" diyordu. Süreyya, artık gülercesine bir tavırla: "Ne? Yağmur mu? Taş yağsa vallahi yine gideriz... Değil mi Necib?" dedi.

Necib, gülerek "Hay hay!" dedi.

O zaman tekrar konuştular, yarın nereye gidip, nasıl yapacaklarını görüştüler. Suad, Emirgân'dan aşağı olmamasını istiyordu. "Beykoz olsa kötü mü?" diyordu. Necib, karşı sahili seçerek, Yeniköy'de yahut Yenimahalle'de küçük bir şey bulacaklarını söylüyor, "Oralarda içerilerdeki evler bile yalı gibidir." diye destekliyordu. Suad'ın asıl istediği ıssızlıktı.

Dörde kadar konuştular; Süreyya, bir hayal zenginliği ile yaz hayatını bin türlü sözler içinde şimdiden düzenliyor, bazı ufak tefek değerlendirmelerle Suad buna başka düzenlemeler ekliyordu. Süreyya bir sandal bulacaktı; gülerek: "Bir de araba..." diyordu. Suad mahzun şekilde başını sallarken: "Bu pahalı olur, değil mi? Asıl o zaman aç kalırız işte..." diye içini çekiyordu. Yalıda sürülecek zevkleri şimdiden düşünerek tat alırlarken birdenbire: "Ama bu söylediklerimizi yapmak için bütün yaz yetişmeyecek..." diye gülüşüyorlardı. Ve Necib son dakikalarda garip bir keder içine gömülerek bu mutlu karı-kocaya bakıyor, eğer evli olmak buysa, hiç kötü bir şey olmadığını görüyordu. Fakat bu evliliğin nasıl seçkin şartlar, altında ve güzel rastlantılarla olduğunu etraflıca düşünüyor birçok kötü evlilikleri gözünün önüne getiriyor, kendisine 'mümkün değil, mümkün değil böyle bir şansa eremeyeceğini, bu kadar uygun bir hanıma mümkün değil kavuşamayacağını, yoksun ve alçak hayatını yaşlılığa kadar böyle yalnız ve mutsuz sürükleyeceğini' düşünüyordu.

Yarın, erken kalkılacağından erken yatılmak tavsiyesiyle dağıldıkları sırada Necib bu fikirlerinden dolayı güçsüz düşmüştü. Odasına gitmek için balkona geçtiği zaman iri, rüzgârlı damlaların düştüğünü gördü, bu serinlikten yararlanmak için orada durdu, alnını bir direğe koydu ve gecenin karşısında bir süre öyle kaldı.

Kendini, hayatını düşünüyordu. Evlenmemek, hakkındaki kesin kararı ara sıra zayıflardı, şimdi yine o zayıf zamanındaydı. Bu karı-koca arasında gördüğü uyum ve bağlılık, bu sıcaklık, bu birinin küçük bir isteği için öbürünün hayatını verecek derecede tehlikeye hiç düşünmeden atılması, bu sakin, mutlu aşk onu harap ediyordu. Hep başarıları birer yıkım ve işkence olan hayatının uzun uzun istenmiş, çalışılmış, kazanılmış zaferlerinde bile böyle kuvvetli, böyle fedakâr, böyle şefkatli sıcak bir içtenliğe kavuşamamıştı. Birçok mutlulukları ya zehirli bir ayrılık yahut aşağılık bir kayıtsızlıkla bitmiş, hiçbiri en mutlu zamanında bile şu mutluluğun sakinlik ve güzelliğine benzememişti. Ve bu hayatı tatmadıktan sonra yaşamak, ona boş, pek boş geliyordu. "Niçin?" diyor, sonra sonsuz bir ümitsizlik nakaratı ve bıkkınlık, "Niye iyi!" hitabını izliyordu. Onun hay ve huy tattırmaya düşkün, maceralara yatkın huyu bunlarla uyuştuğu için artık ikinci huyu olmuş, şimdi kendisinde sakinlik ve şefkate, gölgeye, büyüklük ve şiire âşık bir huy uyanmaya başlamıştı. Hayatında en memnun olduğu anlarında bile ruhundaki eksiklik duygusu bir başka ihtiyaçla dağlanıyor, şimdi zannediyordu ki, bu ihtiyaç ancak böyle sıcak bir sevgiyle, böyle dostane, kardeşane bir vefa ile doyurulacak...

Ilık bir rüzgârla büyük büyük bulutlar uçuşarak geçtikçe seyrek, ağır damlalar serpiliyor, etrafta damlaların yapraklara düşmesinden doğan dengesiz bir ses hışıldıyordu. Necib, ıslandığını fark edip karanlığın içinde odasına giderken durdu, yanı başında onların soluklarını işitiyorum sandı, rahat soluklarla uyuyan bir karı-kocanın büyük bir saygı ve sevgiyle olmalarını diledi. Lâyık olan mutlu olur fikri bir müddet kafasını oyaladı. Odasına geçip soyunurken hâlâ bunu düşünüyordu.

"Evet" dedi, "layık olan mutlu olur veya Goethe'nin dediği gibi 'Layık olan kazanır ve kazanamayan layık değildir.'"

Sabahleyin Süreyya'nın sesini işitip uyandığı zaman, daha yeni uyumuş gibiydi. Başı küflü ve ağır kalktı, fakat panjurları açıp da dışardan taze, yeşil, parlak bir yaz sabahı bütün neşe ve tazeliğiyle içeriye dolduğu zaman derin bir ferahlık duydu.

Süreyya: "Çabuk, çabuk, treni kaçıracağız..." diyordu. Sonra, balkonun parmaklığından aşağı sarkıp: "Araba hazır Selim, araba..." diye haykırdı.

Necib beş dakika sonra hazırdı. Onları odalarının önünde buldu,

Suad öğütlerini sıralıyor, tekrar ediyordu. "Aman Süreyya! Allah aşkına..." derken, Necib birden dün geceki değerlendirmelerine döndü, gülümsedi. Suad arabaya kadar yanlarında gelmişti. Süreyya: "Bağın kapısına kadar beraber gel, orda seni bırakırız; dönersin..." diyor, Suad: "Ya bırakmazsanız..." diye tereddüt ediyordu. Necib, Suad'ın gözlerinde istasyona kadar gitmek arzusunu okuduğundan: "İstasyona gelseniz de, yine araba ile dönseniz daha iyi olmaz mı?" dedi.

Karı-koca ikisinin de bunu istedikleri, hemen gösterdikleri sevinç dolu kabulden anlaşılıyordu. Araba hareket etti. Bağın düzensiz yolundan zaman zaman devrilecek gibi giderken, Necib şu on dakikalık arada bile beraber bulunmak için, hatta açıkça itiraf edemeyecek kadar istekli olan bu iki kalbin şimdi gülümsemenin telaşı ile beraber birbirine bakmadıklarına dikkat ederek: "Beraber olmak yetiyor" diyor ve tekrar -daha karmaşık bir cevap bularak bu fikre tutunmak istiyordu ama değerlendiremedi daima kırılıyordu- sonra tekrar bu hâli bile bir mutluluk derecesine çıkaran yakıcı, kavurucu değil, sakinleştirici aşkı, hayır, bu aşk olamaz, yalnız saf bir bağlılık olduğunu düşünüyordu.

Tren hareket ettiği zaman, istasyonun arkasında arabasından kendilerine bakan Suad'ı aradılar. Elleriyle selamlar göndererek uzaklaşırlarken onun da araba ile yola koyulduğunu gördüler.

Vagonda iki kişi yalnızdılar; Necib, nasıl olup da Süreyya'nın şimdi burada hatta kendisinde bile mahzunluk yaratan bu kadının eksikliğini duymadığına şaştı. Bu kadar bağlılık varken bu ayrılık belirli bir süre için olsa bile kalbinin elbette mahzun olması gerekirdi. Ve bu kadar sadık bir aşkın bile böyle mahzunlukları olduğunu düşünerek boynunu büktü.

Süreyya, başını seyrin hızından doğan havaya dikmiş, yarı durgun susuyordu. Sonra: "Bakalım ne yapacağız..." dedi. Daha sonra ekledi: "Ama gerçekten güzel bir şey bulursak... Suad ne kadar sevinecek, değil mi?"

Evet, Suad... Şimdi onsuzluktan mahzunken bu değerlendirme, onu sevindirmek, onun sizi beklediğini, şimdi fikren sizinle beraber olduğunu, her an yanınızda hissettiğinizi bilmek, hissetmek, yanınızda görmek... Bu mahzuniyete eşsiz bir lezzet veriyor. Sevilen için çekilen işkencelerdeki bir damla üzüntüyle karışık hoş bir sarhoşluk hâline getiriyor, zamanın geçmesiyle bir esef kadar tatlılaştırıyordu.

Süreyya: "Aha bak, akşam bizi arabayla beklemesini tembih etmeyi unuttuk..." diye hayıflandı. Sonra hemen: Ama zannederim, kendisi düşünür ve gelir..." dedi.

Eğer geleceğini sanmasaydı haksızlık edecekti. Çünkü Necib, Suad'ı onun kadar bilemediği hâlde bile bundan şüphe etmiyordu. Ve birden, oluşturduğu vesveselerle bu mutluluğun da en derinine girip gerçeği görmek merakına düştü. Elbette bunların da göründükleri kadar mutlu olmadıklarını, Suad'ın da gerçekte bu kadar eksiksiz bulunmadığını tekrar etmeye başladı. Kendisinin, bunların karşısındaki hayranlığını pek komik buluyordu. İşin karşıdan böyle göründüğünü, gerçekte kim bilir neden ibaret olduğunu söylerken niçin hiçbir eksik belirtinin kendi titiz bakışına rastlamadığını soruyordu. Birden bir tepkiyle: "Bu kadarı da bir başarı değil mi? Bakalım ben bu kadarına kavuşacak mıyım?" dedi.

Akşama kadar dolaşıp sonunda işlerini tam bir memnuniyetle bitirdikten sonra, trene geldikleri zaman büyük bir rahatlık duydular. Önlerinde memnun ve sevinçli geçecek birkaç gün vardı. Süreyya, başarılı zamanlarına özgü hâl ve tavırlarıyla, zengin hayal gücüyle anlatıyordu: "Şimdi Suad'ı bulacaklar, ona anlatacaklar." Süreyya'nın "Mücevher kutusu, fildişi yuva" diye nitelendirdiği yalıyı o ne kadar sevecek... Sonra evdekileri nasıl hayran edecekler... Süreyya hepsinin taklidini yapıyordu: "Fatin kuduracak, beyefendi köpük saçacak..."

Necib:

"Ya Hacer?" dedi.

"Hacer mi! Görürsün, o da kocasına bir yalı tutturacak..."

Sonra gülerek: "Fakat Fatin... Vallahi onu bozar da öyle bir halt etmez..." dedi.

O, asıl onu görmek istiyordu:

"Ah şu Fatin..." diyordu. "Patlayacak, patlayacak..."

Sonra birden: "Patlasa da Hacer de kurtulsa..." dedi.

Necib, Suad'ın ciddiyet ve dayanıklılığı yanında Süreyya'nın da böyle küçük hislere kapılışına bakıyor; fakat kendisi de Fatin'i o kısa boynu, daima para görür gibi akı çok gözleri, başını çevirmeden sağa sola bakışı ile o kadar iğrenç buluyordu ki, hak veriyordu.

Durakta Suad'la buluşur buluşmaz bütün hayalleri yıkıldı. Süreyya ona müjde verirken: "Boşuna... Her şey bozuldu..." dedi ve merak ettiklerini görerek anlattı: "Ben dadımı uyarmayı unutmuştum, hepsini Hacer'e söylemiş... Şimdi herkes biliyor"

Süreyya, "eyvah" şeklinde elini alnına götürerek: "Ne söylüyorsun Suad?" dedi. Sonra mutluluğunun çokluğundan onu da bir başarı hâline koydu: "Bilsinler, ne yapalım, engel olmak da ellerinden gelmez a!.."

Suad öyle düşünmüyordu "Beyefendi engel olursa?" diyordu. Süreyya, yavrusunu korumaya hazırlanan bir canavarın heybet ve öfkesiyle bakarak: "Ne?" dedi. Kibirle omuzlarını kaldırıyor "Ben artık okula gitmiyorum" diye gülüyordu. Sonra arabaya bindikleri zaman Süreyya: "Fildişi yuvasını anlatmak sevdasıyla her şeyi unuttu. O kadar coşku ile anlatıyor, Suad da biraz önceki üzüntüyü unutarak öyle sevinçli ve şen görünüyordu ki, Necib bile kendine: "Bunda sana ait ne var?" diye içinden yükselen zehirli sesini unutarak olayın akışına kapıldı.

Süreyya övdükçe, Suad, Necib'e dönüyor: "Gerçek mi Tanrı aşkına, gerçek mi?" diye soruyordu.

Evet, hep gerçekti, bu fildişinden yuva Boğaz'ın üstünde kavakların yanında, Yenimahalle'nin bir köşesinde bütün görünümü fildişinden yapılmış kadar temiz, parlak pazarbaşında idi. Otuz yedi liraya tutmuşlardı. İçerisi yarım döşeliydi. Süreyya: "Suad, piyano da var." diyordu. Bunların hepsi Suad için bir sevinç oluyordu. Süreyya, oranın sakinliğinden, gölgesinden, manzarasından coşkuyla bahsediyor, söyleyeceği şeylerin çokluğundan eksik anlatarak: "Deniz kapısının önüne kadar geliyor Suad, bilsen..." diye sevincinden taşıyordu. Sonra Suad, Hacer'in nasıl mosmor kesildiğini: "Karısının parasıyla yazlığa giden..." Süreyya'nın, artık gözünden düştüğünü nasıl söylediğini anlattı. Süreyya kızarak: "Niçin? Kocanın parası başka, karısının parası başka mı olur..." diyor ve zalimleşerek "Herkes kendi kocası, her kadın kendisi mi?" diye söyleniyordu. Suad, eliyle ağzını tutarak susturmak istedi. Süreyya, haksızlıklara böyle acı karşılık verdikçe içi

ezilir, onu sevmemekten korkardı. Necib'e dönerek:

"Düşününüz, Necib Bey!" dedi. "Biz gidince yalnız kalacak, büsbütün yalnız... Zavallı kız, ne yapacağını şaşırıyor... Sonra..."

Süreyya, Suad'ın sözlerini kendi fikirleriyle tamamladı:

"Sonra... Sonra da kıskanıyor... Niçin bir şeyi kendi ismiyle çağırmazsınız? Kıskanıyor... İşte kıskançlığı onu şirret, hain ediyor... Bunda acınacak ne var?"

Köşke geldikleri zaman kapının önünde Hacer'le Fatin'i gördüler. Fatin iki eli göğsünde, pantolonunu çekerek ve gözlüğünün üstünden bakıp yılışarak: "Maşallah, efendim, Boğaziçi'nde öyle mi?" dedi.

Yukarda, balkonda hanımefendinin sesini duydu: "Allah güle güle oturmak nasip etsin... Nerede tuttunuz bakayım?" diyordu.

Süreyya, Fatin'e omuz kaldırıp annesine cevap verdi:

"Hele yemek yiyelim, uyuyalım da... Rüyayı o zaman görürüz... Ne kadar sabırsızsınız!"

Hacer, öfkesine yenik hâlde birden atladı:

"Ah, ben biliyorum canım... Bana Behice Dadı söyledi. Hatta bak yengem de yalanlayamıyordu, ama şimdi hep beraber oldular, elbirliğiyle saklayacaklar... Fakat ben biliyordum, bugün onlar Boğaziçi'ne gittiler, ev tuttular... Dün para gelmiş..."

Fatin kahkahayla gülüyordu. Süreyya, Hacer'e dönüp öfkeli bir tavırla: "Çok iyi Küçükhanım, diyelim ki öyle olmuş! Bunda ne var? Siz de o kadar istiyorsanız, beyiniz de size tutsun..." dedi. O zaman, Fatin'in, pantolonunu bir kere daha çekip sessizce içeriye kaçtığını görerek, hep birden güldüler.

Yalnız kaldıkları zaman, Süreyya: "Aman kaçalım, yarından tezi yok kaçalım..." diyordu.

Suad; "Dur bakalım, izin alalım bir kere..." dedi. Süreyya: "Kim? Ne? İzin mi? O niçin?" diye söylenirken hanımı: "Yok, ben kimseyi darıltmaya razı değilim. Sen o işi bana bırak!" dedi. Sessiz, gülümser bir hâlde gidip beyefendi ile hanımla görüştüğü görüldü. Dönüşünde: "Yalnız Hacer... Onu ne yapacağız" diyordu. Anlamayarak yüzüme bakan iki erkeğe kederle: "Onu da götürsek..." diye yalvarıyordu.

Süreyya, birden fırlayarak haykırdı: "Ne? Fatin'i de mi?"

Buna bir karar vermek için görüşüyorlardı. Bu, geç saatlere kadar sürdü. Yatmak zamanı gelince Necib: "Artık ben de yarın iniyorum." dedi. Suad'a bakarak: "Bana başka hizmet var mı?"

Suad, gülüyordu "İzin mi? Bir şartla" diyerek kocasının yüzüne baktı. Süreyya da gülerek: "Evet, taşınır taşınmaz postu bizim eve sermek şartıyla..." dedi.

Ertesi sabah kalktıkları zaman, Süreyya'nın anlattığına göre, gece köşkün öbür köşesinde kıyametler kopmuştu. Hacer, kocasını onlar gibi yalı tutup Boğaziçi'ne gitmeye zorlamış, o tabii ki teklife kulak asmamış... Süreyya "Yüreğine inmiştir" diye gülüyor, fakat sonra kızıyordu. Bunun üzerine atışmışlar, Hacer'e fenalık gelmiş, bey, hanım hep oraya koşmuşlar; Fatin ısrar etmiş. Daha zorlanırsa rahat edeceği bir yere gitmekten başka çaresi kalmadığını söylemiş...

Süreyya: "Katırı görüyor musun, katırı!" diyor, sonra babasının barıştırıncaya kadar nasıl uğraştığını söyleyerek "Çeksin yeridir!" diyordu. "Araya araya bulduğu yakutu şimdi görsün..." Çünkü o kızı evlendirirken bir gün öyle söylemişti: "Hanım aradım aradım ama öyle bir yakut buldum ki..." Süreyya, bunu anlatarak: "bulduğu yakutu şimdi nargilesinin marpucuna oturtsun da..." diyordu.

Suad, darılarak "Bey, bey!" dedi.

"Peki, sustum, sustum ama haydi kaçalım bakayım... Çünkü artık onların yüzünü görmek istemiyorum..."

Suad yalvararak:

"Yok, sen bir kere Hacer'e şöyle de söyle... İstediği zaman gelsin... Söyleyeceksin değil mi?"

Kocasından uygun cevabı almadan işe başlamadı. Necib kendilerine veda edip ayrılırken Süreyya, Hacer'le konuşmak için odasına gidiyordu.

Bir daha on gün sonra "Beyker'in önünde rastladılar. Necib, Beyoğlu'na doğru yürürken, arkasından birinin kolundan tuttuğunu hissetti. Dönünce Süreyya'yı gördü:

"Ooo, nereden böyle?"

Öbürü elinden tutup Beyker'e doğru yürüyerek:

"Ya sen?" dedi. "Kırklara mı karıştın, ne oldu? Bizi yarı yolda yalnız bırakmak..."

Necib, özür dilemek için söz bulamıyordu. Dükkâna girmişlerdi. Süreyya çırağa bir şey sordu. Sonra önce düştü, içeri yürürlerken:

"Görüyorsun a! Masraf, masraf... otuz beş-kırk lira derken yalı bize altmış liraya oturuyor." dedi.

İçeri ipekli kumaşlara bakmaya başladı. Bir taraftan anlatıyordu:

"Ama gelsen de bir görsen... Ha, gerçekten, ne zaman geleceksin? Bekleyip duruyoruz... Ah Necib, biz bağda meğer cehennemdeymişiz. Ne yer, ne yer! Ben ilk baktığımız gün bu kadar güzel bulmadımdı. Sabahları, ya akşamları... Hele öğleden sonraki güzellik... Akşamüstü Suad'la beraber çıkıyoruz. Ne görüntü, ne görüntü! Bir kere Büyükdere'ye gittik... Daha istediğimiz gibi gezemiyoruz ki, iyice birleşemedik. Ev tamam olsun da uzun gezilere çıkacağız... Sen de gelirsin... Etraf hep gezilecek, tanınacak... Beykoz var, kavaklar var, Yuşa, bentler..." Ve para verip çıktığı zaman Necib de beraber tünele doğru yürümeye başladılar.

Süreyya sordu:

"Sen ne yapıyorsun bakalım?"

Gerçeği söylemek gerekirse, Necib bunalıyordu. Fakat öyle söylemedi. "Şöyle böyle" dedi. O da yarın adaya gidecekti. "Orası şimdi artık çiçek gibidir." diyordu. Sonra kendi de kendini isteklendirmek istermiş gibi: "Mayıs, belli a! Büyükada'nın tam mevsimidir!" dedi.

Süreyya gülerek:

"Mayıs, Boğaziçi mevsimidir. Azizim, Boğaziçi! Sade Mayıs değil, bütün sene... Sanıyorum ki, oraları kışın bile güzeldir. Bir rüzgârı var, aman Ya Rabbi! Bir rüzgâr var, Necib! O temiz rüzgâr başka nerede bulunabilir? Sizin adanıza gelen rüzgâr bütün boğazın üstünden geçip kirlendikten sonra size gelir. Beni abartıyor sanıyorsun ama geldiğin zaman göreceksin ki, hakkım var, oraya gittiğimizden beri ne kadar fark ettiğimi ben bilirim. Suad bile bambaşka oldu. Bir neşe geldi, bir hayat geldi... Sabahları demir gibi kalkıyoruz, sonra, sana bir şey söyleyeyim mi? En sevdiğim hâli rahatlığı... Ne Fatin var, ne Hacer var... Yapayalnızız!"

Necib rahatlayarak, "Gerçek, onu ne yaptınız? Kandırabildiniz mi?" diye sordu.

Süreyya öfkeyle:

"Bırak şu zavallıları!" dedi. "Bana inan Necib? Acizlik yalnız yaşlılarda değil, asıl gençlerde... Bilemezsin bu kadınlar kötü olunca ne kadar kötü oluyor. Kendisine barışmak için gittim de bana ne cevap verdi, biliyor musun? İmkânı yok... Bana karımı çekiştirdi, evet bana Suad'ı... Anlıyorsun ya! Dur, şuraya girelim de, biraz kurdele alacağım... Belli, kadın işleri bitip tükenmez... Fakat şikâyet etmeye gelmiyor, azizim; hain şeyler pek pahalı, ama onlarsız elbise de bir şeye yaramıyor..."

Süreyya, böyle gamsız kuşlar gibi gevezelenerek her şeyden hiç sakınmadan anlatırken, Necib bütün birer mutluluk olan bu şeylerden yoksun geçen kendi hayatını düşünüyordu. Tünel'e geldikleri zaman Süreyya "Artık bana müsaade..." dedi. Onu çeyrek geçe Yeniköy'e doğru giden vapura yetişmek istiyordu. Arkadaşının elini sıkarken "Ey, ne zaman?" dedi. Necib, kararsızdı.

Süreyya:

"Karışmam" dedi. "Sonra Suad'ı darıltırsın... Onda, bilsen ne hazırlıklar var... Senin için ayrıca bir oda hazırlıyoruz... Görüyorsun a! Gelmek, bir görev oluyor. Ne zaman gelsen evdeyiz... Haftada iki gün İstanbul'a inmek istiyorum, ama daha karar vermedim... Bir de sandal bulduk, onu da alırsak, gelsin keyif... Gerçi sen sandalcılığı sevmezsin... Ooo, düdük öttü, adiyö!.."

Koşuyordu, Necib birden hatırlayarak arkasından seslendi: "Selamları unutma..."

Süreyya: "Şüphesiz, şüphesiz..." diye kayboldu. Necib dönerek kalabalığa karıştı. "Kim der ki, şu adam beş senelik bir kocadır!" diyordu. Bu kendisinin hayat ve evlilik hakkındaki bütün felsefesine zıt bir hâldi. Fakat işte olmuştu. Ve hayalinde Süreyya'yı görüyor, Suad'ı beklerken görüyor, yine onların mutluluk ve huzur ile gelecek gecelerinin yanında kendi geçireceği gecenin acılığı şimdiden kalbine çöküyordu. Birden: "Adam sen de, bunlar hep kuruntu!" dedi. "Onun yerinde ben olsam ilk haftadan bunalırım... Zaten ben hiçbir şeyden memnun olmamak kısmeti ile doğmuş değil miyim?"

Bununla beraber o pazar, adaya gideceğine oraya gitti. Ve o vapur, Boğaziçi'ne acele giden halkla taşarak, köprüden çözülüp Boğazın mavi sinesine gömüldükçe bu kendisi için bir ferahlık, git gide çoğalan bir açılma oldu. Etrafına bakarak hep neşeli ve gülümser bulduğu yolcuların baharla sarhoşlaşan hayatları, sevinçleri arasında bir zevk bir hayat hissediyor, geniş nefesler alarak kırların birbirine çarpan yeşilliklerinin renk renk çiçeklerinin taze kokularıyla bir dirlik, bir faaliyet ve coşkuya boğuluyordu. Bütün mahzunluk ve sıkıntısı Beyoğlu'nun karalık sokaklarında kalmıştı. Her yüzde bir neşe vardı. Vapurun üst güvertesini dolduran halk içinde, kadınların hepsi ona, bugün beğeniye değer bir güzellikle görünüyordu. Sahil binalarının birbirini izleyen ve aralıksız hızından yarı sersem, gözünün önünde kaynayan şu coşkulu hayatta yarım uykudaydı. Vapur iskeleler de yolcularını boşalttıkça vapur bir kere nefes alıyor biraz hafifliyordu. Büyükdere son ziyaretçi kafilesini de alıp vapur âdeta boşaldığı zaman Necib kendini topladı. Şimdi nasıl bir neşe, iyi niyet ve temiz kalple, nasıl bir mutlulukla karşılanacağını düşünerek seviniyor, gülüyor, sonsuz bir memnuniyetle telaş ediyordu. Yalıya doğru yaklaştıkça bu telaş, heyecan oluyor, Suad'ı, Süreyya'yı şimdiden görerek kalbi çarpıyordu.

Önce onu Suad gördü. Eliyle işaret ederek içeri seslendi. O zaman pencerede karı-koca ikisinin de başları göründü. Süreyya, uzun bir "Ooo" ile selamladı. Kapıyı hizmetçi kız açmıştı. İçeri girer girmez merdivenden koşarak inen Süreyya'nın karşısında bulundu. Bu sevinçli bir karşılama oldu. "Oh, ne iyi ettin de geldin!" diyordu. Yukarı çıkmışlar, Suad'a kavuşmuşlardı. Kendinin bugün geleceğini umduklarını söylüyorlardı. Necib, merak ediyor "Nasıl?" diyordu.

Süreyya açıkladı:

"Hava sabahleyin o kadar parlak, o kadar nefisti ki, "Suad 'Bugün bey belki gelir'" dedi... "Ah sabahları erkenden buradaki güzelliği, temizliği anlatmaya söz bulamıyorum. Denizin güzelliğini, duruluğunu, yeşilliğini, nihayet şu Boğaziçi sabahının el değmemişliğini görmeli, Necib... Fakat bugün adaya gideceğini bildiğim için ümidimizi kesmiştik... Bununla beraber bilmem niçin, yine umuyorduk."

Gülerek, hanımına baktı:

"Hatta Suad hazırlıkta bile bulunuyor. Belli, artık o ev kadını oldu."

Suad kızarak yarı çıkışma ile: "Beyefendiyi, konuk kabul edecek bir hâle koymaya uğraşıyorum..." dedi.

O zaman Necib anlatmaya başladı:

"Gece Beyoğlu'nda ne kadar bunaldığını, bugün adaya gitmek istediği hâlde, oraya gidip bir takım renksiz yüzler, ilgisiz dostlar, yabancı kalpler göreceğine, gelip fildişi yuvalarındaki dostlarının konuğu olmayı seçtiğini" söyledi...

"Ah görseniz artık" diyordu... "Görseniz artık Beyoğlu ne kadar dayanılmaz hâle geldi. Sabahları yine biraz serince oluyor nem biraz işe yarıyor. Fakat sabahları da Beyoğlu'nun o baş ağrıtan satıcı gürültülerinin evlerin içinde nasıl çınladığını bilseniz... Sonra öğle oldu mu durmak, oturmak, mümkün değil. Toz, güneş, ter! İnsan boğuluyor, boğuluyor! Onun için, buralara gelen insan bir köye geliyor sanki. Hele bu Yenimahalle... Gerçekten fildişinde yuva... Uzak, uzak... Sanki kaçmış, kaybolmuş... Ah, buraya gelip dünyayı unuttuğunuza ne iyi ettiniz!"

Süreyya, başarısının verdiği mutluluk gülücükleriyle ekledi: "Unutmuş ve unutulmuş, değil mi?" Sonra Necib'i elinden tutarak: "Hele, şimdi gel de sana kafesimizi gezdirelim, servetimizi gör... Bir kere balkonun olduğu odaya gidelim de bak manzaraya..." dedi. Bir merdiven çıkarak deniz üzerindeki salona girdiler. Burası neredeyse evin genişliğinde bir oda idi. Panjurları açınca önce bir ihtişam bolluğu içinde gözleri kamaştı. Suad ilerleyerek, balkona çıkan orta kapıyı da açtı. Üçü birden balkona geçtiler. Saçaklardan içeriye giremeyen güneş, beyaz, coşkulu bir parlaklıkla balkonu kaplıyor, odayıysa ilerledikçe gölgelerle yayılan bir gösterişe boğuyordu. Dalgaların oyunlarıyla hareketlenen güneş ışıkları bile denizin içinde gümüşi bir beyazlıkla yıkanarak gizli saklı yakıcılığıyla gülücüklerini billur gibi saçarak doğuyordu

Süreyya: "Asıl buraya bak" diyor, karşısında Anadolukavağı'ndan başlayıp Beykoz'a, hemen yanında görünen Paşabahçe'ye ve Çubuklu'ya kadar uzanan o Boğaz çizgisi, Avrupa yakasında ise Yeniköy'den başlayıp bütün Tarabya'yı, Büyükdere koyunu takiple Mesarburnu'na gelen bu sahiller arasındaki büyük, geniş gölü gösteriyor, eliyle işaret ederek "Nasıl! Tıpkı bir göl, değil mi?" diye soruyordu.

Necib:

"Oh! Pek güzel gerçekten!" dedi.

Balkonun kenarına kadar ilerlemişti! Hafif bir rüzgâr okşayışıyla püsküren küçük dalgalar güneşin altında renkli ama biraz baygın, hâlsizce serilivermiş, gümüşten bir vadi gibi parlıyor, sahillerin üstünde bakışları çekmeden sürüklenerek ufukları yaran tepeler, her biri başka gölgeler, dumanlar altında, havasının ateşten titrediği hissedilen eflâtun, kurşunî, sarı dağların çizgileri, en sonunda geniş bir denizin ışıkları içinde ufka dökülen hayali adaları gibi şüpheli, yumuşak bir ateş, beyaz üzerinde titreşip genişleyerek uzuyordu.

Süreyya tekrar ediyor, "Nasıl, muhteşem değil mi?.." diye soruyordu. Sonra birden alevlenerek:

"Ya bu rüzgâr!" dedi. "Sorarım sana, bu rüzgârı başka nerede bulabilirsin, Necib? İmkânı var mıdır? Bu temiz, saf, Suad'ın dediği gibi köpüre köpüre esen rüzgârı... Şu hoşluğa, şu tazeliğe, şu hayata bak Allah aşkına... Bağ diye gidip o cehennem ocağına tıkılmak, yazık değil mi?"

Necib oraya, bir büyük saksının yanına konulmuş geniş bir hasır koltuğa oturarak: "Muhteşem, muhteşem!" diye tekrar etti.

Karı-koca memnun, mutluluktan gözleri gülerek birbirlerine bakıyorlardı.

Suad: "Daha bu ilk memnuniyetin arkası alınmadı" dedi. "Her gün başka bir güzellik var."

Süreyya, bir minnet bakışıyla Suad'a baktı:

"Ah, bütün bunların senin sayende olduğunu düşündükçe... Benim sevgili karıcığım!"

Suad elini tutmak için uzanan ellerden kaçıp bir gücenme gamzesiyle:

"Bak yine söylüyorsun" dedi. "Şu iğrenç kelimeyi yine tekrar ediyorsun."

Süreyya gülüyor, çırpınıyor, "Ne yapayım, unutuyorum... Affet Suad..." diyordu. Sonra Necib'e döndü: "Bir türlü kendimi alamıyorum. Hâlbuki 'karıcığım' sözü bizim hanımefendinin en büyük zıddı..."

Necib, bu küçük ailenin gizli meclisinde yarı dalgın, derin bir acıyla kendi kendine "Evet, insanın bir karısı olup da, onu Suad ismiyle çağırmak mutluluğu..." diye hayıflanıyordu.

Süreyya, sonunda Suad'ın elini almıştı, Necib'e dönüp:

"Evet, kardeşim" dedi. "Biz artık Boğaziçi'nin mutlu bahtiyarlıklarından çılgın kuşları! Bununla birlikte bu mutluluk ara sıra gagalaşmamızı engellemiyor. Hele ben... Düşün ki artık her şeyime itiraz olunuyor. Hatta hamaratlığıma bile..."

Suad hakkını ispat için telaşlanarak:

"Ooo, hele ona..." dedi. "Hele büroya gitmeye kalmaz mı?

Süreyya, şaka yapar gibi yine hep Necib'e anlatıyordu:

"Ey ne yapalım? Para kazanmak gerekli değil mi? İşte pekâlâ görülüyor ki, ana-baba adama para vermiyor. Halbuki her yıl insan karısının parasına boyun eğmez a!.. Ev tutulunca neyse... Fakat karısının ekmeğine!.."

Suad başını uzaktan gelen bir sesi dinleyen kuş tavrıyla eğerek yarı gülümser bir çıkışmayla dinliyordu. Sonra, birdenbire kıpkırmızı kesildi. "Devam edersen, devam edersen..." diye eliyle tehdit ediyordu. Süreyya bir elini bırakmadığından darılmış da kurtulmak istiyormuş gibi çırpınıyordu. Siyah gözlerinde sert bir öfkeyle, kurtulmak için uğraşıyordu.

Süreyya koyuvermeyerek:

"Haklı değil miyim, Necib Bey, pekâlâ, ister misin şimdi Necib'i hakem tayin edelim..." diyordu.

Suad, sonunda yenilip, kabul etti:

"Pekâlâ, ben onun insafından eminim. Fakat önce ben anlatacağım."

Küçük bir inat başladı. İlkin hangisinin önce anlatması gerektiğini kararlaştırdılar. Suad o kadar süre her gün evde oturmaya alıştırdıktan sonra şimdi özellikle, "Asıl şimdi konuğumuz yeni geldiği için çıkıp kırdan, bahardan, buradan faydalanacağımız yerde her gün İstanbul'a inilir mi?.." diye şikâyet ediyordu.

Süreyya, gaddar, çocukluk ederek:

"Niçin inilmesin?" diyor, gülerek hâlâ Suad'ın elini bırakmıyor, hizmetçi kızın balkon kapısında görünüp işaret etmesi üzerine Suad büsbütün kurtuluş çaresini bulmaya çalışıyor Süreyya:

"Olmaz, olmaz, göndermeyiz." diyordu. "Hem, konuğu yalnız bırakıp gitmek..."

Necib:

"Mademki özel bir işi için..." dedi.

Süreyya çıkıştı:

"İşte ben de ondan bıktım... Buraya geldik geleli bu hain evin işi bitmiyor. İşte ben de bundan şikâyet ediyorum. O da akşama kadar beraber oturmaya alıştırıp, şimdi burada ev kadınlığını bahane edip akşama kadar kaybolduktan sonra, benim her gün kaleme gitmeye hakkım yok mu?"

Suad, "İşim var, canım!" diye darılıyordu. Sonunda, darılmakla işi halledemeyeceğini anlayınca yalvarmaya mecbur kaldı: "Allah aşkına bırak!.." diyordu. Gözleri boyun eğişle parlamış, perişan bakıyor, dudakları titreyerek yalvarıyordu. "Gideyim bakayım, bırak... Allah aşkına bırak..."

Süreyya, çabuk geleceğine yemin edene kadar bırakmadı. Ve iki erkek yalnız kaldıkları zaman, Süreyya karşısındaki koltuğa arka üstü yatıp şimdi yarı hüzünlü:

"İşte böyle, kardeşim. Sana yemin ediyorum ki onsuz kalsam ölürüm" dedi.

Sustular. Rüzgârın sadece öperek geçtiği sakin dalgaların çakıllar arasındaki oyuklardan çıkardığı sesle uyuşturucu bir hırıltı oluyordu, bu ses denizin yankılarıyla o kadar uyumluydu ki ondan çıkıyor zannedilirdi.

Necib: "Demek her gün böylesiniz..." dedi.

"Evet... Fakat sade bu değil... Hele kalk da bak, ne güzellik Necib, ne güzellik..."

Necib birden acı bir kederle geceleyin Beyoğlu'na dönmek zorunda olduğunu hatırladı ve "Vah vah!" diyerek Süreyya'ya bunu haber verince, o, koltuğundan fırladı:

"Ne?.. İmkânı yok... Vallahi billahi olmaz. İnsan Boğaziçi'ne gelip böyle hemen dönmeye kalkarsa cinayet işlemiş olur ve her cezaya layıktır."

Necib söz verdiğinden bahsederek affedilmesini rica ediyor, Süreyya, inatla: "Koyuvermeyiz... imkânı yok... Suad mümkün değil razı olmaz..." diyordu. Bu kadarla Necib'i ikna etmiş gibi daha önce konuştuğu konuya devam etti. Buradaki hayatlarını anlatmaya başladı.

O asıl, sabahları seviyordu. Şu anda oturdukları odanın üstünde yatıyorlardı. Önce güneş, -o cehennemi güneş- o siyah dumanlı, insanın belini büken güneş değil, kız gibi saf ve taze bir güneş gelip odaları aydınlatıyor "uyanın" diyordu. Sabahlara kadar deniz insana gizli ve neşeli bir ninni söylüyor, bazen kızarak gürlüyor, köpürüyor, fakat çoğunlukla böyle sakin, bir kuzu gibi bezmiş ve uslu... Suad her gün bu güneşle uyanıyor, sıçrayıp camları açıyordu. O zaman içeriye sabah, hayat, neşe, özellikle gençlik; her şey Suad'a bu güneşle beraber, sadece denizin sesleriyle odalarına ve kalplere hücum ediyordu. İnsanı gelip koklayarak ısıtan, denizin canlılığıyla serin bir sıcaklık veren güneşle yıkanıyordu... İşte Süreyya buna doyamıyordu.

"Bazen Suad bir şemsiye, ben bir baston alıp çıkıveriyoruz. Burada ağaçlıklar, korular falan yok ama şu arkada kavağa giden ince bir çoban yolu var. Oraya çıkınca Karadeniz görünüyor. İşte o her şeye bedel."

Eğer Suad'ın bu ev deliliği olmasaydı daha uzaklara gideceklerdi; fakat o inat ediyor, mutlaka, her yemekte kendi eliyle hazırlanacak bir şey, kontrol edecek bir şeyler, yapılacak işler buluyordu. Özetle bu güzel sabahtan sonra sofra başına geçip, karısını karşısına alıp da sessizlik ve içtenlikle yemeğini yerken hayatın tadı son dereceyi buluyordu.

Süreyya, bunu söyledikten sonra göz kırpıp: "Öyle mi sanıyorsun? O hâlde öğleden sonranın güzelliğini unutuyorsun..." diye öğle zamanını övmeye başladı. Öğleden sonra buraya, balkona çıkıyorlar, kamış koltuklara uzanıyorlardı. Sıcaklık çoğalmış, fakat aşağıda deniz hâlâ serin... Denizin sesinde öyle bir davet müziği çağlıyordu ki, insan kendisini yeşil suların arasında zannediyordu. Rahatlık bu serinliğin, bu yarı sıcaklığın arasında yavaş yavaş öyle bir dereceye geliyordu ki, yarı uykuda, yarı uyanık süzülüp gidiyorlardı. Bu böyle iki saat sürüyordu. Sonra gezmeye çıkıyorlardı. Akşam gezmesine... Bir arabaya atlayınca Büyükdere'ye doğru...

Sonra gece, İstanbul'un en hoş, en süslü, en sakin geceleri... Işığa gerek duymaksızın, göğün denize yansıyan bütün nurları o kadar şen bir ışık rahatlığı oluşturuyordu ki, o gölgenin içine gömülmüş, yarı ölü kalıyorlardı. O zaman denizin, gökyüzünün, karşıki kırların anlatılamaz güzellikleri vardı.

Süreyya, uzanmış, sadece ellerini kullanarak, bazense konudan konuya geçmek için biraz durarak, kelime kelime anlattıkça Necib sessizlik içinde dinliyordu; sonunda Süreyya:

"İşte hayatımız" dedi... "Yemin ederim ki hiç bu kadar mutlu olduğumu bilmiyorum."

O sırada Suad'ın sesini işittiler. "Şükretmeli, şükretmeli..." diyordu. Süreyya, yattığı yerden kımıldanarak: "Sen, şükredeceğine buraya bak." dedi. Eliyle Necib'i göstererek:

"Akşama gidiyormuş!"

Suad, şaşkınlık içinde "Mümkün değil, şaka yapıyorsun!" diyordu. Süreyya, inandırmaya çalışıyordu. Sonra gülerek:

"İşte bir haber ki, Suad'ın bütün düşüncelerini yıktı. O kim bilir yeni ev kadını sıfatıyla ne hazırlıklarda bulunmuştu."

Suad, Necib'le uğraşırken bu söz üzerine dönüp bir kaşını yukarı kaldırarak tehdit eden bir edayla: "Susmak ne iyi şey!" dedi. Öbür tarafta Necib bile üzüntüyle, kalamayacağını tekrarlıyordu. Süreyya gülerek, "Bu kadar ısrar..." dedi. Sonra göz kırparak ekledi:

"İleri gitmeyelim... Kim bilir... Beyoğlu bu..."

Sonunda Suad, "Bugün gidip yarın kesinlikle gelmek şartıyla razı olacağını..." söyledi. Süreyya "O öyle ya, bahar bitiyor..." dedi. Kendileri Beykoz çayırına gitmek istedikleri hâlde şimdiye kadar onun gelmesini beklemişlerdi. Necib, "çarşambadan önce gelemeyeceğini" söylüyor, onlar üsteliyordu. Sonunda çarşambaya karar kıldılar.

Süreyya, hizmetçinin gölgesini görünce:

"Yemek mi?" dedi... "Koşalım, koşalım... Yemekler darılmasın."

Suad, bu evin tek kusurunun yemek için aşağı kata kadar inmek olduğunu söyleyerek iniyordu. Süreyya önden giderken: "Sen babanı bir daha kandırarak birkaç yüz lira vurabilirsen, o zaman istediğimiz gibi bir ev sahibi oluruz." diyor, buna hepsi birden gülüyordu.

Yemek odasına girdikleri zaman Süreyya hemen yerine oturup havlusunu açarak "Aman çabuk, çabuk... Yemekler ağzımıza layık bizim afiyetle yememiz için hazır bekliyorlar... baksanıza, saat beşe gelmiş..." dedi.

Suad: "Ey, her zaman kaçta yiyoruz?" diye sordu. Süreyya gülerek:

"Evet, ne demek istediğiniz belli... Yani demek istiyorsunuz ki biz her gün aynı saatlerde yemek yemiyor muyuz. Bunu tekrarlamaya gerek yok; Allah bu çalışıp çabalamanızın hakkını verir inşallah; yalnız dilerim ki, bu merak son bir bunalımla değişmesin... O kadınlığı yok mu tek bunalımı bu... Doktorlara yeni bir hastalık daha..."

Suad kırgın bir bakışla, "Birikiyor ama" dedi.

Süreyya, hem yemek alıyor, hem de Necib'e bakarak sözlerine devam ediyordu:

"Ne? Bunalım mı?"

Suad, başını sallayarak: "Hayır, suçlar... Haksızlıklar..." dedi.

Necib, "Omlet şahane..." diyordu. Süreyya gülerek: "Aşçıya kalsa, bize yemek haram olacak... Bereket versin Küçük hanıma... O kendini yoruyor ama kocacığına... Ey, yine kocasına diyecektik... Ey, yine olmadı, Süreyya'ya, Süreyya'ya..." dedi.

Suad, Necib'e bakarak: "Bunalıma girmemek için sabırdan başka çare yoktur değil mi Necib Bey? Rica ederim, siz evlenince böyle huysuz bir koca olmamaya çalışınız. Yoksa..."

Süreyya hâlâ alay ederek: "Yoksa ne olacak?" diye sordu.

Suad tereddütle:

"Yoksa... Yoksa... Karınızı mutlu etmemiş olursunuz..."

Süreyya:

"Ooo" diyordu. "O kadarcık mı? Ben de önemli bir şey olur sanıyordum... Necib de benim kadar bilir ki evlilikte hanımlar erkekleri solda sıfır bırakır... Asıl akıl ermeyen bir şey varsa, o da bu kadar dikkatli olmanıza rağmen etlerin pişirilirken nasıl simsiyah edildikleridir."

Suad, gülümseyerek:

"Mademki kocaların mutluluğu gerekli, veriniz onu ben yiyeyim... Zavallı kadınlar!"

Necib:

"Tam tersine zavallı erkekler, Suad Hanım; bir kadının ne olduğunu anlayanlar için asıl zavallı olan erkeklerdir. Kadın olmayınca erkek hayatının ne kadar kuru, yağmursuz, tesellisiz siyah bir çöl olduğunu bilseniz... Bunu çoğunlukla erkekler de biliyorlar da, sonradan unutuyorlar... Bir kadının bir erkek hayatına sadece varlığıyla nasıl şiir kattığını ve canlılık verdiğini, ruhu ortadan kaldırdığımızı düşünsek bile yalnız vücut için de nasıl büyük bir koruyucu olduğunu bilseniz... Biraz önce bana buradaki hayatınızı anlatıyordunuz. Sizin her saati geçirmek için değişik mutluluk bahaneleri bulmanızı, küçük eğlenceler yaratmanızı anlatırken ben yirmi dört saatlik hayatımın nasıl bir cehennem olduğunu, sonsuz, tükenmez zamanlar yaşadığımı, ilerlemeyen, sürüklenemeyen bir hayat olduğunu düşünüyordum. Sadece şunu söyleyebilirim ki, ölecek derecede bunalıyorum."

Suad ve Süreyya suskunlaşmış onu dinliyorlardı.

"... Bilmezsiniz ki Beyoğlu hayatının, hatta eğlence mevsiminde bile nasıl bunaltıcı, nasıl ezici bir hâli vardır. Önce bin bir renkli bir hayat görünür, hiç biri birbirine benzemeyen yüzleri var gibi gelir insana; aslında o kadar monoton, o kadar ruhsuzdur ki, aman Ya Rabbi, görünen yüzler o kadar aynıdır ki... Gizli saklısı olmayan her şeyin ortalıkta yaşanıldığı, samimiyetsiz, hiçbir zorluğu olmayan, kolaycı, yüzeysel ve sade taklitten oluşan bir hayat... Her tanıdığın, görüştüğün insanla müthiş bir rekabet, bir mücadele, bir düşmanlık... Hiçbir eli dostça sıkmazsın ki, mümkün olsa seni bir çukura itmeyeceğine emin olamazsın. Hiçbir ses işitmezsin ki, seni kalleşçe, alayla anmasın... Tanıdıklarından hiç birinin seni çekiştirmeyeceğinden asla emin olamazsın... İkiyüzlülük, alay, kendini beğenmek, bencillik... Bu aç kurdun elinde bütün yüzler morarmış, bütün gözler bulanmış, herkesin başarısı öbürlerinin ayakları altında ezilmesiyle ortaya çıkacakmış gibi bir çekememezlik, bir kin. Kimse kimseyi beğenmez, üstünden başından tutunuz da konuştuğu Fransızcaya kadar her şey alay için bir sebeptir. Zaten hep sahtekârlıktan ibaret olan bu Paskal yüzünde göz dudağa, dudak çeneye güler... İğrenç bir şey özetle..."

Süreyya, lokmasını hazırlamakla uğraşıyor: "Bununla beraber, reddedemezsin ki kadınları bir şahanedir..." dedi.

"Evet, genellikle kaldırımlardan geçerken mağaza bebekleri gibi görünce... Beyoğlu tiyatrosunun gezgin aktrisleri... Hepsi öyledir. Kendi hayatlarını oyuncular gibi unutmuşlardır. Onların ruhlarını arayacağınıza kutup keşfine çıksanız daha iyi olur. Bilir misin, şahane kadınlar hangilerdir? Temiz ruhlular! Sana gerçekten söylüyorum Süreyya, Suad'ının kıymetini bil..."

Süreyya yarı kızarmış Suad'a yan bakıyordu. İkisi arasında derin bir bakışma oldu.

Sofradan kalkıldığı zaman Necib kendi kendine: "Ah herkes böyle olsa... Herkes mutlu olsa..." dedi. Başka bir yerde olsaydı şu güzel isteği pek alaycı bulurdu. Fakat bu mutluluk ve samimiyet içinde bütün eğilimleri ve alışkanlıkları kayboluyor, zalim, hain, kötü hayatını unutuyor, hiddet ve korkusunu unutarak değişiyor, başka, bambaşka iyi bir adam oluyor ve sonra bunu fark ederek şaşırıyordu. "Ah insanlar! Şu insan kalbi!.. Yüz bin manalı bir düğüm... İçinden çıkmak mümkün değil..." diyordu. "Acaba kötülük gibi iyilik de bulaşıcı mı?" diye düşünüyordu. Tekrar balkona çıkıp da köşelerde bulunan yeşilliklerin altındaki uzun sandalyelerden birine otururlarken, Süreyya, "Aman Suad gelmeden bir sigara tellendirelim..." diyerek kutusunu verdi. Henüz sigaralarını yakmışlardı ki, Suad göründü. Balkona çıkmayarak kapıdan: "Dehşet, dehşet, yine mi duman, yine mi?" diyordu.

O zaman tütünden konu açıldı. Sigara Suad'ın en sevmediği şeydi. Süreyya savunmak istiyordu.

Necib dedi ki:

"Yok, Süreyya, sigara inatlaşacak kadar önemli bir şey değil. Bana öyle geliyor ki, evli olsam ve tütünüm şikâyet sebebi olsa..."

Süreyya garip bir bakışla:

"Galiba sen yine bir şey yumurtlayacaksın Necib?.."

Necib gülümseyerek sözünü bitirdi:

"Elimden sigarayı, cebimden paketi, kendimden de bu pis âdeti kovsam..."

Süreyya, zevkle sigarasından bir nefes daha çekerek, ağır ağır dumanlarını savuruyordu:

"Ne güzel düşünce... Yalnız bir eksiği var ki, uygulanması mümkün değil..."

"Azıcık fedakârlığa razı olmayınca hiçbir şeyin yürümesi mümkün değildir."

Suad korkarak: "Yok, ben fedakârlık derecesine çıkan şeylerden bahsetmiyorum..." diyordu. Ve piyano konusu geçinceye kadar hep bağdan, bağdakilerden konuştular. Bu oldukça neşeli bir konuşma oldu. İki laftan birinde Fatin ile beyefendi ortaya çıkıyor, Hacer'in sesi işitiliyordu. Sonra Necib, Suad'a piyano çalması için rica etti. "Demin Süreyya anlatırken özendiğim bu mutluluğa erişmeyi çok istiyorum lütfen benim de ömrüme bir gün katın!" diye rica etti.

Suad yarı naz yarı sızlanmayla, uzun süredir piyanosundan uzak durduğunu, hâlâ barışamadığını, notaların karmakarışık olduğunu söylüyordu. Sonunda piyanoya geçmek gerektiğini düşündü ve başına oturdu. İki erkek balkonda kalmışlar, salondan gelen piyanonun sesini dinliyorlardı. Süreyya, rüzgârın bir süre nazlanıp esmediği bu sıcaklık anını, her gün öğle vakitlerinde yaşanan bu bekleyişi, serinliğin bitip de her şeyin susadığı, küçük bir rüzgâr kıpırtısının beklendiği zamanı hatırlatarak: "Görüyor musun?" diyordu.

Bu saatlerde deniz, sakin, durgun bir havuz hissini vererek, sıcak güneşin altında kurşun gibi yavaş, uzayıp gidiyordu. Sıcaklık rüzgârlı hava için titrek ve renkli görünüyordu. Rahatlık, öyle bir dereceye gelmişti ki, gözleri ağırlaşmış, görüntüleri yalnız kirpiklerin arasından süzülen bir bakışla görüyorlardı.

İçeriden bazen piyanonun damla damla koşuşan, bazen birbirine karışarak yavaş yavaş yükselen, sonra bir bir süzülerek ölen sesleri devam ettikçe aklın üstünde bir tür sarhoşluk onu kaplamaya başladı.

İl Trovatore'den bir parça ile başlamıştı. Fakat Necib sonrasını hatırlamıyordu. Bir Andaluz serenadı gibi geliyordu. Sesler kâh billûrî bir ahenkte dolaşarak, kâh mateme sürükleyerek, kâh heyecan ve canlılıkla yükselip yükselip sonra ümitsizlik ve korku ile dökülerek devam ettikçe rüyası, hayali karanlıklara karıştı. Ne olan biteni fark edebiliyor ne de bir şeyler hissedebiliyordu. Sanki yaşamıyordu.

Birdenbire saatin sesini işitti ve birdenbire uyanıverdi. Süreyya sandalyesine uzanmış, gözleri kapanmış, dalmıştı. Piyano hâlâ ağır ağır, derin bir hüzünle inliyordu. Teşekkür etmek için içeri girdi. Suad, onu görünce gülümseyerek: "Müziğime yazık oluyor değil mi?" dedi. Necib tam tersine anlamında başını sallıyordu. Çaldığı hava bittiği zaman Suad tekrar şikâyet etti. "Piyanonun önünde en iyi öğrendiği havaları bile artık şaşırdığını..." söylüyordu.

"Hele notalar" diyordu. "Görseniz ne hâlde... İçinden çıkmak mümkün değil... Yaramaz çocukların kitapları gibi olmuş. Birçoğunu bulamadım, karıştırıla karıştırıla birbirine girmiş... Bilmem bazıları da ötede mi kaldı, konakta mı?"

Necib notalara göz gezdiriyordu; bunların çoğu ünlü Avrupalı müzisyenlerden fanteziler, potpurilerdi. Fakat o kadar harap bir hâlde, o kadar eksikti ki, kendi kendine İstanbul'dan gelirken mutlaka birkaç yeni hava getirmeye karar verdi. O zaman aklına tekrar İstanbul'a geri döneceği geldi, saatine bakarak:

"Ooo, saat sekiz buçuk... Acaba vapur kaçtaydı?" dedi.

Suad'ın şikâyetle karışık bakışı önünde yarı kararsızlıkla: "İnanın ki..." diye başladı. Burada kalmaması gerektiğiyle ilgili bulduğu bütün sebepleri sıraladığında inanmış görünen Suad: "Bari sizi Tarabya'ya kadar uğurlayalım." dedi. Sonra bağırarak dışarıya seslendi. Cevap alamayınca sesini daha da yükselterek "Bey, Bey, uyuyor musun?" diyordu.

Şimdi rüzgâr çıkmış, balkonun bir tarafındaki tente çırpınarak patırdıyor, denizden gelen ferahlatıcı, ona has koku ve akıma rüzgâr da eklenince tente neşeli müzikler mırıldanmaya başlamıştı. Süreyya uyandığı zaman Suad'ın fikrini pek uygun bularak: "Ne iyi, ne iyi" dedi.

Süreyya, Necib'in bu davranışının hainlikten başka bir şey olmadığını ileri sürüyor: "Şimdi kalk sen, daha sabahleyin sızlandığın o miskin, tozlu hayata gir..." diyor, sonra Suad'a göz kırparak: "Daha doğrusu akıl da ermez... Yemin edebilirim bu gece tam bir masumiyetle kız kardeşinde kalmak üzere kaçmıyorsan... O tuzlu Beyoğlu'nun örümcekli apartmanına... değil mi?" gibi şakalaşmalara dönüyordu.

Necib Suad'ın yanında sıkılıyor, gözüyle işaretler ederek susturmaya uğraşıyordu.

Suad:

"Karar verildi, değil mi beyler?" dedi.

Beş dakika izin isteyerek çekildi. Süreyya, elbisesini değiştirmek için iki dakika izin aldı. Ve karı-koca gittikleri zaman yalnız kalan Necib, sabahleyin o kadar çekiştirdiği Beyoğlu'nu şimdi ne kadar özlediğini düşünerek kendine şaşıyordu. O zaman samimi idi. Şimdi de samimi olduğunu görüyordu. Kendini böyle birbirine çok ters düşünceler ve davranışlarda bulunup hepsinde de samimi oluşu, onu cevabını bulamadığı bir bilmece gibi uğraştırır, iki katlı değil, yüz katlı, bir kadın kalbi gibi birbiri içinde esrarengiz kutular olduğunu zannettirirdi.

Önce Süreyya geldi. "Ben hazırım!" dedi. Suad da hazırlanıp geldiği zaman yol tartışmasına başladılar. O, Büyükdere'ye kadar yürüyerek gidip oradan bir arabaya binmeyi teklif ediyordu. Süreyya çarşıdan geçmemek için sandalı tercih ediyordu. İkisinin de fikri bir parça da olsa kabul edildi, sandal ile Büyükdere, oradan araba tercih edildi.

Yolda, çayırdan geçerken, Süreyya daha vapura zaman olduğundan bahsederek arabayı Bendler yoluna yöneltti; iki tarafı bütün ağaç ve çayır olan bu yoldan giderlerken onlara ulaşılamayacak bir mutluluktan bahseder gibi çiftlik hayatından bahsetmeye başladı. Necib:

"Ne olursa olsun öyle hayatlara gelemem, bana hay huy, gürültü, sersemlik lazımdır..." diyordu. Süreyya o hayatı abartılarla överek, havadar, sakin geçecek bir çiftlik ömrü için bütün sahte gösterişleri feda edebileceğini garanti ediyordu.

Necib, Suad'ın Süreyya'ya nasıl baktığına dikkat edip:

"Evet" dedi... "Sizinle gelecek bir arkadaşınız olduktan sonra..."

O zaman Suad'ın gözleri o şefkatli bakışını kaybetmeksizin Necib'e döndü, bu bakış o kadar derin, o kadar sıcak bir sevgiyle doluydu ki, Necib ruhu eriyor sandı. Bir saniye kadar mutlu bir heyecanla titredi. "Evet böyle bir bakışla insan dünyanın öbür ucuna gider" diye düşündü. Çöllere gider, dağlara gider... Onun şimdi terk etmek istemediği hayat, bir çölden başka ne idi? Gölgesiz, susuz, vahasız; hatta serapsız bir çöl...

Evet, hatta serapsız... Bununla beraber, bazen en önemsiz gülümsemeler, hatta kendine ait olmayan bakışlar bile ona şiir feyizleri verir, canını feda etmek ihtiyacıyla inletirdi. "Ah terslik, terslik, insan değilim, denklemim" diyordu.

Ayrılırken Suad tekrar ediyor: "Çarşambaya, değil mi Necib Bey?" diye soruyor, Süreyya: "Erken gel de Bendler'e gidelim?" diyordu. Sonra çarşamba günü akşam gelip, ertesi gün sabahleyin ise Bendler'e gidilmeye karar verildi. Necib, kalabalık içinde vapura girdiği zaman bir kenara geçip onları görebilmek için iskeleye baktı: Suad elinde küçük kırmızı şemsiyesi, sadece omuzları görünen siyah çarşafıyla arabanın içinde oturuyor, Süreyya ise o ince boyuyla arabaya yaslanmış Necib'e bakınıyordu. O kadar mutlu, o kadar güzel görünüyorlardı ki; onların yanında duyduğu mutluluk ve kalp dinginliğinden onlardan ayrılınca yoksun kalmış olduğunu fark etti. O mutluluğu uzaktan görüp ne kadar da umursamaz davrandığını, ilgilenmediğini anlamış gibi boynu bükük, böyle ayrıldığına pişman oldu. Onların salladıkları ellere karşılık verirken "Budalalık ettim" diye hayıflanıyordu. Onlar küçüle küçüle bir nokta kadar kalıncaysa pişmanlığın yerini sonsuz ümitsizliğin acımsı ama hafif keyif veren yakıcılığı kaplıyordu, ardındansa yıkıcı bir iç sıkıntısı yerleşiyordu içine. Bu her yönüyle güzel geceye tercih ettiği Beyoğlu gecesini, buluşacağı kadını düşündüğünde, geceyi miskin, kadını hayvan buluyor, ama verdiği sözü unutmanın da hainlik olacağını düşünüyordu.

"İşte böyle" diyordu; kararsız, arzusuz, boş... Başını salladı "Ve bana evlen diyorlar!" diyerek güldü.

Birbirlerine karşı ilk günlerin heyecanı ve rahatlığına benzeyen bir bağlılıkları vardı. Buraya geldiklerinden beri hayatları hep ferahlıkla, hep yeni isteklerle geçiyordu. Süreyya'nın çocukça sevinçleri, delilikleri oluyordu. Ve bu, Suad'ın kalp ateşinin okşanmaya muhtaç coşkularında büyük bir mutluluk yaratıyordu. Hayatlarını daha güzel ve düzenli hâle getirmeye uğraştığı için pek çok çalışarak yoruluyordu. Sıkıntısız, hüzünden kurtulmuş bir ömür düzenleyebilmek için bu kadar uğraştıktan sonra, Süreyya'yı böyle yeniden canlı ve neşe dolu buldukça isteklerine eriştiğini ve uğraşılarının karşılığını gördüğü için mutlu oluyordu. İstiyordu ki, evin içinde hiçbir şey Süreyya'yı mutsuz etmesin, sızlandırmasın. İlk günlerin hazırlık, lazım olanlar, alınması gerekenler ile meşguliyetleri geçip ev düzene oturduktan sonra artık birbirine benzeyen günler başladı. Fakat bu rutinlik bile, bağda geçirdikleri günlere bakıldığında çok daha güzeldi, hatta yeni evlenmiş bir karı kocanın sıcaklık ve neşesi vardı.

Necib de bu hayatın bir başka neşe kaynağıydı. Yaşadıkları bu güzel günlerin yaşanmasında bir şekilde kendisi de yardımcı olduğu için orada bulunuşu hepsinin sevincini biraz daha artırıyor keyiflerini tamamlıyordu. Onun gelişi sevinçle karşılanıyordu, dönüşünü geciktirebilmek için tuhaf tuhaf sebepler yaratıyorlardı. Necib, ilk gelişinden sonra, kararlaştırıldığı üzere çarşamba günü akşam vapuruyla geldi. Cuma günü sabahleyin dönmek şartıyla kalacağını söylüyordu. Karı koca bu iki günü büyük bir sevinçle kabul ettiler. Onlar daha Necib gelmeden geziler planlamışlardı zaten. Bendler'le, Beykoz'a gitmek istiyorlardı. Suad "Şimdi Bendler ne güzel olur..." diyor, Süreyya "Hele Beykoz çayırı!" diye karşılık veriyordu. Sonunda üçünün de fikri ertesi sabah erkenden Bendler'e gitmekte birleşti.

Erken kalkmak için erken yattılar. Ertesi gün uyandıklarında güneş karşıki tepelerin arkasından henüz çıkıyordu, sabahın sessizliği dağılmamıştı, geceden kapının önüne gelmesi tembih edilen arabalara binmişlerdi. Ve bu taptaze mayıs sabahında, Bendler gezisi üçüne de bir hayali yolculuktaymışçasına iliklerine işleyen bir şiir ve bu sihirli yolculuk mutluluk sarhoşluğu verdi. Sabahın temizliği, mayısın son günlerindeki huzurun yayılmasıyla yolun etrafındaki çayırların, bağların henüz rüzgârsız fakat serin havadaki duruluğu içinde yayılmak için bir nefes bekleyen kokuları arasında gittikleri yeşil gölgeler, daha ilerledikçe ormanlar, büyük ağaçların birbirine sarılmış dalları, uzakta birikmiş gölgeleriyle yeşil bir karanlık hâlinde görülen koruların sineleri, hep bu sessizlik, bu ıssızlık, bu parlak sakinlik içinde kaybolacaklarmış kuruntusunun verdiği korkuyla havuzlar... Büyük ormanın sonundaki havuzlarsa korkulu bir titreyişle hayata dönme, hayata yakınlaşma duygusunu ve isteğini veren tehlikeler hissettiriyordu... ve sonunda geri dönüş...

Öyle ki, saat beşte eve girdikleri zaman yeni açan günün o tertemiz havasını bile hissedemediler tek hissettikleri yorgunlukları ve bütün kuvvetiyle midelerine baskı yapan açlıklarıydı. Süreyya "Yemek, yemek" diye gürlüyordu. "Yemek hazır buyurun" dedikleri zaman iki delikanlı da hızla yukarı çıktılar. Önde giden Süreyya odaya girince "Vay, çilek!" diye bir sevinç narası attı. Sonra Suad'a dönerek: "Bu nereden böyle?" diye sordu. Suad gülümseyerek: "Çileğini ye de tarlasını sorma demezler mi?" diyordu.

Hoş bir çilek kokusu sofradaki çiçeklerin kokusunun üstünde uçuşuyordu. Necib dönerek: "Görüyorsun, azizim, ne varsa kadınlarda var..." dedi. Sonra havlusuyla ağzını siler gibi yaparak ekledi:

"Her şeyi bir sır yapmak inadı bile..."

Öğleden sonra ne yapacaklarını konuşuyorlardı, Süreyya birdenbire: "Eyvah!" dedi. Önceki gün, bugün gelmek üzere bir yelkenli istemişti. Çok sevdiği yelkenliyle gezmek için bir sandal kiralamak arzusunu çoktan tekrar ediyordu. Sandal şimdi Moda'dan gelecekti. Beğenmezse geri gönderecekti. Onun için verdiği sözü unutmak istemiyordu. "İsterseniz siz gidin, ben beklerim." dedi. Onlar kabul etmediler. "O hâlde yarın sabah gideriz" diyordu. Necib döneceğini hatırlatıyordu. "Sen kalırsın, sen..." diyor, Necib olmaz manasında başını salladıkça, Süreyya, "Öyle ise zorla..." diye başlayarak onu nasıl bağlayacağını anlatıyordu.

Yemekten sonraki zaman sandal konusu ile özellikle Süreyya'nın bekleyişiyle geçti. Uzun uzun yelkenden bahsederek zevklerini övüyordu: "Deniz köpükler içinde... Rüzgâr etrafta fişek gibi patlar... yelkenler çırpınır... Sandal dalgalarının göğsüne sarhoş hâlde yaslanmış uçmak da değil yüzmek de değil... Bir hâl ki..." diye bitiremiyor, sonra dürbünü gözüne koyup Paşabahçe koyuna doğru araştırıyordu.

Necib: "Ama havasız kalmamak şart..." dedi.

Süreyya, hüzünlü bir hâlde dürbünü bir sandalyeye bırakarak: "Ooo, evet, rüzgârsız kaldı mı, sandal ölmüş demektir. Hele güneş de olursa hiç çekilmez!"

Suad: "Ya akıntı?" diye sordu.

Sonra Süreyya buranın rüzgârından, meltemlerinden bahsetti. Hem onun istediği bir sandaldı, kotra değildi. Sandalın kürekleri olduğundan sıkıya gelince yassa kürek, başka çare olamazdı. "Fakat kotra ile iş büsbütün başka olur." diyordu. Onunla insan deniz ortasında rüzgârsız kaldı mı suların keyfine uyar, akıntı varsa çağanoz gibi yan yana akar, yoksa güneşin cehennemi altında rüzgârı bekleyerek durur. Fakat burası öyle değildi. Burada rüzgâr hiç eksiliyor muydu? Sonra eliyle rüzgârı göstererek: "Şu rüzgâra bak!" diyordu.

Rüzgâr Karadeniz'in bütün öfke ve tazeliğiyle tepelerden koparak saldırıyordu.

"Bu havada sandal nasıl gelir kim bilir?" dedi. Sonra akıntı burunlarını düşündü. Bir kere, gülerek: "Vaktiyle..." diyordu, "bir kere Boğaziçi'ni geçmek için iki gün uğraştıklarını" anlatıyordu.

Sandal konusu, sönen bir rüzgâr gibi, güçsüz cümlelerle sürüklenerek bittiği, Süreyya'nın bekleyişi artık bir söz söyleyemeyerek dürbünün elden bırakmak derecelerine geldiği zaman Necib'le Suad arasında "artık gelmeyecek..." sözü başladı. Suad: "Eğer sandal gelmezse Bey ölmeden kurtulamazsınız" diyordu. Necib'le bir olarak onu ümitsizliğe düşürmek istediler. Sonra Suad Beykoz'dan konu açtı. Orası şimdi kim bilir ne güzeldi. Bu rüzgârda çayırları görmeliydi. "Bize şu fırsatı kaybettirdikten sonra..." diyerek yarı şikâyetli bir tavırla Necib'e bakıyordu.

Sonra: "Canınız sıkılıyor, Necib Bey..." dedi. Öbürü gülümseyerek: "Galiba biraz..." diye göz kırptı.

"Biraz piyano çalalım mı?" Bu teklif tam bir minnetle kabul edildi. Onlar piyanoya geçtiler, Süreyya balkonda kaldı.

Necib, piyano sözü olur olmaz kendi kendine almak istediği notaları unuttuğunu hatırlayarak: "Eyvah..." dedi. Fakat bu iki gününü o kadar sersem geçirmişti ki nota düşünmeye vakti kalmamıştı. Burada geçirdiği günlerin şöyle bir etkisi oluyordu ki, saygı duyduğu ve sevdiği bu insanlardan ayrılıp da Beyoğlu'na geçince oradaki yaşama alışmak ve yaşamak onu harap ediyordu. Kendi kendine, notaları gelecek sefere kesinlikle unutmamaya karar verdi. Görüyordu ki, Verdi'nin birkaç operası Suad'da yoktu. Ondan sonra yeni yapılmış bir iki eser de doğal olarak bulunmuyordu. Olanlar arasında kullanılması mümkün olmayanlara da işaret koyup eklemek istiyordu.

Suad piyanoda birkaç gam yaparak: "Hangi havaları istiyorsunuz?" diyordu.

Necib notaları karıştırarak gözden geçirirken: "Aman Romans olmasın!" dedi. Sonra romansları neden sevmediğinin öyküsünü anlatmaya başladı. Elindeki kâğıtların arasından bir şey ayırıp piyanonun önüne koydu. Suad "Granviya?" dedi. "Çok iyi!" dediler birlikte. Granviya'yı ikisi de çok seviyorlardı. Necib: "Onda her şey var. Şuh, çatlak, mahzun, mahmur... Her duygu var." diyordu. Granviya'dan, Faust'a geçtiler ve Granviya'nın valsinden sonra Faust'un valsini karşılaştırdılar, Askerler marşı özlemle yanlarına geldi, Rigeletto marşı çalındı. Necib genelde öldürücü havaları tercih ediyordu. Bu sebeple roatora, Aida marşları peş peşe geldi. Necib "Biraz da ağlayayım!" diye Travitaya'yı koydu. "Adio del Pasato", "Bu kadar genç ölmek..." "Ah Belki" parçaları çalındı. Necib: "Verdi girdi mi iş değişir; fakat sizde Verdi tamam değil..." diyordu. Suad bestekârların hayatını iyi bilmediği için onların hayatlarına dair sorular soruyordu, acaba Necib bestekârları iyice tanıyor muydu, Necib bildiği bütün bilgileri Suad'a aktarıyordu. Öyle oldu ki, beste ve nağme bilimlerine gelince susarak yalnız konuyu anlatmaya devam etti. İkisi şunda hemfikirdiler ki, müzik kadar etkili hiçbir şey yoktur. Necib için ömrünün en tatlı zamanları yalnız çok mutlu olduğu anlar değil, müzikle sarhoş olduğu zamanlar idi. Yani o kadar şiddetle duygulanıyordu ki diğer her şey ardında kalıyordu. Klasik müziği gerçekten anlamak için senelerce sürecek özel bir eğitime ihtiyacı olduğunu söylüyor, sonra Glucak, Haydin, Beethoven gibi ustalardan bahsederek onları dinlediği hâlde gerçek manada anlayamadığı için üzüntülerini anlatıyordu.

Balkona döndükleri zaman saat ona geliyordu? "Hani kotra" diye gülüşüyorlardı. Süreyya, iyice canı sıkılmış gibi "Belli olmaz ki, belki gece gelir..." diyordu.

Suad: "Artık herhâlde bizi evde daha fazla hapsedemez a?.." dedi.

"Evet, çıkalım" dediler.

Bu sefer kavak yoluna geçmişlerdi. Süreyya dakikada bir arkasına bakıp deniz kıyılarını kontrolden geri kalmıyordu. Necib gülerek, "Sandala mı bakıyorsunuz?" diyor, Suad kırgınca: "Beykoz çayırına bakmaz a!" diye söyleniyordu.

Necib: "Evet, yazık oldu, görmek isterdim..." dedi.

Süreyya öfkelendi:

"İşte yarın gideceğiz a canım!"

Fakat Necib erkenden dönecekti; o andan itibaren hep bu konu konuşuldu. Süreyya ve Suad rica ediyorlar, yarın da kalması için ikna etmeye çalışıyorlardı. Ve o kadar içtendiler, o kadar samimiydiler ki, Necib dayanamayarak kabul etti. Zaten İstanbul'a indiğinde yine bunalacak değil miydi?

Sabahleyin uyandığında iskelede bir sandal ile iki kişi gördü. Herifler şikâyet ediyorlardı, gece rüzgâr kesildiği için Bebek'ten buraya kadar kürek çekerek geldiklerini söylüyorlardı. Bu beyaz kaplama tahtalı, başı kıçı bir sandaldı. Uzun bir seren üstünde büyük olduğu anlaşılan bir yelkenli vardı. Sandalın, yelkenin temizliği Necib'in pek hoşuna gitti. Süreyya, sandalla deneme gezintisine çıkacağını onun da kendisiyle birlikte gelmesini teklif edince Necib hemen kabul etti, iki delikanlı sandala bindiler. Rüzgâr hafifçe esiyordu; fakat sandal yine de iyi ilerliyordu. Tepelere doğru yükseldiler. Süreyya eski ustalığını göstermek için dümene geçmişti. Merakla "Acaba dayanır mı?" diyordu. Kavaklar'a doğru geçtiler. Döndükleri zaman Süreyya memnundu, Necib, Süreyya ile sandalcıları pazarlıkta bırakıp Suad'ın yanına gitti. Suad "Hava her zaman böyle olmuyor ki..." diyerek çok dalga olduğu zaman binilemeyeceğinden bahsediyordu. Süreyya da geldi. "Yemek yiyelim de, Beykoz'a sandalla gideriz." dedi. Sandalı kışa kadar kiralamıştı. Oturup hep beraber küçük bir bayrak dikmek için uğraştılar. Bu uğraşları arasında Süreyya havayı kolluyor, gittikçe artan rüzgâra bakarak seviniyordu.

Süreyya yemekten sonra balkona çıktıkları zaman rüzgârı o kadar uygun buldu ki, kararlaştırılan saatten önce çıkmak için Suad ve Necib'i ikna etmeye uğraştı. Fakat Suad'la Necib saat sekizden önce çıkmamakta ısrar ettiler küçük oyunlarla işi sonraya bırakmakta ısrarcıydılar. Sonunda Süreyya kaldı. Sandal sekizden önce hareket edemedi. Hareket saati geldiğinde Suad da onlarla beraber sandala bindiğinde "Ooo, bayağı da büyükmüş?" dedi.

Dışardan küçük görünen sandalın içi pek geniş ve rahat idi. Sandalcı yelkenleri açıp tekne rüzgârın önüne dökülünce dubaya doğru hızla akmaya başladılar. Büyükdere'nin üstüne geldiklerinde güneş onları rahatsız etmeye başlamıştı Suad kendini güneşten korumak için şemsiyesini açtı. Bu siyah, beyaz ve kurşunî renklerden oluşan satranç taşlarına benzer küçük bir şemsiyeydi. Necib şemsiyeye, çarşafa, peçeye, eldivene, bu kadın aksesuarlarındaki incelik ve zarafete, ruhunun derinliklerinde arzularla titreyen bir tutkuyla bakıyor, sonra Suad'ın küçük bir kuşa benzeyen ellerinin şemsiyeyi tutuşundaki şiirselliğe hayran kalarak perişan oluyordu.

Dalgalar açıklarda büyümeye başlamıştı. Sandal korkusuzca bir tehlikeye atılırcasına dalgaların üzerine atılıp, uzayıp giden suların üstünde sallandıkça Suad'ın gözlerinde bir kararma, bir endişe ve ıstırap bulutu takılı kalıyordu. Fakat dubadan Serviburnu'na doğru büküp rüzgârı pupaya aldıkları zaman salıntı kesildi. Artık Süreyya gibi hepsinin de keyfine diyecek yoktu. Sandalın etrafında onları kucaklayan hafif dalga sesleri ve kulaklarına güzel bir müzik esintisi veren su serpintisinin tatlı sesi onları oyaladı. Beykoz'un Hünkâr İskelesi'ne vardıkları zaman yarım saat bile olmamıştı.

Onlar çıktığı hâlde Süreyya çıkmıyor, ilk yolculuğun hevesiyle sandalcıya yarım ediyordu. Suad'la Necib rıhtımdan onlara bakıyorlardı. Sonra üçü beraber çayıra ilerlediler. Önce rüzgâr onlara çayırdan değişik kokular getirmeye başladı. Bu birçok çiçeğin, otların ortak soluğu, serin, taze, nemli kokusu idi. Biraz sonra çayırın bir kısmını gördüler. Uzaktan bakıldığında sarıçiçeklere bezenmiş sağrı soğan çiçeği tarlası gibiydi. İlerledikçe ötesinde berisinde kırmızı, mor, beyaz çiçekler de fark edildi. Bin bir çeşit yeşilin arasında birbirinden değişik renkte çiçekler tarlaya sığmayıp taşıyorlar, rüzgârla dalgalanıyorlardı. Rüzgâr, parça parça her dalgadan bir koku öpücüğü ile estikçe, koylardan koşup gelen solukların suyun üzerinde oluşturduğu titremeler gibi perişan dalgalar esiyordu.

Onlar hep "Ah ne güzel!" diyerek ilerliyorlardı. Fakat karşıdan görünen büyük yolun heybetli ağaçları altına çıkıp da çayır bütün genişliğiyle önlerine serildiği zaman sonsuz bir şaşkınlık ve mutluluk hissettiler. Bu bir deniz dalgalarının akışıyla serilen bir deniz enginliği ve büyüklüğüyle rüzgârın önünde dalgalanan çayır onları büyüledi. İlk duyguları memnuniyetle karışık hoş bir şaşkınlık oldu.

Çayırların içinde yürümek, otların arasında yuvarlanmak ihtiyacıyla titreyerek, baharın bütün zenginliği, yeşillikleri ve kokuları içinde sarhoş ve mutlu ilerledikçe derenin öbür tarafındaki tepelere doğru çayırın yeni ufuklarını görüyorlardı. Biraz ileride küçük bir tepe, diğer tarafta çayır arasından kıvrılan ve sonra ağaçların içinde kaybolan küçük bir yol, birbirinin omzundan bakan küçük setler, dere boyunu gölgeleyen söğütler... Dere o tarafta hafifçe tatlı bir su sesiyle akıyor, buradaysa serpintiyle aşağı iniyordu, bazen otların arasından fısıldıyor, sonra derinleşerek sessizlik içinde aktığı bile fark edilemeyecek hâle geliyordu. Bazen tabiatın sesine uymak isteğiyle çağlayan bir kurbağa biraz sonra hafif ve lezzetli ezgilerini katıyordu. Hemen sonraysa sessizliğin içine yürekten gelen bir "Ah" nidası gibi yükselip sonra susuveren sesler çıkıyordu. Çayırın yemyeşil otları üstüne işlenmiş sarıpapatyaların, mor, kırmızı çiçeklerin birbirine karışan renkleri, ara sıra yalnız bir renge özel kümelenmiş çiçekler bir yerde hep beyaz, biraz ötede hep mor, daha ötesinde sarıların özerklikleri dalgalarla köpürüyor, dere kenarı damla damla ağlayan sessizliklerin yeşil gölgeleri altında parlak yeşil çimenlerle bir kraliçe gibi seriliyordu.

Süreyya:

"Oturalım." dedi.

Necib:

"Yatmalı..." diye söylendi.

Gerçekte bir duygu coşkunluğu arasında haykırarak bu otlara karışmak, topraklara karışmak ihtiyacının direniş ateşiyle işkence oluyordu. Kendini en çok korkutan güzellikler önünde sürekli duyduğu ezilmek, ölmek arzusu şimdi daha şiddetli ve direncini kıran bir inatla onu zayıf düşürüyordu. Önde Suad şemsiyesine dayanarak ahenkli bir yürüyüşle giderken kocasının koluna yaslanan bedenini görüyor, her yerde sürekli, devamlı aynı istek ve vefa ile size ait olan bir kadının özlemi ve ateşiyle titreyerek inlemek, düşüp ölmek istiyordu. O, her aşkta zehirlenmişti. Önceleri sadece bir bakışına canını vermeye razı olan bir-iki kadın, sonra parası için mi yoksa sadece kendisi olduğu için mi istendiğini anlayamadığı birkaç kız, hayvan gibi gelip, ayaklarının altına, gençliğinin önüne yatan dört beş kadın... Hep öyle saygısız, nefret uyandıran, iğrençlik veren aşkları olmuştu. Sonra "evlenmek mi!?" diyordu. Tanımış olduğu kadınların dördü mü, beşi mi kocalı idiler. Bunların kendisinde bıraktığı etkileri düşünerek, "Evlenmek" diyerek omuz silkiyordu.

Çayırın ta öbür ucundaki Taşköprü'ye kadar ilerlediler. Orada önlerine yine gölgeden ibaret bir yol çıktı. Suad: "Aman biraz da buradan!" dedi. Bu yol Tokat'a gidiyordu. Necib bu yolu, sonundaki büyük ormanı anlatarak bir kere daha buralara gelmiş olduğundan bahsederek yürüyordu. Etraf hep bahçeyle kuşatılmıştı. İspinozlar tazelikleriyle buraları doldurmuşlardı. Sessizliğin içinde yanlarından geçen rüzgârın yapraklarla öpüşme mırıltıları geliyordu.

Döndüler, oradan geçen bir adama derenin öte tarafındaki yolu sordular. Onun gösterdiği yerden geçtiler. Bu, derenin öbür sırtında otların arasında kaybolmuş bir patika idi ki, küçük söğütlerle kendini belli ediyordu. Yanı başından kuş gibi cıvıldayan ince bir su akıyordu. Burada çayır, yüksekten, yolun ağaçlarındaki heybet, derenin yılankavi şeridi, çayırın bütün renk ve dalgalanan çizgisiyle baygın baygın serpiniyordu. Necib, onlar coşkudan coşkuya, ferahlıktan ferahlığa geçip neşelerinden kuşlar gibi cıvıldadıkça, birçok zaman kendisini canavarlaştıran eden acısının ve üzüntüsünün ara sıra yaptığı gibi karanlık ve sessizliği, ruhunu ezen o acıklı üzüntü içinde mutsuzdu. "Ya ben! Ben ne yapayım?" Ah niçin o sürekli böyleydi? Dünyada sessizlik ve rahatın hep şüpheden doğduğunu görüp kendini üzen şeylerin de hep kendi hayal gücünün, kendi yaptıklarının ürünü olduğunu düşünerek, kendine, ruhuna karşı bir şey yapamadığından kendini düzeltmek için bir çare bulamadığından deliren bir öfke ve kızgınlık duyuyordu. Önce birden uçmak için gökyüzünü yeterli bulmayan bir şiir, bir yüce emel, bir masum arzu ile boğulur, o zaman bir hiç için canını verecek hâle gelirdi. Fakat sonra yine o hiçlerden biriyle bütün uçma arzusu yaralanır, bütün araştırması her şiiri bir yara yapan bütün inceleme melekeleri uyanır, hayatın, dünyanın insanların, ruh ve kalbin ne olduğunu soğukkanlılıkla, kendine karşı bile düşmanca, bir parça bile şiire yenilmeyerek, arzularının ne iğrenç, emellerinin ne gülünç, başarılarının ne miskin, bütün mutlulukların, neşelerine ne kadar süslü olurlarsa olsunlar ne pis olduğunu düşünmekten doğan ümitsizlik ve korku ile yıkılır, sisli, küflü kalırdı. Ah, ara sıra ruhunu heyecanla titreten o temiz sevgi ve şiir sürekli olsaydı... Herkes gibi o da hayatı sade, ilk renkli günahsız gözlerle görseydi... Hayat onu kollarının arasına alıp tırnakları, dişleriyle paralayarak bu hâle getirmemiş olsaydı...

"Hâlbuki..." diyordu, evet, bilirdi ki ona sessizlik ve şiir ne kadar gerekliyse ruhunda fırtınaya, karanlığa, zorluğa da öyle derin bir istek vardı. Bu sessizlik dönemlerinden sona gök gürlemesi, öfke ve korkuya da muhtaç olacağını bildiği için başını eğerek: "Hâlbuki..." diyordu.

Şimdi de doğanın bu bolluk ve ferahlığı içinde, su ile doygun toprakların, otların, çiçeklerin temiz ruhları ile bütün duyguları coşarak onu ateşin tehlikeli büyüsüyle hırslarını titretmişti. Her şeyinin böyle süslü ve güzel kokulu olduğu, önünde böyle fısıldayarak giden bir karı-koca bulunduğu bir zamanda ruhunun derinlerinde titreyen yakıcı bir istekle, beğenmemekten, iğrenmekten, kadınsız geçen yoksun hayatının bütün yarım kalmış ihtiyaçları ile mutluluk isteğinin taştığını hissediyordu. Fakat onda diğer sebepleri geçersiz bırakan düşünceler şimdi yine saldırmış, kendisini Süreyya'ya benzemediğini onun gibi bir hanıma kavuşmuş olsa bile yine acıların doğacağını, hem bu hayatın da kim bilir ne kirli, ne acı köşeleri bulunduğunu düşünmeye yöneltmişti.

"Evet, kim bilir sizde de neler vardır? Uyuyan veya gizlenmiş neler vardır?" diyordu.

Ah, eğer Suad ve Süreyya arkalarında bastonuyla öteleri kırbaçlayarak gelen, ara sıra birkaç sözle sohbetlerine ortak veya gördükleri şeyler hakkında bir görüş söyleyen ve hatta neşeli görünen Necib'in ruhundan neler geçtiğini anlayabilselerdi onu ne kadar iğrenç bulurlardı. Ve Necib, işte kendisi de kendinden iğreniyordu ve asıl onu yakan da buydu. Yine o düşüncelerinin sesi yükselerek: "Ama herkesin hayatında da böyle başkalarının iğrenç bulacakları anlar vardır." demek istiyordu! Fakat onu öldüren herkesten çok kendisinin kötülüğü idi. Kendine saygı duyamamak kadar onu yakan bir durum yoktu. Kendinden korktuğu, ruhunun karanlıklarından, iğrençliğinden korktuğu zamanlar: "Ah ne kirli bir bilinmezim!" diyerek kendindeki bu iki ruhu, bu bazen hep akıcı ve saf, fakat çoğunlukla böyle kanlara boyanmış, kirli duyguları düşünür, devamlı bir ses hâlinde içinden kendine "Canavar" diye seslenen bir vicdan bulurdu. Etrafındaki günahları ve hayvanlıkları görmek onları kendinde bulmak kadar öldürücü değildi. Kendisi o kadar büyüklüğe, onura tutkun olduğu hâlde bu eşitlikten sıyrılamazsa başkaları ne olur acaba? diye düşünerek kendinden kaçmak ister, hayvani masumluğuyla zincirlenmiş boğuşmasıyla kalakalırdı. O hiçbir zaman başkalarının tabii yöneltmesi dışında aşağılık kötülükleri yapamazdı, yapmadan önce, yaparken ve hele sonra ateşler içinde yanardı.

Birden Suad döndü:

"Susuyorsunuz siz." dedi.

Necib bir yalan bulmak için sıkılarak:

"Şöyle bakıyordum..." dedi. Sonra ekledi: "Galiba gelirken gördüğümüz küçük tepeye çıkıyor... Ne idi o? O, Serviburnu mu diyorlar, ne diyorlar?"

Suad şemsiyesiyle göstererek:

"Şurası mı?" diye sordu.

Süreyya kopardığı bir çiçeği ceketinin iliğine iliştirmekle meşgul:

"Ha, Serviburnu" dedi. "Gidelim mi? Zannederim daha vakit var."

Ve oraya çıktıkları zaman rüzgârın dinmiş, denizin gümüşi bir rahatlıkla bayılmış olduğunu gördüler. Dalgalar dağıldıkça içeri doğru tepeler, birbiri peşine sıralanan bayırlar, sonra dağlar ortaya çıkıyor ve her noktası tatlı yeşil bir çimenle örtülü bütün gizlilikler perdesini açıyordu. Oradan ta Hisar'a, Kanlıca'ya kadar görünüyor, ikisi arasında akan mavi suların dumanları içinden boğazın bükülerek, kıvrılarak dolanan yolu fark ediliyordu. Güneş, Tarabya'nın üstünde, aynadaki aksi gibi göz kamaştıran ateş beyazı bir güneş değil, sınırsız, şekilsiz cehenneme has bir levha gibi ufku bekliyordu. Kıyıdan geçen bir römorkörün ağır, küçük hareketleri duyuluyordu, ılık hava nefessiz, dalgasız uyukluyordu.

Suad, biraz yüksek olan kenara yaklaşmış, "Ooo!" diyordu. Hep birlikte oraya gittiler. Sığ sahilde kaya parçalarını gösteriyordu. Camgöbeği kumların üstünde denizin kıvrımları gümüşlenerek hareleniyordu. En derinlerdeki değersiz taşların bile elle gösterilecek kadar berrak olduğu denizin yeşili giderek mavileşiyor, uzuyor, kırmızı rengiyle denizi boyayan dubanın ilerisinde karşı sahile yanaştıkça yer yer kâh yeşil, kâh mavi, kâh mor uzanıyordu.

Suad gülerek, Burundaki taşları ve suyun altında görünmeyen kayaları göstererek:

"İşte şurası, tehlike burnu!" dedi. Bütün gemiler Boğaziçi'nin dehşetli fırtınalarında buradan korkarlar.

Necib soruyordu:

"Acaba sandallar da mı?"

Süreyya karşıda Büyükdere rıhtımı önündeki durgun, sakin bir dereyi andıran sahilden yansıyan birbirinden güzel binaları kucaklamış denizden başını çevirip bakarak güldü:

"Galiba yalnız sandallar... Hatta sakin havada bile... Sanırım asıl durgun havalarda... Baksanız a!.."

Eliyle geniş bir çizgi çizerek önce dalgasız denizi, sonra soluksuz gökyüzünü gösterirken Suad gülüyor, Necib'e bakıyordu:

"Gemici Bey keşif yapıyor, harita çizecek olmalı..."

Süreyya omuzlarını kaldırdı:

"Unutuyorsunuz ki sandal, yürümek ve bizi taşımak için rüzgâra muhtaçtır. Şimdi, nasıl gideceğinizi düşünün... Bakınız "puf" yok..."

Suad dudak büktü.

"Kürekleri siz çektikten sonra... Zira dünya şahittir ki bu işin içinde hiç suçsuz iki kişi varsa Necib Bey'le biz ikimiz."

Süreyya düşünüyor, bir karar veremiyordu. Sonra dedi ki:

"Buradan kürekle Tarabya'ya geçer, oradan bir arabaya bineriz. Sandalı da bırakırız, Yenimahalle'ye ağır ağır gelsin..."

Necib, başını sallıyordu. Acaba akıntı izin verecek miydi? Çünkü Tarabya'ya geçmek için biraz yükselmek gerekirdi. Ya sonra?

Suad gülüyor, "Gemici Bey akıntıyı unuttu!" diyordu. Süreyya fikrini savunmak için söylediği sözleri gürültüye getirip "Yenimahalle'ye kadar çıkmak daha kolay değildir a!" diyerek haklı çıkmaya uğraşıyordu. En sonunda karara varıldı, bu sahilde sular yukarı olduğu için yükselecekler, oradan Yenimahalle'ye kürekle geçeceklerdi.

Suad şemsiyesini sallayarak:

"Herhâlde şimdiden sandala binmeliyiz, yoksa bu gidişle yemeği de denizde yiyeceğiz."

Suad yürürlerken kocasının koluna girip eliyle şurada burada rüzgârla atılıp kalmış olan tülden dalgalar gibi dumanları göstererek sokulgan bir sesle, kocasına yanaşarak:

"Bunlardan korkmuyor musunuz?" diye sordu.

Süreyya bu sesten, bu sokuluştan memnun:

"İşte kadınların gemiciliği bu kadar olur..." diye eğleniyordu. Onlar Suad'a ağırlık vermeyi bilirler, hele yorgunlarsa... "Başka çare yok Suad, gemici karısı gemici olmalıdır. Yoksa ben kürek çekerken yalnız safra olmayı elbet sen de istemezsin."

"Eğer gemicilik rüzgârsız kalıp geceyi denizde geçirdikten sonra yağmura tutulup hastalanmaksa..."

Süreyya gülerek:

"Ah kadınlar..." dedi. "Eksik söyledin Suad, bir kere gelecek belalardan bahsettiniz mi? Merdiven gibi yükselirler arkası gelmez...

Hasta olmak, yataklarda sürünmek, hortlamak... Sonra... Ne bileyim, gebermek demeliydin. Allah insanı sizin elinize düşürmesin. Hele dilinize hiç..."

Suad kolunu Süreyya'dan kurtardı ve şuh bir gülüşle dişlerini göstererek:

"Elimiz mi, dilimiz mi?" diye onu tekrarladı. "Bizim elimize ha... Ama bizim elimiz olmasaydı siz ne olurdunuz bilir misiniz?"

Süreyya şüphelendiğini ima eden bir tavırla başını sallayarak söylediklerinin ayrıntılarını bekleyen bir ifade takındı.

Suad, söylediklerinin etkisini pekiştirmek için kelimelerine mimiklerini de ekliyordu:

"Şu burundaki kayalar kadar vahşi, somurtan, sümsük..."

Süreyya kahkahalarla gülerek: "Aman neler, neler..." diyordu. Sonra ciddiyetle döndü: "Ya siz?" dedi. "Ya siz, ya siz?"

Karı, koca tekrar yan yana geldiler. Necib onların söylediklerine artık dikkat etmeyerek kendi kendine: "Evet sizin elleriniz!" diyordu. "Ben de onun için mi böyle vahşiyim acaba?" Sonra başını sallayarak: "Beni bu hâle getiren sizin elleriniz, o sizin dokunuşunuzdaki hoşluğa, kibarlığa, kadınlığa bakarak insanın içini ağlama isteği dolduran güzel kadın elleri değil mi?" diye düşünüyordu. Fakat acaba böyle harap eden eller olduğu gibi şifa, hayat veren eller de var mıydı?

Sonra Suad'a bakarak içinden: "Acaba senin ellerin gibi yüce eller bu yaraları sarabilir mi?" diye soruyordu. Eğer Süreyya da kendi gibi yaralı bir hayatın sahibi olsaydı, Suad gibi bir kadının öyle bir yarayı tedavi etmekte etkisini görecekti; fakat Süreyya kendini neşelerinden, mutluluklarından bile öldüren o hastalığın zehrinden emin bir ruh, temiz, habersiz bir ruh idi.

Birdenbire Suad durdu, kocasıyla konuştuğu sözde devam ederek yanlarına gelmesini bekledi. "Allah aşkına Necib Bey!.." diyerek girdikleri iddiaya ortak olmasını rica ediyordu: "Erkekler mi olmasaydı kadınların hâli kötü olurdu yoksa kadınlar olmasa erkeklerin hâli mi yaman olurdu?" Bunu soruyor, cevabını merakla bekliyordu.

Necib gülerek dedi ki:

"Bütün fikrimi söylememe izin verir misiniz, Suad hanım? İkisi de olmasa daha iyi olurdu. Fakat şimdi madem ki ikisi de var, ona göre fikir vermeli... Erkeğine göre, kadınına göre değişebilir bu tür düşünceler. Kimi erkekler var ki, onlar olmasa iyi olmazdı; fakat kimi kadınlar da var ki onlar olmasalardı hiçbir şey olmazdı... Üzüntü de, mutluluk da..."

Suad, Süreyya'ya dönerek: "Gördün mü?" diyordu.

Necib devam etmek istedi:

"Fakat sonra öyle kadınlar da var ki..."

Süreyya gülerek Suad'ı zorluyordu:

"Sonrası var, sonrası var... Onu bekle..." diyordu.

Onlar iddialarına, gülüşerek, bağrışarak devam ediyorlardı. Necib, arkada sersem, perişan gidiyordu. Kadınlar... Onların hepsinden şüphelenmek... "Ah, hıyanet!" diyordu. Şimdi daha şimdi Suad'ın kendine bakan gözlerindeki derin, sonsuz masumluk, kendi kirli kuruntusundan bir şüphe göremediği o temiz saf yüz onu eritmiş, ruhunu ezmişti.

"Bu bakış, dünyada böyle bakışlar da var... Ah, sadece bana ait böyle bir bakış, bana yönelen böyle bir yüz... Ben kurtuldum" diye inliyordu.

O zaman ilk gençliğindeki Necib olup hayallere daldığında düşündüğü o ruhunun kadınını, düşlediği kadını, hep mükemmellikle süslediği, canlandırdığı o genç kızı düşünmeye başladı. Bildiği bütün güzelliklerle süslediğini düşündüğü hâlde bile ona bu kadar saf ve narin, bu kadar pak ve nur dolu bir bakış verememişti! Suad elbette onun kadar güzel olmadığı, onun kadar mükemmel bulunmadığı hâlde bile bu hâliyle hayalinin yetişemediği bir güzelliğe sahipti. Onun ruhu ne kadar, ah ne kadar temiz olmak lazım gelirdi!

Şimdiye kadar kendini böylesine masumiyetiyle, sessizliğiyle ve yumuşaklığıyla, iyiliğiyle büyüleyen gözler görmediğini düşünerek "Ya nerede göreceğim?" diyordu. Şu ana kadar tanıdığı kadınları düşünüyordu gözünün önüne gelen tabloysa ya fakirliğin yönlendirdiği açgözlülükle namusları pahasına serveti ve renkli hayatları seçen kızlar ya da salon hayatının çeşitli sebepleri ile genç yaşlarında erken soluveren evli kadınlardı, "Pislik içinde namus aramak... Bulunmayacağı tabii olan yerde inci avlamak..." diye gülüyordu. Böyle yüce bir sevgi ile kocasına bağlılığıyla temiz ve pırıl pırıl kalmış kadınların ne kadar az olurlarsa olsunlar niçin bulunmayacağını kendi kendine soruyordu.

Sonra şüphe tekrar tırnaklarını çıkarıyordu: Yaşadığı hayat içinde namus ve masumiyet değerlerini zedeleyen bir sürü etken vardı ki tüm bunlar sadece gördükleri ile sınırlı değildi düşünceleri de zedelemeyi doğuruyordu. İçinde hâlâ saflığını koruyan değerleri hayatında da görmek istiyordu. Böylesine temiz ve saf bir ruhun gerçek olduğunu, bu güzelliği kendisinin de gördüğünü kabul etmediği hâlde ruhunda anlayamadığı, kaybolmuş ama muhtaç olduğunu hissettiği bu temizlik ve sakinliğin karşısında ne yapacağını düşünüyordu. Birdenbire Suad yine döndü:

"Canım, siz hâlâ susuyorsunuz..." dedi.

Bu, sandalın iskelenin yanında göründüğü zamandı. Süreyya ilerlemiş, sandalcıya işaret etmişti. Arkadan Necib'le Suad rast gele konuşarak gelirken Süreyya'nın sandala atlayıp yelkenlerle, iplerle uğraşmasına bakıp gülüyorlardı.

Suad, Süreyya'ya seslenerek: "Boş, bey, boş!" diyordu. "Herkes cezasını çekmeli. Küreklere sarılmaktan başka çare yok."

Necib sandala girmek için Suad'a yardım ederek:

"Hava bu kadar durgun olunca onu galiba hepimiz yapacağız..." dedi. Palamarları çözdüler. Sandalcı kanca ile rıhtıma dayandı. Yelken dalgalanarak sandal denize açıldı. Ve ilk hızlanışından sonra durdu.

Süreyya gülerek:

"Çala kürek bakalım... Suad sen dümene geç" diye kürek çekmeye girişti.

Suad başını sallayarak ve dümene geçmek için şemsiyesini güvenli bir yere koymaya çalışarak "Şemsiyeyi koymak için yer bulmak mümkün değil ki..." diyordu.

Kürekler o kadar büyüktü ki, kolay idare edilemiyordu. Süreyya bunlarla uğraşırken "Kürek çekmiyorsan a, şükret!" diyordu. Sandal ağır ağır ilerledi.

Suad birdenbire "Oh, bakınız..." dedi. Güneş, Büyükdere koyunun üstünde hafif dumanlar arasında kırmızı bir billur gibi, heybetli kararıyordu. Etraflarını serin bir deniz havası keskin kokusuyla sarmıştı. Deniz, uzakta bir pervane sesiyle homurdanıyor, arkalarında Tarabya'ya doğru bir gümüş parlaklığıyla, yumuşak ve süre giden dalgalarıyla akıyordu.

Tekrar kürek başladı. Süreyya ara sıra Suad'a dümeni anlatıyordu. Suad "Böyle mi?" diyerek söylediklerine itaat ediyordu. Serviburnu'na kadar böyle yükseldiler. Necib "Tamam on sekiz dakika!" dedi. Biraz daha gayret ettiler.

Suad: "Siz güneşin batışını görmüyorsunuz ki..." diyordu. Şimdi Büyükdere koyu bir ateşin parlaklığıyla kadifelenmişti. Güneş Bendler'in vadisi üstüne inmeye başlamıştı, köşe bucağı dumanlarla, karanlıkla dopdoluydu, yeşilliklerin üstünde dumanlarla boğuşarak kana boyanan bulutlar bütün daireleriyle titreyerek iniyordu.

Necib, "Işık içinde yüzüyoruz!" dedi. Suad ekledi: "Duruyoruz demek gerekir." Tekrar küreğe asıldılar. Dalgalardaki renkler gittikçe morararak sönüyor, deniz bir cam duruluğu ile uzanıyordu.

Arkalarında tufandan gelme bir ses inledi, hep birden uyandılar. Heybetli bir geminin saldırıya geçecek bir canavarmışçasına gelen korkunç sesiyle üzerlerine doğru geldiğini, pervanenin kestiği suların büyük bir şelâle homurtusuyla inlediğini gördüler. Suad sararmış, dümeni şaşırmıştı. "Aman vallahi battık!" diyor bir yandan da Süreyya'nın verdiği kumandayı uygulamaya çalışıyor ama yanlış yapıyordu. Süreyya sıçradı, dümeni bastı. Küreklere sıkı asıldılar. Gemi ancak on metre açıklarından, yardığı suyun içinden, yeraltından geliyor gibi gürültüler çıkararak korkunç bir canavar gibi geçti gitti. Süreyya, Suad'a gemiyi göstererek: "İşte erkekler olmasa kadınlar ne olurdu? Bak!.." dedi.

Suad, başını sallayarak "zararı yok, yok fakat yalnız kalsam zaten bu tekne ile buraya çıkamazdım ki..." diyordu. Necib "işte doğrusu yine benim söylediğimdir. Ne biri, ne diğeri." dedi.

Yenimahalle'ye varmak daha uzun sürdü.

Eve girdikleri zaman yorgunluğun ve bekleyişin etkisiyle o rahatlık hepsine tarifi mümkün olmayan, düşünemeyecekleri bir mutluluk oldu. Yemek bir buçuğa kadar bekleyen mideler tarafından tam bir minnettarlıkla kabul edildi. Necib'le Suad bir olmuşlar, sandal konusunu bir tarafa atmışlardı. Bunun için Süreyya hiç o konuya yanaşmıyor, onların yanında hep yeniliyordu. O, asıl, "Bugün aksi oldu, bir de rüzgârlı havalarda..." demek istiyordu. Fakat Suad "Bir daha mı? Bizi elbet bu kadar aptal sanmazsın?" diye gülüyordu. Süreyya "Size akşama kadar burada oturup onda gidelim, demedim mi ya? Herkes bilir ki rüzgâr güneşin batışına doğru söner..." demek istiyor fakat Suad'ın çatalını kaldırıp "sessizlik!" diyerek kurduğu tatlı baskıya gülerek razı oluyor, boynunu bükerek "Hakkınız var..." diyordu.

Yemekten sonra yine bu konu oldu. Suad sandalı, yelkeni, denizi, rüzgârı hep Süreyya'ya veriyordu. Öteki tam bir şükranla kabul ederek yalnız gezmenin iyiliğini anlatıyor, denizle bu baş başa kalışı sevdiğini söylüyordu. "Sen evinde otur da muhallebi pişir..." diyordu.

Ay bu gece hilâl masumiyetiyle o kadar saf ve bakir, deniz o derece durgun ve atlastı ki sessizlik ve hayranlık üstün geldi. İnce çizgi ışığıyla lacivert gökyüzünün en derinliklerinden lacivertleşiyor, ışığına biraz da karanlık karışıyordu. Sonra mavi dumanlar doluyordu uzun uzun, bu dumanların altında âşıkane aya bakarak uzun uzadıya tepelerin hüznüne karşı sustular. Mehtap balkona çatının gölgesinden geçip sönerek ve can çekişerek girebiliyordu. Birbirlerini bir gölge gibi fark ediyorlardı.

Süreyya bir uzun sandalyeye uzanmış, gözlerini bir yere dikmiş düşünüyordu. Suad balkonun bir direğine dayanmış, bakıyordu. Necib, bu ılık gecenin nefesleriyle gelen baygınlığın içinde dalgın, gün boyu düşündüklerinden vazgeçmiş sadece böyle bir kadınla beraber olabilmek için hissettiği derin isteği fark edip biraz da acıyla özlemin derinliğine dalıp kalıyordu. "Uyuyor musun?" diye bir sesin fısıldadığını duydu, titredi. Suad'ın hitabına başını kaldırıp bakınca bunun kendine olmadığını, kocasının sandalyesine eğilmiş, ona sorduğunu gördü. Bu seste öyle sıcak bir kucaklayış, öylesine zevk veren, titreten sırlı bir uyum vardı ki, bu karı-kocanın içtenlik ve mutluluğunu gösteriyordu. Birbirine böyle "sen" diye seslenmenin mutluluğunu şimdi anlamış, kendine sesleniyor sandığı Suad'ın sesindeki sıcaklık onu eritmişti. Şimdi, bu hitabın kendine olmadığını anladığı için daha bir mahzunlaştı, acısına hüzün karıştı... Ah, bulsaydı, kendine de bu sesle, bu bakışla, "Sen" diyecek kadın bulsaydı...

Onlar, şimdi karanlık içinde birbirinin koluna girmişler "izin var mı?" diyerek çekilmek için izin istiyorlardı. Yalnız kaldığı zaman kalkıp ilerledi, balkonun kenarına dayandı. "Evet, bu bakışı, bu sesi, bu kadını bulabilsem..." diye tekrarladı.

Etraftan akan beyaz bir sis hattı sahillerin yanından alçak, yavaş hareketlerle sokuluyor, denizin gümüşi çizgisi bir mehtap altında, karanlık, vahşi, susuyordu. Bu sessizlikle kaplı karanlıkta donuk beyazlığı fark edilen sisin öte tarafında parlayan gümüş çizgiye karşın karanlık bir ses, bir ishak kuşu feryadı, düzenli, inler gibi sürükleniyordu. Birdenbire kendini bu yalnız sesle, bu acılı iniltiyle o kadar yakın hissetti ki, uzun uzun ishak kuşunu dinledi.

"Evet, tıpkı ben" diyordu. "Eğer bütün ıstıraplarım bir ses bulsaydı hiç şüphe yok ki bu kadar vahşi, bu kadar insanlardan kaçan, bu kadar şanssız olur, bu kadar ümitsiz ve karanlık olabilirdi.

Ve yine yatmak zamanıydı yine yalnızlıkla beraber uyunacaktı. Bu hayat ona idamını bekleyen mahkumun cinneti gibiydi cinnet onu sarıp sarmalıyordu her gün ölüyordu yavaşça, usulca içinde küçük ölmezlik ümitleriyle, çırpınışlarla, titreyişlerle geçiyordu hayatı. Ruhunda o kadının, o bakışın o şefkatin arzusu ile titriyor, yorgunluğa yeniliyordu.

*

Suad, ara sıra gözlerini dikişinden kaldırıp yeşil köpüklü denizde beyaz yelkeniyle uçan kotraya bakarak, dalgın, yalnız, meşgul idi. Kalbi sürekli bir çarpıntı ile onu işini bırakıp gözleriyle sandalı takip ve araştırmaya itiyordu. Süreyya'nın verdiği güvenceye rağmen şiddetli rüzgârlarla teknenin devrileceğinden korkuyordu.

Sandalın geldiği günden beri Süreyya rüzgâr buldukça fırsatı kaçırmıyor, hemen balkona çıkıp sandalcıya sesleniyordu. Bu ses Suad'ın hayatının karabasanı olmuştu. Sessizlik hayatında bir fırtına merhametsizliğiyle tekrar ediyordu. Önce beraber olmak için birlikte çıkmak istemişti. Fakat deniz onu harap ediyor, günlerce sersem bırakıyordu. Onun için burada karşıdan onun gezintisine bakarak, bin heyecanla beklerdi. Kendini oyalamak için eline aldığı dikişi bile şaşırıyordu söküp tekrar yapmaya mecbur kalıyordu. Süreyya her zaman kendisini de götürmeye uğraşıyordu ama hayır baş dönmesi o kadar çoğalmıştı ki artık sandala binmesi mümkün değildi. Önceleri bir iki gün sersemliğin geçici olduğunu düşünüp onun isteğini kırmamaya çalıştıysa da olmadı. Hatta havalar iyi olduğunda bile binemeyecekti aklına getirdiğinde bile midesi bulanıyordu.

Eğer tehlikeden korkmasaydı Süreyya'nın kendisini bırakıp gidişine yine memnun olacaktı. Onun canının sıkılmasından pek endişe ediyordu. Hayatını sade kendi huzuruyla oyalayamadığını hissetmeye başladığı zamandan beri eğlenmesi için her şeye razı olmuş, ta ruhunun en derinlerinde sızlayan ufak bir yarayı yalnız kendisine saklayarak sessizliğe sığınmış ve sabretmişti.

Buraya ilk geldikleri zamanlarda henüz sandal konusu da ortaya çıkmadığından, yeniliğin hevesi ile bir ferahlık olmuştu. Fakat her gün o canlılık biraz daha soluyor, o ferahlık biraz daha şişiyor, her gün biraz daha iniyordu. Bazen bu durumu hayalinde birden kararan sonsuz ve karanlık bir boşluk, sonu olmayan bir çukur gibi görüyor, bir korku ürpertisiyle üşüyerek boynu bükük kalıyordu.

Gözleri dalgın, dikişi dizlerine bırakmış, beynini titreterek geçen bu düşünce üzerine "Ne yaparım Ya Rabbim, ne yaparım?" diye düşündü. Ne olacağını kesin olarak görmemekle beraber o çukur duygusu onu korkuya itiyordu. Bu korku ona sade Süreyya'sız, onsuz kalmak şeklinde görünüyordu. Tekrar başını kaldırıp denize baktı. Gözleriyle uzun uzun sandalı aradı ve onu sonunda orada, dalgaların arasında, köpüklere bulanarak, bir tarafa eğilmiş, yatmış, kırmızı bayrağı rüzgârla çırpınarak, bulunduğu tarafa doğru geliyor görünce tekrar kalbi hopladı. Süreyya'ya şikâyet edemiyor, onu engellemek istemiyordu. Kendisi anlasaydı, ah Suad'ın kalbinde ne acılar, ne özlemler olduğunu anlasa da öyle hareket etseydi...

Evde kalırsa daha çok canı sıkılacağından korktuğu için cesaret edip bir şey söyleyemiyor, hatırı kalacağından, öfkeleneceğinden korkuyordu. Fakat bir gün sandaldan da bıkacak değil miydi? Sandal da onu sıkacaktı, o zaman ne yapacaktı?

Tekrar o yara, o küçük yara bağırdı: Ah niçin ona yetmiyordu? Niçin ona her şeyi unutturamıyordu? Erkek kalbinin kadınların kalbinden daha fazla isteği olması bir haksızlık değil miydi?

Buna karşı susmak ve katlanmaktan başka yapılacak bir şey olmadığını düşünmek, suskunluğun ve boyun eğmenin bu kadar zor olduğunu görmek onu eziyordu. Önceden ricaya gerek duymayan Süreyya şimdi gittikçe artan bir şiddetle şaka görünümü altında her isteğine karşı gelebiliyor, Suad'ın istemediği şeyleri bile yapıyordu. Bu hoş görünümlü şakalar asıl niyeti güzelce koruyarak işi ciddiyetten kurtarıyordu. Ne olursa olsun isteği kabul olunmuyor, isteği dışındakiler yapılmış oluyordu. Hâlbuki onun için Süreyya'nın daha söylemediği isteklerini bile gözlerinden okumak ayrı bir zevk hatta mutluluk derecesinde bir duyguydu. Bazen Süreyya'nın kendisine böylesine acı çektirmesinin ve onu yalnız bırakışının bir haksızlık olduğunu anlatmak isterdi fakat birbirini izleyen küçük olaylar ve devamından doğan sonuçlar da kendini rahatsız ettikçe susuyordu, vazgeçiyordu. Bazense kocasına karşı fazlasıyla doluyor ve bu birikimlerin Süreyya'nın bir samimiyet anında bir okşayışıyla yıkıldığını, yok olduğunu görünce, ona aslında ufak haksızlıkları için değil de okşamadığı için incindiğini itiraf ediyordu.

Hizmetçi kızın: "Necib Bey geldi" demesi bu yalnızlık ve endişeli düşünceler arasında ona birden sevinç verir gibi oldu. O kadar bunalmıştı ki, Necib'in bu ansızın gelişi onu pek memnun etti. "Ah, ne iyi ettiniz de geldiniz, vallahi!" diyordu. Necib elinde bir tomar kâğıtla ayakta durarak Süreyya'yı soruyordu. Suad eliyle denizi gösterdi. Necib "Hâlâ sandal paralanmadı mı Allah aşkına?" dedi. Suad "aman ne diyorsunuz?" diye kalbini tutuyordu. Necib gülerek: "Yok efendim, şu bir gecede bir bora çıkar da..." diye patavatsızlığını düzeltmeye uğraşıyordu.

Suad "çağıralım mı?" diyerek balkona geçti, elinde dikmekle uğraştığı gömleği karşıdan yukarı doğru geçmekte olan sandala uzun uzun salladı. Necib, "Acaba görür mü?" diye soruyor, Suad suskun Süreyya'yı çağırmak için bahane bulduğundan oldukça memnun olarak elindekini ara sıra durarak tekrar tekrar sallıyordu, bu durum için Necib'e teşekkür borçluydu. Birdenbire sandalda bir başka hareket görüldü. Yelkenin yalpaladığını sandalın döndüğünü, sonra oradaki burna doğru gelmeye başladığını gördüler.

Suad: "işte geliyor..." dedi.

Necib elindeki kâğıtları sallayarak kendini göstermek istiyordu.

Beklerken oraya oturdular. Necib, niçin beraber çıkmadıklarını soruyordu. Suad bu soruya hafifçe kızararak ve sebebin tuhaf olduğunu düşünerek Süreyya'nın o hâlde bile kendini yalnız bırakmasını şaşkınlıkla düşündükten sonra: "İşim vardı..." dedi. Sonra yalan söylemekten daha da utanarak ekledi: "Deniz de tutuyordu..." Sonra utandığını belli etmemek için "Onlar ne?" diye kâğıtları gösterdi. Necib elindekileri uzatarak "Sizin için..." dedi.

Suad, kâğıtları açmaya uğraşırken Necib ayakta ona bakarak, şu notalar için ne kadar telaş ettiğini düşünüyordu. İki seferdir unuttuğu için bu kez kesinlikle getirmeye karar vermişti. Sabah vapurla Boğaziçi'ne geçmek niyetindeyken vapurda aklına gelince dönmek zorunda kalmış, Beyoğlu'na çıkıp hem notaları almak hem de yemek yemek için öğleye kadar kalmıştı.

Suad sevinçle: "Ooo, bunlar nota..." dedi. Necib de, notasızlıktan sızlandığı için getirdiğini söyledi.

Suad, memnun, birer birer karıştırıp isimlerini okuyordu:

"Ooo, Nurma, Otello, Manon, Lesko, Hernani, Lukraçia Borgia, Sappho... Ah ne güzel! Bu ne, bu da Ganone... Romeo ve Juliet... Ah ne güzel... Fakat ne güç Ya Rabbim, ne güç! Ben bunları beceremem ki!.. Mümkün değil!.."

Teker teker heyecanla notalara bakıyordu:

"Ooo, bunlar burada vardı ya... Traviata, Faust, Karmen, Maskot, Rigoletto... Bunlar burada hep var... Lafororça Deldedesteno..."

Necib, hepsi hırpalanmış olduğu için tekrar aldığını söylüyordu. Suad o kadar memnun kalmıştı ve mutlu olmuştu ki, Necib de memnun oldu. Sonunda Suad teşekkür ederek: "Artık uzun baş ağrılarını hak ettiniz..." dedi.

"Ben de onu rica edecektim."

Aşağıdan Süreyya'nın sesini işittiler. Balkonun kenarına çıktılar. Süreyya sandalda, dağınık bir kıyafet, güneşten kavrulmuş bir çehreyle yukarı bakıyor, fesini sallayarak: "Hoş geldin! Bakalım, bir haftadır nerede idin a kuzum?" diyordu. "Haydi gel, gezelim." dedi. Sonra Necib'in başka güne erteleme ricası üzerine kendi yukarı çıktı.

"Başka gün filân diyerek yine yarın kaçarsın. Belli, biz artık Suad'la kararı verdik... Kapının anahtarı elimizde..."

Necib gülerek:

"Ben görmeyeli iyi yanmışsın..." diyordu.

Suad kırgın bir şekilde:

"Bir haftadır sandaldan çıktığı yok ki... Ben de öyle kavrulacaktım ya... fakat ciğerlerim kopuyor sandım... Sandal dalgaların arasında küt küt vurdukça... Fakat burada kalmakla daha rahat oluyorum zannetmemeli... Akşama kadar bin telaş, bin heyecan..."

Süreyya, fesini bir tarafa atarak:

"Belli a Necib." dedi. "Kadınlar sürekli heyecan, sürekli telâş ederler. Devamlı sinirleri rahatsızdır ve başları ağrır..."

Sonra elini tutup sıkarak:

"Ey, sen hoş geldin bakalım. Ne haber? Bir haftadır ne yaptın, nereleri gezdin?" dedi.

Necib oradan ayrıldığı cumartesi gününden beri ne yaptığını anlatıyordu! "Haberler!" diye başlayarak önce bağa gittiğinden bahsetti. Bir gece de o "Taş ocağına" gitmişti. Hacer pek merak ediyordu. Hatta birkaç gece için gelmek bile istiyordu. Fakat Fatin'in bu aralık işleri o kadar çokmuş ki, getirdiği büyük defterlerle geceleri bile uğraşıyormuş...

Süreyya gülerek: "Gitmeye ihtimal kalmasın diye yapar." diyordu. Sonra soruyordu: "Annem niçin gelmiyor?"

Suad, o hep anlatırken elindeki notalarla meşgul, başını kaldırdı:

"Evet, hanımefendi gelecekti. Söz verdiydi?"

Hâlbuki beyefendiden kurtulmak imkânı olmadığını hepsi biliyordu. Beyefendi bir kocadan çok bir efendi olan kocalardan olduğu için hiç kimsenin keyfine bir saatini feda etmek istemediğinden hanım bir iki gün gelip burada kalamıyordu. Haber göndermişti: O kadar gelmek istiyor, fakat mümkün olamıyordu. Asıl o, kendileri niçin gelmiyor diye soruyordu. Hacer: "Kışa gelecekler a! Şimdi niçin uğrasınlar?" diyordu.

Süreyya kabararak:

"Kışa mı? Öyle budala bulurlar..." diyordu. Sonra Necib'e sorarak: "Biz kışın da burada otururuz, değil mi? Ne dersin Necib? Olur mu acaba?"

Necib pek uygun buluyordu. Kışın buraları bütün bütün sessizliği ve ıssızlığıyla o kadar hoş olurdu ki... Başını çevirip Süreyya'ya bakarak:

"Sade can sıkılır..." diyordu. "Kitap, kitap, kitap, kitap... Dünyanın bütün gazetelerine abone olmalı... Bir hafta gelen gazeteleri öbür haftaya kadar okuyamamalı... Sonra havalar iyi olunca..."

Süreyya da asıl onun için istiyordu. Havalar iyi olunca yazın tozundan, sıcağından gezilemeyen bütün bu civarın ormanları, koruları hep gezilir, keşfedilirdi. Balıkçılık da vardı. Hem kim bilir daha neler çıkardı?

Sonra Fatin'i sordu: "O ne yapıyor bakalım, ne söyledi?" dedi.

O da Süreyya'yı merak ediyordu. Necib'e: "Borç kaça çıktı acaba?" diye sormuştu. Yazın borç edip kışın İstanbul'da pinekleyerek ödemek ona pek tuhaf geliyordu. Sonra pantolonunu çekerek "Gençlik, heves... Ne olacak?" diyordu.

Süreyya, Suad'ın elinden kâğıtları alarak: "Miskin herif... Kışın buldular, budala gibi oraya kapanacağız?" diye mırıldandı.

Dalgın dalgın notaları karıştırıyordu. Sonra onları ilgisizce bir tarafa bırakarak: "Başka ne haber? Sen vaktini nasıl geçirdin?" dedi.

Necib ilgisizce:

"Her zamanki gibi!.."

Fakat yalan söylüyordu. Çünkü bir haftadır her tarafta gezdiği hâlde hiç bu kadar sıkılmamıştı. Önce Beyoğlu'na gitmiş, oranın mevsimi olmadığına suç bularak adaya geçmişti. Üç gece orada otelde kalmıştı. Otel gerçekten seçilmiş bir toplulukla tıka basa doluydu. Kalabalık bir süre kendisini uğraştırır gibi olmuştu. Uzaktan tanıdığı birkaç kişiyle arkadaşlık kurdu. Bazı yeni gruplarla ve insanlarla tanışmıştı. Bir süre orada epey bir zaman geçireceğine inanmıştı. Önce grup hâlinde dolaşmak, Hristoslar, oyunlar onu eğlendirmiş, bir ressam ailesinin üç kızıyla da hoş vakit geçirmişti. Fakat bir süre sonra yine bu ilişkilerden ve bu hayattan iğrenmeye başlamıştı. Konuşurken, gezerken, susarken bütün kalbe ait duygularını abartılarla siyahlatarak beş keşifle olandan ve kendinden bir iğrenme hissetmişti. Herkes içtenliğini başka bir zamana saklıyormuş da sanki burada kendisine özel bir kimlik oluşturuyordu. Bunları bile bile herhangi biriyle görüşmek, ondan birtakım itiraflar dinlemek, her şeyin, sözlerin, davranışların, sesin, evet sesin bile yapmacıklığını, her türlü davranışın seçkin görünmek sevdasıyla yapılan hareketler olduğunu sezdikçe iğrenme duygusu artmış yemeğini yer yemez balkonun bir köşesine çekilmeye başlamıştı. Aslında bu davranış tarzı da yaşadığı zamanın belli bir tabakasına göre alışılmış tavırlardı. Ama artık o bunları kabullenmek istemiyordu.

Ve içinde sürekli bir çırpınma, ruhunda sürekli bir heyecan ürpertisi vardı. O sese, o bakışa ait bir heyecan ki, etraftaki kadınların böyle şeylere ne kadar yabancı olduklarını görmekten iğreniyor sanılırdı...

Bütün bu üzüntü ve sıkıntının arasında bir sevinç, durup dururken taşan bir neşe oluyordu ki, bu duygunun nereden çıktığını bilemiyordu. Merak ediyor, bu sebebi arıyordu. Hayatında oyalanacağı bir uğraşı, kendini mutlu edecek hiçbir şeyi yoktu. O zaman birden Boğaziçi'ni görüyordu: Evet orası vardı. Yalnız oraya giderse sıkılmayacağını hissediyordu. Fakat bunun için bu kadar heyecanı fazla görüyor, onu başka bir sebebe yüklemek istiyordu. Herhâlde orayı şiddetle arzuluyordu. Oranın sersemletici güzelliği ve bir çiçek gibi açan ufukları, yıldızlarla heyecan dolu semaları, berrak ve yeşil denizleri... Hep onları istiyordu. Onları, özellikle orada, o temizlik ve masumiyet içindeki ruhi hayatını istiyordu. Cumartesi ancak öğle yemeğinden sonra koyuvermişler, hafta içinde yine beklediklerini söylemişlerdi. Onların hoşlandıkları gibi yapmanın nezaket kurallarına pek de uymayacağını düşünüyordu. Ve bu ufak bir mücadele oluyor, ruhu orayı isterken nezaketi onu engelliyordu. Bu mücadele bir hafta devam etti.

"Perşembe günü giderim..." demiş bulundu ve bu kararı verdikten sonra da o günü tuhaf bir sabırsızlıkla bekledi. Artık sıkıntılı hâli geçmiş yalnız beklemek kalmıştı. Kararı verişinin sonrasında ise eskisi kadar sıkılmadığını fark etti. Sebebini tam olarak bulamıyordu ama bu perşembe günü gitmenin onu rahatlattığını hissetti, hayretler içinde kalıyordu, bunun üzerinde derinlemesine düşünmüyordu ama bu duyguyu her fark edişinde: "Garip, garip..." diyordu.

Adaya pazar günü gittiği hâlde, perşembeye kadar bekleyemedi, salı günü adadan ayrıldı. Hiç olmazsa yanlarına giderken değişik haberler götürürüm bahanesiyle bağa gitmek istiyordu. Bağda daha çok bunaldı, orada önceki gibi neşe kalmamıştı. Önceden, ayda yılda bir oraya uğradıkça sıkılmaz, güzel vakit geçirirdi. Bu sefer bir buçuk gün orada harap oldu. Akşama kadar esneye esneye ölüyordu. Hacer, kendisine darılmıştı. "Onlarla beraber bize oyun edersin ha?" diye ciddi bir şekilde rahatsız olduğunu gösterir bir tavırla bakıyordu.

"Artık tabi oraya sık sık gidersin değil mi?" diye soruyordu. Ve bunu sorarken gözlerinde öyle bir delici bakış vardı ki, Necib bu bakıştaki kıskançlığı ve kini fark edince titredi.

Hanımefendi'de yine o sakin gülümseyiş ve yine o herkes için iyi düşünmek ve elinden geldiğince iyilik yapma hâli vardı. Uzun uzun oğlunu, gelinini soruyor, gidip görüşemediği için sızlanarak: "Onlar olsun ara sıra gelmeliler, değil mi?" diyordu.

Necib bağda perşembe sabahını zor etmiş ve ilk trenle inmişti; fakat notaları alması sebebiyle Boğaziçi'ne ancak öğleden sonra gelebilmişti.

Bu ayrıntıları işine geldiği gibi değiştirerek aktarıp ada hayatını biraz gürültülü ve eğlenceli bir şekilde anlattıktan sonra sustuğu zaman Süreyya: "Ey haydi bir yere çıkalım... Gezmeyecek miyiz?" dedi.

*

Necib bu sefer bir hafta aralıksız Pazarbaşı'nda kaldı. Sabahları Süreyya'nın bıktırıcı ısrarına dayanamayarak kotrada ona eşlik ediyordu. Süreyya'nın kotra hevesi kendisine her şeyi önemsiz gibi görme derecesine getirmişti. Haziran meltemleri pek çok eğlendiriyordu. Her gece havaya bakıp güya yarınki rüzgâra dair keşiflerde bulunmaya çalıştıkça Necib'le Suad birbirilerine bakarak gülüşüyorlardı. Havanın durgun olması onu korkutuyor, artık akşama kadar rüzgâr için çeşitli yönler kollayarak sıkılıyordu. İki kez öğle vakitlerinde havanın bozulması sebebiyle yarı yolda kalmışlar bu yüzden de yemeklerini ancak saat yedide yemişlerdi. Süreyya buna özür bulmak için "Ne yapalım, her keyfin bir zahmeti vardır!" diyerek yalnızca omuz silkiyordu. Bir defasında Suad da eşlik etti; fakat öbür günler sandal pek erken çıktığı için işini bırakamayarak gelemedi. Necib bir saat daha beklenirse onun da işini bitirip onlara katılabileceğini görüyor fakat Süreyya'nın bunu yapmayışına şaşırıyordu. Geldikleri zaman Suad'ı dikişiyle uğraşır, yemeği kendilerine hazır bulurlar; yemekten sonra tekrar balkona çıkıldığında Süreyya ancak yarım saat sabredebilir sonra dayanamayarak yine sandalcıya işaret verir, Suad'la Necib kendisini alıkoymak isterler; fakat başaramazlardı... Bir defa bin zorlamayla evde alıkoydular; fakat o gün hep kotra ahıyla ofuyla geçtiğinden onlar da acı duydular. "Ben sizin piyanonuza karışıyor muyum, siz de beni bırakın..." diyordu.

Süreyya çıktıkça Suad'la Necib ya karşıda yüzen sandala bakıp konuşuyorlar, yahut piyano ile oyalanıyorlardı. Bu haziran öğleden sonraları sandal konusundan girilerek havadan sudan sohbetler sırasında Suad'ın ağırbaşlılığı ve güzelliğine hayranlığı, tabiatındaki yumuşaklık ve sakinliğine tutkunluğu yineleniyordu. Sonra piyano onlar için büyük bir eğlence idi. Suad, Necib'in getirdiği notaları sabahları yalnız kalınca çalmak için uğraşıyor, öğrenirse akşamları ona çalıyordu. Bazen öğrendim zannettiklerini onun yanında beceremeyince kızıyor "Ben işte iki sabahtır sizin için uğraşmıştım..." diye hırçınlaşıyordu.

Maskeli Balo'da bir potpuri vardı ki, bazı parçalarındaki güzellik ve tatlılığa Necib doyamıyor. "Bunu bir sene durmadan dinlerim..." diye gülüyordu. Bazı havalar oluyordu ki, ilk denemede beğenmemiş oluyorlardı, fakat sonra bunu öyle bir beğeniyorlardı ki adeta bu derin zevkten sarhoş oluyorlardı. Traviata'dan "Melek Kadar Saf" Aida'dan "Ah Benim Kederim, Sana Merhamet Versin", Faust'tan "Artık Geç Oldu, Adiyo!" parçaları böyle olmuştu. Onları en çok Manon Lesko büyülüyordu. Üçüncü perdenin finali olan "Yok, Ben Çıldırmışım; Bak, Nasıl Ağlıyorum?.." parçası defalarca tekrarlanıyordu. "Ah Manon!" diye Necib mırıldanıyor, piyano ağır ağır inleyerek onlara her şeyi unutturuyordu. Sonra şen havalar geliyordu. Traviata'nın methali, Karmen'in marşı, dördüncü perdenin girişi Necib'i mest ediyordu. "Ah Cavaleria Rustikana..." diye yalvarıyordu. Fakat Suad bunun ancak sarabiyyesiyle Lola'nın şarkısını kolayca çalabiliyordu. Asıl büyük parçaları Sicilyanasıyla intermeççosunu, peşrevle dua parçasını denemek istedikçe birbirine karıştırıyor, "Bir ay çalışma gerekli." diyerek erteliyordu. Buna karşılık kolay parçalar peş peşe geliyordu. Verdi, ikisinin de en çok tercih ettikleri tek bestekârdı. Onun için eserlerini zevk alarak dinliyorlardı. Şimdi Puccini'yi de beğeniyorlardı. Suad, bir senedir Manon Leskui'ye el sürmediğini söyleyerek gülüyor "Hiçbir şey ummadımdı." diyordu. O zaman bu müzik merakının kaynağını anlatmaya başlıyordu. Nasıl olup da babasının kırkından sonra bir Avrupa seferi sonrasında viyolonsele merak saldığını, sonra kızını nasıl uddan, kanundan alıkoyup piyanoya çalıştırdığını anlatıyordu.

Dışarıda köpüren rüzgârla perdeler uyanırken güneşin sunduğu o ılık gizlilik içinde, nasıl da rahat ve bu müzik sarhoşluğu içinde nasıl da mutluydu, kendini, dünyayı, her şeyi unutuyordu. Süreyya'nın geri dönüşü onlar için bir işaret gibiydi. Hemen hazırlanırlar, gezmeye çıkarlardı. Suad gülerek "Dadı, sen de gel..." der, fakat Behice Dadı yalıda beklemeyi tercih ederek "Siz gidiniz kızım... Haydi, Allah keyfinizi artırsın, efendilerim" diye çekilirdi.

Artık bu hemen her zaman tekrarlanıyor gibiydi. Her akşam kavak yoluna çıkıyorlardı. Orda karakolu geçince küçük bahçeye girdikleri de oluyordu. Her zaman Süreyya kapıdaki levhayı gülerek okur, "Güzellik gösteren bahçe!" derdi. Burası Necib'in düşüncesine göre Boğaz'ın en güzel yeriydi. O kadar ki, başka her yeri unutuyordu. Burada alabildiğine bir açıklık vardı gözün görebildiği her yeri seyredebiliyordunuz ondan daha muhteşem hiçbir şey olamazdı. Deniz ayaklarının altında bütün hareketliliğiyle serilmiş, gülümsüyor, ufuk birbirlerini kovalayarak dalgalanan tepe silsileleriyle mavileşerek dumanlanıyordu.

Kendi kendine hayret eder ve başka türlü açıklayamayınca buna sadece bir tepki diyordu. Uzun süre kalabalık içinde yaşadıktan sonra şimdi bu sessizlik ihtiyacı pek doğaldı. Bütün bir kış sonu acı bir kinle biten bir ilişkinin peşinde Beyoğlu kasırgasının hiç hükmünde olan bir tozu gibi olmuştu. Şimdi ruhunda, vücudunda sessizlik ve ümit ihtiyacı vardı. Sonra buradaki içtenlik ve gizlilik, bu masumluk ve sessizlik, bu taraflarda insanlığın kötülüklerinden şüphe ettirerek onu unutturan meleklere yaraşır sessizlik, rahatlık bütün pisliklerden kurtarıyordu. Uzun bir ahlâk hastalığından şimdi temiz ve sağlam çıkıyor gibi geliyordu.

İnsanlardan kaçanlardaki tecrübelerin şiddetini genele yaydıktan sonra ulaştığı sonuçlar ona şimdi pek acımasız, pek kesin görünüyordu. Böyle şeyler hakkında kesin hükümler vermek kadar budalalık olmadığını kabul ederek o hâlini haksızlık sayıyor, bütün Suad'a benzeyen yüce kadınlardan kalben af diliyordu. Suad'ın sessiz ve sakince bakışı onu ağlatacak kadar üzüyordu. Bütün yüzünde, dudaklarında, alnında öyle bir masumluğun nur dairesi görüyordu ki önceden beri bu şeylerle çok oyalandığı için olanca önemiyle takdir ediyor ve "Herkes de benim gibidir değil mi?" diye deneyimli geçinenlere gülüyordu. "Bütün suç işi genelleştirme ve sonuç çıkarmada!" diyordu. "Kendine has bir bakışla bakıp genele yaymak... İşte bir cinayet! Oh, beni affetsinler." Sonra aslında bunun cezasını da kendi çektiğini düşünerek kalben büyük bir ihtiyaçla mutluluk anının artık gerçekleşmesini istiyordu. Asıl sorun onun gibi bir kadın bulmaktı. Tereddüt ediyordu: "Nasıl, bu mümkün olur mu acaba?" Onun gibi biri, kendi şüphelerini, şimdi tedavi edilmeyen bütün yaralarını ipek elleriyle saracak, onları iyi edecek, masumluk ve sessizlik içinde güzel kokularla kokulandıracak bir kadın?

Hep bu düşünceyle oyalandığı için, bir akşam yine Büyükdere'den gelirken Süreyya bir sebeple kendisine: "Evet, evlenmeli azizim..."

deyince titredi, sonra gülmeye başladı. Üç ay önce evliliğin o kadar aleyhinde bulunan Necib on altı yaşında bir okullu gibi şimdi onu kutluyordu. Ve işte buna gülüyordu. Fakat aldanmak, yanılmak zihnini dehşete sürüklüyordu. Suad gibi bir kadın hayal ederken... Burada hep gözünün önünden sonsuz bir kocalı kadınlar alayı geçiyor, o zaman bir dakika yine eski Necib olarak omuz kaldırıyordu.

Bu sıralarda bir gün, erken kalkamadığı için kendisini evde bırakıp gitmiş olan Süreyya görünüşte darılarak, gerçekteyse odanın güneş gören gölgesinde dikişiyle oyalanan Suad'ın karşısında sigara içen Behice Dadı'nın yanında oturmayı tercih ederek uzanmış bakıyor, Suad'ın dikişini seyrederek bu ailenin sakinliğine hayran oluyordu. Suad ara sıra bir iki söz söyleyerek ikide bir de başını çevirip dalgın gözleriyle sandalı arayarak dikişini dikiyordu. Arkasında ince siyah çizgili bir keten gömlek vardı. Saçları başının üstünde kestaneye yakın rengiyle dalgalanarak bir bulut gibi kümeleniyordu. Bu o kadar güzel bir tabloydu ki: "Şüphesiz ki kadınları güzelleştiriyor." diye karar verdi. Eski Necib sesini yükselterek: "Fakat düşündürüyor!" dedi. Evet gerçekte Suad dalgındı; fakat ikide bir de başını çevirip baktığında gözlerindeki o endişe, sandalı görünce öyle bir rahatlamaya dönüşüyordu ki, bu dalgınlığın sebebi kolayca anlaşılıyordu.

"Ah, ne kadar seviyor..." diye düşündü ve içi sıkıldı. Çünkü kendisinin böyle bir eşi olsa bile Süreyya gibi sevileceğini garantileyebilir miydi? Ve bir söz sırası düştüğünde ona da söyledi. Evlilik hakkındaki bütün fikirlerini anlattı. Necib aslında Suad'ın ona nasıl bir ilaç, nasıl bir kalp kuvveti olduğundan bahsetmek "Peki evleneyim; ama bana sizin gibi, kendiniz gibi birini bulunuz." demek istiyordu. Fakat söz ağzında dolaşıyor, bir türlü çıkmıyordu. Sıkıldığına şaşıyor, bunda bir sakınca olmadığını kabullenmek istiyor; ama bir türlü o kelimeleri söyleyemiyordu. Buna bir dadı engel olamazdı herhâlde. O, dinlerken bile anlamıyor gibi bakardı. Hem ondan gizlemek için hiçbir sebep göremiyordu. Bunun için onun kendinde nasıl bir değişikliği gerektirdiği, içinde yaşadığı büyük çölde kendisine nasıl bir ümit vahası ve emel olduğu konusunu uzun uzun anlattığı hâlde sonucu söyleyemeyerek tereddüt etti. Suad tüm bunları suskun bir şekilde dinliyordu. Kadınlar hakkında Necib'in kötü düşüncelerine, şüphelerine gülerek: "Ooo, hiç öyle değildir... Aman ne kadar aldanmışsınız!" diyordu. Onun tanıdığı kızlar vardı ki, o hepsini beğeniyordu. Ve böyle kolaylıkla beğenebildiği için de Necib şüphe ediyordu. Suad sonunda: "Söyleyiniz bakalım, nasıl bir kız istiyorsunuz?" dediği zaman dondu kaldı. Omuzlarını kaldırarak: "Nasıl olursa olsun, asıl gerekli olan hâlidir..." dedi.

O zaman Suad tekrar sordu. Ayrıntı istiyordu. Konuşma öyle bir yere geldi ki, sonunda mecbur olup "Sizin gibi olsun." dediği zaman Necib kendi de sebebini bilmeyerek kızarmıştı.

Suad'ın normal ve sakin olan yüzü hafifçe kızardı, sustu. Sonra başını kaldırıp: "Teşekkür ederim. Fakat iltifatı başka bir zamana saklayınız da..." diyerek devam etti. O zaman asıl güç şey yapılmış olduğundan; evlenmekten çekinme sebebi onun gibi bir kadına rast gelmemek korkusu olduğunu anlattı. O söyledikçe Suad'da utangaçlık yok oluyordu. "Çok..." diyordu.

"Çok, siz görmemişsiniz... Tabii göremezsiniz. İltifatlarınızı boş yere harcıyorsunuz. Neler var, neler..."

Ve mahzun, boynunu bükerek, tekrar ediyordu:

"Neler!"

"Evet, neler vardı; fakat işte Necib onların hepsini görmüştü, ancak Suad gibi olursa yaşayacağına karar vermişti. Onun için bir kadın bulmayı bile düşünen Suad'ın bu konudaki yüzeysel fikirlerine bakarak söylediklerini onun hakkında beslediği güzel fikirlere yakıştırıyor, bir süs gibi düşünüyor, kötülük görmemiş, pislik bilmiyor..." diyordu. Sonra anladı ki Suad "hâli" sözünden incelik ve güzellik anlamıştı. O zaman iyice anlatmaya başladı. Ve bu anlatımı uzun sürdü. Birer birer, olaylarla örnekler göstererek onda tam karşılığını bulamadığı "Meleklik" kavramını anlattı. Ve bunun bir kadın için nasıl bir güzellik ortaya çıkardığını, yumuşaklık ve sabrı, şefkati, sakinliği ve gülümsemesi ile bir kadının nasıl daima düşkünlüğe değeceğini tarif etti.

Suad:

"Nasıl, bir kadını sabır ve tahammülü için mi seversiniz?" diyordu.

Necib, tekrar güzelce açıkladı. Bunun kadınlığı nasıl süslediğini, sakinlik ve tebessümün bitkin ve kahrolmuş erkekler için nasıl bir güç ve teselli olduğunu anlatıyordu. Suad artık dikişini yanına koymuş, başını koluna dayamış dinliyordu. Kendi kendine: "Süreyya da böyle görse, böyle düşünse..." diyordu. Fakat bir şey söylemedi. Sade, Necib bitirdiği vakit gülerek: "Herhâlde bütün bunlar yemek kadar önemli değildir." dedi. Onun için Necib onun ne düşündüğüne dair bir şey anlayamadı. Bunu ancak yemek sırasında anlayabildi. Orada bu konu bir daha Süreyya'nın yanında tekrar edildi. Suad evlilik konusunu açmış anlatıyordu. "Onun için zor!" dedi. Süreyya, "Niçin?" diye sorduğu vakit Necib bir an, "Benim gibi istiyor..." diyeceğini düşünerek farkında olmadan kızardı, Suad bir süre tereddütten sonra sadece: "Kendisi pek zor beğeniyor da..." diyebildi. Bu gizlilik, bu küçük sır Necib'in tüm kalbini titretti, bir saniye bile olsa ruhu haz içinde kaldı. Aralarında böyle bir şeyin bir sır oluşu onu o kadar mest ediyordu ki, hep bunu düşünüyor, uzun uzun bununla oyalanıyordu. Fakat iki gün sonra bir şey oldu ki, bütün ruhunun sakinliğini alt üst etti:

O gün öğleden sonra üçü birden yine bahçeye gidiyorlardı. Bu, boğazın köşe bucağının dumanlarla dolup denizin sıcaktan hâlsiz serildiği sıcak bir gündü. Ancak bahçede otururlarsa sıcağın şiddetinden biraz kurtulacaklarını, orada biraz hava bulacaklarını sanmışlardı. Bahçenin yolunda yürürlerken karşıdan bir gencin geldiğini gördüler. Delikanlı bu kadar ıssız bir yerde birisi hanım olmak üzere üç kişinin dikkatli bakışları altında bulunmaktan vücut bulmuş gibi hafif bir sıkılarak geçti. Bu, güzel, zarif, ince bir delikanlıydı. Geçince Süreyya Suad'a: "Bu kim Suad, tanıyor musun?" diye sordu. Kendisini birkaç kere daha gördüğünü zannediyordu. Ara sıra şurada burada rast geldikleri olmuştu. Hatta dün Necib yanlarındaki yalının iskelesine sandalla çıkarken görmüştü. Birden hatırlamaya başladı; bir gün de vapurda rast gelmişti ona, vapur Yenimahalle'den kalkıp aşağı doğru dönmek üzere Pazarbaşı'na yaklaştığı zaman yalılara pek dikkatle bakması dikkatini çekmişti. Necib bunlarla oyalanırken Suad Süreyya'nın sorusuna "Bilmem!" diye cevap verdi. Necib bu konuşmalar arasında bu çocuğun karşılarına çıkmasına önem vermeyerek sebebini ararken öyle geldi ki, Suad bu sözü söylemek için bir an tereddüt geçirdi.

Ve bu yeterli geldi. Bir anda eski Necib, şüpheli, sinirli, karanlık Necib tekrar uyandı. Kadınlardan öyle hıyanetlerle aldatılmış, bazılarını o kadar küçümseyerek aldatmıştı ki, şimdi kalbine bir yılan girmişti, Suad'dan başka hangi kadın olsa şüphe edecek bir kabiliyet kazanmıştı. Hatta ona bile, şüpheciliğinin alışkanlığıyla, Suad için bile kendi kendine: "Sakın..." diye başlayan ses, dudaklarını ıslatan tebessüm... Bunlar şüpheyi azdırıyorlar ve o zehrini kalbine akıtıyorlardı.

"Ah ben budalayım, deliyim..." dedi. Bunda hiçbir ilişki, bu ihtimal için hiçbir sebep yoktu. Kendinden bir tiksintiyle kaçmak isteyerek "Hem mümkün değil, mümkün değil!" dedi. Fakat eline geçen her hiç hükmünde olan sebeplerle üzüntüler bulmaya o kadar alışmış, onu öyle bir zevk derecesine çıkarmıştı ki, ihtimali gerçekmiş gibi düşünmeye koyuldu: Bu, önce yavaşça sokularak, okşamalarla, ricalarla dinlemeye zorlayarak elinde olmadan ortaya çıkan bir sürü sorularla başladı. Bunlar öyle şeylerdi ki dinledikçe düşündürüyor, şüphe etmek zorunlu oluyordu. Ve şüphe gelir gelmez sade bir ihtimalle yerleşen bu düşüncelerle, cehennem azabı içinde yanmaya başlıyordu. Suad'ın başka birisini sevmesi ihtimalinin, onun temizlik ve masumluğundan doğan bir şüphenin zehirli tırnakları vardı, dokundukları yeri ateş gibi yakıyorlardı. "Ya öyle ise, Ya Rabbim ya bu gerçek ise?" diyordu. Bu ihtimal onu gerçekmiş gibi rahatsız etmeye başlayınca Suad'a olan güveni zayıflıyor ve ondan farkında olmaksızın uzaklaşmış oluyordu.

Ona bakarak bu gözlerin, bu dudakların böyle kirli hıyanetlerin kadını olmadığını düşünmek, Suad'ın o kadar zamandır hayran olduğu melekliğini hayal etmek istiyor "Nasıl olur, başkaları için tamam ama onun için mümkün değil..." demeye uğraşıyordu. Onun her günkü hayatını göz önüne getirerek bu hayatta öyle ihtimaller bulunmadığını tekrar ediyordu. Fakat o sorular, o hain sorular tekrar kulaklarına, tekrar ruhuna sokuluyor, uzayıp gidiyordu. Öyle olmasına ne engel vardı? "Kadın değil mi?" diyordu. İnsan onları ne zaman yeterince anlayabilirdi, tanıyabilirdi. Görünür bir sebep, bir işaret yoksa bile herkes bilmez miydi ki kadınlarda böyle şeyleri gizleyebilmek için ne hain yetenekler, kolaylıklar, ne başarılar vardı? Hem kadınlara hıyanet için sebep sormak kadar budalalık olur mu? Bu onlar için bir ihtiyaç, aldatmak, hıyanet etmek doğal ve hayati bir görev değil midir? Ah, onlar böyle pisliklerle aldattıklarına, kendilerine, büyük, temiz ruhlarına aldananlara acaba nasıl bir bakışla bakarlar, Ya Rabbim?

Bunlara bir cevap gerekiyordu. Cevabı ararken Suad'da da böyle bir tavra yatkınlık buluyor, kadınların ketum oluşlarını, gizemli oluşları onu sebepler bulmaya itiyordu sonrasında da artık olaylar uydurmaya başlıyordu. "Gerçekten böyle bir şey olsaydı?" diye yanarak düşünürken, delikanlının önceden verilen haberler üzerine orada burada karşılarına çıkması, hatta bugün Suad'ın kendilerini buraya getirmesi de belki hep onun için olduğunu düşünmek onu harap ediyordu. Ah hepsi mi, hepsi mi öyle idi? Hepsi mi aynıydı? Onun da böyle bir şeyi yapması, yapabilmesi mümkündü, öyle mi?

Önceleri "kadın" kelimesi kendisi için sadece saçma, hain, kuş beyinli manalarına gelmişti. Ve şimdi tekrar kadın kelimesini o manada kullanınca o kadar zaman masumluğuna hayran olduğu Suad için de düşünmek ona acı, pek acı geldi. "Mümkün mü Suad, sen, sen de böyle şey yapar mısın? Sen de mi çamursun, Ya Rabbim, sen de mi Suad?" diye sormak istiyordu. Şüphelerini doğrulayan bir sebep bulamaması, kendini tam olarak inandıramamak da onu rahatsız ediyordu. Ah ne kadar yazıktı! Bu kadar güzel, temiz bir ruhun da heveslerine esir olması, çirkinleşmesi, kirlenmesi ihtimali... Ah ne kadar yazıktı! Niçin böyle oluyordu! İnsanın hayatını temizliği, saflığı, namusu için feda edebileceği bir kadın bulmak ne kadar güç olduğunu düşündükçe kalbi derin bir acıyla sızlıyordu.

Sonra Süreyya'ya bakıyor, onu habersiz, masum, şüpheden uzak gördükçe "Zavallı Süreyya" diyordu. Onların mutluluk köşkü, o kadar zaman gözünde büyüttüğü, yücelttiği bu namus yuvası üzerine yıkılıyor altında kalıyor sanıyordu. Zaten var mıydı acaba? Bir yuva, bir mutluluk, bir namus var mıydı? Hiçbir yerde yoktu ve budala, bunun olmadığını, hiçbir yerde olmadığını bildiği hâlde burada var sanmıştı, öyle mi? İşte kendine bir ders! Fakat o bundan da yararlanamayacak, ah, o hâlâ akıllanmayacak, hâlâ şair ruhunun aşağılık bir çocuk oyuncağı olacaktı.

Kesin diye kabul etmemekle beraber, esas kabul edilmiş gibi ayrıntıları düşündükçe tecrübeleriyle bu ayrıntıları o kadar canlı o kadar gerçek hayal ediyordu ki bunun gerçeğine aldanarak şimdi gerçekmiş gibi inanmaya başlamıştı. Suad için hiç aklına getirmediği bu pislikler şimdi bir tesadüfle, bu olasılığın, onun için de geçerli olduğunu kabul etmek zorunluluğuyla ezilirken Suad "Ne oluyorsunuz, dalgınsınız Necib Bey?" dediğinde, "Burası o kadar güzel ki, insanı mahzunlaştırıyor..." diye cevap verdi. Kendi kendine nasıl mümkün olur ki bu saf ses başka birine seslenmesin ve bundan mutlu olsun da bunu gizleyebilsin?" diyordu. Ve böyle, onların hayatını Suad'ın kendilerinden gizlediği bir âşıkane hayatı varmış da kendisi bunun şahidi imiş gibi her türlü ayrıntılarına kadar görür gibi, o hayatı onlarla beraber yaşıyormuş gibi olarak, onlarla gizli mektuplar, haberlerle yahut ayrılıklarda tekrarlarla, ricalarla titreyerek verilen kararlarına Süreyya ile kendinin de nasıl oyuncak olduklarını gördükçe haykıracak kadar acı duyuyordu. Suad'ın sıtmaya tutulmuş ateşli arzularını, ona aşkını göstermek için nasıl her şeyi feda etmek, her şeyi önemsiz gören yeminlerini, titreye titreye nasıl beklediğini, nasıl aradığını; gördüğü zamanlar nasıl mutlu olduğunu, ona kalbinin nasıl bir mutluluk hamlesiyle atıldığını ve bütün bunlar içinde kendisinin nasıl aşağıladığını, bunun içinde hiçbir yerinin olmadığını görüyor ve adeta ölüyordu.

Evet, ölüyordu. Önce Süreyya'ya acımakla başlayan duyguları, şimdi kendinin de bir oyuncak olmasına kabarmış, hırs, acı, iğrenç bir ateşle onu yakmaya, hiddet ve öfkeyle onu kudurtmaya başlamıştı. "Ah eğer sen de yalansan Suad, eğer sen de hainsen... O hâlde kime tutunmalı? Neye inanmalı?" diye düşünerek ağlayacağı geliyordu. Ah şimdi nasıl anlıyordu. İki aydan beri olayları çözümleyerek ciddi denemelerle kurulan felsefe binasının, onu büyük bir teselli soluğu ile şifaya kavuşturan, yaşamaya cesaret ve ümit veren bütün düşüncelerinin bir anda ne kof, ne gülünç bir şekilde boş olduğunu nasıl anlıyor, onların yıkıntıları altında nasıl harap oluyordu. Ah hepsi de boş, hepsi mi haindi? Demek hepsi istisnasız hain olabilirdi? Her şey boş, hep felsefeler, inançlar, meslekler, hepsi... Ama bu kadınlardan bir tane olmayacak mıydı ki, bir yüce ihtiyaca âşık ve tutkun, büyük fikirleri hayal olmaktan çıkarmış, kendinde taşıyan, bu pisliklerden nefret ederek, pak ve gösterişli yaşasın? Hiç, hiçbir tane? Hâlbuki o bu imkânsızlığın olabileceğini düşünmüştü.

Hayatın hareket hattının her yönüne giren fikirlerin ne kadar ruh meclisimize uydukları, ihtiyaçlarımıza uygun geldikleri için ortaya çıktıkları ve nasıl işte sadece onun için doğru saydıklarını tekrar teslim etmeye mecbur olması, dünyada sabit, dengeli bir gerçek, yüce bir fikir olmayıp zamana, mekâna, şahsa göre, hep boş, hep manasız kalışlarını tekrar görmek onu eziyordu. Suad'ı öyle görmüştü. Çünkü ruhunda öyle bir ihtiyaç, bir temizlik, namus arzusu vardı. Şimdi kendi büyüttüğü, kendi yükselttiği hayali amacın ne kadar büyüdüğünü, imkânsız olduğunu hatta neredeyse kuruntu gibi bir şey olduğunu görüyordu.

Eve gidince biraz önce bir olasılık derecesinde kalabilen durum bir gerçek hâline pek kolay girdi. Evin her günkü hayatında ancak şimdiki gözleriyle bakılırsa görülebilecek, bu fikir ve şüpheyi doğrulayacak ve güçlendirecek şeyler görür gibi oluyor, köşede gizli şeylerin gölgesi var gibi geliyordu. Suad'ın alışkın olduğu hayat tarzında, işlerinde, gidip gelişlerinde, kayboluşlarında, önceden bir mana verilmeyen fakat şimdi epeyce mana verilebilecek hâller vardı. Yukarı hizmetini görmek için tutulmuş bir Rum hizmetçi kızı vardı ki, böyle işler için yaratılmış gibiydi. Pencerelerde kapılarda, odaların ıssızlığında hep bu hayatı kolaylaştıran bir uygunluk göze çarpıyordu. Kendinden iğrenerek, fakat içi yandığı için arzusuna dayanamayıp gizlice araştırdıkça bir iz, artık hiç şüpheye meydan vermeyecek, onu gerçekle yüz yüze getirecek bir eser görmekten korkuyordu. Odasına kapanıyor, üzerine vazife olmadığı için önem vermemesi gerektiğini düşünerek başka şeylerle uğraşmak istiyordu. Fakat bir fikir, onu gelip kavrayan ve tatlı olduğu için de terk edilemeyen, pek çok acı olduğu için o kadar tatlı gelen bir fikir vardı ki ona teslim olmamak elinden gelmiyordu. O delikanlının bakışıyla kendilerini görüyordu. Bu önce o kadar yoğun bir açıklıkla kendini yaktı ki "Öldürürüm!" diye söylendi. Evet, kendinde o çocuğu öldürebilmek kabiliyetini görüyordu: Bazen bir dönüş oluyordu. Aynanın karşısına geçip elleriyle şakaklarını yumruklayıp "Suad, Suad... Ama bu nasıl mümkün olur? Oh değildir; ben kötü, kötü bir adamım..." dediği oluyordu. Fakat Suad'a dikkat ettikçe onu tanıdığı gibi değil, pek başka türlü bir kadın görüyordu. Onu sakinliğinde, yumuşaklığında korkunç fırtınaların gök gürlemesini görür gibi oluyordu. Ve bu yürekte gerçekten eşsiz bir kadın, fırtınalı bir kadın kalbi bulunup da böyle rast gele bir çocuğun iradesine teslim edişini, onun için herkesi, her şeyi feda edecek bir hâle gelişini, etrafı kırmızı görmeden düşünemiyordu.

Ve zavallı Süreyya, habersiz ve safça tüm bunları yükleniyordu, değil mi? Kendisi bile kılı kırk yararcasına pek ince araştıran, o kadar her şeyi çok önceden düşünen biri olduğu hâlde hiçbir şeyden şüphe etmiş miydi? "Çünkü kadın, çünkü doğru yoldan sapmış!" diyordu. Çünkü bu iş için vücut bulmuşlar. Çünkü kadınlık demek aldatmak olduğu için ne kadar çok kadın olurlarsa o kadar kolay aldatabileceklerdi... Ve Suad, Necib'in gözünde kadın, her manasıyla, her inceliğiyle, bütün şiirleri, bütün pislikleri; her kabiliyeti, her eğilimiyle kadın, en yüksekleri kadar büyük kadındı...

Bari karşı koyamayacağı, senelerin söndüremeyeceği ateşli büyük bir bağ olsaydı. Bari böyle bir tutku özrü olsaydı. Hayır, öyle olamazdı. Buraya geldiklerinden beri, şu üç ay içinde böyle yapmak, bu aşağılık eğilime boyun eğmekten başka bir şey değildi.

Öbür gün akşamüstü, yine delikanlı sandala baktı. Sandal uzaklaştıkça Suad gözüyle izliyordu. Çocuk ikide bir de başını çevirip arkasına bakıyor, korkuyor gibi bir çekingenlik belirtisi gösteriyordu ve perdenin arkasından bakarken, dalgın Süreyya'nın yanında Suad'ın gözlerinde bir gülümseme uçuşunu hissedince, zaten sıkılan göğsünde bir daralma hissetti. Haykırmak, bir şeyler yırtmak, birini öldürmek ihtiyacıyla kuvvetsiz, bir şey yapamamak azabıyla artan kızgınlıkla, buradan kaçmak ona birden açılan kurtuluş ufku gibi göründü. Bu kararı verdikten sonra biraz rahatladığını zannetti. Bunun için elinden geldiği kadar gülümsemeye, tekrar geleceği için söz vermeye kendini zorlayarak kalktı, hemen o vapurla kaçtı.

Fakat oradan ayrılmanın azabını arttırmaktan başka bir şey olamadığını yolda anladı. Orada oldukça her şeye engel olmak, varlığıyla her şeyi engellemek, hiç olmazsa orada bulunup emin olmak ihtimali vardı. Şimdi ise bütün başıboş kuruntularına dalmıştı, onun yokluğunun bile onlara bir imkân olabileceğini düşünüyordu. Bu fikirlerle hayatı bir zehir oldu. Ne yapsa bu kara fikirlerden kendisini kurtaramıyor, bunun kendi hayatına nasıl gaddar bir darbe olduğunu görüyordu. Artık ruhu haraptı, gıdasızdı, hayatını nasıl sürükleyecek, kendine nasıl bir rahatlama köşesi bulacaktı? Artık hiçbir kadına güvenmeyecek, hiçbir göze aldanmayacaktı?

Üç gün, nerede ve nasıl yaşadığını bilmeyerek yandı. Dördüncü gün, bir arkadaşının anlattığı bir hikâye üzerine, aklına Tarabya'daki otele gitmek geldi. Bu sene oranın pek eğlenceli olduğuna güvence veriyordu, fakat Süreyya'dan aldığı bir mektup bu kararını hemen uygulamasına engel oldu. Süreyya: "Suad aklıma getirdi... Zaten erkeklerin bu konuda ne kadar ihmalci olduğumuzu tekrarlamaya gerek yok... Meğer bu temmuzun üçüncü günü bizim altıncı evlilik yılımızmış. Bunun için küçük bir aile şenliği yapmak istedik. Aile fertlerinden, düşündük düşündük, davet etmek için bir seni bulabildik. Anneme de haber gönderdim ama gelemeyeceğini biliyorum. Sana programı yazamayacağım, bu daha çok ümit verir de hevesle gelirsin." diye yazmıştı.

"Zavallı Süreyya!" dedi. Onu sandalıyla, programıyla, evlilik yıldönümü masalıyla ne kadar gülünç ve bunun için ne zavallı buluyordu? Ama kendisi de gülünç, kendisi de zavallı değil miydi? Bunun için, önce, kendini bile aldatmak isteyerek orada bulunup görmek, emin olmak, böylece azabını son dereceye getirmek zevki için koşmak isterken, sonra hemen o gün izin alıp doğru Tarabya'ya otele dönmeye ve bu işte kendine ait hiç bir şey olmadığı için artık düşünmemeye karar verdi.

Suad'ı göreceği zaman kalbi çarpıyordu. Onun berrak gözlerinin önünde bir ağlamak ihtiyacı ile ezildi. O, tam tersine, şen, bugün için süslenmiş ve ah ne kadar güzel olmuş, anlatıyordu. Hanımefendi gelememişti, hatta dadısını bile göndermemişti. Bugün Süreyya'nın geldiği vapurda beklemişlerdi. Bunun için sade üç kişi kaldılar, Süreyya ile Suad o kadar şen, o kadar mutlu görünüyorlardı ki, Necib karşılarında yüzünün çatıklığını saklamak için uğraşıyordu.

Fakat yemeğin sonunda bir söz, bir seferde içilen o anda hayat ve şifa veren bir şifa kâsesi gibi oldu. Bütün acıları sönüp yerine büyük bir rahatlık veren, güvenden oluşan bir huzur ve teselli geldi: Süreyya Suad'ın suçlarını sayarken birdenbire "Ha, asıl büyüğünü unuttum... Bilsen Necib, Suad artık esrar kumkuması olmuş... Meğer benden neler gizliyormuş..." diye anlatmaya başladı. Bu, Suad'ın keşfedip kendine söylemediği bir komşu sevgilisi idi. Gerçekten Süreyya da bunu biraz şüphe eder gibi olmuştu. Bir delikanlının buralarda çok dolaştığını fark etmişti. Necib ilk olarak kendi kendine, Süreyya'nın şüphesi üzerine uydurulan bir öykü dinliyorum zannetti. Süreyya, bir gece uyumak üzere bulundukları bir zamanda ortaya çıkan bir gürültü ile nasıl korktuklarını anlatınca artık şüphesi kalmadı. Gürültünün sebebi bir kayınpederin oğlu dışarıdayken gelininin sevgilisine pencereden mektup verirken görmesi üzerine çıkmıştı. Süreyya katılarak anlatıyor, Suad'ın bunu çok önceden anlamış olduğunu söyleyerek bir yandan da çatalını kaldırıyor, "Görüyorsun a, neden gizlemiş..." diye şikâyet ediyordu.

Fakat Necib dinlemiyordu, aniden kan beynine sıçramıştı, boğuluyorum zannetti. Bu, kaldırabileceğinin üstünde bir sevinç oldu. O kadar ki, yemekten kalkınca hemen odasına koştu, deli gibi söylenmeye başladı. Kalbini tutarak "Değilmiş... Değilmiş... Şükür Ya Rabbi!" diyordu. Kendi kendine "Ah canavar. Ah haydut!" diyordu. "Suad, Suad, ah beni affet. Fakat hayır etme. Bilsen etmezsin, bilsen benden nefret edersin... Ben dünyanın en temiz meleğinden şüphelendim." diyordu.

Birdenbire karşıdaki aynada kendisini gördü. Başkalaşmış yüzünde gözleri o kadar garip bir bakışla bakıyordu ki, durdu. Bu gözler sanki aynadan kendine "Niçin?" diye bakıyor gibi geldi. Evet, bütün bu ateşlerin, kıskançlıkların sebebi ne idi? Hem kurulmamış, hem sabit olmayarak? Sonra, onun ismini söylerken, böyle, sadece "Suad" diye söylerken bu büyük zevk, bütün bu heyecanlar niçindi?

Gözleri donuk, karanlık bakıyordu. Bir an oldu ki, aynadan kendine bakan gözlerinden korkarak geri çekildi. Sapsarı olmuştu.

*

Bundan sonra geçirdiği günler, birkaç günün kâbusundan sonra birçok senelerden beri tanımadığı bir ferahlık hayatı oldu. Sakinlik ve güzellik içinde denizle gökyüzü ile yaşayarak, kendini gittikçe daha çok avucunun içine alan bu yoksunluğa boyun eğerek, farkında olmadan cazibesine kapılarak günlerin art arda geçmesine yabancı kalıyordu. Sabah yolculuklarının, kotra gezmelerinin, rüzgârın, güneşin yorduğu vücutları, denizin mırıldanmalarının uyuşturduğu sinirleri, sıcaktan kamaşan gözleriyle eve geri dönünce oradaki uyku ve gölge, midelerine o hazırlanmış yemek, kendilerini bekleyen gülümseme bir hayatlığa bir şifa gibi geliyordu.

Öğleden sonra ara sıra rüzgâra bir tembellik geldikçe, bu temmuz sıcaklarında, üçü birden balkonun bambu koltuklarında yastıklara gömülerek uyuklarlardı. Necib artık burayı da kendi evi gibi düşünmek zorundaydı, ama yine de o diğer hayatını da bırakmak istemiyordu onun için Tarabya'da otele inmek istiyordu. Oteli beğenenlerin övgülerini işite işite gitmek ihtiyacı hissediyordu. Fakat Süreyya'nın mevsimi beraber geçirmek teklifi bu haber üzerine o kadar ısrarlı ve inatçı oldu ki, kabul etmek zorunda kaldı.

Behice Dadı bu tembel saatlerinin vazgeçilmez eğlencelerindendi. Kutusu, kibriti, tablası elinde gezerek gelir, kendine ikram edilen koltuğa bırakarak yerde bir küçük mindere yerleşerek sigarasına dalardı. Süreyya "Fayrab başladı" diye tutturdukça, o da, "Ya sizin dan dun bitiyor mu?" diye piyanodan şikâyet ederdi.

Suad, her gün çalıştıkça parmakları hünerini buluyordu. Azıcık otursalar, biraz sessizlik sürse Necib bir yalvaran bakışla Suad'a bakar, o hemen kalkarak hoş bir gülümsemeyle "Hangilerine bakalım bu gece?" diye sorardı. Böyle diye diye hemen bir sıra oluşturmuşlardı. Birine uzun bir zaman tutulduktan sonra onun ihmal edildiği de oluyordu. Fakat henüz yeni gelen havaların hepsi dinlenmemişti.

Necib bunlar için rica ediyor, Suad zaman bulamadığından şikâyet ediyordu.

Onlar piyanoda oyalanıyorken Süreyya da dadı ile alay eder, erkekler sigara dumanlarında dinlenerek susarlar, ara sıra artık sabredemeyerek kaçmak isteyen dadının girişimi, Süreyya'nın yasaklayışı, hepsini güldürürdü.

Necib burada öyle saniyeler geçirdi ki, hiçbir zaman unutamayacaktı. Müzik ruhunun bütün aşk kabiliyetini ve özlemini kırbaçlıyor, onu aşk ihtiyacıyla baş başa bırakıyordu. Bu aşk duygusunun doyurulması imkânsız olduğu için önce tatlı başlayan duyguları sonrasında yerini yakıcı bir acıya boğuyordu. Çoğunlukla bu bir hüzünden çok bir istek, bütün ele geçirilemeyecek güzel şeylere büyüleyici bir şekilde bir çekilmeydi.

Sonra teşekkür için yanına gittiğinde bazen gözleri notalardan Suad'ın ellerine oradan yüzüne dökülüyordu. O zaman bu ellerin bir ipek dokuması, bu yüzünün meleği andırır sakinliğini, bir müzik damlası ile şiir seyirliğinde olan gözlerinin siyah ve mahmur bakışı onu bir an düşündürerek aklına kendi istekleri geliyordu. Ona baktıkça, onun gibi bütün hayallerine uygun birini bulmak imkânsızlığını üzülerek düşündükçe Süreyya'yı böylesi bir mutluluğa sahip olduğu için kutluyor ve onun kadar mutlu olamayacağını hatırlayarak içi eziliyordu. Onda o kadar mükemmeliyetler görmeye başlamış, düşünceleriyle onları o dereceye getirmişti ki, bu nefis kadının karşısında, bu dudaklardaki gülümsemenin, o sakin çizginin, bu gözlere ara sıra gelen neşeli sorularla, heyecan dolu şu evin arılığı, saflığı karşısında ağlamak istiyordu. Ah, Süreyya'yı ne kadar mutlu buluyordu. Ve buna karşılık kendine kim bilir nasıl bir kadın rast gelecekti? Ama evlenecek miydi? Bunu iyice düşünmüş müydü? Onun gibi birini bulmak imkânsız olunca niçin evlenmeliydi? Ve onun gibi olsa diye düşünürken bir an oldu ki "Ya o rast gelseydi..." diye düşündü. Bu o kadar şiddetli ve yakıcı bir heyecan oldu ki "Ah, o benim olsa ölürdüm!" diye inledi.

Bir süre bu fikri terk edemedi. Bu fikir onu fazlasıyla zorladı ve etkiledi. Suad onun olsaydı... Bunu düşünerek kendisi için bir hayat düzenliyor ve bu mutluluğa hayalen bile yakıcılığa dayanamıyor, zayıf düşüyor, bitkin kalıyordu. Onun hayatına karışarak yaşayacağı anları, onunla birlikte geçecek günler, onun ömrüne sahip olarak, ona herkesten daha yakın olarak yaşayacağı hayatı, onun kendine kocasıymış gibi davranması... İşte bunlar onu öldürüyordu. Suad, kendine de Süreyya'ya seslendiği sesle, ona baktığı gözle, onu sevdiği gibi aşkla sevse, baksa, söyleseydi Ya Rabbi... Bu fikri derinleştirip saatlerce düşündükçe harap oldu kaldı. Önce gerçekten öyleymiş gibi aldanarak sarhoş ve sersem kalıyordu. Sonra Suad'ın içten seslenişlerinde hayalindekiyle arasındaki uçurumu fark ediyor bu yabancılık onun içini eziyordu. Bazen o sesle, "Necib" diye sade ismiyle çağrıldığını işitir gibi olurken Suad'ın kendine seslenince sakinleşen sesinin "Necib Bey" deyişi onu öldürüyordu. Süreyya'ya bakarken bir şefkat olan bakış kendine yönelirken o kadar duygusuz, bir an içinde sanki bir ölülük kazanıyordu.

Hâlbuki kendi ağzında sade onun ismi vardı, fakat resmi olarak "Suad Hanım" değil, "Suad", "Suad" fısıldayarak, ah ederek çıkan "Suad", söylerken sevinçle yalvaran, şükran ve mutlulukla, ateş ve arzu ile yalvaran bir "Suad" ismi vardı. Ve ruhu onu bu seslenişlerle sarma ateşiyle yanarken ona tam bir sakinlikle karşılık vermek bir işkence oluyordu. Böylece, kendine seslenilmediği zaman o ismi kendi kendine söylemeye, ona yalnızken seslenmeye başladı. Bu yasak, bu gizlilik onu sarhoş ediyordu. Dudakları daima titriyor, sürekli o isimle titriyordu. Odasına kaçıp binlerce kere "Suad... Suad..." diye ah ettiği oldu.

Sonra birden korktu. Nasıl bir çıkmaza girdiğini, bunun bir cinayet olduğunu gördü. "Son günlerde çok meşgul oldum... Onun etkisi... geçer..." demekle bunun ne kadar önemli olduğunu reddedemiyordu. Fakat bu düşüncelerin elinde o kadar bitkin bir esirdi ki, bu zevkinden yoksun kalmaya dayanamıyordu. Bunda onu sarhoş eden, bayıltan bir çekicilik, bir mutluluk vardı. Ve kendi eliyle mutluluğunu reddedecek kadar gücü, ruhuna o kadar gem vurabilecek iradesi yoktu. O kendi ruhuna hiçbir zaman hâkim olamamıştı ki, her zaman onun elinde bir oyuncak olmuştu. Böyle birçok sıtmalı, arzulu zamanlarını hatırlıyordu "Bu da onlar gibi geçer" diye ümit ediyordu. Bu fikrin hiçbir zaman hayata geçirilmeyeceğini sade arzu ve hasretten ibaret kalacağını biliyordu. Necib için şiir ve sevda, daima, daima gerekliydi bunlar onun ruhunun düşkünlüğüydü, tiryakiliğiydi. Hiçbir kadına âşık olmadığı zaman bile aşka âşıktır, bunun için sürekli kadınlar vardı, her zaman bu meylini yönelteceği bir kadın bulurdu. Birçok kadına böyle namus ve iffetin veya imkânsızlığın yıktığı ve sonunda mahvettiği eğilimlerle haftalarca sıtmalı kalmıştı.

Kendinde asla ihanet ettiği düşüncesi yoktu; çünkü o maddi bir istek peşinde değildi. Sadece kendi istediği için bir takım çirkin araçları kullanmazdı, böyle bir davranıştan nefret ederdi. Bu aşkın vücut bulmasına kendi ne kadar acı çekerse çeksin izin veremezdi. O sade bir esirdi, onun ruhunun esiriydi. O aşkın büyüsüne esirdi, aşkın cazibesine esirdi. Bugün Süreyya'nın namusunu korumak için Suad'ın masumiyeti için kendinde nefsini en büyük tehlikelere atmak yeteneği görüyordu. Ve işte bunun için, yalnız ruhen çekilen, maddi beklentilerden tamamen sıyrılmış olduğu için bu isteğini bir ihanet saymıyordu. Düşündükçe Suad'ı değil, onun ruhunu, sade ruhunu sevdiğini görüyordu. Bu büsbütün başka bir aşk, yeni bir aşktı. Onu, ele geçiremeyeceği, sahiplenemeyeceği, başka hiçbir kadında bulamayacakları için seviyordu, bakışı için, gülümseyişi için seviyordu. Ve bu koku, ah o koku, sanki kendi yüreğinden çıkıyordu. O kadar yakındı, o kadar uzaktı; ya o, o can yakan bakışı, o saf gülümseyişi, o derece masumdu ki, bu suskun ve saygıdeğer tutkunluktan, bunlara karşı kalbinde ortaya çıkan ateşten kendini alıkoymak razı olunacak bir fedakârlık değildi. Onun için bu, bir bakış için hayatlar verilecek pak ve mutlu bir ruh isteği oldu, ona o kadar hareket özgürlüğü verdi.

Fakat bu cazibenin de zorlamaları, bencillikleri, hevesleri ortaya çıkmaya başlıyordu. Süreyya'yı Suad'ın kendisine, bedenine sahip görmekten acı duymak aklına gelmemişti, fakat onun maneviyatına olsun sahip olmak, sade kendi sahip olmak gittikçe karşı konulmaz bir arzu, bir ihtiras hâlini alıyordu. Ve bu ihtirastan keskinleşen dikkati ile Suad'ın ruhundan bir zerrenin bile Süreyya'ya eğilimini hissetse, bu tırmalayışlarla acı hissediyordu. Bu bir kıskançlık mıydı. Dudakları çekilip bir toplanmayla acılaşarak "Bir o eksikti!" diyordu.

Aralarına Süreyya'nın katılmadığı yalnız bir müzik vardı. Bir gece kendilerini, zevke boğan Ruy Blas'tan "Odolça Volotta" düettosuyla gecenin sakinliği içinde nerede bulunduklarını unutacak derecede geçen dakikalardan sonra müzik bitmiş dönmüşlerdi ki Süreyya'yı koltukta uyuklar buldular. Necib şaşırıyordu, Suad sadece bir "Müziği sevmez ki..." dedi. Ve Suad'ın sesinde öyle acı bir esef hissetti ki, bundan içten içe zevk aldı demek ikisi de, sade bir şeyi seviyorlardı. Ve o kadar seviyorlardı ki onunla dünyayı, dünyanın her şeyini, hatta onu, Süreyya'yı unutuyorlardı. O zaman sade ikisinin ruhu yalnız, kucak kucağı dolaşıyor, orada yalnız kalıyorlar, Süreyya bile oraya gelemiyordu. O zaman müziğe başka anlamlar yüklemeye başladı, ruhun tercümanı, kalplerin merhemi gibi gelmeye başladı. O bir dünya, bir sonsuzluk tutkusu oluyor ve orada Suad'la beraber olmak, bu geçici dünyada olmamışlarsa hiç olmazsa orada birleşmiş olmak onu sarhoş ve şaşkın ediyordu.

Fakat bir gün "Ben ne yapıyorum?" demeye başladı. "Ah çünkü insanım; insanlık, taş değilim ya, insanlık..." Ama niçin bu fikirlere düşmeli, niçin elinde olmayarak nefret ettiği hıyanet ve pislik âlemine girmeliydi? İçinde bulunduğu çıkmazın nasıl bir uçuruma götürdüğünü, bazen onların yanında, Suad'a bakarken içinin nasıl "Seni seviyorum, seviyorum!" diye haykırmak için yandığını hissedip düşkün kaldıkça anlıyordu. Bu fikirleri bir tarafa itilirse insanlık yasası gözünde nasıl haince bir davranış içinde olduğunu gördükçe ve çoğala çoğala bu işin nasıl iltihap kazanacağını düşündükçe, iki imkânsız arasında çırpınmaktan doğan bir humma içinde sıkışıp kalıyordu.

Onda her kabiliyet bir kere hareketlenince hastalıklı bir tehlikeyi düşünmeksizin artardı. On beş gün aralıksız bu hissine kapıldıktan sonra, diğerlerini hep susturup yok ettikten ve yalnız onun her şeye sahip olmasına, her türlü vesvese ve endişenin susmasına o kadar alıştıktan sonra şimdi korku ve telâşa o kadar yenik düştü ki bu kendini kendinden nefret ve iğrenmeye sevk ederek perişan etti. Birden uçurumun karanlığına ve yakıcı ateşine düşmüş kalmıştı. Onun bütün pisliklerinde boğuluyorum zannediyordu. Nasıl korkunç bir çaresizlikle, nasıl geri dönüş olmayan yoksun bir ümitsizliğe düşmüş olduğunu anlıyordu. Bu sırf ruhuna esir olduğu için ne aklında ne de isteklerinde kötülük bulunmadığı için korkunun yersiz olduğunu kendine anlatmaya çalışıyordu. Bunların açığa çıkarılamayacak, anlaşılırsa da suçlanılacak şeyler olduğunu reddedemeyerek "Ne yapmalı?" diyordu. Fakat kaçmak, bu tek çare, buradaki sakin hayatı ve çekiciliği bırakıp yine o kâbus ve yoğun kalabalığın içine girmek... Bu elinde olmayan bir şeydi, böyle bir şeyi seçme şansı yoktu, bu imkansız bir fedakârlıktı... Son tehlikeye kadar oturup daha sonra kaçmaktan başka çare yoktu. Hâlbuki hiçbir zaman tehlike o dereceye gelmeyecekti.

Bunlar tereddütleri, tereddütler düşünceleri doğuruyor, gecelerini fırtınalı geçiriyordu. Sabaha kadar uyuyamadığı bu gecelerden sonra tekrar görmek, tekrar onu bakışlarının etrafında yaşamak, ne olursa olsun yaşamak ümidiyle her şeyi unutuyor, güneşin doğuşuyla beraber gelen bir rahatlıkla da kâbuslardan sonra sabahın o hafif sisli, fakat saf ve berraklığında patlıyordu.

Bir karar vermeyi yine geceye erteleyerek sade durumundan endişeli, sade çaresiz, sade çekingen kalıyordu. Onun sesini öyle bir dinleyişi, onun yürüyüşünü öyle bir hissedişi, onun, gözlerinin önünde öyle bir yanışı vardı ki bazen heyecandan ve arzudan, bazen ümitsizlik ve düşkünlükten haykırmak isteğini güç yeniyordu. O evin neresinde dolaşırsa onu hissediyordu, nasıl bir sakinlik ve yumuşaklıkla evin sahibi olduğunu gösteriyordu, o evini mukaddes kabul ediyordu. Sonra gelip Süreyya'nın yanına, gözlerine aralarındaki bağın ateşiyle bakınca, yanına oturunca, Necib'in içinde o gelirken kalbini hoplatan ferahlık ve neşenin yerini yaralı ve acı dolu bir duygu dolduruyordu, çaresiz içten bir iniltiyle kalakalıyordu. İçinden durup dururken "Senin, senin için, gözlerin için ölüyorum!" diye haykırmak isterken arzularını susturup ona sakince seslenmek onu bitiriyordu. Çok yavaşça ve safça kurulan aşkı kendine itirafından sonra adımlarını öylesine hızlandırmıştı ki sanki onu senelerden beri sade onu seviyordu ve sanki o biliyordu, aşk denizine öyle bir girmişti ki çıkması mümkün değildi sade aşkın derin sularını görüyordu.

Tüm bu günler boyunca hâlden hâle geçen ruhu dünyayı unutmuştu, günler geçiyordu, İstanbul'a gitmeyeli yirmi gün oluyordu. Giderek kendine güveni kayboluyordu, her gün bir önceki günden daha zayıf oluyordu, iradesi giderek zayıflamış hastalanmıştı adeta, tehlike giderek yaklaşıyordu, Necib giderek endişeleniyordu. Sonra bir gün: "Ama madem ki onun bir şeyden haberi yoktur, olmak ihtimali de yoktur..." dedi. Ve kendisine rahatlama yöntemi buldu.

Çünkü o, Suad, hiçbir şekilde bu fikirlerden haberdar olmayacaktı. Onun gözünde bir nefret ürpertisi görmektense ölümü tercih etmeyi mutluluk sayardı. Ve bunu düşününce "O hâlde?" diye emin olmaya çalışıyordu. Fakat emniyette, ıstırapta özellikle heyecanlarla mutlu olması gerekirken içinin sıkıldığını, yine bir rahatsızlığın sürdüğünü, küçük bir üzüntünün önce belirsiz fakat yavaş yavaş inatçı ve âciz bırakan bir ısrarla yerleştiğini görüyordu. Bu duyguların önceden sade onu sevdiğini düşünmekle mutlu olurken şimdi o mutluluğun da ne kadar öksüz ve hiç değerinde oluşunu düşünmekten geliyordu. Onun bu aşka katılması mutluluğunun uzak ve imkânsız bir zevk olduğunu gördükçe "Ah bu mümkün olsaydı... Hayatım pahasına olsun, fakat mümkün olsaydı..." diye söyleniyordu. Bütün hayatı saniyelerine kadar Suad'a tutulmuştu, sade ona aitti. Gece uykuları da ona teslim olmuştu, düşündüğü, gördüğü Suad'dı. Hatta sabah uyanınca başkalarını bile görse onu görmüş zannediyordu. Suad'ı sürekli Süreyya ile birlikte görürken böyle hayallere sahip olmak ona ayrı bir keyif ve mutluluk veriyordu. Sonrasındaysa rüyadan gerçeğe dönmek işkencesi başlıyordu. Onu gerçekten görmek isteği bu azabı bile sevdiriyordu. Bazen aşağı inip beklediği hâlde onun henüz ortaya çıkmadığı olurdu. O zaman konuşurken dalar, dinlediklerini anlamaz, ne söylediğinin farkında olmaksızın perişan olur, onun yaklaşan ayak sesleri bütün vücuduna dalga dalga etki eder, kızarır, kalbi çarpar ve seslenişinde oracıkta ölüvereceğini zannederdi. Onun karşısında, o güzel bakışı ona yöneldiğinde kendini kaybedip saçmalayacağından korkar, kendini idare edememe şüphesiyle tedirgin olurdu.

"Bir tedbirsizlikten bak ne oldu?" diye söyleniyordu içindeki seslerden biri şimdiye kadar böyle oldu ya zaman geçtikçe nasıl dehşetli bir hâl alacak diye endişeleniyor ve bu endişeler giderek şiddetleniyordu. "Ama bu sade bir hıyanet, en büyük alçaklık..." demek istiyordu. Fakat ondaki çeşitli Neciblerden biri bunu söylerken bir diğeri gülerek: "Bey tiyatro oynuyor!" diyordu. Bir diğeri ikisine de yabancı kalarak muhalif davranır, sade onu, mutluluğunu, Suad'ını düşünürdü. Ve kendisi bu çeşitli şahsiyetlerin elinde oyuncak, sefil, şimdi ötekine tabi ve köle olarak, iradesiz, bir şeyi yapmak ihtimali olmaksızın yaşayıp gidiyordu.

Ve korkuyordu, ara sıra kendi ruhunun karanlıklarına bakıp ne hainliklere kadir olduğunu görerek kendinden korkuyordu. Süreyya'ya baktıkça, onun güven ve sevgisine karşı nasıl fikirlerle uğraştığını düşündükçe onun gerçeği anlaması ihtimaline karşı ölümden başka bir çare görmüyordu. Başka hiçbir şey ona karşı olan utancını yok edemezdi.

O, Süreyya, her türlü fikir ve şüpheden uzak idi. Eşine güveni, Necib'e olan sevgisi birleşince o hiçbir şeyden şüphelenme gereği hissetmiyordu. O sandalı ile, yelkeni ile, yarışı ile meşgul, rüzgâra hayatını odaklamış yaşıyordu. Dalgın mı, ciddi mi, havai mi olduğu fark edilemeyecek bir hâli vardı. Evde kaldıkça Behice Dadı ile şakalaşarak, Suad'ı öfkelendirerek, Necib'in piyano çılgınlığı ile eğlenerek tembel bir ömür sürüyordu. Şimdi de bir balık merakı gelmişti. "Ah bir ay daha geçse, ağustosu da bir atlatsak..." diyor, o zaman geceleri lüferciliğin doyulmaz bir eğlence olduğunu anlatarak şimdiden seviniyordu.

Suad'a gelince, o gittikçe yakıcı olan garipliği içinde süratle yol alıyordu. Hayatın mutluluklarının çözümlemesi imkânsız ve nasıl bir hiç değerinde olan şeylere bağlı olduğunu dışarıdan anlaşılması pek kolay görünen fakat aslında nasıl da oyuncaklaşmış nasıl da basitleşmiş olduğunu görerek üzülüyor ve ümitsizliğe kapılıp, olanlara şaşıyordu. Yine aynı şartlar içinde bir sene önce hayatından memnun ve mutluyken ve her ihtiyacını tamammış gibi görürken bu gün tarif ve görülmesi imkânsız şeylerle gözleri açılıp hayatını görmek, önem verilmeyip teslimiyet gösterilecek yerlerde ciddi davranmak günahıyla bir mutluluğun değil, her hayatta olduğu gibi mutluluk rengini koruyan bir mutsuzluğun garibanı olduğunu, hayatının artık fark edilen bu yarasıyla geçeceğini pek acı acı görüyordu. O, giderek fark ettiği hâlde engelleyemediği bir öksüzlük duygusu ve öfkeyle gerçeği görerek yaşıyor, Behice ile Necib'in hayatlarında nasıl bir bağlılık, yalnızlıklarında nasıl bir arkadaş, eğlencelerine nasıl bir yardımcı olduklarını görüp: "Demek onlar olmasa ben yalnız, yapayalnız kalacağım söz bulamayacağız, büsbütün sıkılacağız, hayatımız katlanılmaz olacak..." diye Süreyya'nın anlayışsızlığını, her şeyi kendine bırakıp öyle havai şeylerle uğraşmasını affedemiyordu.

İşte dadısı da yarın öbür gün bağa gitmek istiyordu. Sonra Necib de gitmek isteyecekti. Hayatını onların zindanlarına bırakamazdı ya? O zaman Süreyya daha sıkılacak, arkadaşsız, dayanıksız kalacak, bugün her şeyi yaptığı ve arkadaşlar bulduğu hâlde böyle olunca, yarın onlarsız büsbütün sıkılacaklarını düşünerek artık mücadeleden yorgun, endişelerle düşkün, her şeyi bırakarak, hepsinin içinde hüngür hüngür ağlayarak: "Ama hâlime bakınız!" demek ihtiyacıyla kıvranıyordu. "Beni mutlu ve rahat görüyorsunuz değil mi? Fakat bakınız, işte ağlıyorum... Demek ki ne mutlu, ne rahatmışım. Ooh, rahat değilim; hiç, hem hiç değilim... Mutluluk nerede!" Ve anlatmak gerekince bir şey söylemeyeceğini; ciddi bir sebep bulamayacağını görerek bunalıyordu.

Deniz mevsimi üçünün de hayatına yeni bir neşe serpti. Önlerinde bir deniz hamamı vardı ki, evin sahibi burada kendi otururken çattırmış, sonra yıktırmamıştı. Yalnız bir kışın tahribini onarmak gerekiyordu. Süreyya denize bayılıyordu. Necib zaten pek severdi, Suad ilk başlarda pek telaş ve heyecan geçirmişse de artık alışmıştı. Yalnız dadı odadayken bile denizde imiş gibi çırpınarak: "Aman Allah esirgesin!" diyordu. Bin yalvarma rica ile onu denize götürdüler. Daha kapıdan karanlık bir gözle sulara bakıp titreyerek yalvarıyordu. Artık her sabah her akşam girmek bir âdet oldu. Ve sabahleyin uykunun rahatlığıyla, akşam yorgunluğun tozuyla deniz sinirlerine bir büyük şifa etkisi yapıyordu.

Necib, Süreyya'ya, "Gel senin kotrayı şuraya sokalım da bari tehlikeden biraz uzak olun." diyor, sonra ekliyordu: "Şaştığım bir şey varsa o da hâlâ şunun sıkı bir sağanakla tepe taklak olmamasıdır."

Ve Suad'ın korkan gözlerindeki karartıya bakarak:

"Yok, korkmayın, korkmayın; ilk İstanbul'a gittiğim zaman Süreyya'ya bir mantar yelek alacağım... Ne olur ne olmaz... O zaman kadar da keramet sandalın..." diyordu.

Süreyya kızar, sandalın berbat, bir üç ambarlı gibi denize dayandığı, önceki gün İstinye önünde bir yarışta küpeşteye kadar yattığı hâlde içeri bir damla su girmediğini, parası olsa satın alacağını anlatmaya başladı. Bir gün Büyükdere'den gelirlerken yine bu konu konuşuluyordu. Sandalın Suad'ın hayatında küçük bir memnuniyetsizlik olduğunu anlayan Necib, artık onu kendine yönelmiş görmek için sürekli bu konuyu kurcalardı. Suad bu fikre katıldığını bakışıyla söyleyip kışkırtarak susuyor, Sandal meselesinde Süreyya'nın böyle cevapsız kalmasını zevksiz kabul etmiyordu. Birden arabaları bir köşede durmak zorunda kaldı. Dört beş araba birbirini izliyor, kalabalıktan bunun bir gelin alayı olduğu anlaşılıyordu.

Süreyya Necib'in sözlerine cevap veremediğini görünce kurtulmak için bundan faydalanarak:

"Senin nene gerek sandal mandal Allah aşkına. Sen kendi evlenmene baksana a! Sonra yaşlanacaksın da... Bak her köşede bir düğün var..." dedi. Ve bu söz Suad'ı da Necib'i de üzüntü ve sessizliğe yöneltti.

Necib gözleri önünden birer birer geçen arabaları, görmeyerek kontrol ederken, kendisi için evlenmenin nasıl bir yara olduğunu düşünüyordu. Onun için evlilik... Ama bu ihanetsiz mümkün müydü? Onun için evlilik Suad'ın kendisini sevmesiydi. Onun o kadar güzel ve yakıcı olan gözlerinin âşıkane itirafıyla mümkündü. Hâlbuki bu, ateşte bir ölüm kadar büyük bir şeydi.

Suad, bu gelinin şimdi ne kadar mutlu olduğunu düşünüyordu. Bu gelin şimdi ne kadar mutluydu... Ve sonra acaba ne kadar mutlu olacaktı. Bir sene, iki sene, daha, belki daha çok hayatı mutlu ve neşeli geçecekti. O zaman kendi ilk senelerini görüyordu. Bu günle karşılaştırarak hüzünle bu geline imreniyordu. Kendini onun yerine koyup gelin olduğu zamandaki duyguları tekrar yaşayınca ağlamak isteği duydu. Şimdi o zamandan ne kadar, ah ne kadar uzaktı. Artık dönülmesi imkânsız olan o hayatı, hayatını gömmüş bir ölü hâliyle görüp mahzun ve ümitsizce durakaldı. Niçin Ya Rabbim, niçin artık oh hayat ölmüştü? Hem bir daha geri gelmeyecek şekilde?.. Niçin bir daha mümkün değildi? Bir kere mi olacaktı. Böyle hayatı sevdiren, her şeyi güzel gösteren o hayat, o büyük neşe... Artık onlar gitmişti, öyle mi?

Bir zaman gelip sadakat ve sevgiyle beraber sevileni artık mutlu edememek, ona yetmemek fikri onu yakıyor, suçu asıl kendine bularak ara sıra isyan edip Süreyya'yı haksız bulduğu için kendi haksızlık ettiğini düşünüyordu. Sonra kendisini de töhmet altında bırakmayıp suçun yaşanılanlarda olduğunu, idarenin kimsenin elinde olmadığını sadece hayatta olduğunu bininci defa olarak görüp anlamaktan doğan korku ile tekrar yaşamak, daha yaşamak arzularının imkânsızlığı, o günde yaşayıp geçmiş olmak, tekrar o genç kalple, genç emellerle o seneler gibi yaşayamamak işkencesiyle çaresiz kalıyordu. Demek bitmiş, onun için artık her şeyi bitmişti. Demek ki artık kesinlikle anlamak lazımdı ki seneler, hep çoğalan bir üzüntü ve korku ile geçecek, gerçek ihtiyarlık bir gün onu çürütecekti. Hem de yaşamamış olarak, henüz yaşamak üzere olduğunu düşünürken... Her şey bitmişti öyle mi?

Sonra Necib'e bakarak, o önünde böyle birkaç mutlu senesi olan bir yaratık diye düşünüyordu. Ve bunun için mutlu oluyordu. Necib'e karşı duyduğu bağlılık onun böyle bir mutluluğa aday olması onu memnun ediyordu. Daha sonra onun da korktuğu gibi bir kadınla evlenmesi ihtimali düşüncesiyle meşgul oldu. Ve bunu güçlü bir iyi niyetle etkisiz kılıp karı ve koca onları uyumlu ve mutlu görünce bir gün gelip onların da hayallerini, isteklerini, gençliklerini elden kaçırarak yorgun, üzüntülü kalacaklarını, kokuları, renkleri, bütün bolluk ve neşesiyle coşan baharın yerine bile mutlaka bir gün renksiz bir hüzün kasveti çöktüğünü, her şeyin yok olmaya, sönmeye mahkûm bulunduğunu acı bir ümitsizlik içinde hissetti.

Ve ilk defa burada aklına gelen bu fikir daha sonra onu hiç terk etmeyen bıktırıcı bir hastalık oldu. İlk zamanlar, bunun doğal olduğunu düşünüp bu fikrin kalbine verdiği acılıkları damla damla tadarken bir gün oldu ki, yalnız kalıp rahat rahat onu düşünmek istemeye, hatta düşünmek için kendini zorlamaya kadar vardı. Bu bir çeşit yavaşça gerçekleştirilen bir intihar gibi, bir çeşit zehirlenme gibi oluyordu. Her şeyin ilk hayallerinin bolluğu ve renklerinden sonra derece derece bir sönme ile hüzün ve bıkkıntıya, sıkıntı ve karanlığa gidişi onu damla damla öldüren bir uyuşturucu gibi geliyor ve kendisi buna kurban olduktan sonra bunun sadece kendisi için olmayıp böyle genel bir kanun olduğunu görmekten acı bir teselli buluyor, garip bir korku sarhoşluğuyla kalıyordu.

Öbürleri: "Ne oluyorsun, dalgınsın?" dedikçe bir cevap bile vermeye gerek görmeyerek dudaklarını hiç makamında bükmeyi yeterli buluyordu. Ve dikiş, düşünmeyi uğraş hâlinde gösterebildiği için, artık elinden düşmez oldu. Bununla beraber herkesin kendi hâliyle şu farkı vardı ki, onun hayatının baharı geçtiği hâlde birçokları henüz ümit ediyorlardı. Onun için bahar evlenmekle başlıyor gibi geliyordu. Kendi bütün bolluk ve ferahlığı hep o zamandan başlattığı için şimdi Necib de ne kadar ümitsiz ve insanlardan kaçar görünürse görünsün evleneceği için onu yine mutlu görüyordu.

Bütün bu fikirler arasında bir rakkas gibi kalbini korku ve çekingenlik ile ezen kendi hayat karşılaştırmasını sürekli tekrarlıyor, bazen sonsuz bir sıkıntı ve hüzün, sonra acı bir korku ve telâş her şeyin, bütün hayallerin, ümitlerin, gençlik ve mutluluğun zalim bir inatla mutlaka elden kaçacağını, işte şu anda kaçmakta olduğunu, bir şey yapmak ihtimali olmaksızın artık hayatının bitmiş olduğuna karar vermek lazım geldiğini görerek sıkılıyordu.

Bütün bunlar tabii gülümseme ve nezaket altında gizlenmeye uğraşılan kanlı mücadeleleri gerektiriyordu ki, sinirlerini daha yoruyor, uzun baş ağrıları, dermansızlıklar, hazımsızlıklar, hep birden neşesizlikleri getiriyordu. O hâle geldi ki sade abartılı bir hastalık yumuşaklığıyla, seçmesi mümkün olmayan hayatının bütün zamanını bin manayla incelemesi sebebiyle hayatının ufkunda bir bulut yokken rahat bir ömür içinde acı bir kurban olup kaldı. Bunlar gerçekte Süreyya'nın düz, meşgul gözünden kaçıyordu; fakat Necib'in şüpheci bakışıyla, şiddetli bağının yönelimiyle fark ediyor, bir karanlık içinde ara sıra onun bilinmeyen kederleri olduğunu görüp bir sebep bulamayarak büyük korkular içinde fırtınalar hayal ediyor, bir başka erkek düşünmesi ihtimali ruhunu yakıyordu. O zaman Suad'ı saygıya layık görmekten korkuyor, onu yüce mertebesinden aşağı inmiş görmemek için bunu düşünmek istemiyordu. Ve eğer Suad kendisi için bir duygu besleseydi gözünde yine o saygıdeğer mertebede kalacağını görerek: "Ah bencillik, sanki böyle olunca başka bir şey mi yapılmış olacak?" diye gülüyordu.

Düşünüyor, düşünüyor, Suad'ın bu hâline bir sebep arıyordu. Süreyya ile aralarındaki ilişkiyi inceliyordu. Bunda gerçekten eski bağlılığı göremiyordu. Fakat önceden onların hayatına şimdiki gibi girmiş değildi. O zaman bile bu kadarcık anlaşmazlıklar gerekli, doğal geliyordu. İki karakter ne kadar uyumlu görünürse görünsün böyle geceli gündüzlü beraber geçen, senelerce süren beraberlik hayatında bir takım anlaşmazlıklardan rahatsız olmak neredeyse zorunluluk oluyordu artık. "Bu karakterlerden ya ikisi de üstün olup sürekli bir savaş hâlinde bulunur, yahut biri diğerini esaretine alır." diyor, bu esaretin ara sıra isyanları olsa bile Necib yaratılış olarak hassas ve yumuşak olan Suad'da bir hastalık duygusunun unutkanlık işaretiyle nasıl bir uzaklaştıran ruh hâli olacağını anlayacak bir hâlde olmakla beraber bu hastalık hissinin durum ve tabîatını edemediğinden herhâlde bilinmezlik içinde kalıyordu.

Necib bazen Suad'ın kendini böyle ezilmiş hissetmesine sebep olanları bilememesine öfkeleniyor ve bilinmezlikle kıskançlık birleşerek onu yoruyordu. Bu kendisini her şeyden çok yıkıyor, ateşli bir kin içinde zehirleyerek sanki ölüme hazırlıyordu. Bazen de Süreyya'ya bakıyor ona sade Suad'ın kocası olduğu için değil, derin ve ateşli olmayan karakteri için de kıskanıyordu. O her hâlinde düz, içten idi. Kötülük düşünemeyerek, hatta birbirine zıt olan bazı tavırlarında bile samimi bir içtenlikle davranıyordu, yaptığı herhangi bir şey kötü olsa bile ortaya çıkacak olumsuz etkileri önceden göremeyerek endişesiz, belâsız yaşıyordu. Mutlaka bir şeyler yapmak ihtiyacı hissettiği bir yaşa gelmiş olduğu için o zamana kadar çoğu bir şey yapılmayarak geçen senelerin biriken eğilimleri birden ortaya çıkarak onu böyle sandal gibi şeylere tutkun hâle getiriyordu. Ona şimdi de bir kotra merakı gelmişti. Sandal artık kendine miskin görünüyordu. Tarabya'da olacak yarıştan bahsederken İngiltere'den gelme birkaç kotra sayıyor, bunları uzun uzun tarif ederek "Ah insanın öyle bir kotrası olmalı ki..." diyordu.

Sonra Suad'a dönerek:

"O zaman sen de gelirdin. İçinde kamaraları, yemek salonu, her şey var... Âdeta bir gemi... İnsan karısını alınca kalkıp Marmara'ya çıkar... Mudanya... Yalova... İstersen Midilli, İzmir..." diyordu.

Suad gülerdi: "Dünyayı dolaşmak için çıksak nasıl olur acaba?" derdi.

Necib de gömüldüğü köşesinden söze karışır, "Yok, eğer küçük bir yat olsaydı..." şartını koyardı.

O zaman uzak ülkelerden, uzak şeylere özel şiiri, o renklerin uyumuna tutkunlukla onların güzelliklerinden anlatırlar, adaları birer birer geçerek İtalya sahillerine kadar uzaklaşırlardı. Kendilerini bir İtalya limanında gemilerin zincir gürültüsü içinde düşlerler "Ah ne iyi olurdu!" derlerdi. Bunlara Suad da katılıyor. "Bilmem ama yine deniz tutar mı?" diye Necib'e soruyordu. O, sürekli böyle, sürekli Suad'la olabilmek mutluluğunu hayal ederken bir yandan da hayatın böyle olağanüstü bir izin vermeyeceğini, o kadar mutlu olma ihtimalinin var olmadığını düşünüp "Ama bu böyle ne olacak?" diye başını taşlara vururcasına ümitsizliğe düşüyor, acı çekiyor ve eziliveriyordu. Her gün ateşinin daha çoğaldığını, bir gün artık onun altında kalarak isyan edeceğini, artık ondan sonra ağlamanın, sızlamanın zorunlu olacağını büyük bir endişeyle, korkuyla bekliyordu.

Süreyya bu görkemlerin arasında pek miskin bulduğu sandalı için, Suad ise nerede olsa nasıl olsa hayatın viranlık tohumu ile yüklendiğini düşünerek üçü de çeşitli şeylerden aynı üzüntüye düşüyorlar, çeşitli şiddetlerle böylece sıkıntıya esir oluyorlardı.

Bazen geceleri de çıkıyorlardı. Suad dümene geçer, erkeklerden biri kürek çekerdi. Çoğunlukla birkaç sözle bozulan bir sakinliğin sürdüğü bu yolculuklarda denizin, gökyüzünün, sahillerin korkunçluğu arasında bazen mehtabın ışıklarına, bazen karanlığın dalgalarına gömülerek, denizin bir kadın göğsü gibi kokularla dolu ve bakir vücudunda Büyükdere'ye kadar inerler, sona geri dönerlerdi. Dönüşleri sessiz, karanlıkta olurdu. Herkes fikir ve üzüntülerini yüklenerek odalarına çekilirler, birbirlerini ve kendilerini yorgun olmakla aldatarak üzüntülerini gizlerlerdi.

Fakat Necib giderek kendini kontrol etmekte güçlük çekiyordu, yetersiz kalıyordu; çünkü onun bu şiddetli bağlılığı bu duruma geldikten sonra tahammülü eksilmiş suya kanamış gibi içini bir yangın kaplıyordu. Onda bu kadar içini kaynatan bu çekicilik artık kavuşmaya şiddetli bir ihtiyaç duyuyor ve ona, onun ruhuna girmek ihtiyacı ile şiddetli bir arzu gösteriyordu. Her zaman onun yanından ayrılmamak endişesi şimdi yerini ona karışmak coşkularına sürüklüyordu...

Sonunda bu bir duygular saçması hâline geldi. Bir gün geç kalkmış, deniz hamamına geçmişti. Çırpına çarpına koşuşan çarpışan dalgalar, hamamın içinde büyüyen, yansıyan sesleriyle düzensiz bir hava çalıyordu. Vücudu muhtemel zevkin yöneltmesiyle şimdiden bir hoş rahatlık içinde, uyanır uyanmaz tekrar fikrini oyalamaya başlamış endişelerinin dalgınlığıyla soyunurken, serin deniz havasının içinde birden ölüyorum zannetti. Etrafını onun kokusu sarmıştı.

Bu Necib'in Suad'dan sahip olduğu biricik şey vücudu idi. Bu kendisine sürekli kendi göğsü gibi gelmişti. Bu, ne bir çiçeğin, ne bir yaprağın bilinen kokusuydu. Bu bilinen hiçbir kokuyu andırmaz cansız bir koku, adeta canlı bir şey, bir nefes idi ki, Necib onun ruhunun kokusu zannediyordu. O kadar eşsiz, o kadar içten bir koku idi. Bunda Suad'ın bütün gizli sırları, bütün kadınlığı pür heyecan bulunurdu. O kadar kadından, o kadar Suad'dan yükseliyordu... Ve şimdi, denizde bu koku, ona bir vücut sıcaklığıyla karışmış geliyordu. Duyguları o kadar şiddetlendi ki vücudu titreyerek bitkin düştü.

Bu nereden geliyordu? Ondan önce denize girmiş olduğu için mi kalmıştı? Denizin, rüzgârın birbirine çarpması bunu nasıl dağıtmamıştı? Ve suyun içine girdiği zaman, şimdiye kadar bunu düşünmediğine şaşarak, onun da burada, bu su içinde yıkandığını düşünmek bütün iradesini yok ediyor ve düşkün kılan bir zaaf ve sarhoşluğa sürüklüyordu. Bulutlar içinde, sarhoş ve şaşkın, kendini suyun içine bırakarak, sonsuz bir duygu sarhoşluğu içinde onu burada, suyun arasında, deniz elbisesinin yarı sakladığı omuzu, kolları gerdanıyla görerek, bayılır gibi kalıyordu. Bu hissini sürdürmek için gözlerini kapayarak suyun kendini okşamalarıyla yüzdüren kuvvetin üstünde sallanarak, sıtmalı, ihanetten habersiz, korku içinde kalıyor, onu öyle görmeyi düşündükçe, kokusunu duydukça denizin içinde sonsuz derinliklere uçuyorum zannını veren bir sarhoşlukla sersemleşiyordu.

Sonunda çıktığı zaman bu kendisi denize delice bir istekle atılarak, hâli vakitlerini ıssız yerlere kaçıp ona binlerce ateşli seslenişlerle, bu zevkli düşüncelerle oyalanmaya adayacak hâle girdi. Onu en ince, en gizli kadınlıklarına kadar düşünerek, ateşinin yakıcılığıyla ruhunun yandığını hissedip ölüyorum zannederek "Ah ölsem..." diyordu, mutluluğunun ancak o zaman tamam olacağına inanıyordu. Ve onun kokusuyla, yavaşça ona yaklaşıp ensesinden yükselen onun güzel kokulu vücuduyla sersem olduğu zamanlar, baştan aşağı sarsılarak ağlamak, boğulmak, birdenbire düşüverip ölmek ihtiyacıyla kıvranıyordu, bunları yapmamak için kendini zorlayarak işkence çekiyordu. Bir saniyede bin duyguya, bin fikre, bin hayale esir olarak, işkenceden farkı olmayan ama onu yine de mutlu eden çarpıntıların içine karışıyordu.

"Canım, bu ne kadar deniz merakı?" diyen Süreyya'ya "Bir sandalım var diye bütün denize sahip çıkamazsın a!" diye şaka ederken gerçek hâli düşünmekten kendini alamayarak canavarlığına şaşıyordu. Çünkü onunla konuşurken, ona seslenirken onun namus hakkını dehşetli bir cinayetle kötüye kullanmak fikrinden kesinlikle uzaktı. Duygularının akışına o kadar kapılıyordu ki kendisine herkesin cani deme yetkisi olduğunu kabul ettiği zamanlarda bile yine vicdanının kanaati ile sakin durduğu zamanlarda bir fark bulamaz hâle gelmişti.

Bu akşamüstü Tarabya'ya kadar gidip dönmek için çıkıyorlardı. Necib yalnızca inerken piyanonun üstünde Suad'ın şemsiyesiyle eldivenlerini gördü. Bir anda bu eldivenlerde onu koklamak isteğine hâkim olamadı, titreyerek eğildi, onun eşyalarını burnuna götürdü; oh, her zaman havada olan bu koku işte şimdi elindeydi. Ve eldivenlerin dokuması o kadar onun eli gibi hoş ve narin idi ki, gerçekten onun ellerinin kokluyormuş gibi geliyordu. Bir an oldu ki, bunları alıp saklamanın ne büyük bir mutluluk olduğunu acı bir özlemle düşündü. Ve bir ihanet yapıyormuş gibi titreyerek, sapsarı, bunların birini cebine soktu.

Suad çift zannederek aldığı eldivenin bir tane olduğunu ancak arabada fark etti. Aceleyle yalnız birini almış olmak ihtimalini başını sallayarak reddediyordu. Şemsiye ile beraber ikisini de piyanonun üzerine koyduğunu ve onları oradan alırken piyanonun üstünde başka bir şey kalmadığına kesinlikle dikkat ettiğini söylüyordu. Süreyya: "Belki arabaya gelirken düşürmüşsündür." dedi. Necib sözünü esirgemeyerek Süreyya'ya bir şeyler anlatıyor, Suad'ı düşündürmemek için tuhaf birtakım sorular buluyor, onun dalgın düşünüşünden korkuyordu. Suad "Tuhaf, acaba ne oldu, besbelli öyle..." dedikçe sanki eldiven cebinden çıkarak "Buradayım!" diyecekmiş zannediyor, yüreği hopluyordu.

Ve bu eldiven meselesi unutulduğu zaman onun biricik malı, en kıymetli malı oldu. O hayat dolu bir el, sanki Suad'ın eli gibi geliyordu... Ve onun eline sahip olmak Necib'i mutluluktan çıldırtıyordu.

*

Suad başını dikişinden kaldırıp kapıdan giren Necib'e bakarak: "Ooo! Sizde bir hazırlık var?" dedi.

Öbürü eldivenlerini giymekle meşgul, sakinleştirmeye çalıştığı bir sesle "Evet, kaçıyorum." diye cevap verdi. Ve üzüntüsünü göstermemek için birçok işler olduğunu, gezilecek yerleri, çoktandır ihmal ettiği dostlarına dair masallar anlatıyor, zorunluluklarından bahsediyordu. Hâlbuki gerçekte burada kalmak için canını verdiği hâlde işte şimdi kaçıyordu. Çünkü artık burada yaşamaya sabır ve tahammülü, kuvveti ve dayanacak hâli kalmamıştı. Hele bu son hafta onun için tahammülün üstünde eziyet veren bir şekilde geçti. Buradaki hayatının ihanet olduğunu kendine sürekli hatırlatan derinden gelen ses sussa bile artık gıdasız hayatı bir işkence olan çekilmeyle, Suad'ın bir zaman kendini sarhoş eden huzuruyla şimdi harap olarak, o kadar yorulmuş, üzülmüştü ki, artık bu gece sabaha kadar uyuyamayarak çektiği ateşler arasında kaçmak ona tek kurtuluş çaresi göründü.

Evet, ne olacaktı? Burada dursa ne olacaktı? Bu kesin ve cevapsız soruyu belki bin kere kendine anlatmış, işkence ve hıyanetten başka bir şey olmayan bu hayatın sonu olmadığını sürekli düşünmüştü. Şimdi gittikçe elinden kaçan idaresinin, sürekli artan sersemliğinin yöneltmesiyle düzelmesi mümkün olmayan bir şey yapmak, bilmeyerek, bilemeyerek ağzından kaçıracağı söz, yönelteceği bakışla her şeyi keşfettirip haklı bir nefret ve iğrenmeye hedef olmamak, o kadar saf ve temiz bakışı bir nefret titremesiyle kendine yönelmiş görmemek için bir çare varsa o da kaçmak olduğuna karar vermiş ve rahatlamıştı. Çünkü son zamanlarda onun önünde, gözlerinin önünde dururken içinden kaynayan bağırışa, arzularına dayanmak artık pek zor oluyor, bunun her şeyi göze aldıracak bir kaynayış olmasından korkuyordu.

Önceden, ta ilk günler aklına yine bu çare gelmişti. Fakat o zaman dayanma gücüne, soğukkanlılığına güveniyor, bu kadar zaaf göstereceğini düşünmüyordu. Duygularının dayanıksızlığına; şiddetine esir olup gecikmelerle, önlemlerle kendini aldatarak oturuyordu. Fakat şimdi o zaman gibi hareketinin yalnız kötülüğünden korktuğu için değil, duygularının kaynamaya hazır olup keşfolunacağından titrediği için kaçıyordu. Ve bu iki eğilim arasında uykusuz geçen gecelerinde bin türlü kararsızlıklarla ezilirken sürekli kendini idare etmek mecburiyeti onu hasta ediyordu. Uyuyamayacağını bilerek, gecelerin yaklaşmasını artık kesin bir işkenceyi bekler gibi korkuyla karşılıyordu. Önce onu düşünmek, saatlerce dalgın kalarak, bütün saatlerini ona ayırdığı hâlde bıkmayarak, düşünmek için zamanı yeterli bulmayarak, onun bakışlarını, sözlerini, tavırlarını, kokularını hatırlayıp bu eldiveni koklamak için kendinden geçerek sabahlara kadar uyumazken şimdi artık bu mutluluk hasta bir şekilde kuruntu ve şüphelerle ağlayarak, haykırarak "ama ölüyorum, kurtarın beni artık!" diyecek kadar yanarak geçiriyordu. Onun Süreyya'ya öyle bakışları, öyle seslenişleri oluyordu ki, karşısındaki için sakin bir kabulle karşılandığı hâlde o kendini kahrediyordu. Ah bunun bir tanesi için canını nasıl sevine sevine verirdi...

Sıradan bir saygının ne gibi evrelerden geçip şimdi hayatında kökleşen bir büyük aşk ve dehşet olduğunu düşünerek kendinin bu kadar tutkun sevgiyle bu sonucu anlaması gerektiğini düşünüyor kendine kızıyordu, nasıl olurdu da bu kadar ilerlemesine izin verirdi "Evet, kaçmalıydım, kaçmalıydım!" diye yumruklarını kafasında sıkıyordu. Ve şimdi yalnız ondan değil, kendinden de kaçmak lazımdı. Çünkü ondan kaçmakla kendini ateşten kurtaramayacağını görüyordu. Nereye gitse, ne yapsa bunun mümkün olmadığını, onu unutmak için birçok günler, geceler böyle uykusuz, sıtmalı, kararsız yaşamak zorunlu olduğunu, hele bundan sonra ondan uzak bin hüzün, bin işkence içinde köpekler gibi sürüneceğini düşünerek "Cezadır, ah cezadır!" demek istiyor, fakat önünde hayatı ancak ölümle kurtulmak imkânı olan bir işkence gibi görünüyordu.

Bu hâl içinde ara sıra boğazını yakarak gözlerini ıslatan yaşlar da vardı. Kendini böyle bir çıkmaza girdiği için pek zavallı görmekten, bu yakıcı çaresizlik içinde kurtuluşsuz, ümitsiz çırpınmaktan doğan yaşlar ki hep, aksi olarak, onların yanında iken gözlerini yakıyordu...

Bunun için, balkonda kotranın flokuyla uğraşan Süreyya atılıp: "Ne? Kaçmak mı? Mümkün değil?" dediği, Suad hafif bir hüzün sesiyle: "Mümkün değil... Şaka söylüyor, bizi korkutuyor." diye tekrar ettiği, kendi gidişinin onlar için âdeta bir bela gibi anlaşıldığını gördüğü zaman hem Süreyya'nın iyiliğine, hem Suad'ın sözlerine bakıp birden hüngür hüngür ağlamak "Ama bırakınız kaçayım, Allah aşkına... Çünkü ölüyorum. Burada sizin yanınızda ölüyorum..." demek için şiddetli bir arzu duydu.

"Evet, bırakınız kaçayım..." diyecekti. Çünkü buradaki hayatım uğursuz bir şey oldu. Ben sefil, uğursuz bir adamım. Sizin bu kadar iyiliğinize karşı ben alçaklık ediyorum. Fakat bilseniz ne zavallıyım...

Ve zavallılığını mümkün değil ispatlayamayacağını ve açıklayamayacağını görüp ümitsiz kalıyordu.

Süreyya kalkıp pardösüsünü elinden almak istedi. Dikişini dizine bırakmış, kalkmaya hazır duran Suad tekrar ederek: "Özellikle yapıyor. Hiç yoktan böyle kaçmaya ne gerek var?" diye yalvarıyor, o gözler kendine bu sefer sabit bir ricayla bakıyor ve baktıkça karşı koyamayıp gidemeyeceğinden, "Peki kalayım!" diye döneceğinden, hatta kalmak arzusunun yavaşça büyüdüğünden korkarak, kararlı olmakta güçlük çekiyordu. Ve birden, buradan, ondan, onun bu melek gözlerinden bu peri sesinden ayrı kalınca nasıl çocuklarını gömmüş nineler gibi yanar bir kalple kalacağını hissederek bir derin sızı duydu ve pişman olarak kalbinin içinden: "Ah, kal deseler..." diye inledi. Fakat o kadar ısrar onlara yeterli görünmüş, Suad: "Bari yakında gelirsiniz a!" diye sormaya başlamıştı. O zaman artık her şeyinin bittiğini, bir daha görememek azabı, onun kendisi için ne kadar yabancı, onun dışındaki her şeyin ne kadar önemsiz olduğunu, Süreyya onun kocası olduğu hâlde kendisinin ne kadar uzak bulunduğunu görmek yoksunluğu onu perişan ediyordu. Gözlerini dolduran yaşları göstermemek için: "Elbette... Yakında..." diyerek döndü, kaçtı.

O kadar zaman Necib'e o kadar alışmışlardı ki, bugün onun yokluğu ikisini de alıkoydu. Birçok şeyde onu hatırlamaya sebep olacak bir hayat sürmüşlerdi. İkisinde de o olsa söylenecek sözler, o olsa söz söylenecek fırsatlar oluyordu. Süreyya: "İnsan gariptir, nasıl birbirine alışıyor." diyordu. Sonra yemekte "Biliyor musun, ben mahzun olmaya başlıyorum." dedi. Bu hüzün bir parça Suad'da da vardı. Necib onların hayatını şakaları, sözleri, arkadaşlığı ile kaplamış ve onurlandırmış, üzüntülerinin dost ve tesellisi olmuştu. Bunu o gidince anlıyorlardı. Görüyorlardı ki, o olmasa sıkılacaklarmış... Suad yalnız kalınca son zamanlarda kendini sarmış olan hüzün ve sıkıntıya, daha gömüleceğini ve bu hâl ile Süreyya'nın daha sıkılacağını düşünüyordu. İki kişilik böyle bir suskun hayat Süreyya'ya değil, kendine bile artık yorucu geliyordu. Artık o gömüldüğü büyük korkuyla mücadele etmek için kendinde güç bulamıyordu. Bir çare olmadığını bile bile uğraşmak, hayatlarını şenlendirmek için yorulmak artık elinde değildi. Sade kendi zihin yorup, Süreyya'nınsa her şeyden habersiz çocuklar gibi yalnız kendi oyunlarıyla oyalanarak hiç önem vermeyişine öfkelenmeye başlıyordu. Önceden onda her şeyi nenesine bırakan bir çocuk hâli görür, bunu severdi. Şimdi bu hâli onu gittikçe kızdırıyordu.

Sonra birden korkmaya başladı. Süreyya'nın sıkkınlığı ve bıkkınlığına duyduğu endişe yerini kendi korkularına bıraktı. Tüm yaşadıklarını Süreyya bıktığı için değil kendisi de bıktığı için yaşıyorlardı. Hayatını sevilecek, mutlulukla yaşanılacak bir hayat gibi görememek endişesi bir telâş oluyor, birkaç zamandır zihnini işgal eden şeyler duygusuz bir zehir ile etkileyerek onu ne derece yıprattığını gösteriyordu.

Bu gerçekleşmeden önce yeraltında gök gürültüleriyle gelecek musibetleri haber veren bir deprem korkusu gibi oluyordu: Ama önlerindeki hayatı, mutlak felâketi görmemek için, buna kayıtsız kalıp çocuklar gibi bugün yelkene, yarın eve, öbür gün balığa heves etmek için insan ne kadar acımasız olmalıydı? Bu her gün böyle geçe geçe artık bir gün zaman tamamen geçmiş bulunacak, yaşlılık onu çürütecekti. Ama buna katlanmak için insan ne olmalıydı? Bu durgunluğun bozgunu ve tahammül ile şimdiden bile bile beklemek ona pek acı geliyordu.

O zaman adımları peş peşe uzuyordu: "Hayatım harcandı!.." diyemiyorsa da, harcanıyor dehşetli duygusu ve yakıcı endişesiyle düşkün kalıyordu. Bu gelgitli duygularını Süreyya'nın fark etmeyişi gitgide çoğalan bir kızgınlık doğuruyordu. Bu korku ve öfke buhranlarını pişmanlık ve tiksintiyle izliyor, o zaman Süreyya'yı suçsuz görüp haksızlık ettiğini düşünüyor onun tarafından affedilmek ihtiyacıyla ona sokuluyor, gözlerine dolan yaşları gizlemek için uğraşıyordu.

Ah o zaman Süreyya bu kadının kalbinde nasıl bir yakıcı yanardağ olduğunu hissetse, gelip gözlerine bakarak "Yine gidiyor musun?" diyen dudakların nasıl bir "Yok gitme, ölüyorum." diye ağlamak ihtiyacı ile titrediğini fark etseydi... Fakat hayır, o bu gözlerdeki manalı endişeye, bu dudakları kurutan yalvarma ateşine yabancı, sade kendi düşüncesiyle meşgul idi. O kadar ki, Suad içini yakan şeyleri anlatamamak ateşiyle bir imaya bile cesaret edemiyordu. Kaç kere: "Ama..." diye başlayıp bunları mümkün olduğu kadar anlatmaya hazırlandı. Bu girişimlerinin çoğunda kendi tabiatına tamamen ters olan uzun gerçeği söyleme güçsüzlüğü, gülünç bulunmak kaygısı, geri dönüşsüz bir reddediliş, fikirlerine önem verilmemek korkusuyla saatlerce mücadeleler sonucunda yine sessizliğe yine kederlerini yalnız kendine saklamaya mecbur kaldı.

Süreyya'nın "Ama sen ne oluyorsun Suad? Bir tuhaflığın var." dediği zamanlar oluyordu. O zaman söylemek isteğiyle heyecanlanıyor, sonra tekrar kendini zorlayarak bir bahane bulup baş ağrısından bahsetmek için uğraşırken gürleyerek ağlamak arzularıyla pençeleşiyordu. Bunların böyle son derece şiddetlendiği saatler olduğu gibi hayatı olduğu gibi kabul ettiği zamanlar da oluyordu. Fakat bir şey onu hayatını karanlık ve ümitsiz görmeye yöneltiyor gibi oluyordu o zamanlarda da "Ama ben mutsuz değil miyim? Niçin böyle ilgisiz duruyorum?" diye kendini mateme yöneltiyor, tekrar onu bir paha biçilemeyecek bir zevk ile oyalayıp lezzetle zehirleyen fikirlere geçiyordu. Önceleri herhangi bir iş yaparken bunları düşünemezdi, ancak işi bitince düşünmeye dalardı fakat sonra sonra günlük işleri bile yaparken düşünmeye alıştı. Artık bu, her kalıba, her renge girebilen bir düşünce meşguliyeti, bir ruh hâli oldu.

O zaman birtakım âdetler doğdu: Müziği epeyce ihmal ediyordu. Canı gezintiye çıkmak da istemiyordu. Bir iki kere o da sadece Süreyya'nın teklifini geri çevirmiş olmamak için kabul etti, çıktılar. Fakat Suad'ın dalgınlığı Süreyya'nın da susmasını gerektirdi. Eve sersem, yorgun döndüler. Süreyya şimdi yarış için yelkende birkaç tamir yaptırmıştı. Önceden pek beğendiği sandala şimdi kusurlar buluyor, bunların değişmesi imkânsız şeylerine öfkeleniyordu. Artık iyice aklına koymuştu: Bir sandal yaptırmak gerekse, bunun için hazırladığı bir plânı vardı. Ve ara sıra herkesi de kendi gibi aynı şeye meraklı olduğunu düşünmek saflığıyla uzun uzun Suad'a bunları anlattığı oluyordu. Suad bunları dinlerken Süreyya'nın yüzüne bakıp söylediklerini asla duymayarak ama böyle habersiz, hep kendi hevesleriyle oyalanmak için insanın nasıl biri olması gerektiğini düşünüyordu ve kocasına şaşıyordu. Bunları düşündükçe ve fark etmeye başladıkça sanki Süreyya'yı tanımadığını hissediyordu. Ona yabancı görünüyor ve hayret ederek: "O kadar zaman ben bu adamı tanımayarak yaşamışım, hem de son derece yakın bir hayatla..." diyordu. Pek görünür şeylere aldanıp, verilen karaların hayatımızda ne derin etkiler doğurduğunu, Süreyya'nın da her şeyini bilirim derken nasıl hiç beklemediği huylarının çıktığını görüp "Ben onu bilmiyormuşum, başka bir adammış... Nasıl yaşadım Ya Rabbi nasıl?" diyordu.

Sonra hatayı kendinde buluyor bu geri dönüşü olmayan yola girdiği için pişmanlık duymaya başlıyordu. Tüm bunların onun kendi yalnızlığının günahı olduğunu fark edince daha da sıkılıyordu. Piyano çalmak istiyor, konuşmak için hizmetçiye sözler buluyor, komşularla derin yakınlığı düşünüyordu. Acaba Necib niçin gelmiyordu? O olsaydı kendilerine bir arkadaş çıkardı. Onun bir haftadır toplanmış hikâyeleri bulunurdu. Necib'in darılıp gitmiş olma ihtimali aklını oyalıyordu, iyice düşündüğü hâlde onun darılmasına bir sebep bulamıyordu. Fakat o gidişteki tuhaflık dikkatinden de kaçmamıştı. Hem onlardan sıkılıp gitmesi ihtimali de vardı. Böyle düşündüğünde önce ona hak veriyordu ama sonra bunun bir haksızlık olduğunu düşünüyordu eğlendiği zamanlar burada sonrasında, sonrasında ise sıkıldığında bırakıp kaçmak, hayır bu bir suçtu. Ah bu dünyada herkes kendini, hatta başkalarının zararına da olsa kendini mi düşünürdü? Şimdi o, kim bilir nerelerde, Süreyya işinde, dadısı bağda eğlenirken kendisini birinin olsun düşünmemesi, yalnız bırakması, merak etmemesi, anlamaması pek acı, pek zalimce geliyordu.

Bu sırada bir gün Necib gelmişti; fakat o da rahatsızlığından şikâyet ediyordu. Hiçbir yerden zevk almadığını söyleyip hayat hakkında pek bıkkın görünüyordu. Artık usandığını, bunun ölünceye kadar böyle sürükleneceğini bile bile yaşamaktan artık bulantı geldiğini anlatıyordu. Suad aynı ruh hâlinde bulunduğu bu zamanda onun hayata dair söylediklerini mesela hayatın ne kadar renksiz ve gereksiz olduğunu, memnuniyetle dinledi. Necib sekiz gün aralıksız ruhsuz bir beden gibi aşktan ümitsizliğe, ümitsizlikten aşka geçerek perişan kararsız, sefil bir hâlde geçirmişti. Bu gelgitlerinin içinde bir gün gitmekle gitmemek arasında çırpınırken bir gün vapura binmiş, her iskelede kendini oraya bırakmak ve onun yanına gitmemek için mücadele vermiş ama sonunda kendini engelleyemeyerek onun yanına gelmişti. Ve işte buradaydı, Suad önündeydi, bu güzel saf gözlerin, biraz solgunlaşmış o güzel yüzün kendinde açtığı yarayla ağlamak istiyordu, onun karşısında doya doya ağlamak, ama hayır onun bir suçu yoktu. İşte o her zamanki Suad'dı; ona yabancı olması gereken Suad, annesi gibi hürmet gösterilmesi gereken Suad, işte kardeşi Süreyya. Onların bu saflığı ve temizliği kendi ruhuna hükmeden pisliğe isyan ediyordu. Dünyada güzellik ve temizlik neden yok oluyordu kendinin de bu yok oluşta payı yok muydu, bu insanlara hıyanet etmiyor muydu sanki: "Ah, insanlar niçin böyle kötü olmuşlar?" İyilik arzusuyla beraber bu kötülüğün ne gereği vardı?" diye şikâyet ediyor, "Güzel ve yüce bir kadının yanında insan her türlü kötü fikirden uzak olarak niçin beyaz ve masum yaşamamalı? Nedir bu insanlığın içten içe çürüyüşü, bu çamur, bu fırtına... Bu kirin, temizliği bir daha getirmemek üzere yaralaması niçin?" diye inliyordu.

Fakat onun o gözlerinin, siyah ve yakıcı bakışlarında ruhunu eriterek çeken bir güzellik, onu bir saniyede sersem ve hâlsiz bırakan bir büyü vardı ki, hayır karşı koyamıyordu, ama acizliğinden bile yakıcı bir keyif alıyordu. Artık ruhu vücudunu da hasta edecek kadar bitkin ve dayanıksızdı. Karşı koyamamak ona son cazibe, son neşe gibi geliyordu. Arzu bütün yeteneklerini düşkün bırakacak dereceye gelmişti. Onun kokusuyla ölmek için yanına sokulduğu oluyordu. O zaman sarhoş eden bir zehir kokluyor gibi sararıp ölerek titriyordu. Ve deniz, bir kere girince terk edemeyecek kadar onu cezbediyor, oyalıyordu. Süreyya şikâyet ederek: "Necib, hastalanırsın!" dedikçe: "Ah hastalansam, bari onun için hastalansam..." diye düşünüyordu. Onun için ölmeyi düşlüyor, son saatte onun da bundan haberdar olup o melek gözleriyle geldiğini, başucuna gelip: "Biliyorum, benim için... İşte seni onun için seviyorum..." deyişini işitir gibi oluyordu.

Ve onlar beraberken içindeki fırtınaları, karanlığı fark ettirmemek için o kadar neşeli ve canlı görünüyordu ki Süreyya ve Suad kahkahalarla gülerek: "İlahi Necib Bey!" diyorlardı. Necib, iki gün kalıp üçüncü gün yine birden ısrarla kaçmak isteyince onlar için, hele yalnız kalmaktan korkan Suad için bu pek acı oldu. Necib'in ısrarına şaşırarak; fakat çok uzatmadan geri gelmesi için söz almadan bırakmadı. O zaman tekrar yalnızlık hayatı başladı. Karı-koca bir daha gelince onu koyuvermemeye karar veriyorlardı. Suad onu oyalamak için sevdiği havaları çalışmaya, alıştırma yapmaya başladı. Cavaleria Rusticana'ın onun o kadar sevdiği "Ah Lola Biyanka!" Sicilliyanasıyla, dua parçasıyla uzun müddet oyalandı.

Ona haber vermeden bir gün bu parçayı çalacaktı. Şimdiden onu çaldığında nasıl da şaşıracağını düşünüp memnun oluyordu. Necib ona bu operadan sürekli olarak tutkuyla bahsetmiş hatta birkaç havasını mırıldanmıştı. Piyanosunda Santuçça'nın tırmalayan ve yakan feryatlarını çalarken bu inleyişi andıran müziğe, o şiirle müziğin uyumuna kapılıyor, bu tutku müziği onu dehşete düşürüyordu. Ah bu müzik onu ne kadar da perişan ediyor, adeta öldürüyordu. Müziği dünyanın en üst ve yüksek zevki sayan Necib'e ne kadar da hak veriyordu. Müzikle oyalanırken bir haftadır kendini zehirle yok eden haince düşüncelerden kurtulduğuna da memnun oluyordu.

Fakat dadının gelmesi her şeyi yıktı. Uzun müddet görmediği hanımını birikmiş hikâyelerinin gevezeliğiyle saatlerce yorduktan sonra bağa dair bilgiler verirken Hacer'den bahsetti. Ve konuyu iyice dolandırdıktan sonra esas konuya girmekte tereddüt ederek Hacer'in Necib'in yalıya bu kadar sık geliş gidişlerini anlamlı bulduğunu ima ettiğini söyledi. Hacer, ona Necib'i sormuştu. Hâlâ orada mı? demişti, aldığı cevaba karşılık da: "Maşallah, Allah mübarek etsin... İnsanın Süreyya gibi vurdumduymaz bir beyi olduktan sonra..." demişti.

*

Suad'ı şakaklarına önce soğuk bir ter, sonra şiddetli bir sıcaklık, bütün başını harap eden bir nabız atışı ortaya çıktı. Derin bir tiksintiyle bu düşüncenin ne kadar hainane, ne kadar pis, bir şey olduğunu düşündü. Sonra dadısının sözlerini dinlemediği hâlde onun "Meydan vermemeli" diye kulaklarını yırtan sözüne hak verdi. Fakat nasıl meydan vermemeliydi? Hem onlar ne yapıyorlardı? Yoksa Necib'e karşı gerektiğinden fazla bir yakınlık ve samimiyet mi gösteriyordu? Demek ki bu sözü söyleyebilmek için bu kadarı da yeterliydi? Sonra birden "Ya o da öyle düşünürse... " diye kocasını düşündü. Demek ki onun da böyle düşünmek ihtimali vardı? Fakat Süreyya'yı böyle fikirlere itecek kadar basit bilmediği için sakinleşti.

Şimdiye kadar Hacer'i herkese karşı o kadar savunmuşken artık bu söylediklerinden sonra bir daha onu savunmaya cesaret edemeyeceğini anlıyordu. Onda iğrenilecek bir hâl, bir yılanlık buluyordu. Bu kötülüğü ondan değil, kimseden beklememişti. Böylesine gereksiz ve anlamsızca bir düşünce hem de zehirli bir düşünce ortaya çıkarabilmek için insanın nasıl bir kalbi olabilirdi acaba.

Bu kötü sözü yalnız birkaç saatlik bir meşguliyet verip unutulacak sanırken şimdi görüyordu ki, bu Necib'le bundan sonraki hayatını tamamen zorlu, âdeta imkânsız bir hâle koymuştu. Böyle bir sözün çıkması hem de başkaları tarafından da buna inanılmak ihtimali onu ürkütüyordu. Demek hiçbir zaman Necib'le önceki kadar doğal, sade ve saf bir ilişkileri olmayacaktı. Onu önceki kadar düşünemeyecekti. Bu kadar sade bir hayat içinde böyle sözler çıktıktan sonra... Bunu çıkaran, çıkarabilen, böyle bir söz çıkınca hiç düşünmeden kabul edebilecek hâlde olan insanlara karşı birden öfkeyle hücum eden bir kin hissediyordu.

Bundan sonra onu düşünmeye, ona dair bir söz söylemeye, belki kocası da bir şey hisseder diye ondan bahsetmeye cesaret edemiyor, hatta onun gelişini heyecanla bekleyen kendisinden bile korkuyordu, sonra bu saçma endişelerin kendi hoş hâlini yok ettiğini düşünerek "Yazık oldu!" diyordu. Demek bundan sonra Necib'le hayatı artık büsbütün değişecekti. Bu hâl beki onun gelmemesini gerektirecekti. Buna hayıflanıyordu. Sonra bu kadar önem verdiğine de şaşıyordu. Hâlbuki Necib öbür gün gelecekti. Ve Süreyya ile karar vermişlerdi ki artık onu alıkoyacaklardı. O hâlde kocasını bu fikirden vazgeçirmek için bir çare bulmak gerekiyordu. Zaten onun hayatı hep böyle geçiyordu, ondan gizlenerek yapılacak işler vardı, hayatlarını düzenlemek için ondan gizli hesaplar yapıyor, görüntüyü korumaya çalışıyordu, mücadele veriyordu, bu ilk günden beri böyleydi ve bundan sıkılmış hatta harap olmuştu. Ve bundan sonra da işte bu çıkmıştı ve şimdi daha dikkatli olması gerekiyordu, bu yakıcı bahaneler onun onurunu ve ailesini zedeleyebilirdi.

Hâlbuki kendinden gizlemiyordu ki, Necib'le hayatlarının bozulmasını tarafsız bir şekilde düşünemiyordu. Ona göre Necib hayatlarını şenlendiriyor, birleştiriyor, özellikle müzikle geçen saatlerinde, onun için hazırladığı havaların hayretleri, bütün o şimdiki çekilmez hayatını bir parça hayalle okşayan zamanlar yok oluyordu. Hâlbuki mecburdu. Çünkü Süreyya'nın kulağına bir söz giderse, ya da bu düşüncenin doğruluğuna ikna edilirse bütün bu güzelliklere veda etmek gerekecekti.

"Zavallı Necib!" diyordu. O hiçbir şeyden şüphe etmezken haklarında böyle kötü şeyler söylendiğini duysa kim bilir ne kadar üzülürdü. Bu darbeyle sadece ikisi yaralı olduğu için onunla kederde bir ortaklık buluyor bu da ona bir çeşit merhamet duymasını sağlıyor ve bağlılık oluşuyordu. Onu burada alıkoymamak için ne çare bulacağını düşünüyordu ama bir türlü işin içinden çıkamıyordu. Aslında bu, o çarenin olmayışı değil onda karar verecek soğukkanlılık ve huzur fikri olmayışından ileri geliyordu. O kadar ki, Necib'in geleceği gün yetiştiği hâlde henüz bir karar vermemişti. Gelmese bütün zorluklardan kurtulacağını düşünerek: "Şimdi gelecek, bu vapurla gelecek..." diye heyecanla her vapuru gözlediği hâlde akşam olup da Necib gelmeyince memnun oldu. Hem o gün Süreyya da İstanbul'a indiğinden o burada yokken gelirse diye korkuyordu. Bunun için kendine kızıyor, saf ve günahsız olduğu için bu önlemlere bir gereklilik, böyle korkmak için bir sebep olmadığını söylüyor, bununla beraber yine de korkuyordu.

Süreyya da ancak son vapurla gelebildi. Ve çok bitkin görünüyordu, Suad merakla ona baktı. Süreyya uzun uzun sustuktan sonra:

"Ah Suad, felaket!" dedi.

Suad, "Ne oldu Allah aşkına, ne var?" diye telâşlandı.

Öteki, tereddüt ederek: "Necib..." dedi. Suad yüreği ağzına gelerek gözleri korkudan durgun ve boş bir bakışla: "Ne oldu?" diye soruyordu. "Bir kaza mı?" Hayır, bir kaza değildi. Fakat daha kötü bir şey... Necib üç gündür bağda tifodan ölümle pençeleşiyordu. Ve Süreyya oturup terini silerek: "Ah görsen Suad, görsen..." diye büyük bir kederle anlatıyordu. Dört saat yanında oturmuştu. Kendini tanımamıştı. Ölü gibi yatıyordu. İki gündür hiç kendini bilmiyor, kimseyi tanımıyor, ateş içinde yanıyordu. O anlatırken bütün vücudunu ezip, kırıp hurdahaş eden asi bir titreme, soğuk terle karışık, vücudunu çözen bir titremeyle, büyük felâketlerde gelen o sinir zayıflığıyla gerilen Suad öylece durakalmış dinliyordu. Önce biraz rahatsızmış, önem verilmemiş, sonunda önceki gün yemekten kalkmışlar, merdivenden çıkarken Necib yüzükoyun yere düşmüş, kaldırmışlar, kendini bilmiyormuş; doktor yok, bir doktor bulup getirinceye kadar bir gün geçmiş, bakmışlar ki tifo...

Süreyya bunu anlatarak iki sözde bir "Bir görsen Suad, bir görsen... Üç günde ne hâle gelmiş..." diye şikâyet ediyordu. Sonunda "Hep bekleşiyorlar... An be an ölümünü bekliyorlar... Ah, nereden gittim?" dedi. Suad ezilmiş, bir hareket yapamıyor, susuyordu. Kocasının büyük üzüntüsünün yanında kalbi Necib için sızlanmaktan başka Süreyya için de parçalanarak ne yapacağını bilmiyor, sersem kalıyordu. Öbürü hastalık, hayat hakkında birçok şeyler mırıldanıyordu. İki günde hastanın ne hâle geldiğini tekrar anlatarak: "Keşke gitmeseydim..." diyordu. Doktorların belirlediği bir tehlike müddeti olduğunu söyleyerek: "Artık ondan sonra kurtuldu diyeceklermiş." diyor, fakat üç hafta hasta bu hâle nasıl dayanacak... Ah gitti Necib gitti..." diye sızlanıyordu.

O söylerken Suad kapalı, uzak bir şey düşünüyormuş gibi bu ölümler, bu afetler varken üç gündür kendini oyalayan şeylerin ne kadar miskin ve aşağılık şeyler olduğunu görüyordu.

Bütün gece karı-koca için bir matem ve acı gecesi oldu. Son zamanlarda zaten eski neşe ve canlılığını kaybetmiş olan konuşmaları bu gece büsbütün hüzünlü geçti. Her an "öldü" haberini almaları muhtemel olduğunu düşündükçe son derece elemli, vesveseli, ıstıraplı oluyordu. Süreyya tekrar gitmemek fikrinde olduğu hâlde Suad kadınlara özgü bir dostlukla hemen bağa koşmak, belki bir işe yaramak ateşiyle yanıyor ve kocasının o kararı önünde bu isteğini söyleyemiyordu. Burada durduğu müddetçe merak ve ıstırabından yaşamayacağını hissediyor, her an uğursuz haberin ortaya çıkması ihtimaline hedef olmaktan doğan endişeyle öleceğini görerek ne olursa olsun gidip hastanın yanında, başucunda bulunmak, bir felâket olsa bile orada bulunmak istiyordu. Onun kimsesiz olduğunu düşünüp orada Hacer'in hoppalığını, hanımefendinin her şeye bakmak zorunluluğu arasında ölüme terk edilmiş gibi gelen Necib'e yetişmenin bir görev olduğunu görüyor ve içini yakan ateşin şiddetini, arzusunun kuvvetini söyleyemediği, itiraf edemediği için kızıyordu. Ah, hâlâ o alçak iftirayı, o kirli iftirayı mı düşünüyordu?

Bu yakıcı ve usandırıcı bir hafta oldu. Bir mücadele ve işkence haftası, ateşli, sıtmalı bir tereddüt ve şüphe haftası oldu. Süreyya, Suad'ın birçok örneğini gördüğü üzere pek çok merak ettiği şeyi bile ihmal eder gibi görünen rahatlığıyla "Bir şey olsaydı haber gelirdi..." diye gitmeye razı olmuyorken o haykırmak "Ama sen kendin söylüyordun, kendin ağlıyordun... Daha iki gün önce dayanamayacağını söyleyen sen değil miydin? Şimdi nasıl böyle sabrediyorsun?" demek istiyor, gerçekten bunu söylemiş de Süreyya'yı bu kadar fazla merak ve ateşe şaşırıyor görünen soğuk ve meraklı gözleriyle, donuk bir şüphe bakışıyla görüyor gibi hayal ediyor, onun kendini bu kadar meşgul bilmesinden korkuyordu. Kendini kontrol edemediğini ve onunla bu kadar meşgul olduğunu görünce onun aklına korktuğu gibi bir şüphe gelir diye çekiniyordu. Bu kadar telâşa, bu kadar korkuya sebep bulamayarak gerçekten bir şey mi var dediği ve bu kadarına aşk diyebilirler mi diye tereddüt ettiği oluyordu. Fakat o fazla bir sevgiyle bir hastayı düşünmekten ibaret olan bu merakı masum buluyordu. Bununla beraber, kocasına bu kadar öfke ve şiddeti gerektirecek dereceye gelen merakını herkes, kendinden başka kim haber alsa haklı olarak her şeyi söyleyebileceklerini düşünmek onu yerle bir ederek: "Ne yapayım? Bu bir felâket... Ben masumum a!" diyerek yoruluyor, bu yorgunluk içinde, böyle içinden çıkılmaz bir çıkmaza düştüğü için ümitsizce: "Ya Rabbim, Rabbim, ne yapmalı?" diye inliyordu.

Bir hafta sonra bir haber geldi. Hastanın hâlinde bir değişme yoktu. Doktorların söyledikleri gün bekleniyordu. Süreyya: "Demek korktuğumuz gibi değilmiş... Allah verse de..." diyordu. Fakat hem merak eden merak ettiği hâlde sakin kalabilen Süreyya'ya kızan Suad için bu haber bir teselli olmuyordu. Necib'i Süreyya'nın anlattığı şekliyle günlerce hiçbir haber almadan rahatça beklemek mümkün değildi. Bu endişenin hastalıkla başladığını görüp onunla biter diye düşündüğü zamanlardan sonra öyle saniyeler oluyordu ki, Necib artık hayatına tamamen karışmış, ondan bağını koparmak mümkün olmayan bir şeymiş gibi görünüyordu. Bazen bu saniyeler dakika olurdu. O zaman korkular başlar, titrer, düşünmemek isterdi. Öbür haftanın sonuna doğru, bir gece, rüyasında Necib'i ölmüş ve kendini onun ölüsü üstünde saçlarını yoluyor gördü. Ah, bu korkunç bir rüya, sonsuz karanlıklı bir geceydi. Necib ölmüş, orada yatıyordu. Ve o bütün vücuduyla ağlayarak: "Necib, Necib!" diye haykırıyordu. Bu feci, mateme boyanmış bir ses, bir ağlamaydı. Uyandığı zaman yüksek bir yerden düşmüş gibi vücudunu bitkin buldu. Fakat hâlâ ağlıyordu ama gözünden tek bir damla yaş çıkmıyordu. Çenesi kilitlenmiş, şakakları ateş içinde terlemişti. Birden buz gibi terler dökmeye başladı. Bir saniye sebebini bilemeden ağlamak isteğine direnemedi. O feryat, o "Necib!" feryadı hâlâ sürükleniyordu. Ve bu kendisini büsbütün harap etti. İşi korktuğundan daha ciddi bulmaktan titriyor, Hacer'in bir kötü sözünün unutulmamasından kaynaklanan ve hastalığın verdiği darbeden doğan bir sinir zayıflığı ve kuruntu diyordu. Fakat artık oraya gitmekten korkuyordu. Onu o hâlde görüp çok üzülmekten korkuyordu. Hâlbuki bu sefer Süreyya gitmek istedi. "Yarın bağa gidelim!" dedi. "Hayır, gitmeyeceğim" demek mümkün değildi. Sebep göstermek gerekecek, belki bir şey keşfettirecekti. Hem bunu kalbinin direncine karşı bir sebep bulunca, bütün ruhi arzusunun esiri oldu.

Ve tehlikeye aldırmaksızın bir istekle, telaş ve heyecanla hazırlandı. Daha şimdiden kalbi çırpınıyor, şimdiden korkuyordu.

Bu acı ve can yakıcı bir ziyaret oldu. Sinirini kıran inatçı bir titremeyle yorgun, hasta, onun yanına böyle girdi. Ve Necib yatağında üç haftalık hain bir hastalığın acısından kurtulmuş, fakat renksiz kupkuru biri olmuş, gözleri sarı ve zayıf, yüzünde sonsuz bir acı ifadesi almış görünce ağlamak ihtiyacını engellemek için titreyen dudaklarını sıkmaktan harap oldu. Herkes bir şey söylediği hâlde o ağlamaktan korkarak bir şey söylemiyor, başında uğultularla dinliyordu.

Süreyya: "Vah zavallı Necib, vah! Fakat neyse, kurtuldun a! Sen ona bak..." diyordu. Necib zayıf, değişmiş bir sesle "Evet kurtuldum... Fakat..." dedi. Eliyle ümitsiz bir hareket yaptı. Bittiğini anlatmak istiyordu. Ve kalbinden: "Ah büsbütün bitsem..." diyordu. Uzun müddet hastalığa direndikten sonra şimdi Suad'ın huzurunda yeniden hücum eden bir gevşeme, bir rahatlık, bir oracıkta eriyip ölüvermek arzusu yükseliyordu. Onu o kadar istemiş, o kadar aramış, o kadar beklemişti. Onunla o kadar oyalanmıştı ki, şimdi gelirse mutlu olacağım zannı olmuştu. Fakat işte o geldiği hâlde nasıl tedavisi imkânsız bir dertle hasta ve mutsuz olduğunu tekrar hissetmekten doğan korkuya boğulmuştu. Ateşli saatlerinin aydınlık perisi, sıtmalı karanlığının teselli nuru olan Suad, orada, o bütün hastalığında silik gölge gibi gördüğü, sade saçları, gözleriyle gördüğü Suad işte oradaydı. Onu beklemiş, hiç durmadan beklemiş, o yanında yokken ölmekten korkarak beklemişti. Son defa bir daha görüp "Ah güzelsin, yücesin, bana hayatı sen sevdirdin, meleksin!" deyip ölmeyi ne kadar istemişti. Bir iki gündür, doktorların söylediği tehlike süresi geçeli işte birkaç gündür hâlâ bekleyip gelmediklerini görünce, ıstıraplı, ümitsiz, tekrar soramayarak öylece kalmış, şimdi Süreyya geldi dedikleri zaman onun da geldiğini ummayarak, beklemiş, onu da görünce sevinci bir üzüntü olacak kadar büyümüştü. O kadar ki coşkuyla o sözleri hemen şimdi söylemek istiyordu.

Etraflarında herkes konuşuyordu. Neler konuşuyorlardı. Necib'le Suad konuşmalara katılmaya çalışıyorlardı, hatta bazılarına cevap bile veriyorlardı ama aslında ne konuştuklarının da farkında değillerdi, kelimeler dolanıyordu ama ikisine de ait değildi o kelimeler. Giren çıkan oluyordu. Hacer ara sıra kontrol etmek için girip çıkıyordu acaba Suad Necib'e çift manalı sözler mi söylüyordu. Hanımefendi hastayı anlatıyor, ilk hastalık belirtilerini nasıl anladığını tarif ediyordu. Hacer onun başucunda dayanmış dalgın dinliyordu. Necib sonunda: "Bereket versin hanımlara..." diye hanımefendinin nasıl anne, Hacer'in nasıl kardeş olduğunu söylüyordu.

Bir eldivenden bahsetmeye başladılar, Suad, anlayamadığı acı bir duygu ile ezildi. Necib'in önce sapsarı kesilerek donduğunu gördü. Necib bir şey söyleyemedi, boğuluyor gibiydi. Sade eliyle inkâr eder gibi anlaşılmaz bir hareket yaptı. Hanımefendi nasıl olup da eldivenin bulunduğunu anlatırken Hacer kolunu uzatıp şımarık çocuklara özgü bir teklifsizlikle eldiveni çıkardı. Elinde tutarak: "İşte!" dedi.

Bu Suad'ın içinde o kadar şiddetli, o kadar ansızın ortaya çıkan bir darbe oldu ki, başı uğulduyordu, gözlerini karartan ateşli bir damar atışı sonra... Ayakta olsa düşecekti sanki. Yerinde otururken bile bir yere dayanma ihtiyacı hissetti. "Ya Süreyya da burada olsaydı, Ya Rabbim..." diye titriyordu. Onlar söylüyorlar, Hacer gülüyor, galiba kendi de bir şeyler söylüyor cevap veriyordu. Fakat hissediyordu ki, kendine sahip, sözlerine de hâkim değildi. Bütün bunları bir baygınlık hâli içinde duyuyor, öyle işitiyordu. Bu öldürücü darbeler: "Demek, demek..." diyordu. "Oh ya Rabbim, ya Rabbim! Demek o idi, eldiveni alan o idi. Demek..." Arkasını getiremiyor, büyük bir fikir karışıklığı ve düşünceler arasında korkuyla mutluluk o kadar düzensiz bir mücadeleyle onu yoruyordu ki, dayanamamaktan korkuyordu. Ve bundan duyduğu memnuniyetle korku birbirine dolaşıyorlar, o kadar yoruluyordu ki, ne hissettiğine bir türlü karar veremiyordu. Bu duygu karmaşası inatla devam ediyordu, onu sersemleten bu durumdan kurtulmak, yalnız kalıp rahatça düşünebilmek için oradan kaçmaktan başka çare yoktu, bir sebep aramaya başladı.

Fakat düşündüğü, istediği gibi hemen oradan ayrılmak mümkün olmadı. Ayrılırken başka bir darbe daha geldi. Necib'in iyileşmesi konusu çıktı. Bunun için: "Size komşu geleceğim..." diye gülümseyerek Tarabya'ya geleceğini haber verdi; fakat Süreyya o kadar darılarak, o kadar şiddet ve telâşla karşılık verdi ki hatta Necib'i Yenimahalle'ye gelmezse bir daha yüzüne bakmamakla tehdit etti, Suad karşıdan titreyerek: "Aman Ya Rabbi, ne olacak?" diye beklerken Necib'in sonunda pes ederek "Peki!" demesi onu bitirdi.

O zaman Süreyya'ya karşı büyük bir öfkeyle: "Ama ne yapıyorsun?" demek isterken o ısrar ettikçe "Ama beni harap ediyorsun" diye şikâyet ederek sonra ağlamaya dönüşecek büyük bir üzüntüyle bakıyordu. Bununla beraber gülümseyerek, Süreyya'ya katılıp Necib'i davet etti, karar verilince de kendi kendine: "Tamam, işte asıl felâket!" dedi.

Demek Necib yine gelecekti. Bütün bu olandan bitenden sonra Necib yine o hayata gelecekti. Yine o ömür sürülecekti. Oh, bu Suad'ın artık elinde değildi. Bunun için kendinde yeterli derecede güç bulamıyordu. Ah, niçin ondan hep elinden gelmeyen şeyler isteniyor, ne istediği sorulmadan, niçin hiç acı çekip çekmediği merak edilmiyordu, niçin ona böyle işkence ediliyordu? Bu, önce Suad için ıstıraplı bir rüyadan uyanma gibi bir şey oldu. Olanlar o kadar imkânsızdı ki yanıldığını düşünmek istiyordu fakat o kadar iyi görmüştü ki yanılmasına imkân yoktu. Sonra Necib'in kendine karşı hareketlerini düşünmeye, incelemeye başladı. O zaman, şimdiye kadar üzerinde düşünülmeyen, herhangi bir merak uyandırmayan tavırlar manasız hareketler yavaş yavaş anlam bulmaya başladı. O çekingenliği, sonra konuşmaları, evlilik hakkında söyledikleri "Sizin gibi olsun!" diyen o sesi, tüm bunları uzun uzun düşündükten sonra "Demek o zamandan beri, demek birçok zamandan beri..." diye eziliyor sonra eliyle başını tutup sebepsizce sadece rahatlamak için ağlamak istiyor ama sade "Aman Ya Rabbi, aman Ya Rabbi!" diye inliyordu.

Demek ki seviyordu, demek ki bir seneden beri, belki daha önceden beri, belki senelerden beri seviyor ve bunu gizliyordu... Necib'in kendine karşı bu kadar ölçülü davranması, duygularını göstermemesi, aşkını anlatmaması, onu ruhunun derinliklerine saklaması Suad'da memnuniyet yanında saygı da uyandırıyordu. Bu ateşi, bu aşkı o kadar saygın, o kadar içten ve büyük görüyordu. Bir kere anladıktan sonra da tedirgin olmaya başladı, korkular oluştu, şüpheler dolanmaya başladı, karanlık bir takım küçük bulutlar oluştu. Asıl olarak: "O beni seviyor" güveni ve bunun memnunluğu vardı. Zorla kendini korkmaya zorluyordu ve istemediği hâlde de öyle hislerden geçiyordu ki, bunlar kendini daha çok korkutuyordu. Onda henüz bir belirti görmeden kendinde oluşan bu eğilimin en çok direnmeye muhtaç olduğu bir zamanda tam tersine o hissini kuvvetlendirecek derecede olan bu zaaf ve sevinç, işte onu bu korkutuyordu. Hatta kendinden, kendi azarlamalarından bile gizli bir mutluluk duyup buna her endişeyi feda edecek derecede olan bu zaaf, kendini bu hissine bırakmak için var olan eğilim ona: "İşte tehlike" diyordu.

Onun yıllarca süren aşkından korkmak gerekmeyeceğine, asıl kendinden, kendi zaafından, onunla yaşarkenki bağının bir felâket olabilmesinden, asıl bunlardan endişe etmenin doğru olduğunu anlıyordu. Ve içindeki isteğe sebepler öne sürerek engel olmaya çalışıyor, ortaya çıkacak felaketleri düşünüyordu. O zaman, Ya Rabbim o zaman ne olurdu. Hayatı, kocası... Bütün dünya... Ve bunu düşününce yüzünü yakıp kavuran bir ateş duyuyor, tekrar korku ve azarlamaya dalıyor, o kadar ki, artık bunlar dayanılması güç bir acı hâline geliyordu. Fakat bulutların sert hücumu arasında orada hiçbir şeyi umursamadan titreyen güçlü bir parıltı vardı, korku ve endişe karanlıkları arasında öylece duruvermişti kendini çekmiyordu, her şeyi bırakmak sade onunla yakın olmak arzusu vardı.

Demek gelecekti. Necib gelecekti. Artık bu kararlaştırılmıştı. Fakat ne yapılacaktı? Ne olacaktı ya Rabbim. Nasıl birbirlerine bakabileceklerdi? Necib artık kendinin bildiğini bilmiyor muydu? Eldiveni tanıdığını anlamış mıydı? Anlamışsa, bu sefer belki de duygularını açığa çıkaracaktı, onunla konuşacaktı peki ya o zaman ne olurdu? Bu kaza her şeyi ortaya döktükten sonra artık her hareketin özel bir anlamı olmaz mıydı? O zaman artık onun yanında yaşayamayacağını, yaşamamanın gerekli olduğunu, korkusundan değil heyecanından, utanç ve heyecanından hissediyordu. Önünde korkunç bir uçurum olduğunu hisseden bir gece gezgininin korkusuyla gidiyordu, avının önünde tetikte bekleyen bir avcı heyecanıyla titriyordu.

Necib için de bu günler aynı acılar ve heyecanlarla geçmişti. Fakat onun korkuları eldivenin tanınması şüphesi değildi. Şüphe ve korkunun yerini şiddetli bir heyecan alıyordu, ona yakın olma ihtimali her şeyi unutturuyor, siliyor sevince boğuluyordu. Sonra, onun kendi mutsuz, yoksun, saygıdeğer aşkını bilmesi bazen onu o kadar sarhoş ediyordu ki "Biliyor" diye emin olduğu zamanlarda bile, sevinçle korku arasında canı yanmış bir hâlde kalıveriyordu "Ah bilse de ölsem..." diyordu. Şimdi ona Suad'ın bu aşkın ne derin ve saygıya değer olduğunu bilmesi yeterliydi. Ona: "Bak senin için ölüyorum, seni sevdiğim için ölüyorum; fakat sen mademki bunu biliyorsun, işte artık mutluyum... Ve başka bir şey istemedim, yemin ederim ki kutsalsın, başka bir şey istemedim." demek istiyordu.

Evet, biliyorsa ve hareket görmeyecekse... Sinirleri o kadar yıpranmıştı ki, şimdi Suad'a karşı isteklerinden çok duyguları baskın geliyordu. Onun duygularını bildiğini düşünerek aynı yerde bulunmak, onunla yaşamak, hayali de olsa onu sarhoş ediyordu.

*

O kadar korku ve heyecanla beklenen bu görüşme, tam tersine, pek sade ve sakin oldu. Necib için Suad korktuğunun tersine gayet sakin ve tepkisiz, Suad içinse Necib gayet saygıdeğer ve alçakgönüllüydü. Necib, "Anlamamış" dedi. Suad: "Fark etmemiş..." diye düşündü. Bunun için hayatları endişesiz ve rahat başladı.

Suad, Necib'i biraz telaşlı, biraz feryatlı, biraz şikâyetçi bulacağım zannediyordu. Önce titreye titreye direnen bir zaafla, her türlü ihtiraslarıyla dönüp dolaşıp savaştığı için hepsine birden direnmesi sebebiyle yorucu bir zaafla beklerken şimdi kuvvet kazanmıştı. Necib dudaklarda bir hakaret hazzı, gözlerde bir nefret gölgesi göreceğim endişesiyle korkarken her zamanki gibi, belki biraz sakin, fakat her hâlde nefretten arınmış bir kabul görünce rahatladı. Bunun için ilk hafta zarfında, Suad Necib'in bu kadar hürmet ve sakinlikle kendini ortaya koyan aşkının korkulacak bir şey değil, tersine kadınlık gururunu okşayan, minnet ve şükranla kabul edilecek bir sevgi olduğunu düşünerek zevke boğuldu. Necib o kadar gizli, o kadar durgun bir tavırla hareket ediyordu ki, derinliğini bildiği için yalnız Suad alnındaki ateşi fark ediyordu ve Necib'in bir an onu kaybetmekten titremiş olması tavırlarında öncekine göre daha dikkatli davranmasını sağlıyordu. Bu kadar içten ve ciddi bir aşk her kadının rüyalarında görebileceği derin ve seçkin aşkla sevilmek isteğini o kadar temiz ve kuvvetli tatmin ediyordu ki, Suad arzusunun tersine istediği çekingenlik ve uzaklaşma yerini tereddüt ve sakınma almıştı, fakat sonra güven ve mutlulukla bu tehlikeleri düşünmekten de vazgeçerek sade zevke teslim olmaya başladı.

Necib tam hayal ettiği mutluluğa erişmişti. Suad'ın rahatlığı, sakinliği ve kuvveti bunu sağlamıştı. Şüphe etmemiş fikriyle rahatladı. Fakat anlamaması imkânsızdı, bu şüphe yok olamazdı. Bu onu çok mutlu eden bir tahmin olduğu için, "Biliyor, fakat öyle görünüyor." diyerek bu gizlilik ve şüpheyle yaşamaktan sarhoş oluyordu. Ve böyle düşünerek olanlara baktığındaysa bazen emin olacağı geliyordu: Geçmiş ile karşılaştırınca Suad'da şimdi bir sakınma rengi, bir belirlenemez ciddiyet fazlalığı, bir telâşa benzeyen endişe görüyor, gözlerinin pek çabuk titreyip yerlere düştüğünü, söz söylerken kendine bakılınca sesinin titreyip, rahatlığını, dengesini, soğukkanlılığını kaybettiğini duyar gibi oluyor ve bu onu adeta sarhoşa çeviriyordu. Bu bir çeşit karşılıklı aşk gibi oluyordu. Hiçbir zaman ne tamamen güven, ne tamamen emin olmak... Ve asıl çekiciliğini bu belirsizliğin oluşturduğu bir karşılıklı aşk, gölge ve renklerin yarı baskın, belirgin olmasıyla görünen bir karşılıklı aşk, eşsiz, ruhu yükseklere eriştiren, günahsız, saf bir karşılıklı aşk oldu.

Bu, ümit ettiğinin, hayallerinin üstünde bir mutluluk veriyordu. Necib Suad'ın temizliğine, rahatlığına, namusuna, saflığına tutkun oluyor, Suad da Necib'in saygı ve sırdaşlığına müteşekkir kalıyordu. Necib onun rahatlığında ve sessizliğinde öyle bir esrar manası, öyle bir mana karanlığı görüyordu ki, bu kendindeki sır ve karanlık ihtiyacını, bilinmezlikler içinde canını feda edebilecek fırtınalı hanımlar ihtiyacını memnun ediyor, onu ölümlere kadar minnettar ve mutlu ediyordu. Bazen şüpheye düşerdi. "Sonsuz bir gaflet ve hezeyan! Onun bir şeyden haberi yok, eldivenler hep birbirine benzer" dediği ve bunu söyleyerek ıstıraplı olduğu zamanlar olurdu. Fakat sonra hareketlerdeki mana, bakışlarda esrar bularak ve bu gizli manayı işareti, perişan olarak ve yok etmekten titreyerek öylece, gizli olsun fakat o kadar mutlulukla, mutluluğunu tozlandırmaktan, eskitmekten korkarak, ölünceye kadar bu temizlik ve gizliliğe bağlanmışlardı. Titreye titreye sizin gözlerinize bakan perişan bir göz gibi ki, ilk bakışınızın manası üzerine toprağa kapanıp pişman olacaktır. Gizlilikleri böyle bir korku ve telâşla bu dereceye geldiği hâlde hâlâ ikisinde de onun ne kadar kıymetli, ne kadar uçucu olduğunu bilmekten doğan bir korku, onu devam ettirmek, alıştırmak, onu yaşatmak ve kuvvetlendirmek isteği vardı.

Artık önceki gibi konuşacak kadar güven oluşturmuşlardı. Bir saniyede, bir küçük bakışla, bir söz manasız kalacakken dudağın bir çizgisiyle her şeyin bir tehlike olacağı, bir dalga gibi renkli ve dalgalı, bir güven duygusu ki güçlenmiş olmasından çok onlara zevk verdiği, sarhoş ettiği için şerefleniyorlardı.

Ve gözlerin, dudakların söylemekten, anlatmaktan o kadar titredikleri şeyi, kalplerinden taşan duyguları sağlamlaştırmak için müzik kendilerine yardım ediyordu, sanki ruhları için bir kabul etme vesilesi oluyordu. Eski zamanların âşıkane hikâyeleri, Faust, Verter, Manon Lesguet, Safo, Romeo ile Juliet, Otello, Aida gibi o can yakıcı maceralar anlatılıyordu. Bunların rûhi hâlleri özetlenmek için kendi kalplerinin yardımlarıyla, söylenilemeyen ruhi ihtiyaçlarıyla onlara bağlanarak verilen bilgilerle, konuşmalarla saatler geçirildi. Suad bunların arasında Süreyya'yı işkencelerle görüyordu. O zaman kendini ne kadar savunmak isterse istesin nasıl bir uçurumda olduğunu, Süreyya'ya karşı açıklanamaz, kötü, çirkin, anlaşılırsa felakete götürecek bir konumda olduğunu görüyor ve perişan kalıveriyordu. Ama şimdi o kadar duygularına esir olmuştu ki olayın kötülüğü, çirkinliği hiçbir mana ifade etmiyordu, duygularının cazibesi her şeyi yok ediyordu

İlk haftadan sonra gezmeler tekrar başlamıştı. Artık sonbaharın zalim hücumları başlamıştı, ilkbaharın o coşkunluğu yerini terk edilişe bırakmıştı, tabiat hüznü yaşıyordu, onlar bu iki durumu karşılaştırarak geziyorlardı. Süreyya kışın da burada kalmak istediğini söylüyor, hepsi bu fikri onaylıyorlardı. Hele Suad artık oraya, onların yanına dönmeyi hiç kabul edemiyordu, bunu düşündüğünde titriyordu. Süreyya anlatıyordu: O zaman bütün bu kırların, çayırlarını bayırların sahibi yalnız kendileri olacaklardı. Günlerce gezdikleri hâlde yabancı kimseye rastlamayacaklardı. Bu gösterişten, arabalardan, sahte gürültülerden kurtulmuş, kendi kendilerine kalmak zevkinden faydalanacaklardı. Havaların uzun süren yağmurlarla ıslandığı zaman mecburen kapanırlarsa da güneşin ilk gülümsemeleri onlara bahar gibi olacaktı. Islak otların, yeni biten çimlerin arasında ayakları sırılsıklam dolaşacaklardı.

Süreyya bunları anlatırken bir de: "Ya kar!" diyordu. Kar yağarken gezmek kadar keyifli bir şey olur muydu? Ve karı anlatıyordu. Kar, dumanlarla savrularak, puslarla sulanarak Boğaziçi'ni hırpalarken onların bacasından ince bir duman fırtınaya meydan okur gibi yükselecekti. Soğuklarda gezerek elleri, yüzleri donmuş döndükleri zaman, odaları ılık, kendilerini kabule hazır, misafirperverlikte fazlasıyla cömert davranacaktı.

Necib bunları kendisini sersemleten bir darbe gibi dinliyordu. O zaman kendi... O nerede bulunacaktı? Bir gün gelip bu hayatı bırakmak, her şeyi bırakmak zorunluluğu bir gözü önünde belirince Suad'sız kalacağını o kadar acı bir öksüzlük içinde hissetti ki, perişan oldu. Başını çevirip renkli fanila giysiler içinde temiz ve güzel gördüğü Süreyya'ya bakarak zehirli bir kıskançlıkla: "Ve bu adam onun sahibi, ölünceye kadar beraber kalacak..." diye düşünerek perişan oldu. Ah ne olurdu, Suad'a ilk o rastlamış olsaydı... Çünkü artık önceden düşündüğü gibi kendinin de Süreyya gibi olacağını aklına getirmiyordu. Artık onu sevmek üzere doğmuş olduğuna, bunun büyük bir heves değil yaratılış sırrı, bir varlık karmaşası, gizli sonucu olduğuna inanıyordu. Artık bu büyük aşk önünde aklın sefilliği, bıkkınlığın verdiği üzüntü, çaresizce susmuştu. Ve bu itirafsız, emin olunamayan yasak aşkla, sade bu kadarıyla, kimsenin mutlu olmadığı kadar mutlu olduğuna inanıyordu.

Sonra bütün bunları bugün yarın sonunda işte bir ay sonra bırakıp gitmek, Suad'dan ayrılıp onsuz kalmak onsuz yaşamak gerekiyordu. Hem nasıl bir hayat için ya Rabbim? Şimdi kendisine o bıktığı, iğrendiği hayat değil en gıpta ettiği hayatlar bile artık işkence gibi geliyordu. Suad'sız kalmak onu o adeta kuruturdu, biliyordu, onsuz hayat düşünemiyordu. Bununla beraber bu gerekliydi, olması gereken buydu. Bütün ahlâkî ve toplumsal kanunlar bunu emrediyordu. Bunun tersine gitmek birtakım toplumsal ve insani düzenleri yıkmadan mümkün olamazdı. Hatta geç bile kalmıştı. İnsanlar şimdi bile kendisine "Hain" demeye yetkiliydiler. Fakat ah onun mutluluğunun yanında bütün bunlar ne gereksiz, saçma şeylerdi! Hem kendisinden daha ne istiyorlardı? O, kalbin ısrarlarına katlanıp huy ve yaratılışının herhâlde o kanunların bin kere üstünde olan kuvvetlerin bağladığı ruhunu bu kadar zorlayarak idare ederken hayatını ezmek, bu büyük aşkı bozmaya, zedelemeye ne hakları vardı? O ruhundaki ve sadece gecenin derinliğinde öfkeyle kuduran bir fırtına gibi ihtiras ve heveslerini böylesine gizledikten sonra, daha ne isteyebilirlerdi?

Bununla beraber bütün bu isyanlar Suad'ın da onu sevdiği düşüncesinden şüphe ettiği zamanlarda birden değişiyor, birden sürünüyor, tam aşağılıklara katlanıyordu. O vakit konumunu o derece ateşle ve kesinlikle görüyordu ki, bu kadar zamandır nasıl mutlu olduğuna şaşıyordu. Bir dostunun karısını seviyordu, kendine aile sinesini bir kardeşine açar gibi samimiyetle açmış altın kalpli bir dostun karısını? Ve kadın bunu anlamıştı, çünkü hiçbir kadın böyle bir aşkı ne kadar gizlenirse gizlensin, hissetmemesi mümkün olamazdı. Gözlerin derinlerindeki, dudaklardaki arzu ateşine hiçbir kadın ruhu hissiz kalamazdı. Demek biliyordu, fakat kabul ediyor muydu? Bunu görmek mümkün değildi. Herhâlde soğuk değilse de sade nezaketli denilecek bir tavırla idaresi elinde olmayan hayatına katlanıyordu. Ve sefil, kendisi bunu bir mutluluk, hatta bazen bir aşk görüyordu, öyle mi? Sonra yarın, evet yarın bunu bile bırakmak gerekecekti. Bunu bile bırakacak, bu gözlerin saf ufkundan uzak, bu hayatın güzel havasından uzak, yalnız mutsuz, evet yalnız ve mutsuz yaşayacaktı. Sonra da buna mutluluk diyordu, öyle mi?

Birden hayatını uzun bir çöl gördü. Yaşamaktan büyük bir yorgunluk hissetti. Ve "Acaba zamanı geldi mi?" diye düşündü. Çünkü o kendini mutlaka intihara mahkûm görürdü. Kendine bu kadar ateş varken bu kadar güzellik esiri, bu kadar tutku ve çekici, bu kadar ihtirasla beraber herkes gibi rahat bir hayat içinde bir gün ölüvermek uzak gelirdi. "Ah tifodan niçin ölmedim?" diye düşündü.

Fakat Suad'ın bir sesi ona yirmi günlük mutluluğu hatırlattı. Hiçbir insanın ulaşamadığını zannettiği bu mutluluğu ve o günlerin hatırasına bu kadar nankörlüğü haksızlık saydı. "Mademki ölmek var, ne vakti olsa kolay..." dedi. Onun için ölmek ruhu büyük bir mutluluk soluğuyla dolduruyordu. Onun temizliği, namusu, yüceliği için bunlara saygı göstererek ve taparcasına severek ölmekte bir büyüklük, başkalarına nasip olmayan bir gelecek görüyordu.

Süreyya birden: "Al yine yağmur!" dedi. Ufukları saf ve berrak olan semanın üstünde bir seyyar bulut bilinmez bir semte doğru koşuyordu. Bunda bir duman rengi vardı. Bir ağaçtan meyve düşer gibi patırdayarak damlalar sustukça yolların biriken toprakları delik deşik kalarak hafif bir toz kalkıyordu. Birden çıkmış olan rüzgâr yağmur tazeliğiyle ülke topraklarının kokusunu getiriyordu.

"Kaçalım, kaçalım!" dediler. Ve yağmurun hücumu içinde, nemli yollardaki toprak soluğuyla dolu yaşlıklar arasında Suad'la birlikte kaçmak ona bir ferahlık verdi.

*

Öğleden sonra, Suad, piyanoda Necib'in sabahleyin İstanbul'dan "Size yeni iki eser!" diye getirdiği Maskani'nin "İris"i ile Puççi'nin "Toska"sını çözmekle uğraşıyordu. O iki saattir parçaları çözmeye uğraşırken, Süreyya da kaç gecedir Necib'le beraber çıktıkları yeni merakı lüferciliğin hevesiyle zokaları temizliyordu. Necib, Edwar Rod'un yeni çıkan "Yolun ortasında" romanının sayfaları arasında gömülmüş, on beş dakikadır aynı sayfada kaldığını unutmuş, dalmıştı.

Süreyya ara sıra yaptığı gibi, yine birden sessizliği bozarak: "Dadın nerede Suad?" diye sordu.

Suad iyice görmek için gibi eğilip notaya sokularak cevap verdi:

"Bilmem, aşağıda olmalı... Ben piyanodayken o burada durmaz ki..." Süreyya mırıldanarak: "Sanki benim de niyetim var, bu gidişle..." diye eğlendi.

Bu, Toska'nın üçüncü perdesinde Toska ile Cavardossi'nin düettosu idi. Orada ilk hamlelerde notalar bazen yürüyüşlerinde aksayarak, bazen ölçülerinde bozularak çıkıp bir şeye benzemezken tekrar ede ede yürüyüş uyumunu buluyor, artık neredeyse gerektiği gibi çalınmaya başlıyordu. Bu müzikleri sürekli dinlediği için Necib'in zihninde yer etmiş olduğundan, Suad bu sefer hepsini birden ciddi olarak çalmak için baştan başladığı zaman Necib uyanarak elinde olmadan bir "Oh!" etti. Suad, başını çevirip yandan bakarak:

"Ne güzel değil mi?" dedi.

Süreyya zokalarını üzerinde meşgul, başını kaldırıp:

"Hayret! Bu nasıl oluyor, şaşıyorum?" dedi. "Bunun nesini o kadar güzel buluyorsunuz Allah aşkına?"

Sonra, onların susması üzerine hâlâ meşgul, gülerek dedi ki: "Bana ne gibi geliyor, biliyor musunuz?"

Necib de gülerek sözünü kesti: "Senden önce ben söyleyeyim... Hep müziği sevmeyenlerin düşündüğü şey... Diyorsun ki 'Biz de anlamıyoruz...' Fakat özellikle yapıyoruz. Bir tutkunluk göstermek mi, anlıyor görünmek mi, bilmem, bunun gibi bir şey değil mi? Herhâlde samimi değiliz."

"Ooo, sen birdenbire pek abarttın. Ben sadece şöyle düşünüyordum ki, bunu o kadar güzel olduğu için değil, sevmek gerektiği için, meşhur olduğu için seviyorsun...

Necib yine güldü:

"Yine benim söylediğim gibi... Fakat ah bir kere hissetsen, Süreyya..."

Suad, Süreyya'nın musiki hakkında ilgisizliğini bilmekten doğan bir alışmışlıkla dinlemeyerek devam ediyor, parçanın artık bütün güzellik ve ruhunu vermeye çalışıyordu. Necib, tutkun dinliyordu. Sonra kalkıp eğildi, parçaya baktı. Bu: "O Dolçe mani..." diye başlıyordu.

"Ah tatlı eller... Ne güzel Ya Rabbim, ne güzel?" diye söylendi.

Süreyya başını sallayarak gülüyordu:

"Artık bu kadar da ben söyledim diye olmalı..." dedi.

Bu Necib'i o zaman biraz sinirli bir açıklamaya mecbur etti. Bunun için örnek gösteriyor, biraz hızlı, hiddetli dille: "Bu tıpkı senin bayıldığın, mesela suzinak bestesini hiç de inlememiş, musikideki zevk ve bilgisi uşşaktan "Yandım ateşlere ey mah..." ile "her ne mümkünse sana ettim feda"yı geçememiş bir adamın ağır şarkıları beğenmemesi gibi bir şey..." diyordu. Birçok örnekler getirip iyice anlatmaya çalışarak sonuçlandırıyordu:

"İnsan dinlemeyince kulağı, ruhu bu nağmelere alışmayınca..."

Süreyya da öfkelenerek:

"Ama bunları işte ben de dinliyorum..." diye sözünü kesti.

Necib bir müddet kararsız, gülümseyerek durdu. Hak ve zaferin pek kolaylıkla kendinde olduğuna karar vermiş, kendinden emin olanlara özel bir alaycı gülümsemeyle bakıyordu. "Ruhun doymuyor" demek ağır geliyordu. Fakat sonra bir karşılık buldu. Dedi ki: "Bunda elbette zevk ve mizacın da bütün payı var... Senin tıpkı balıkçılık merakın gibi... Herkesin ruhen bir şeye meyli, kabiliyeti olur."

Onlar konuşuyorlar, Suad öbür tarafta müthiş bir şekilde acı çekiyordu. Süreyya'nın bu konuda iddiasını pek boş, pek aciz buluyordu, elbette pek kolaylıkla suçlanabilir ve savunduğu fikirde yenik düşebildiği böyle bir tartışmaya girdiği için sıkılıyor, fikren Necib'le beraber olmakla beraber kalben Süreyya'yı bırakamıyor, onu böyle müziğin yüceliğine hissiz kalıp balıkçılık gibi şeylere meylini hepsinin önünde değersiz görmesi ağır geliyordu.

Necib birden piyanoya doğru yöneldi notaları karıştırarak:

"Hah işte bak, bir hava bulacağım ki beğeneceksin... Bir değil, beş, on... Çünkü onu dinlemişsin ve çünkü onun için daha o kadar alışmak lazım değildir. Bir zaman Konkordiya'ya giderken bilmem hatırlar mısın, nice, hastalıklı bir sarışın kız söylenir dururdu."

Ve elindeki notayı piyanonun önüne koyarak:

"Santa Lucia... Barkurala..." dedi.

Suad ıstıraplı, işkence içinde, piyanonun önüne dönüp, artık yeter ricasıyla bakan gözleriyle: "Ey artık gezelim... Bugün gezmeye gitmiyor muyuz?" dedi.

Sonra kışın geldiğinden bahsetti. Bir kere o artık büsbütün gelince evde kapanıp kalacaklarından şikâyet ediyordu:

"Bu sene galiba kış erken gelecek, baksanıza havaya..." dedi.

Süreyya'nın meşgul olup ses çıkarmadığını görünce Necib'e baktı. O, başıyla Süreyya'yı göstererek ona havale etti. O zaman Suad tekrar sordu. Süreyya işini bitiriyor gibi davranarak "Beş dakika daha, hazırım." dedi.

Hava açık mı kapalı mı tam olarak karar verilmeyecek bir hâldeydi. Sabahleyin Rumeli ile başlamıştı. Sonra lodosa döndü. Bazen yağmur yağacağı düşüncesini veren bir loşluk çöküyor, biraz sonra beyaz bulutların arasında büyük mavi parçalar çoğalıyor, bulutlar yırtılıp dağılıvererek güneşin arada parladığı oluyordu. Karşıda kırda bulutların gölgeleri kafilelerle seyrediyorlar, bir süre aşağı uçuştuktan sonra, her an değişen akımlara uyarak şimdi tekrar yukarı çıkıyorlardı. Öyle anlar oluyordu ki, uzun yağmurlu kış günleri akla geliyordu. Fakat onlar çıkmak istedikleri zaman bulutların bir karanlık sertliği ile Büyükdere üstüne büyük kümeleriyle yığılmış, güneşin, şimdi sıcak bir ışık demeti ile etrafı ısıtmış olduğunu gördüler. Etraf rüzgârsız, hareketsiz, sessiz kalmıştı. Denizin bir kısmı bulutlarla solmuş, biraz ilerisi güneşle yanmış, durgun, dinleniyor, Anadolu yönüne doğru hissolunmaz, yavaş yavaş mavileşerek sonunda bütün sahil en ufak çizgileri ve şekillerine kadar net resimlerle yansıyordu. Hiçbir soluk yoktu sade bir ılık deniz havası bitkin dalgalarla, ağır sürükleniyordu.

Sandala binmek istiyorlar, yağmurdan korkuyorlardı. Süreyya Büyükdere üstündeki bulutları göstererek bunların nasıl acımasız bir tufan olabileceğini söylüyordu. Fakat şimdi bulutların yavaş yavaş arkasına kayıp onların gölgeleriyle gölgelenen güneş sönerek tabiata öyle bir hüzün sessizliği, bulutların güneş görmüş dalgalarının denize yansıyan kurşuni yansımalarına öyle bir parlak tutkunluk, acı yüklü bir keder geliyordu ki: "Bu havadan fenalık gelmez..." dediler. Hem karşı tarafın seması bir mayıs seması kadar pak ve çivit renginde uzuyordu.

O zaman sandala bindiler. Bir gölde geziniyor hayaliyle memnun, denizde insana bir aşk ve gizlilik hissi veren mahzun bir durgunluk içinde sandalın sessizce kayıp akışıyla memnun, suların sakinliğinde ve durgunluğundaki hoşluğa karşı, gökte, denizde, karada sessizlikten başka bir şey duyulmadığı bu zamanda şiire doyarak gezdiler. Büyükdere açıklarına çıktıkça vadiyi ince görmeye başladılar. Ta ilerde Bendler'in kemerleri ile daha sonra sürüklene sürüklene dalgalanan küçük tepeler silsilesiyle, bütün vadiyi kuşatarak sonunda alçalıp dağılan dağların, yeşilin bütün renklerini gösteren ağaçları ile, bu vadide bakışları saatlerce işgal edecek bir görüntü vardı. Deniz beri tarafta, Beykoz koyunun son sınırına, bu tarafta Karadeniz'in ufuklarına dumanlanıncaya kadar hep öyle bir sakin ve kederliydi.

Fakat üstlerinde gümbürtülü bir gürültü ile birden dökülecek korkusunu veren bu yığılmış dağlar gibi bulutların yeni duman dalgaları ve renkleri ile asılı duran hâlinde öyle bir öfkeli tehdit vardı ki, bütün vadi, hatta üstünde mavi sema ile taçlanan deniz bile, ürkmüş, korkak ve heyecan dolu susuyor, sanki bekliyordu. Hissolunmaz, şüphe edilir gök gürültüsü geziniyordu. Karartı gittikçe çoğalıyor, yayılıyor, manzara gittikçe korkunç bir karanlığa, yavaş yavaş Anadolu'ya geçtikçe endişesiz mavilikleri karartan bir korkuya dönüşüyordu. İnsana bir salonun ıssız bir yeri ve gölgelerinde bulunuyormuş hissini veren bu sessizlik, bu yoksunluk içinde bilinmeyen bir korku, bir çekingenlik yayılıyordu. Bu çekingenlik içinde, bir tehlike olsa bile bir şey olmaz hissiyle, bununla beraber yine bir endişe titremesiyle bekleyen insana bir tufan korkusu verirken sade bir yağmur beklemekten gelen zevkle, memnuniyetle bekliyorlardı. Sandal hareketsiz, küreklerin resmi denizde sessiz, duruyordu.

Ve insana emin kalplere sığınmak ihtiyacı veren bu hava içinde Necib, karşısında gözleri bir hüzün ve şiir damlasıyla yaş dolu dalmış görünen Suad'a bakarak, onu hiç görülmemiş bir güzellikle görerek, tutkunluğu birden son ateş derecesine çıkaran bir çekicilik hissediyor, ona nasıl kırılmaz bağlarla, nasıl dehşetli bir şekilde bağlı olduğunu kalbine saldıran heyecandan, sade ona bakmak heyecanından anlıyordu. Ve bunu arttırmak içinmiş gibi en küçük yüz çizgilerine kadar dikkat edip cazibesini artırmak isteyerek, içinden onun ateşlerini çoğaltıp ölerek yaşamak istiyordu. Ona hayatın en can yakıcı, en dehşetli mutluluğu bu hâl gibi geliyor, ancak şimdi, hayatının hep zevke ve hazlara düşkün olarak geçen senelerinde ancak şu saatlerde hayatımı yaşıyorum hissi geliyordu.

Ah onu ne kadar seviyordu Ya Rabbi, ne kadar ateş ve istekle seviyordu. Onun en manasız şeylerine bile özel düşkünlükleri vardı. Onun bir düğmesi için kalbinde zaaflar, bağlar buluyor, şömizetinin kıvrımları, dikişlerin nezaketi, kolundaki küçük düğmeler, sonunda bütün bu değersiz şeyler için onda başka bir çekicilik yükseliyor, hepsine ayrı ayrı âşık oluyordu.

Onu asıl öldüren Suad'ın gözleriydi. Ve en çok kendini zevkle dehşete düşüren şeylerle ölüyormuş hissini ortaya çıkarmak için ölümün nasıl tatlı bir şey olduğunu hayretle görüyordu. Bu gözler, ah bu gözler... Bunlara bir renk vermek mümkün müydü? O kadar uzun süre bakamıyordu ki, rengini belirleyebilsin. Bakmak mümkün değildi. Özellikle bakışlarından anlasa, bari bakışlarından anlasa, ne zaman Suad'a baksa onun gözlerinde kendine bağlılığını görürdü. Bir anda çarpışan bakışlar... O zaman bu göze bir siyah elmas gibi, bir siyah ateş gibi yakarak bakıyor, manasında öyle irade yıkan bir çekicilik, öyle bir tutku, öfke, taparcasına bir aşk, hüzün ve neşe manaları birbirine karışıyordu. Bunlar öyle belirsizce devamlı titremek, parlamak, yanmak kuruntusu veriyordu ki onlara bağlı çekici bakışlar, düşkünlük veriyordu, hayatta bu bakışlardan başka herhangi bir şeyden zevk alınamayacağını anlatıyordu fakat bu derece zevkten sersem, bitkin düşüyordu. Ah, ruhunda ne fırtınalar, bu bakışın siyah yahut koyu kestane mana demetinin içinde ne hemen bayılıveren hücumları oluyordu. Eğer kendini tutmasa haykırmak gerekecekti. O arzuyla bir dakika bile bakamıyordu, baktığındaysa sürekli ve erişilmez bir mutluluk yaşıyordu. Aynı mana kaşlarda da vardı, sade eğilmeleri, sade üzerlerinde uçuşan titreyişlerle o neşe ve hüzün manaları aralıksız sürüyor ve beyaz yahut hafif sarı diye kesin bir karar verilemeyecek bu kumral silik çizgilerin yumuşaklıklarıyla; ifadeleriyle bakışla hem-mana oluşlarıyla onu sarhoş ediyordu. Saçları kumral kıvrak saçlarının lülesi alnını açık bırakıp kaşlarının ucuna kadar dökülüyordu. Bunların o noktada kalmalarının gerekli olduğunu Suad'ın ara sıra elinin becerisine güvenerek şöyle bir düzeltmesinden anlaşılırdı. Sonra saçların asıl kümesi, bu kulakların arkasından birden çoğalarak tepesinde toplanan siyaha yakın kestane yığını... Necib bunlara saatlerce bakarak işte bütün emellerinin, bütün mutluluğunun orada gizlenmiş olduğunu düşünür ne zaman onu sarhoş edici kokusuyla kendinden geçecek olursa mutlu ölüm o zaman gelecekmiş fikriyle yanardı.

Ve Necib'in gözleri hepsine tek tek baktıktan sonra sıra dudaklara geliyordu, bunlardaki donuk ateşi karanfil kırmızı ile yine bütün o yüzde titreşen dokunaklı manasıyla nemli, o şuh, sitemkâr ifadeyle titrercesine duruşu onu büyülüyordu. Dişler, bunların izinleriyle gülümsedikçe bütün bu manalar yüzlerce çoğalarak gözlerine kadar bulaşan bu tebessümle onun ruhu bu yüzde o kadar şuh ve neşe dolu görünüyordu ki, o zaman Suad'ın niçin bu kadar yüce ve âşık olmaya değer olduğu ortaya çıkıyordu.

Necib'in bakışlarını cezbeden bir şey de onun elleriydi. Bu eller hoş ve ipek yumuşaklığında, beyaz ve inceydi. Altındaki mavimtırak damarların karma karışık hatları insana bu şahane yaratığın sadece elinden bin türlü noksanlıklarla kaybolurdu ölümlü zavallı bir beden olduğunu hissettir acı bir duygu veriyordu. Ve Necib, bir çekicilikle tekrar onun vücudundaki her çizgiyi duraklayarak incelerken tekrar ellerine gelip bu duygu ile düşkün kalınca derin bir acıyla bakarak:

"Ah zavallı insanlar!" diyordu. Böyle yüce bir kadın bulup da sevmek ve sonra sevilmek için gayet mutlu olmak gereken hayat arasında, bu kadar mutlu olsak bile, yalnız şamarı bir hafta sürecek hastalıkların ve afetlerin muhtemel kurbanı olmak, böyle bir tesirin esiri olmak ona pek acı geliyordu. Buraya gelince: "Ben tersine o kadar bile mutlu olamadım, sade sevdim..." diyordu. O sade sevmişti, aşk kelimesinin en belirsiz ve gizli, en açık ve en büyük manasına kadar sevmiş, ölümü göze alacak kadar sevmişti. Fakat onu istemenin bile bir cinayet olduğunu görerek hayatta sevdikleri tarafından sevilenler de olduğunu düşününce "ah" ediyordu. Ve sonra, öyle sevip sevilenler için bütün o afetler hazırdı, değil mi? Ah onların ne kadar kötülük bulan, elimizden kaçmak, soluvermek bir gün son hazin bir nefesle sönüvermek için, nasıl sade bunlar için yaratıldıklarını acıyla görüyordu: Mutlu olsak bile hayat, sade harap eden hayat, sade yiyen, yıkan, öldürüp ezen hayat hüküm sürüyordu.

"Ah, fakat ölüm olmasaydı ne dehşetli bir cehennem olurdu." diye kalbi sıkıldı.

Birden küçük, telaşlı, perişan rüzgârlar koşuştu. Denizde akımlar uçuştu. Süreyya: "Ooo, oo!" dedi.

Suad: "Kaçalım, tufan geldi!" diye çırpındı.

O, küçük, kısa gülücüklerle gülüyor, çarşafının altında göğsü sarsılıyordu. Necib tek bir saniye ona baktı. Bu bakışta öyle bir ateş vardı ki Suad'ın gülücüğü dudağında donuk bir gülümseme hâlinde kaldı, gözleri eğildi.

Sandal hızla yükselmeye başlamıştı. Fakat birden ta vadinin üzerinde yığılmış bıraktıkları bulutları başlarının çevresinde dolaşıyor buldular. Oradan buradan koşuşup çarpışan denizde küçük kasırgalar yapan rüzgârların öfkesi artıyordu. Sonra bu yalnız bir yönden kuvvetli ve biraz da serince esti. Önünden denizde siyahlaşan, titreşen bir gölge gibi koşuyordu. Sessizliğe alışmış kulaklar rüzgârların tepelerde ağaçları hırpalayarak estiklerini işitiyordu. Bulutlar birden kızışmış, korkunçlaşmış, havalanıyorlardı.

"Ay, yağmur!" dediler.

Ilık birkaç damla gelmişti. Sonra artık devamı geldi. Önce denizde her damlanın sessizliği görülüyordu. Suad: "Aman çabuk, çabuk kötü ıslanacağız!" diye telâş ediyordu. Sonra yağmur artık hırs ve akıntıyla inmeye başladı. Ancak üç dakika sonra yalıya yetiştiler.

Süreyya "Vah vah, bizim lüfer seferi yandı!" diyordu. Sonra bulutlara bakarak başını salladı: "Bu gece ay dörtten sonra çıkacaktı, o zamana kadar..."

Onlar odalarına soyunmaya gittikleri zaman Necib soyunmaya, elbise değiştirmeye gerek görmeyerek tembel, garip bir sıkıntı ile balkona çıktı. Orada bu kışa benzeyen dalgalar ve öfke içinde tabiatı seyretmekten büyük ve acı bir haz aldı. Arkasından Suad'la Süreyya geldiler. Suad: "Ne güzel yağmur, değil mi?" diye dumanları gösteriyor, Süreyya "Tamam biz lüfere çıkacağız, gökyüzünün kapıları açıldı." diye söyleniyordu. Uzun uzun, yağmurun tufanı andıran düşüşünü seyrettiler. Yollarda seller oluşacak sanıyorlardı. Her taraf su içinde kalmış denilecek bu yağmurun yere inişlerinde deniz dalgasız, sakin uzanıp gidiyordu.

Necib bu sessizlik arasında bu duman, bulut, su hücumunda birden kış içindeyim kuruntusu, kışa bir düşkünlük hissiyle titredi. Bu, uzun güneşli günleriyle, sıcak geceleri, göz kamaştıran çehresi, nefesi boğan sıcağıyla insanı artık bıktıran yazdan sonra, durgun ve tembelliğe eğilimli insanlığın huyuna pek uygun gelen, insanı köşe-bucağa, soba yanlarına sokulmak hissini veren soğuk, tembel kış fikri, uzun yağmurları, siyah gökyüzü, çamurlu sokakları ile akşamlara kadar evden çıkmaktan korkutan kış fikri onu sarhoş etti. Bu yağmur uzun gevşemelerden sonra sanki sinirlerini rahatlatıyor, bu duygu onun kış arzusuyla karışarak onu sevdiriyordu. Özellikle kışın asıl kavuşma anı, hep renk ve ışıktan, bütün ateşten ve nurdan yorulmuş sinirleri ve duyguları için, kışın geldiğini düşündüren bu ilk gün pek hoşuna gidiyordu. Başka günler herkesin ağır kalabalık yürüdükleri yerlerde, su altlarında telâş ve aceleyle koşup aile yuvasına kapanıldığı, orada dışarının rüzgârından, sularından, çamurundan kurtulup hastalıktan, soğuktan korunmuş bütün aileyi, o içini sevdiren bir çekingenlikle kapıların, pencerelerin sıkı sıkı kapanıp çocukla ve eşle yemek masasına koşulduğu ilk kış günü... Beyaz keten örtünün üzerinde tabaklar da çorba dumanlarını dalgalandığı, saatlerce, günlerce bu sıcaklık ve mutluluk içinde olunacağına emin olmaktan doğan huzur ve rahatlık geldiği: "Adam sen de gelirse gelsin" diye bir tehlikeyi cesaretle beklemekten doğan heyecan ve ferahlık geldiği kış günü...

Fakat onun ne böyle bir gün seve seve koşup kapanacağı bir aile yuvası, ne bir ümidi vardı. O, kış geldiği için artık buradan da gidecek, bir gün konakta, öbür gün kız kardeşinde, dostsuz, insansız, kadından, asıl, asıl Ya Rabbim, işte Suad'dan yoksun, ondan uzak, onun sesinden, havasından uzak yaşayacak... Sürünecek...

Şiddetli bir öfkeyle haykıracak kadar ümitsizleştiren bir acı ile etrafına baktı. Orada akşamın yavaşça inen siyahlığı içinde, sade Suad'ın hayalini fark etti. Bu hayal bütün ince ve düzgün boyu ile, kollarından ayrılıp beline doğru yumuşak bir dolanımla incelen vücudu ile bunların üstünde bulutlanan saçlarıyla, yağmura bakıyordu: Onun yanında vücudunun havasında imiş hissiyle bir inleme ihtiyacı duydu. Onu o kadar güzel, fakat o kadar kendinin değil, hiç değil, o kadar değil gördü ki...

Suad boğuk bir inilti işiterek başını çevirdi, Necib'i oraya koltuğa dayanmış, mendilini ısırıyor gördü. Elinde olmadan: "Ne oluyorsunuz?" diye iki adım atmış bulundu; fakat durdu. Önce onu yine birden tifonun ilk geldiği gün gibi ağzı burnu kan içinde yere kapanacak sanmıştı. Fakat tavrından işte o öldürücü anın geldiğini hissedince sapsarı, heyecan içinde kaldı. Bütün geçen günlerde bu anın, bu itiraf anının bir saniye gelip çatacağını düşünüp korkmaktan gelen bir telâşla ayılıverdi. Necib uzun, ağır bir sessizlikten sonra: "Hiç, hiçbir şey..." diye mendilini indirdi.

Sonra birden başını çevirip her şeyi göze almış bir karanlık bakışla: "Ölüyorum, işte o!" dedi. Ve sonra bütün ateşini bu sözlerle anlatamamış gibi "Ah ne kadar ölüyorum, ne kadar acı çekiyorum bir bilseniz?" diye inledi.

Suad boğuluyor gibi ellerini kaldırdı, Allah aşkına ne olur tavrıyla bakarak eliyle susmasını rica etti. Necib öfke ve isyan artık elinde değilmiş gibi devam etti. Şimdi sesinde derin bir üzüntüyle titriyordu:

"Hayır, hayır, artık zaten her şey bitti... Zaten neye yarar, niçin susayım, her şey bitti, her şey... her şey..."

Suad kulaklarında uğultularla, boş gözler, çekilip toplanan dudaklarla duruyordu. Geri çekilmek istedi; fakat Necib'in bir ricası ile kalkmıştı. "Ah beni aşağılamayınız..." diye yalvardı. "Sizi öyle değil, bilmeyerek sevdim; nasıl olduğunu bilmeyerek, bir kardeş gibi, bir nene gibi sevdim..." Ve buraya gelince tekrar acı bir sesle "Yok, ediniz, beni aşağılayınız. Ben ona layığım!" diye inledi.

Ve Suad onun bu sözleri söylerken birden başını ellerinin arasına alıp oraya dayanarak hıçkırdığını gördü. Şaşkın, bir şey söyleyemeyerek, kalbi derin bir merhametle sızlayarak, susuyordu. Ne yapacağına karar vermeyerek donmuş gibi dururken bin tereddütler, kararlar arasına çalkalanıyordu.

Karanlık gittikçe yayılıyordu. Suad, yakıcı bir bakışla ona bakarken yavaşça çekilmekten başka kurtuluş çaresi göremeyerek uzaklaştı. Necib, o kadar sevilen bu kadının bu uzaklaşışı karşısında, elinden mutluluğunun ve hayatının yavaş yavaş kaçtığını acı acı hissetti. Yağmur dışarıda kâh bir sağanakla hızlı ve kızgın, kâh bir sessizlikle durgun ve yorgun yağıyordu. Necib burada ne kadar durmuştu, bunu belirleyemiyordu. Başını kaldırıp etrafına baktığı zaman soğuk ve rüzgârlı bir gece içinde üşümüş olduğunu gördü.

Ne yapmıştı Ya Rabbi? Şimdi biraz öncesini, bir rüyadan uyanıp hatırlamak isteyerek anılarını karanlıklara boğulmuş bulanlar gibi görüyordu. Fakat kâbus asıl şimdi hüküm sürmeye başlıyordu. Birden kendini onun gözünde o kadar sefil ve adi gördü ki, hemen yarın kaçmaktan başka bir çare olmadığını anladı. Onun karşısına nasıl çıkacaktı? Ona artık nasıl bakacaktı? O zaman şimdi yemeğe ineceğini düşününce ne yapacağını şaşırdı. Kendini suçluyor, "Niçin, niçin bunu yaptım?" diye dövünüyordu. Ve yemeğe inmek gerektiği zaman ikisini de yüzüne bakamayarak, hiçbir şey isteyemeyerek, kaçmaktan, kaçıp odasına kapanmaktan başka bir şey düşünemeyerek, işkence içinde kaldı. Süreyya bu gece artık balığa gidemeyeceğinden dargın, kışın böyle gece gündüz yağmur yağınca evde hapsolmak ihtimaliyle öfkeliydi. O uzun uzun konuşurken Necib cevap bulmakta zorluk çekiyordu.

Suad bütün yemekte sustu. Onun yüzünde nasıl bir gücenme ve soğukluk olduğunu merak eden Necib, gözlerimiz karşılaşır diye bakamıyordu. Bir an oldu ki gözler birbirini çektiler. O zaman Necib Suad'ın gözlerini bulanık, bozuk gördü. O kadar sevdiği bir kadını böyle üzmekten başka bir şey yapamamak onu harap etti. Yarın kaçıp kadıncağızı rahat bırakacağını düşünerek bu kararından bir sevinç duydu. Kendisini onun üzüntüsü huzurunda unutuyor, "O rahat etsin de..." diyordu.

Gece sessiz, yakıcı, monoton oldu. Odasına çekildiği vakit bin fikirlerin karşıtlığı arasında, yorgun zihninin, dinlenmeye muhtaç sinirlerinin bütün düşüncelerinin kalabalığı ve duyguları arasında, iyi kötü hep karşılaştırmalardan hiç birisinde duramayıp bir seri uzantılarla hepsinden atlayarak sabahı işkenceler içinde bekledi. Ah söylemeseydi, şimdi yine önceki gibi olsaydı. Ona kani olacağını görüyordu. O zaman tekrar: "Niçin"ler başlıyor, bırakıp gideceği aklına geldikçe acı bir korkuyla yüreği yaralanıyordu. Sabaha karşı, yorgun, hasta dalmıştı. Uyandığı zaman soluk bir gün ile yarı aydınlanmış odasında idama mahkûm olanların uyanışı gibi birden kaderini görmekten doğan korku ve titremeyle içi yandı. Tekrar "Niçin yaptım, ya Rabbim?" diye inledi. Fakat artık buradan defolup gitmekten başka çaresi kalmamıştı. O zaman, burada hatta dünkü hayatına hasret çeken, sefil ve düşkün, hazırlandı. Aşağı indiği zaman onları odada, beraber, suskun buldu. Süreyya: "O nereye Necib?" diyordu.

Sonra serzenişe başladı:

"Öyle ya, çünkü hava yağmurlu... Ama bu ihanet bu, sadece ihanet... Bilir misin? Sana ne söylesek haklıyız. Kış geldi diye azat bu zat cennet kapısında bizi gözet ha? Öyle şey olmaz."

Bunları şak diye dinledi ve gitmesi, gecikmesi imkânsızmış gibi o da şaka ile karşılık vermeye çalıştı. Sonra şakası onu özür belirtmeye yöneltti. Bu kadar uzun müddet rahatsız ettiği için af diliyordu. Ruhu titreyerek bu sözleri ona hitap etmekten doğan bir titremeyle sesini idare edememekten korkarak gösterişsiz istekli ve bayağı oldu. Ah ondan bir bakış, bir teselli kelimesi, bir affedici bakış olmaksızın gitmek... Buna katlanamayacağını görüyor, başını eğmiş, suskun, işle uğraşan Suad'a bakmaktan korkarak gözlerini çevirmediği hâlde sade onu görüyordu.

Ve sonunda, artık gitmek gerektiği ümitsizce görüp hasretle veda ederken, Süreyya'nın hâlâ süren şikâyetleri arasında onun başını kaldırıp bozuk bir sesle: "Büsbütün değil ya... Yine gelir elbet..." dediğini işitti. Ve onun gözlerini bir saniye, sözlerini sarar gibi, kendine yönelttiğini hissetti. Ah bu gözlerdeki mahzun soru manasını, bu yorgun zavallı ağlamış gözlerdeki af nuru... Necib dünyaları hevesine oyuncak edecek bir sevinç coşkunluğu ile dışarı fırladı. Kapıdan çıktığı zaman sendeliyordu. "Ah beni seviyor, seviyor, seviyor!" diye tekrar ederek çamurlara daldı.

*

Yağmur ince, soğuk, şimdi oradan şimdi buradan küçük heyecanla koşuşan rüzgârların elinde çırpınarak, inatçı, işkence ile düşüyordu. Bir kış yağmuru denilecek inat, renksizlik, neşesizlik vardı. İnce potinlerini yumuşatıp ezen çamurlar içinde orada burada birikmiş sulara batarak, gömleğinin, fesinin ıslanmasından habersiz hatta dünyadan habersiz görünüyor, öyle yürüyordu. Ondan başka bir şey görmüyor, ondan başka bir şey işitmiyordu. O sözü söylemek için Suad başını kaldırdığı zaman o bakışında o kadar perişan ve şefkatli bir af damlası, o kadar masum bir merhamet titremesi vardı. Öyle bir çekicilik ve rica ile nur doluydu ki nereye baksa o gözleri, hiçbir yere bakmasa yine onları, kendi sefaletine ilan merhametini, ondaki o çekingenlik rengini, o affı görüyorum zannediyordu. Ve bu bakışlarla o söz ona büyük, kelimelerin anlamının üstünde heybetli manalarla geliyordu. O kadar derin bir mutlulukla hissediyordu ki, her şeyi artık onu göremeyeceğini bile unutarak: "Ah benden nefret etmesin, beni sevsin de..." diye bunu her şeye bedel bir mutluluk görüyordu. Bu, bütün ruhi ihtiyaçlarına yetiyordu.

"Ah seviyor, seviyor!" diye tekrarlayarak her düşüncesini bu sözlerle keserek yürüyordu. Vapur başına gelmişti. "Vakit var." dediler. Orada duramadı, hareket lazımdı. Sarıyer'e kadar yürümeyi tercih etti. Tekrar yağmura girdi. Karşıdan görenler, ıslanmış, fesinin püskülü bozulmuş, çamura bulanmış bu gence hayretle bakıyorlardı. İskeleye geldiği zaman vapur henüz geliyordu. Biletçiye bir mecidiye attı, o soruyordu: "İstanbul mu?" "Evet" dedi. Fakat nereye gidiyordu, bilmiyordu O bir şey biliyor, bir şey görüyordu: Suad ondan nefret etmiyor, onu seviyordu. Evet seviyordu. Buna artık inanmıştı. İşte hâlâ gözünün önünde o bakışı görüyordu.

Yağmur altında güvertede dolaşırken vapur Büyükdere'yi geçip Tarabya'ya geldi İskeleyi görünce hatırladı, döndü. Buradan Pazarbaşı yağmur bulutu altında pek yakın görünüyordu. Ve kendini o kadar mutlu eden kadının şimdi orada olduğunu, orada nefes aldığını düşünmek onu büyük bir ferahlık esintisiyle mutlu etti. Ah dünya ne güzel Ya Rabbim, dünya ve hayat ne kadar güzeldi ve iyiydi. Yağmur? Ama yağmurun ne önemi vardı? İnsan mutlu olduktan, sevdikten, sevildikten sonra her şey boştu. Sade aşk, ah sade bir Suad vardı...

Ve sürekli oraya, ona karşı oturup oraya bakmak, sanki daima onu görmek, daima onu düşünmek, o kadar sonsuz bir ferahlık veriyordu ki, birden aklına gelen şeyle büyülenmiş olarak Tarabya'ya çıktı. Oradaki arabalardan birine binmek, aklına gelmediği hâlde arabanın binecekmiş gibi önüne geçmesi üzerine atladı. "Otele" dedi. Orada bulundukça sürekli Suad'ın yanında, onun yüzünde yaşayacaktı. Belki oraya bakarken Suad da otele bakmış bulunurdu. O zaman bakışlar birbirine ulaşırdı.

Otel, bu Eylül yağmurunun hapsettiği müşterilerle kalabalıktı. Gösterilen odaya geçip elbisesinin ne hâlde olduğunu garsonun uyarısıyla anlayınca elbise ihtiyacını gördü. Bir kısım elbisesi Yenimahalle'de, diğerleri evdeydi. Onları aldırmak zorunda kaldı. Ve bunun için girişim yaparken bunları kendine ait şeyler değilmiş gibi yapıyordu. Aşağı, salona indiği zaman kadın erkek bir on-on beş kadar konuklardan bazılarını gazetelerine dalmış, diğerlerini de masa başında oyunla, sohbetle meşgul gördü. Otelin defterinde otuz kadar isim vardı. Hâlbuki koridorlarda dairelerin boş olmadığı oralardaki hay ve huy sohbetlerden anlaşılıyordu.

Fakat öbür tarafta bir köşeye çekilmiş, sadece kendi fikirlerine dalmış kaldı. Ve akşam, otelin bütün halkı yemek vakti camlı salona geçtiği zaman o yine hepsinden ayrı bir kenardaki küçük masada yalnızdı. Başka zaman gibi özellikle vapurlar ve otellerde çıkan bin fırsatlarla yakınlaşmaya çalışacağına yalnız, Suad'la kalmayı tercih etti. Çünkü ondan ayrılamıyordu. Sürekli onunla beraberdi. Bu kalabalık içinde bazıları gerçekten eşsiz birkaç kadına ve bunların etrafında pervane gibi dolaşan genç, hatta bazıları zarif erkeklere, yukardan bakarak: "Hayat, bu mu?" diyordu. Hayır, kimse onun kadar sevmemiş ve sevilmemişti. Bu aşk bu oyunların yanında o kadar tehlikeli, o kadar büyük, o kadar feci bir şeydi ki, tamam işte aşktı. Ve bunlar, böyle ihtiyaç ve sebeplerle değil, bir taklit ile sanki görenekle aşk oyunu oynuyorlardı. Bu şimdi şuna, biraz sonra buna aynı tebessümle söz söyleyen, hangisine daha içten ve eğimli olduğunu ne o, hatta ne de kendisi bilemeyen şu Amerikalı, şu muhteşem kadın... Ah Suad'la onu kıyasladıkça öyle sonsuz mutluluklar hissediyordu. Onun tarafından öyle bir cinayetle beraber sevilmek fikrine, bu kadar imkânsızın susturamayacağı ve yok edemeyeceği kadar kuvvetli ve tehlikeli bir aşkla sevilmek güvenine karşı o kadar çılgına dönüyordu ki, onu görmemiş, sevmemiş olsaydı hayatın, mutluluğun ne olduğunu bilmemiş olacağını görüyordu. Hâlbuki büyük gördüğü bazı kadınlar tarafından sevilmişti. Ve hâlbuki hiç birisinden bu kadar gururlanmamış ve mutlu olmamıştı. O mutluluklar, şimdi hissettiği bu kâinatı kuşatacak kadar ruh genişlikleri yanında ne değersiz ve alçak şeylerdi. "O olmasaydı demek, ben de herkes gibi olacaktım, bilmeyecektim. Aşk ve mutluluk nedir, bundan gafil kalacaktım." diyordu. Etrafına bakıp: "Ama nasıl yaşıyorlar Ya Rabbim. Sevmeden, sevilmeden nasıl yaşanıyor?" diye şaşırıyordu. Evet, nasıl yaşamıştı? O zamana kadar kendisi nasıl yaşamıştı? Fakat hayatı nasıl bir çöldü diye şaşırıyordu. Evet, nasıl yaşamıştı? O zamana kadar kendisi nasıl yaşamıştı? Fakat hayatı nasıl bir çöldü. Bir şişe Sen Jülien'den sona şimdi billûrî Sateren ile dolu bardağını damla damla içerek etrafına bakındıkça hepsinin hayatını bir çöl, bütün dağlar arasında pek yoğun bir ufukla darılmış bir çöl gibi görüyordu. Fakat onun hayatı parlak yüzünün altında sonsuz dalgalarını ebedi bir tutkunluk kasidesine sürükleyen deniz hayatı gibi ferahlık dolu, sevinci gerektirir ve lacivert idi.

Gece uykusu daha önce hiç yaşamadığı bir rahatsızlıkla geçti. Yemekten sonra içtiği viskiyle soda onu daha sersemletmiş, odasına hâlâ Suad'ın o perişan ve acınacak bakışının af nuru ile aydın girmişti. Yavaşça pencereyi açtı, serin hava, denizin birbirine çarpan inlemeli, karşı kıyıdaki ışıkların titreşmeleri arasında Yenimahalle'yi aradı. Bir kenarı siyah ve tehditkâr olan semanın orasında burasında bir tanıdık bakış gibi yıldızların gülümsemesi vardı. Dubanın parlaklığı ile yönü tayin ederek Pazarbaşı'nı buldu. Ve başını pencereye dayayarak ateş ve hasretle, şimdi mahzun, oraya bakmaya başladı.

İçi bütün aşkını, bütün ateşini mümkün değil gösteremeyeceği ümitsizliğiyle yandı. "Ah ne kadar sevdiğimi bilse..." diyerek hüzünlendi. Bunu o kadar sonsuz buluyordu ki Suad müteşekkir, memnun olur sanıyordu. Sonra çekilip yatağına uzandı. Tekrar onu düşünmeye başladı. Böylece, mutlu düşüncelerle uyuduğu zaman, uykusunda ve heyecanla uyanışında "Ama o beni seviyor!" diye her şeyi yeni anlamış gibi kalbinde bir çırpınma, bir hoplama, gayet büyük bir korku ve sevince kavuşma hoplaması vardı. Bazen mutluluk içinde uyandığı oluyor; bunun memnuniyetiyle dalgınken sebebini birden görüvermek onu yeniden bayıltıyordu.

Sabahleyin erkenden uyandığı ve artık uyuyamayacağını anladı. Başını kaldırıp baktı. Henüz gecenin karanlık artığı çekilmemişti. Her ne kadar yağmur yoksa da hava renksiz, orası burası bulutluydu. Pencereyi açıp, yavaş yavaş sokulan gündüz içinde, saatlerce Yenimahalle'ye baktı. O kadar dalıp kalıyordu ki, bazen hiçbir şey düşünmeyerek durduğu oluyordu. Sonra güneşin ilk ışıklarıyla manzara dalgalandığı zaman giyindi, aşağı indi, erken bir kır seferi yaptı. Böyle hafif yürümek, rıhtımların üzerinde, durgun denizin yanı başında gezmek onu rahatlattı.

Sürekli onu düşündüğü hâlde gözünün önünde değildi. Gelirse bile sade gözleri geliyordu. O zaman bazen durup feryada benzeyen bir mutlulukla: "Ama işte seviyorum!" diye haykırmak istiyor, "Sade onu, sade onu... Başka kimseyi sevmeyeceğim." diye yemin etmek ihtiyacını duyuyordu. Sevmeyecekti, o, evet, hatta sevmemişti. İşte şimdi görüyordu ki, şimdiye kadar kimseyi sevmemişti. Ta ilk gençliğinden beri, ilk ateş ve coşkusuyla tüm kadınları kendine yeterli bulmayan, hepsine birden sahip olmadan öleceği için yanan Necib, kadın namına ne kadar kuruntu etmiş ise Suad onu bu kadarcıkla hepsinin üstünde mutlu ediyordu. Hayatında bundan çok değil, hatta bu kadar mutluluk istememişti. Ruhunda bu kadarını istemeye güç bulamamıştı. Ruhunun acizliğine bakıp şimdi bu şereflenmeye, bu elde edişe karşı derin bir şükran duyuyor, "Ah Suad, bir sen varsın, bir sen!" diyordu.

O gün akşama kadar bu ruh hâli devam etti. Bazen yalnız mutlu, sakin, sonra tekrar heyecanlı ve ferahlık dolu talihini düşünüyor, o hoplama, her saniye onu sevdiğini bilirken tekrar her saniye bunu unutup yeniden hatırlamak hoplaması yüreğini canlandırıyordu.

Sonra onu sadece güzelliği için değil, büyüklüğü, eşsizliği için de sevdiğini düşünerek "İşte asıl aşk..." diyordu. Bu dereceye gelince onu ona ait olmayan en büyük bir şeyi bile aşağılık görünüyor ve ona ait olduğu için en değersiz şey bir kıymet kazanıyordu. Böyle, bir şeyin değerli olmak için uzak yakın ona ait olması yeterli olunca birçok şeylere önem vermemeye alışmış olan Necib bütün o şeyleri sevmiş, yüceltmiş gibi oluyor, birçok zaman tanıdığı şeyleri ona ait olmadığı için şimdi görmezden geliyor, hafif ve önemsiz olduğunu düşünüyordu.

Sonra, gece müzik bir ruh gıdası oldu. Yemekten sonra Maskeli Balo'nun kapısı telaşlı yürüyüşüyle birden başlayınca bir müddet etrafında masaları dolduran tuvaletli madamları, mösyöleri unutup kendini o kadar mutlu olduğu küçük odada sandı. Operanın küçük havalarının birbirini izlemesi onu sarhoş ve sersem ediyordu. Müzik ona yanında Suad varmış, onun hava ve nefesini soluyormuş gibi bir hatıra görmüş, bir his içine işliyordu. O kadar sevdiği "Ama baldırından koparılmış..." parçasını bayılarak dinledi. Bu havalar ona hep Suad için yapılmış gibi geliyordu. Ruhunun bütün arzularını o kadar ilân ediyordu. Bu gece bu müziğin etkisiyle hayale benzer, eşsiz bir gece oldu. O kadar ki, odasına çekildiği zaman birini izleyen şişelerin buharlandırdığı zihniyle yatmaktan başka bir şey yapamadı. Fakat bütün ruhu mutlulukla akis atan arzular bir rebab gibi şiirle ve uyumla titriyordu. Uyumuyor gibi bir uyanıklıkla beraber uykunun sarhoşluğu onu hayatın bütün müzik anılarıyla mırıldanan safhalarla işittiği gibi bir sıralamaya imkân bırakıyordu.

Ertesi gün geç uyandı. Güneş temiz bir göğü görkemli ışıklarıyla parlatıyordu. Pencereyi açıp önce günaydın demek için o tarafa baktı. Semanın atlas eteği altında, denizin ipek gibi yumuşak dalgaları üstünde Pazarbaşı yıkanmış, keyifli keyifli, gülümsüyordu. Birden o kadar çok arzu duydu ki, üç gündür nasıl onu görmeyerek, görmediği hâlde de görmeye ihtiyaç duymayarak kaldığını anlayamadı. Fakat gitmek fikrinin önünde şaşkın ve çaresiz kaldı. Nasıl gidecekti? Özellikle sonra ne olacaktı? Bunlarla meşgul olarak gezindi. Yemek için otele döndüğü zaman bu o hâle geldi ki, ondan ayrı yaşamak mümkün değil gibi göründü. Ne olursa olsun oraya gitmek için direnilmesi mümkün olmayan bir arzu duydu. Ve yemeği zor yiyerek arabaya atladı.

Araba Sefarethaneler rıhtımında boğazın temiz rüzgârı ile yıkanarak tam bir hızla giderken onun gözlerini düşünüyor, onlardan nasıl bir kabul göreceğini etraflıca düşünüyordu. Birden onları donuk ve manasız bulmak fikri onu o kadar korkuttu ki, kararsız kaldı. Ve bir kere bu ters etki başlayınca böyle söylediğine dair o kadar görünür bir belirti bulamadığını itirafa kadar vardı. O zaman bir mücadele başladı. Gitmek, tekrar o gözlerin şiir manası ile bayılarak kalmak ihtiyacının soğuk ve sakin bulmak korkusuyla mücadelesi... Buna Büyükdere'ye kadar katlandı. Fakat yaklaştıkça o kadar şiddetli bir heyecan ortaya çıktı ki, bastonu ile arabacıya dokunup durdurdu, orada indi...

Şimdi nereye gidecekti? Sersem, düşünemeyerek, geri döndü. Bilmeyerek yürümeye başladı. Köyün içinde yürürken sebebini bilmez gibi içinde bir ezginlik duyuyor, üç günlük mutluluktan sonra şimdi bunun altında ölüyordu. Birden çayıra geldiğini gördü, Bendler yoluna saptı ve buradan onunla beraber kaç kere geçtiğini hatırlamak kalbini sızlattı. Az daha ilerleyince orada sol koldaki bahçeye dikkatini çekti. Burada arabalarını durdurmuşlar, su içmişlerdi... Ah artık bunlar imkânsızdı, değil mi?

Oraya ağaçların altına oturdu. Issız, suskun durmaktan zevke boğularak daldı. Uzun uzun düşünerek, Suad'ın o bakışını tekrar görmeye çalışarak, ümit, kuvvet bulmaya uğraşarak biraz dayanma gücü kazanıyordu. O son bakışın hazin rengi onun için binlerce manalarla dolu geliyordu. Suad'ın önce hiç ses çıkarmayıp, başını bile kaldırmayıp oyalanışı kalbiyle ettiği mücadeleyi gösteriyordu. Fakat sonra kalbi üstün geliyor, gözler bütün mücadelelerin hüznüyle nemli, dudaklar tereddütlü, ses titrek: "Yine gelir elbet..." diyordu. Heyecan ona böyle "Yine gelir" diye teklifli bir söz söyletiyordu. Hayır, bu ilgisizlik, nefret olamazdı.

Alıştığı sessizlik içinde duyduğu bir gürültüyle başını çevirdi, yoldan geçen arabaya baktı. Fakat birden gözlerinde bir karartı gördü. Arabada Süreyya ile Suad'ı görüyorum sanmıştı. Ve bu birden onda hıyanet yarasına benzer, bir koca kalbinde açılan yara gibi bir tırmalama oluştu. Bunda bir kadın ihaneti, verilen yeminde durmama gibi bir şey bir facia görüyordu. Ona Suad kendisi beraber olmasa gezemez, eğlenemez gibi mi geliyordu? Başını eğip derin bir acılıkla, matemi bir üzüntüyle: "Ah zavallı mutsuz bilsen ki onun hayatında sen ne kadar değersiz bir şeysin, bunu bilsen..." diyordu.

Evet, bunu bilseydi de böyle geniş, sonsuz kuruntulara dalmasaydı. Bir bakışta böyle sonsuz aşklar bulmasaydı... Bütün bunları kendisi, hem yalnız kendisi yapmamış mıydı? Birkaç gündür onu o kadar mutlu eden güven yerle bir olarak yerine büyük bir şüphe, onu izleyen büyük bir ümitsizlik geldi. Ezen bir şüphe, boğan bir ümitsizlik... Kendisi Suad'ın hayatında hiçbir şey, bir eğlenceyken, Süreyya... Ama Süreyya onun sahibi, âmiri, kocasıydı. Onların hayatları birbirinindi. O onu bakir ve masum almış, senelerce onunla yaşamıştı. Hatta Suad kendisini sevseydi bile onun gibi olmasına her şey engeldi. Bu evlilikten, Süreyya'dan başka, bütün maddiyattan başka bütün maneviyat engeldi. Her şey bizzat Suad, hâliyle, geçmişiyle engeldi. Geçmişi onundu, onunla yaşamıştı, onunla yaşıyordu ve onunla yaşayacaktı. Şimdi kendileri birbirinin olsalar bile hiçbir zaman öyle olamayacaklardı. O onun karısıydı, hep onun karısı olmuştu. Mutluluk ve zevkle olmuştu. Hiçbir zaman da bu zevk hatıraları ve mutluluğu kendisi yok edemeyecekti... Bu kadar sevdiği bir kadını sanki ortaklıkla kirletmiş olacaktı. Bunda isyana iten bir kötülük görüyordu.

O hâlde, sevilse bile bu yalnız bir yaradan başka bir şey değildi. Hâlbuki hiçbir zaman Suad kendini her şeyi bırakacak kadar sevmezdi. Hatta bir parça bile seviyor muydu? Kendini kuvvetle inandırabilir miydi ki, Suad tarafından seviliyordu? Bu düşüncelerin altında düşkün, ıstıraplı, hâlâ o ihanet yarası ile yaralı, tekrar onları görmemek için oradan kalktı. Ağır ağır, Tarabya tepesinde çıkan yokuşa tırmandı.

Gecesi suskun, karanlık, ıstıraplı geçti. Müzik elinde fakat bu gece öldüren bir ümitsizlikle, saatlerce, bir söz söylemeyerek surat etti. Sabah, Boğaziçi'nin bahara benzeyen sisli bir sonbahar sabahıydı. Bir anda ona Yenimahalle'deki sabahları hatırlattı durgun denizli, berrak semalı, taze, bütün incileriyle, gümüşleriyle, ipekleriyle titreyen bir sabah. Şimdi onların orada belki henüz uyanmış olduklarını, gizli ve samimi hayatlarını düşünerek, otel hayatının bulantı veren bir usancıyla kalktı. Giyindi, aşağı indi gazetelerin başına gitti, gazetelere gömülüp her şeyi unutmak istiyordu ama onu ümitsizliğe sürükleyen, boğan bir fikir rahat bırakmıyordu: Ne olacaktı? Hayatı böyle keşmekeş içinde mi geçecekti? Bu hastalıktan nasıl kurtulacaktı? Ah sefil, daha dün burada ne kadar mutlu olduğunu düşündükçe: "Benim cezamdır?" diyordu. Gazeteleri elinden atıp dışarı fırladı. Yeniköy'e doğru, bir işi varmış gibi bir telâşla ve bir tehlikeye gidiyor gibi yürümeye başladı. Ama karar, artık bir karar lazımdı. Fakat neye karar verilecekti?

Bununla beraber karar verilmeden tekrar yemeğe dönmek, yine o kararsızlık içinde yemeğini yemek, tekrar o salonda, o adamların arasında oturmak gerekti. Fakat artık yorgun, her şeyden, sade yürümekten değil düşünmekten, acı çekmekten de yorgun, oracıkta ölüvermek için bekleyerek otururken terasın kapısından birinin girdiğini ve ardından gelen garsonun ona kendisini gösterdiğini gördü. Sıçrayarak:

"Süreyya!.." dedi.

Öbürü elini uzatarak:

"Evet, ben geldim" dedi. Ve çıkışarak, işte sonunda kendisini gelip bulduklarını söyledi. "Çünkü yalnız değilim, Suad aşağıda arabada bekliyor..." dedi.

Sonra alayla: "Eğer sizi bir mutluluktan alıkoymazsak alıp gezmeye götürmek için geldik..." diye açıkladı. Aşağı inlerken, boğuk bir sesle cevap vermek isteyen Necib'e anlatıyordu: Onun burada olduğunu Suad çantasını almak için gelen otel hademesinden öğrenmişti. Bugün yarın uğrar diye beklerken sonunda gelmediğini görünce... "Zaten ben senin orada sıkıldığını anlıyordum. Sen bir kere gürültüye alışmışsın. Bizim köşemizde elbette sıkılacaktın... Fakat sonunda kavuştuk a! Kim bilir neler vardır? Yine bir entrikalar?

Necib orada rıhtımdaki arabadan çarşafını seçebildiği Suad'a yaklaştıkça perişan, titreyerek cevap veremiyor, şimdi onun yüzüne nasıl bakacağını düşünüyordu. Hayır o yaptığı işten sonra, ona artık bakamayacaktı. Hâlbuki Süreyya bir taraftan konuşuyordu, havanın güzelliğinden bahsederek bugün Beykoz'a gideceklerini bildiriyordu. Ve Necib, oraya gidip Suad'ı selamladığı zaman hâlâ Süreyya'yı dinliyormuş gibi yaparak onun yüzüne bakamıyordu. Suad kocasına bakıp "Gidiyor muyuz?" dedi. Onun baş işaretiyle aşağı indi. Süreyya arabacının parasını verirken Suad, mutlu ettiğini ve sevildiğini bilen kadınlara özgü bir gülümseme ile "Rahatsız etmedik ya?" diye sordu.

Necib haykırmak, bu gözlerin, bu tebessümün karşısında ölmek ihtiyacı ile düşkün, gözleriyle, tavrıyla cevap vermeye uğraştı.

Fakat sandala girdikleri zaman uzun uzun baktı, öle öle, başka bir yaşam ferahlığı ve sarhoşluğa giriyormuş gibi baktı. Gözlerinde yorgunluk, bezginlik vardı, donuktu sanki, bir bulut kaplamış gibiydi. Şimdi bu gözler kendinden kaçıyor, biraz önceki parlayan bakışlarda şimdi bir sönüklük, bir kaçış var sanıyordu.

Suad, önce buraya gelinceye kadar, ona vereceği mutluluğun şevkinden heyecan ve titremeyle, ümit ve emelle perişan iken şimdiyse onu saldırgan, sıkıntılı bir hüzün kaplamış daha adımlarını atmadan gelen bir korku ve tiksinti ile kuvvetsiz düşmüştü. Süreyya bugün neşeli ve konuşkandı, her şeyden bir söz çıkararak konuşuyordu: "Ah haberin olsa..." diyor, o Necib'e nasıl olup da Suad'ın bugünkü Beykoz gezisini aklına getirdiğini anlatırken Suad suçluluk duygusu altında eziliyor onu Necib'in ayaklarına götürüp suçlarına, ihanetine gülünç bir alet yapma, Necib'in gözünde bile böyle bir adilik etmek kendisine ağır, iğrenç geliyordu. Ruhunda buna karşı bir isyan dalgalanıyordu, işte kendini bu hüzün ve sıkıntıya, bu mutsuzluğa, ömründe ilk defa şiddetle gelen bu saygısızlığa iten isyan gerçekleşiyordu.

Son günlerin incelikli heyecanları onu iradesiz bırakmıştı. Fakat o zaman sade olayların akışına teslim olmaktan başka bir şey yapamıyordu. O zaman bir senedir kendini hırpalayan fikirler ve ince düşüncelerden kurtuluyorum sanmış, henüz hayatında bir sevinç anı, acı fedakârlıklarla elde edilen bir mutluluk nasibi var sanarak kendini buna yöneltmişti. Necib'i sevdikçe, sevmek zorunda olduğunu kabul ettikçe, özellikle onun tarafından da sevildiğini gördükçe o zamana kadar sakin bir mutluluk içinde, daha doğrusu düz bir kanaat ile geçmiş hayatında bu kadar şiddetli heyecanlar duymamış olduğunu görmekten, görüp iradesiz kalmaktan başka bir şey yapamamış, bunu kendine bile itiraf edemeyeceği bir duygu ile sürdürmekten zevk alarak yaşamaya dalmıştı. Fakat şimdi yapılan şey büsbütün başka idi. Şimdiye kadar kendinin hazırlamadığı, kendinin idare etmediği çocuk oyuncağı olaylar olurken kendisi de buna bir hareket ekliyor, sanki bir yön veriyordu. Dün sade ona bugün gelip bir çeşit kabul ve itiraf demek olacak bu hareketle mutlu etmekten, onu görüp mutlu olmaktan başka bir şey düşünmezken, o hâli sürdürmekte bulduğu zevke kendini böylece tamamen terk ediverip bu tehlike üstünde çırpınmaktan dirençsiz bir heyecan bulurken şimdi, daha ilk adımda bütün çirkinliğiyle ezilmekten kendini alamıyordu. Görüyordu ki, kendini bu mutluluğa bırakmak bile onun için imkânsızdı. Bu zavallı, sonu olmayan günahsız mutluluğa bile... Şimdi ilk olarak hareketinin çirkinliğini görmekle başlayınca, bunu nasıl bir neşeyle, nasıl bir günah neşesiyle, özellikle namuslu kadınların duydukları, kendileri için o kadar yasak olan bu şeyin bir parçasını, tehlikesiz bir kısmını bitirmek çekiciliğiyle, isteyerek, memnun olarak yaptığını, sade onu mutlu ettiği için değil, ne kadar değersiz olursa olsun, böyle bir hisle de yaptığını itiraf etmek onu kendinden nefret ve iğrenmeye, âdeta kızartan bir utanca itiyor, kocasını kolundan tutup çekerek hâlâ devam eden bu kirden uzaklaştırmak, bir zaman o kadar saygı duyduğu ve hürmet ederek mutlu olduğu bu adamları kendi eliyle soktuğu bu çirkin konumdan kurtarmak için ölüyordu. Her şeyin üstünde, duygu ve acı, bu şeyleri çirkin, iğrenç bulan bir doğal yönelim vardı ki, ona bu uçsuz konumunu iğrenç gösteriyordu.

Fakat ne olacaktı? O kadar zaman alıştığı bu heyecanlardan yoksun olunca hayatını çekilmez bir çöl olacak gibi görüyordu. Ah sade öyle sürseydi, insanı boğan bu yakıcı zayıflıklar olmadan sade o masum heyecanla sürseydi... Fakat onun imkânsız olduğunu ve mümkün olamayacağını görüyor, hem işte artık o zamanı geçmiş buluyordu. Artık tekrar bulunamayacak bir geçmiş, bir hayal olmuş, olaylar onu bir tarafa iterek ileri sıçramıştı. Şimdi ne yapmalıydı Ya Rabbim?

Hiçbir zaman hayatı böyle ele geçmez, yola gelmez hain bir şey olmak üzere bilmemişti. O hayatını geldiği gibi yaşamıştı. Sonra, onu kendine uydurmak zorunluluğu çıkınca öğrenmeye, tanımaya başlamış, "tanıdım" dediği yerde yine bilinmez bularak sonunda anlaşılmaz bir yakıcı bir bilmece olduğunu görünce dehşeti artmıştı. Şimdi, şimdi artık bu hayata karşı bir kin ve kızgınlık duyuyor, bir şey yapamamak imkânı ile büyüyen bu kin onu acı, zalim yapıyordu. Ne kadar aldanmış olduğunu, hayatını güzel ve mutlu bir hayat diye görmekten çok, öyle devam edecek, öyle devam etmemek için hiçbir sebep yok diye inandığı için ne kadar budalalık etmiş olduğunu, bir gün sadece kalbinin yorulduğu, ruhun usandığı için her şeyin değişip insanın yabancı bir çevre, yabancı bir hayat içinde, hatta o zamana kadar bile aldanarak yaşadığını kabule zorunlu olduğunu görüyor, her şeyi şimdi anlıyordu. O hiç düşünmemiş, buna ihtimal vermemişti. Ruhu sürekli bir hâlde kalacak, kalbi ölünceye kadar öyle vuracak sanmışken işte ona da o insan, o her şeyi en gerçek rengi ile görüp anlayacak zamanı geldiğini görüyordu. Bir mana, bir sebep veremediği sıkıntıların hep alıştığı hayatın artık ruhuna yetemeyeceği için ortaya çıktığını ve sonunda şimdi ruhunun kıymete değer gıdasını bulduğu zaman o hiçbir şeyi bilmeden düzenlenmiş ve kabul edilmiş hayatın bağları ile bağlanarak bu yeni mutluluğu redde ve uzaklaştırmaya zorunlu olduğunu görmek kendisine acı geliyordu. Ah, tekrar hayatına başlamak mümkün olsaydı...

" Ne kadar dalgınsın Suad? Etrafına baksana?.."

Uyanır gibi oldu. Süreyya şikâyet ediyordu: "O kadar istek, o kadar rica, şimdi sessizlik ve sıkıntı..." diyordu.

Hava yine o ateşi rengin üzerine şimdi duygusuz bir tül çekilmiş gibi gizli bir gölgeye, ateşi hafif bir parlaklığa, ancak duyulabilen bir ılık üfürmeye dönüşmüş, ışık sade bir yansıma hâlinde yayılıyor, denizin lacivert gözleri sanki bulanarak göğsünden fışkıran o keskin bahar kokusu ile Beykoz koyuna doğru sokuldukça kararıyordu.

Çayırı büsbütün ıssız buldular, ağaçların gölgeleri, yarı bulutlu sema altındaki çayır soluk, mahzun idi. Yalnız son yağmurların ve dünkü güneşin verdiği bir tazelik ile mahzun bir yeşillik vardı. Onlar çayırın renklerindeki güzellikten bahsederlerken Suad çınarlardan sarı, kuru düşen yaprakların kapladığı yollarda yağmurlarla ıslanarak oluşturdukları çamura, bu çürümüş yapraklara bakarak: "İşte!" diyordu.

Necib, etrafına bakarak:

"Havanın rengi iyice soluyor." dedi. Ve bastonla, karşıdan ağır ağır yükselen bulut kümelerini gösterdi.

Süreyya:

"Ey ne olacak? Geçenki havaları düşünsene... Neydi o yağmur, o rüzgâr?" dedi.

"Ama dün, önceki gün ne kadar parlaktı. Bir yaz günü gibi."

"Ey sonbahar bu... Artık bu kadar güzellik ve sıcaklık verdikten sonra! Eylülden daha ne beklenir. Eylül malûm a! Hüzün ve yağmur ayıdır."

O zaman Suad da hayatının şu dönemi kendi ömrünün, kendi kadınlık hayatının eylülü gibi geldi... Birkaç gün hava ne kadar güzel olsa bu kadarcık geçici bir güzelliğe bile minnettar olmak gereken bir ay. İçine birkaç günlük kış saldırısından acı düştüğü için, o güzel havalarını, devamlı yazın artık nasıl geçmiş, sade bir mazi olmuş olduğunu hissettiren bir esef ve hasret ayı... Onun hayatı da öyle değil miydi? Son günlerin güzelliği ile beraber, şimdi yine imkânsızlığa, yine hüzün ve sıkıntıya düşmemiş miydi? Tıpkı şimdi düşündüğü gibi, nasıl yaz elindeki mutluluktan habersiz geçip ilk kış hücumuyla kederlenirse o da biraz önce anlamamış, hasret çekmemiş miydi? Tekrar hayatına başlamak arzusu, bugün tekrar yaz olmak isteği gibi değil miydi? Bir senedir cnu hırpalayan endişelerin, hüzünlerin ne olduğunu artık iyice görüyor, "İşte benim eylülüm!" diyordu.

Eylül... Henüz renk ve koku bitmemiş fakat baharın renklerinin bolluğu o kadar hissiz bir şekilde çekilmiş, o kadar tekrar geri dönmemek mahrumluğuyla, geri döner gibi görünse bile hemen yine solup kararan hırçın, boş arzularla o kadar acı çekilmiş ki bir gün işte tabiatın ruhu birden uyanıp görüyor, yapraklarının nasıl sararmış, birçoklarının düşüp çamurlar içinde çürümüş olduğunu görüyor ve şimdi hava ne kadar güzel olsa o bir iki günün verdiği açıklıkla bu güzel havaların ne kadar geçici, bu renk ve kokunun ne vefasız, artık ne ele geçmez, elde iken değeri bilinmemiş, öylece harcanmış bir hazine olduğunu acı acı görüyor; işte artık ne bir çiçek ne bir koku kalmış... Artık tahammül bile kalmamış, hepsi çürümüş, önceden yağmur yağsa kayıtsız kalırlardı. Belki daha bir canlılık, daha bir hayat gelirdi. Şimdi... Şimdi işte yağmur, işte kış hepsini çürütüyor, her şey, çürüyor, her şey...

Evet, her şey çürüyor, her şey... İnsanlar da çürümeyecekler mi? Eylülde sanki bahara özlem duyan mahzun bir tazelik sanki üzerine çeken kışın kendini yok etmek isteyen sonbaharın aksine sonsuza kadar kalmak mücadelesi vardır. Fakat bunun için muhtaç olduğu şeylerden yoksun olduktan başka kendisinde de direnç kalmamış ve tabiat bunu anlamış gibi acı bir bezginlik ve düşünceyle, üzerine çeken yalnızlığın, matemin son acılığıyla düşünüyor sanki ne kadar uğraşırsa uğraşsın, ne kadar direnirse direnşin, kışın üstün geleceğini, artık her şeyin, her ümidin bittiğini buna katlanmak gerektiğini anlamaktan doğan bir korku ile ağlıyordur. Ne renk, ne koku... İşte yapraklar ölüyor... Rüzgâr insafsız, yağmur inatçı, her şey çürüyor. Oh, her şey çürüyor...

O zaman eylül kendine doğada ilk korku ayı, faniliğin ilk hissedildiği ay, ilk faydasız ve yakıcı mücadele arzusu gibi, hayatın ne olduğunu anlayıp habersiz geçen güzel geçmişin özlemiyle ilk boyun bükülmüş bir ay gibi göründü. Ayaklarının altında çamurlanmış çürük yapraklara bakarak "Evet, her şey çürüyor. Demek, biz de çürüyeceğiz?" diye düşündü. Demek ki çürüyecekti, o da çürüyecekti. Böyle, hiçbir mutluluk gelmeden, daha henüz beklerken, özellikle hayatının nasıl gafil geçmiş olduğunu anladıktan sonra, artık bir şey de yapmak mümkün olmadığını görerek, böyle çürümek, bitmek ona pek insafsız, pek acı geliyordu.

Hâlbuki işte onda yaşamak için daha şiddetli bir arzu, mutluluktan yoksun olmamak, hayatını kaçırmamak için derin bir ihtiyaç, gerekirse mücadele yeteneği vardı. Fakat her şey boş değil mi? Ne olsa, ne yapılsa kış gelmeyecek mi? Ya gelinceye kadar... Hiç mi hiç mi bir şey yapılamaz? Böyle, görerek, anlayarak, bile bile hayat ve mutluluktan vazgeçmeye katlanmaktan başka bir şey mümkün değil mi?

Derin bir hüzün içinde, bu değerlendirmelerden habersizce sohbet eden Süreyya ile Necib'e baktı. Süreyya Necib'e bir şey anlatıyordu. Eliyle ileriyi göstererek konuşurken Necib de Suad'a bakıyordu. O zaman, gözler arasında, bugün ilk defa ve ciddi, ateşli, kızgın bir çarpışma oldu. Necib bu bakışta ne kadar derin, acı bir şikâyet ve yardım isteği gördüyse Suad da onun gözlerinde o kadar derin, o kadar içten bir sevgi, her mücadeleye hazır, her tecrübeye maruz ölümlere kadar sürecek bir bağlılık görüyorum sandı. Ve bu ona bu çaresizlik, kimsesizlik, ağır hisleri içinde büyük bir avuntu verdi. O kadar ki, ona baktıkça devam edebilen bu duyguyu sürdürmek için baktı. Gözlerine hükmü geçmeyerek onların bakmasına izin verdi. Böyle, birbirlerine bir süre baktılar. Sanki gözler uzun süre birbirinden kaçan ruhların artık dirençsizliğiyle zayıf ve hasta elim bir mücadele ile büyülenmiş ve bitkindiler.

Fakat bunda kuvvet veren bir hâl vardı. Belirsiz, uzak bir kurtuluş ümidi gibi bir şey, sanki bu öksüz ve çaresiz ruhlar için birbirinin bakışlarının derinliğinde bitmiş hayatlarının tedavisi var gibi bir şey. İşte bunun için, gözler bir an olup birbirinden ayrıldıkları zaman, tekrar o semaya koşup yine ümit kazanmak ve kuvvet kazanmak ihtiyacı baki kalmıştı. Bunu bilmeyerek, düşünemeyerek, artık boyun eğmeyen doğal bir yönelimle yapıyorlardı. O kadar ki, bütün o sersemlik içinde akşama kadar üç dört defa daha bu bakışlar tekrarlandı. Fakat bu, birçok arzulardan, arzuların birçoğunun cesaret ve direnci sonunda fiiliyata sürüklenmesinden sonra mümkün oluyordu.

Sonunda akşam olup son vapurla geçerlerken Süreyya Necib'i götürmek isteyip de o reddettiği zaman bakışlar tekrar birbirini aradılar. Bu sefer bu kavuşma ile mest kaldılar ki, bu sanki uzun bir sohbet oldu. Necib bütün yoksunluğun avuntusuyla mahmur ve dehşete düşmüş, Suad bir bilememezlik, bir direnememezlikle bitkin, sanki beraber olamamalarının acısını ne kadar birbirleri için yaşadıklarını anlatarak çıkarmak için bakıştılar, derin derin bakıştılar.

Bu bir süre sadece bakışlarla konuşulan bir hayat oldu. Sanki kalpler bütün söylemek istediklerini, Suad'ın arzularını, emirlerini, Necib'in şükran ve tapınışını anlatmak için yaşayan bu gözler sadece kendilerinin anlayacakları manalarla sonsuz parlaklıklar oluşturdu. Necib hiçbir şey söylemeye kadir değil, mutluluktan boğularak sade boyun eğiyor, büyülü bir rüyadaymış gibi sade çekiciliğine teslim olarak gidiyordu. Suad'ın öyle zamanlarda öyle bakışları oluyordu ki, bu ona bir yeniden hayat verilmiş gibi mutluluk veriyordu. Konuşurken, gezerken, giderken, dönerken, bu hayata kuvvet ve hırs ile sarılmak arzusunu veren bakışlarla kendinden geçiyordu. Veda edip oradan ayrıldığı zaman öbür güne kadar gömüldüğü karanlıkta bir rehber, bir teselliyet nuru ve kuvvet oluyordu. Her an insanı mutluluğuna inandırmayan, her an bunun bir rüya, bir yanılma olduğunu zannettiren bir uçuculuk vardı ki, bazen ümit ve hayalle ateşli bir heyecan, hemen şüpheye teslim olacak bir heyecan oluyor, fakat sonunda kavuşmaya bedel bir mutluluk ve ferahlık veren küçük bir gülümseme, belki manasız, salt bir tebessüm hepsini yok edip sade kendi hüküm sürüyordu.

Ah bu bakışların bazen nasıl manaları, nasıl incelikleri, nasıl renkleri vardı. Ne ifade edilemeyen anlaşılması mümkün olmayan şiirleri, insanı nasıl birden mutluluk semasına kavuşturan renkleri vardı. Bazen derin, siyah, vakur, o sustukça adeta ölürdü. Sonra bir rica nuru ile titreyerek, merhamet isteyen perişan bir bakışla bakakalırdı. Bazen hükmeder, emreder, sonra dost olur, hoşnuttur bazen, lütufkârdır zaman zaman vaatler verir, sonra, "Evet, peki!" derdi. Bazen sadece: "Seviyorum ve mutluyum!" derdi, sonra karşısında şuh bir kadın olduğundan şüpheyle bakar, bir zaman sonra mahmur ve sarhoş, bir sonrasında teşekkürlerle... ah bu bakışlar ona ne mutluluklar veriyordu. Henüz meydana çıkıp da açacağına, mutlu olacağına, uzun bir ömrü olacağına inanamayan bir gonca hayali gibi zayıf ve ince bir mutluluk...

Ve Suad'ı öncekinden çok kadınlığına, süsüne özenli görüyor, onun daha güzel, daha zarif olmaya dikkat ettiğini hem de bunları sade kendisi için yaptığını anladıkça çıldırırcasına bir duyguyla: "Hep benim için yapıyor, ah seviyor Ya Rabbim, ne kadar seviyor ne kadar." diye haykıracağı geliyordu. Kadınlığın bütün aletlerine, bütün silahlarına bağlanmış, büyülenmiş, kendini kaybetmişti.

Sık sık Yenimahalle'ye gidiyor, bazen yemeğe kalıyor, bazen gezmeye çıkıyorlar, sonra yalnız dönüyorlardı. Bir gün otelde öğle yemeğini yedikten sonra bir vapura atlayıp oraya gittiği zaman Suad'ı yalnız buldu. Süreyya on bir vapuruyla İstanbul'a inmişti. O zaman orada yalnız oturmaktan çekinerek ve dönmek de istemeyerek tereddüt etti. Fakat Suad birden saldıran heyecanından sonraki durgunlukla: "Fakat hemen gelecek sekiz buçuk vapuruna yetişecekti." dedi. Kendinin gitmesini istemediğini görerek Necib hâlinden memnun, sakin davranıyordu. Ama yine de bir gariplik vardı sanki birbirlerine yabancılarmış sanki birbirlerini ilk defa görüyorlarmış gibi çekiniyorlardı. Birbirlerinden ve sonra başkalarından korkuyorlardı. Suad Behice Dadı'yı ısrarla yanına çağırıyor, o gitmek isterse telâşlanıyor, yalnız kalmaktan korkarak, titreyerek susuluyor, söz bulunmuyor; hatta birbirlerine bakamıyorlardı.

Fakat sonra giderek alıştılar, son on günün bütün bakışlarından, manalarından arınmış sade düz bir şekilde konuştukları bile oldu. Sanki aralarında hiçbir şey geçmemiş gibi görünüyor adeta birbirlerini aldatıyorlardı. Hava cesaret edilip çıkılamayacak bir ekim ayı havasıydı. Keskin bir rüzgâr esiyor, güneş oraya buraya yığılmış bulut kümelerinden kurtulup sürekli sıcaklık yayamıyordu. Ve burada, denizin karşısında, o kadar zaman Suad'ı o kadar istediği bu odada böyle yalnız kalbinde sevilmek güveni, sevmek ateşi varken sakinlikte ve telâşta büyük bir zevk bularak emniyet varken o komedi heyecanıyla bayılarak, kendilerinden bile gizlemek istiyorlarmış gibi söz söylemekten, bakmaktan korkarak, fakat bu herkesten gizli şerefli mutluluklarını böyle kuru ve var hissederek kaldıkça, bir müddet Suad büsbütün kendininmiş kuruntusuna daldı...

Çay vakti gelip Suad'ın özel bir itina ile hazırladığı çay masası getirildiği zaman bu his büsbütün yerleşti. Suad da sade hareketleriyle öyle bir ruhunu vermek, en küçük tavırlarında bile öyle içtenlik öyle bir kendini sunmak rüyası vardı ki, bunlar bakışların manalarından daha çok onu mest ediyordu. Böyle, ufak, masum sözler, masum olsun diye sevildiği hâlde de mana dolu gelen küçük karşılıklı konuşmalarla sesinin titrediğini hissettirmemek için titreyerek, bu tedbirsizlikle bütün bu şiiri yerle bir etmekten korkarak geçen bu birkaç saat şimdiye kadar geçen en mutlu günlerine üstün geldi.

Fakat Süreyya'nın ortaya çıkışı bu güzel rüyadan onları pek acı bir şekilde çekip çıkardı. O zaman hücumuna karşı direnemediği sıkıntılı bir hüzün onu harap etti. Ne kadar yalan ve imkânsızlığa dayalı gerçek bir mutluluğun oyuncağı olduğunu anlayıp böyle ezilmiş dururken Suad'ın bunu fark etmiş gibi ümit ve teselli bakışlarıyla baktığını görüyordu. Fakat Necib'in kalbindeki acılık ve hüzün o kadar derindi ki, hayal ettiği mutluluğa artık onun istekli olması yetmiyordu o kadar güçsüzleşmişti ki, bu bakışların cazibesiyle her zamanki gibi dalarak ferahlayamadı. Ve şimdi yine oradan ayrılıp yine onları yalnız ve mutlu bırakıp sefalet ve yalnızlığında inleyeceğini düşünerek, onu yine sahibine bırakacağını her vakit, her zaman böyle olacağını, ona böyle birkaç saat hayalen bile sahip olamayacağını görerek, bu gecenin ne tahammülü kıran, ne uykusuz ve işkenceli bir gece olacağından korkuyordu.

Gitmek için kalktığı zaman Süreyya'nın: "Canım kal da yemek yiyelim." teklifini red ile ümitsizce, fakat kararlılıkla ısrar ederken Suad'ın bir bakışı oldu. Sanki onun bütün ruhunun sızısını hissetmiş ve onun böyle boynu bükük gittiğine hiçbir zaman razı değilmiş gibi ümitsizlikle, merhametle rica ve aşk ile karışık bir bakış... Fakat Necib bu kadar derin bir kadına sade yalandan sahip olduğunu görerek daha ümitsiz, hatta Suad'a bile kızgın, belki yalnız ona kızgın "Hayır, gideceğim. Siz kalınız ve mutlu olunuz... Ah beni bırakınız, zira ölüyorum, işte aranızda beni öldürüyorsunuz..." diye haykırmak, haykıramadığı için öfkeyle gitmek istiyor o zaman bu bakışta, şimdiye kadar manalar sade kendisiyle ilgiliymiş, yanılma ihtimali varmış gibi görülürken, bu sefer açık bir mana gördü. O artık hâkim kesilmiş: "Hayır, hiç tereddütsüz kalacaksın, ben öyle istiyorum..." diyordu. Artık Suad ilişkilerinin kabul edildiğini, devamını istediğini bu bakışlarla inkâr edilemeyecek bir şekilde açıklamış oluyordu. Ve Necib'in bir bağlılığına karşı gözlerinin acılığı silinirken Suad'ın bakışı: "Evet, kal bende öyle derin ve son bulması imkânsız teselli ve ümit manaları var ki..." diyordu.

Suad bu gece eşsiz bir şekilde bir teselli ve şifa perisi, bir çekicilik ve mutluluk perisi oldu. Onun üzüntüsünü geçirmek, onu mutlu ve güleryüzlü görmek için bazen öyle hâlleri öyle sözleri, öyle bakışları vardı ki, biraz önce Necib'in içini basan karanlığın yerine şimdi bütün bir mutluluk dolmuş taşmıştı. Belki Suad ona her zaman böyle davranıyor, hep aynı sözleri söylüyordu. Fakat şimdi onları da özel bir renkteymiş gibi görüyordu, artık en manasız şeyleri mana dolu geliyordu. Asıl Necib'i sarhoş eden şey onun hayatına ve yaptıklarına kendinin rolü ve etkisi olmasıydı. Onun hayatına giriyorum, ona sahip oluyorum mutluluğuyla boğuluyordu. "Benim için, benim için!" diye düşünüyordu, onun hiçbir erkeğe, kendinden başka hiç kimseye böylesine kadınlığının bütün hazinelerini, bütün ruhunu vermeyeceğini, yalnız kendinin bu kadar mutlu olduğunu düşünmekle boğuluyordu. O zaman teşekkür etmek ihtiyacını duydu. Zorlayan, keskin bir ihtiyaçla hemen oracıkta ağlayarak teşekkür etmek ihtiyacı... Ve bunu anlatabilmek için ne yaptıysa "başaramadım" sandı. Yanıyordu, ölüyordu. Hâlbuki Suad anlıyordu. Onu düşkün görmemek için bütün kadınlığının yol gösterişiyle uğraşmış ve şimdi düşünmeden sade duygularına uyarak, sade keşif ve icat ile heyecanlardan mutluluklar yaparak ve onun gözlerinde nasıl mutlu olduğunu, nasıl teşekkürlerle baktığını gördüğünde sanki yeni bir hayat buluyormuş gibi oluyordu. Onu böyle hep karanlıklardan kurtulmuş, mutlu gördükten sonra gitmek girişimine engel olmadı. Ve ayrılırken birdenbire dedi ki:

"Geçen gün Süreyya söylüyordu... Fakat artık ben de inanıyorum ki onun hakkı varmış Necib Bey..."

Necib şaşkınlıkla bakıyordu. Süreyya gülümseyerek:

"Ha" dedi. "O konuda haklıyız..."

Necib soruyordu: "Niçin efendim?" Süreyya yeniden güldü:

"Suad'ı bir gün otele yemeğe davet etmediğin için olmalı..."

Suad başını sağlayarak: "Hayır, hayır" dedi. "İmkânsız şeyi istemek, bile bile geri çevrilmektir. Ben o kadar güç şeyleri istemem. Fakat insan hiç olmazsa sade köyüne davet eder. Tarabya'nın ne güzel tepeleri vardır."

Necib, mutlu, birden kalbi çarpıp, teşekkürle bakarak:

"Yemin ederim ki aklımda... Fakat... Bilme... Havalar..."

Suad gülerek Süreyya'ya döndü:

"Zavallı Havva" dedi. "Bereket versin ki o var. Olmasa neyi bahane edeceklerdi. Yazın çok sıcak, kışın çok soğuk olmasa neler geri kalmayacaktı, değil mi? Şimdi sonbahar, havanın ne suçu var? Fakat kendi kusurlarımızı, haksızlıklarımızı ondan başka neye yüklemeli?"

Ve yarın Tarabya'da onları bekleyeceği kararlaştırılıp araba bulmak için köye kadar giderken, Necib sarhoş ve şaşkın, kendi kendine: "Ah neler yapmayı başarıyorlar... Ya Rabbim... En masum görüneni bile... Ah kadınlar!.." diyor, sonra başını sallayarak: "Ne dedi o, mümkün olmayan şeyi istemek bile bile geri çevrilmektir, öyle mi!.. Kötü tembih değil!" Bundan sonra hayatlarının başka bir devreye girdiğini, ilişkilerinde önemli bir adım daha atıldığını görüyordu. Bu geceki bakışta o kadar açık bir kabul ifadesi ve teşvik vardı ki, artık bu aşkı ikisi için kesinlikle kabul edilmiş bir şey olarak görülüyordu. Artık gizlilik, her şeyin bir rüya olmak ihtimali kalkmıştı. Tutunacak bir dalı vardı artık. Bir sigara yakarak: "Pekâlâ, ne olacak, bunun sonu ne olacak?" diye soruyordu. Ve mutluluğu kendini o kadar bencilleştirmişti ki, adım adım böyle mutluluğa yaklaşıp bir gün her şeyin mümkün olacağını hayal ediyor bu hayalle sarhoş oluyordu.

Öbür gün öğleden sonra Tarabya tepelerine çıktılar. Hava sabahleyin kalın ve geniş bulut tabakalarıyla gizli ve yüklü iken bunların altından, öğleye doğru güneş kurtulmuş, hafif bir lodos ile birleşerek bulutları dağıtmış, etrafı yükseldikçe duyulan ılık bir yaz soğuğuyla kuşatmıştı. Tarabya'nın atkestaneleriyle, genç kokularla kuşatılan İstanbul yolundan yürüyerek yüksele yüksele bütün boğazı, ta uzakta Karadeniz'i gördüler. Hacı Osman Bayırı'ndan Büyükdere'ye indiler. Orada havanın tekrar dönmüş, serin bir rüzgârla denizin bozulmuş olduğunu gördüler, geri döndüler.

Necib bu gezintiyi önce sıcak ve sonsuz bir sevinçle beklerken bugünün de böyle bitmiş, geçip gidivermiş olduğunu, yine kendinin yalnız dönmeye mecbur olduğunu görünce hep kendi acısıyla biten bu girişimlerden yorgun, yine sıkıntıya yenik olarak durdu. Suad artık en gizli etkilerinden bile haberdar olmak istediğini belirten sorgulayıcı bir bakışla baktı, ruhunun her hâlini anlamak ister gibiydi. Ve ilk yalnız kaldıkları zaman da:

"Galiba yoruldunuz?" dedi.

Dudaklarında bir gülümseyiş gözlerindeyse bir sorup araştırma isteği vardı.

Necib, "Niçin?" diye sordu. Ve durgunluğuna dair sorduğunu anlayınca da:

"Başka ne yapayım?" dedi.

Sonra bütün üzüntü ve elemini anlatmak istiyormuş gibi ateşle ekledi:

"Bugün de bitti. İşte o kadar heyecanla beklediğim bugün de geçti de onun için..."

Suad'ın o gülümseyişi yarı solmuş, gözlerindeki son parlaklıklar da titreyerek sönüyor, bakıyordu. Necib tekrar sessizliği bozdu. Derin, ateşle içini çekerek:

"Ah bilseniz, dünden beri bugünü nasıl bekledimdi... Dün gece o kadar mesut ve bahtiyardım ki... Sabaha kadar uyumadım... Zannediyordum ki, bugün büsbütün bambaşka olacak... Daha... Bilmem fakat gördünüz a, hiç... O da geçti, hep geçecek... Hep geçecek... İşte böyle..."

Sesi sonsuz bir üzüntü ve elemle söndü. Büyük bir ümitsizlik tavrıyla elini sallayarak sözünü bitirdi. Tekrar sessizlik oldu. Suad kederli, gücenmiş bakıyordu. Sanki sormak istiyordu: "Niçin, ama niçin?" demek istiyor, söyleyemiyordu. Kendini zorluyor "Hayır, ben istemem, keder, ıstırap istemem..." demek için ölüyordu. Fakat en küçük bir söz onu korkutuyor, dudaklarını kilitliyordu. Bu söz söylenirse her şey, kendisi, bütün bu hâli yok olup yerine hep kötülük, işkence ve pişmanlık kalacak diye korkuyordu.

Necib kendi kendine düşündüğünü ona da söylemek ister gibi dudaklarında acı bir gülümsemeyle: "Ah dün, dün." dedi. Sözü kendi kendine söylüyormuş gibi bir teslimiyet hâli vardı:

"İşte otuz yaşındayım. Hiç dünkü kadar mutlu olduğumu bilmiyorum... Bir süre, bakınız sizin karşınızda bir süre zannettim ki... Zannettim ki... Sade ikimiz varız."

Burada sesi kısıldı. Kendi sesini işitmekten korkuyormuş, bir hıyanet yapmış gibi gözleri dondu kaldı. Sonra bunun nasıl kötü, nasıl çılgınca bir şey olduğunu anlatmak ister gibi: "Ah ne rüya, ne acı bir rüya..." diye acı acı gülümsedi.

Necib söyleyecek ne çok sözü varken, hatta hâlâ söylemek yeteneği duyuyorken, söylemek için böyle anlamsız, uygunsuz sözlerden başka bir şey bulamıyordu. Kesik, birbirini tutmayan cümlelerden boğazı kuruyor, sinirleri gevşemiş titriyordu. Fakat işte o kadar, Süreyya'nın girdiğini görerek, piyanonun üstündeki fesini almaya davrandı. Süreyya: "O ne o, yolculuk mu?" diye sordu.

"Evet, artık gidiyorum." dedi.

Burada bir süre daha kalmamak bir zorunlulukmuş gibi, bu zorunluluğa boyun eğmek büyük bir azap olduğu hâlde yine gitmek istiyordu. Suad'a karşı derin bir kızgınlığı, bir sebep bulamadığı bir dargınlığı vardı. Ve ona böyle acı çektirmekten büyük bir zevk alıyor, onun gözlerindeki yakıcı ifadeyi görerek kalbi ferahlıyordu. Onun kendinin gitmesini istemediğini bilerek boyun eğmemekten, onu öyle üzmekten zevk buluyor, sonra: "Evet, sade o kadar, sade burada yemeğe kalmaktan ibaret... Hiç düşünmüyor... Bir kadın mutlu etmek isterse her şeyi, severse her şeyi yapar..." diye konumunun katlanılmaz, isteklerinin imkânsız oluşunun acısını ondan çıkarmak istiyor, bütün sorumluluğu ona yüklüyordu.

Süreyya: "Öyle ya Sammer Palas bu... Doğrusu orası dururken, o beyaz salonda yemek varken burada kapanıp kalmak büyük fedakârlık... " diyordu. Sonra karanlık, kederli, suskun duran Suad'a sordu: "Değil mi?" O başını bilmem yahut elbette gibi gizli bir işaretle oynattı. O bütün anlıyordu. Çünkü kendisinde de o fırtınalar vardı. Her gün asıl mutluluk gelecekmiş gibi bir arzu ve yarınki bekleme varken bu sonsuz uzayıp giderek yakıcı bir yıkımdan, bütün elemlerden başka bir şeyle geçmediğini görmekten doğan o karanlıklar onu da yıkıp harap ediyordu. Fazla olarak o kadar uğraştığı hâlde Necib'in de başa kakmaları, onun da şikâyetleri, onun da elemleri ve ıstırapları kendini daha üzüyordu. Onun gözlerinde: "Beni sen üzüyorsun, istesen..." gibi bir şikâyet gördükçe ne yapacağını bilemeyerek sade onlardan bu elem ifadesini uzaklaştırmak, sade onu mutlu etmek için uğraşıyor, fakat işte acılı fedakârlıklarla bile bunu başaramıyordu. Ah, bu aşk nasıl birkaç saniyelik mutlulukları uzun acılarla, zalim pişmanlıklarla param parça ediyor ve bunun zorunlu olarak böyle süreceğini, hiç bir çare olmadığını görmek onu ne kadar eziyordu. "Hayır, seni böyle zayıf, kederli göndermek istemem; kalacaksın!" demek istiyordu. Fakat Necib'in gözleri kendinden kaçıyor, tesadüf etse bile bunlar bir taş ruhsuzluğuyla kararıyordu. "Ah ne oluyorsun? Başka ne yapayım? Yemin ederim ki serbest olsam..." demek için ölüyordu. Bunu birçok zamandan beri ancak duyulan, fakat şimdi görüleceği düşünülen derin bir gök gürlemesi gürültüsü gibi kendinde duyuyordu. Bu sözlerle onun kadar mutlu olacağını duyuyor ama bir arzuyu kendine bile, ruhuna bile itiraf edemeyerek susturmaya, yok etmeye uğraşıyordu. Fakat işte şimdi hemen ruhundan, onun bütün engellerinden kurtulup birden dudaklarına gelmiş oldu... Evet, serbest olsaydı... Fakat mademki değildi... Ne olacaktı? Bunu sade böyle yarasız, günahsız sürdürmek bu aşkı bir çocuk sevgisi gibi masum bir tapınmayla beslemek mümkün değil miydi? Ah niçin, bir takım acı fedakârlıklar isteyip pişmanlıklara, işkencelere, bütün karanlık ve belâlara düşmek, bir hata ile üç hayatı birden yıkmak niçin gerekiyordu. Çünkü önünde bir karanlıktan, belâlardan başka bir şey görmüyordu. Ah bir parça o kanaatkâr olsaydı. Bilseydi ki, kendi de istiyor, mümkün olsa bunun için her şeyi yapacak ve bir saniye ayrılmamak için, onu mutlu ve neşeli tutmak için o kadar çalışacaksa da mümkün olmuyor... Bunu görüp Necib de inansa, onun sevgisinden, kalbinden emin olsaydı... "Ah Necib, bilsen!" diye inlemek istiyordu...

Fakat o bilmiyordu, hem gözleri o kadar hain, o kadar taş gibi bakıyordu ki, bir müddet onun kalbi hakkında acaba yanıldım mı? diye soğuk bir titremeyle harap oldu. Fakat o daha demin şikâyet etmemiş miydi? O da kendi ıstıraplı olduğu, öldüğü için böyle duramıyor muydu. O zaman Suad bunun sebebi aşk olup hiç kimsede suç olmadığını görerek, onun ne hain, ne çaresiz, ne yırtıcı bir yara olduğunu kabule mecbur oluyor, boynunu bükerek onun elinde ezileceğini, param parça olacağını bilmek korkusuyla harap oluyordu.

Necib gitmek için kapıya dönünce Suad'ın tereddütlü bir sesle kocasına "Kavak için..." dediğini işitti. Suad da son günlerde hep gezmek için bir istek, sokak için olağanüstü bir istek oluşmuştu. Kışın gelip bastıracağından şikâyet ederek şimdi hazır havalar uygunken yararlanmak, etrafı hiç olmazsa şimdi görmek istiyordu. Necib bütün bunların kendisi için yapıldığını, kendisinin buraya sık sık gelmesine birer bahane olduğunu anlayarak memnun ve mutlu oluyor, hep kendi için, bütün kendi için yaşayan Suad'ı böyle zamanlarda ne kadar yüceltiyordu. Ümitsizliğin karanlığında bir sevinç parlaklığı ortaya çıktı. Fakat böyle yavaş yavaş, gittikçe daha sıkı, daha ateşli bağlanarak, bir gün bu gösterişin ve bağlılığın da biteceğini, bir susamışlıkla kalakalacağını tekrar düşününce ne olursa olsun bu çıkmazdan çıkmak için her şeyini yapmaya, ne yapması gerekiyorsa yapıp kurtulmaya karar verdi. Karı-koca kararlarını yarına vermeye karar verip kendisine baktıkları zaman sırf terslik olsun diye "Mümkün değil, yarın İstanbul'a gideceğim..." diye baş salladı. Suad kendine donuk bir bakışla bakarak: "Öbür gün... Olmaz mı?" diye sordu. Necib başını çevirmek isteyerek: "Bakalım...". Ona karşı böyle gözleriyle kendini yok edercesine acı çektiren, kendini aciz ve esir ettiği için çoğalan bir öfke duymuştu. Gözleri dumanlanarak, bir hırs buğusu içinde: "Siz gitsenize... Benim için neden kalıyorsunuz?" dedi. Fakat o anda pişman oldu. Onun gözlerinde o kadar derin bir elem ve dokunaklı bir ifade gördü ki, birden pişman oldu. Kendisini böyle kederli ve bezgin göndermemek, öyle görmemek için ne nazik, ne büyük hislerini feda eden bu sevgili kadını şimdi de o ümitsiz bırakmak istemiyordu. Acı bir gülümsemeyle ruhunun bütün kendini ezen elim mücadelelerini anlatıp mazeretini göstermek ister gibi bakarak: "Eğer hava izin verirse... Belki ben de gelirim..." dedi.

Fakat kendini sokakta bulduğu zaman tekrar ümitsiz ve inleyerek, tekrar: "Ne olacak, ne olacak?" diye düşünmeye başladı. Yalnız kendi için değil, onun için de düşünüyor, ikisi için de bu konumunun sürdürmenin imkânsızlığını görüp bir çare bulmak zorunluluğu beynini eziyordu. Onun yanında, onun kendi arzusu içinde, onun kendi vücudunda her şeyi unutuverecek, iradesini ezen, gücünü, soğukkanlılığını yıkan, kalbini heyecanlı bir ateşle yakıp titremeler vererek bayıltan, hemen onu koklayıvermek, hemen elinin üzerine düşüvermek, hemen orada yerlere kapanıp ağlayarak ölüvermek zaafları duyuyordu. Gözlerine bakarken bunda kendisini bayıltan bir cazibeyle, yanındayken sade bir kokusuyla her şeyi unutturacak bir büyü ile dehşete düşüyordu.

Tekrar ve artık kesin olarak görüyordu ki, kaçmaktan başka çare yoktur. Fakat artık dönüşsüz kaçmak, artık her şeyi yok edip, tekrar dönmemek üzere kaçmak; o zaman da Suad'sız yaşayamayacağını görünce bu hayatı yaşatacak bir hayat yapmak çaresine başvuruyordu. Bu imkânsızlıklar içinde sonuçsuz, boş, çırpınmaktan kudurmuş gibi yürürken birdenbire durdu. Çünkü çoktan beri duygularının seline kapılarak unuttuğu konumunu, Süreyya'yı, ona karşı görevini görmüştü. İlk defa olarak ciddi bir iş yapmaya kesinlikle yönelmeye karar verince muhtemel ve mutlak sonucu düşünen adamlar gibi, olacak şeyi düşünerek, her ihtimali tartarak düşündü. Ve bu önce bir taşa başını çarpıp sersemlemek gibi bir şey oldu. Aşkını bir müddet unutup durumun dehşet ve ciddiyetiyle donunca, yalnız gelecek için değil, şu anki durum için de ürktü. Çünkü o şimdi yine bir şey yapmış ihanet yolunda birkaç adım atmıştı. O zaman gerçekten bir korku duydu. Kendinden, etrafından, Süreyya'dan, özellikle Süreyya'dan...

Fakat mademki onun bir şeyden haberi yoktu ve olmayacaktı. Evet, biraz tereddütten sonra, şimdiye kadar bilmediği gibi bundan sonra da bir şey bilmeyeceğini düşündü. Onun da o yaşa kadar hayatından, kitaplardan alınmış tecrübeler, dersler bu mesele hakkında birtakım nice ve etraflıca düşünceler ve kararları, bir sonuç çıkarmaları, bir ahlâk felsefeleri vardı. Ve bu onu birden rahatlattı. Sadece akılla buldukları ve tecrübeleriyle bunun hiç bu kadar önem verecek, hatta bu kadar düşünmek bile bir kurala uymaktan başka bir şey olmadığını düşündü. Ve kuvvet bulmak için gibi: "Hem bir suç varsa bile sırf bana ait değil a... Hiç bana ait değil!" diye düşündü. Sonra acı bir gülümsemeyle: "Zavallı Suad, seni şimdiden suçluyorum!" diye acıdı. "Fakat gerçek değil mi?" diye devam etti. Bu öyle bir şeydi, öyle bir günahtı ki, sade Suad'ın rızasıyla belirecekti. Bu artık kendinde ne kadar şiddetli ve kalıcı olursa olsun hiç bir işin sonucuna sürüklenemez, sürekli yarım ve boş kalırdı. Fakat sade Suad'ın bilmesi ve bilerek susması onu bir kabul ve kabulü de ihanette ortaklık hâline getiriyor, ortaklık değil, asıl sorumluluk ona yükleniyordu. Bu arzu yalnız onun kabulüyle ağırlık kazanıyordu. O hâlde?

Ve erkek ihanetiyle kendini mazur görmek için o kadar kılı kırk yarar gibi davranırken onu da kim bilir nasıl şeylerin bu sonuca ittiğini ve zorladığını, bu ihtimali asla düşünmüyordu. "O bakışlar varken bir erkek nasıl tahammül eder?" diye düşünüyordu. O zaman tekrar o bakışları, onların büyüleyiciliğini, derin ve siyah davetini görür gibi oluyor ve bu çekiciliğin önünde her şeyin susacağını düşünüyor, "Onun için ölmek bile bir mutluluk olduktan sonra?" diyerek her şeyi göze alıyordu.

Gece hep bu kararsızlıklarla, bu nöbetlerle oyalandı. Sabahleyin uyanıp havayı parlak bulunca dayanılmaz bir acıyla, "İstanbul'a gideceğim..." dediği için bugün oraya gidemeyeceğim acısıyla kalbi sızladı. Niçin böyle budalaca hareket etmişti. Suad'dan başka ne istiyordu? Onun gibi bir kadının bütün namusu ve ruhu ele geçirildikten ve kendine bağlandıktan, onda o kadar bağlılık ve vefa eserleri gördükten sonra, başka daha ne istiyordu? Eğer bir çıkmaz içinde bulunursa niçin bunun suçunu ona yüklemeliydi? O da tam tersine kendisiyle beraber bu durumun imkânsızlığından acı duymuyor muydu?

Yeniden Suad'a incelemeksizin, düşünmeksizin düşkün, yine onun aşkıyla sersem, ne yapacağını bilemeyerek, gitmek isteyip gidemediğinden ıstıraplı düşünürken aklına dün onunla beraber gezilen yerlerden geçmek geldi ve bu onu sanki bir zehirle sarhoş etti. Dün yaşadığı mutluluklar da bir yara oluyordu. Orada köyün mezarlığına kadar gelmişti. Buranın ne kadar düzenli ve temiz olduğunu söyleyerek bir vakit oyalandıkları hatırına geldi. Ve orada bir ağaca dayanarak bakarken dün düşünmediği şeyi bugün düşündü. Bir gün kendinin de ölmek ihtimali... dünyada ne üç saniyelik bir misafir olduğunu, bu misafirliğin böyle derin ve acı şeylerle berbat edilmesinin ne kadar yazık ve sıkıntıya değmeye zorluklar olduğunu düşünerek acı acı: "Bu şimdi artık toprak, çamur olanlar ömürlerinde benim gibi böyle mutluluğa aday olup da onu birtakım kuruntular, şüphelerle reddettilerse ne kazandılar?" diye söylendi. Evet ne kazanmıştılar? İşte yapan da, yapmayan da aynı toprağı, aynı çamuru oluşturdukları sonra, bir sonuç için kesinlikle mutlulukları tepmek cinneti neye yaramıştı? Şimdi değil, öldükleri anda, hatta yaşarlarken ne kazanmışlardı?

Hayat böyle büyük fedakârlıklara, özverilere, ağır görevlere katlanmaya layık mıydı? Bu yalnız insanların, özellikle insanlığın kurtuluşu ve rahatlığı için konulmuş, mutlaka faciaya set ve bend çekmek için düzenlenmiş bir kanun değil miydi? İnsaniyetle insanlığın bu kavgasında yine kim yenilmiş, hâlâ kim yeniliyordu? Hem niçin hayatta binde bire nasip olmayan büyük mutlulukları böyle feda etmeli, sonu ölüm olduktan sonra niçin hayatı da böyle temelsiz kanunlar için zorla harcamalıydı? Hatta insanlık, hatta tabiat bunu yönlendirmiyor ve zorlamıyor muydu? Bu kadar kanunlar ve geleneklere rağmen yine onun üstün gelmesi için bu ihtiyaçların ne kurulmuş, ne kuvvetli, asıl tabii olduğu için ne müthiş ve üstün bir kanun olduğunu düşünerek dünkü korkularını boş değilse bile faydasız buluyordu. Aşktan başka her şeyin boş olduğunu düşünüp hayata sarılarak bundan verebildiği kadar, alınabildiği kadar zevk ve mutluluk almak hırs ve ateşiyle hayatının izin vereceği kadar yaşamak ihtiyacı ile coşku dolu yürüdü.

Gitmek, oraya gitmek, Suad'ı, Suad'ını görmek, ona düşkünlük arzusuyla sarhoş, koşturarak yürüyordu... Ve ilk rastladığı arabaya atlayıp eliyle ilersini gösterdi. İleriye, evet sanki geleceğine gidiyordu.

Suad'ı dadısıyla yalnız buldu ve onun gözlerinde kendinin böyle umulmadık ortaya çıkışıyla o kadar açık bir neşe ve hayat gördü ki, şiddetli bir mutluluk hücumuyla yüreği çarparak, ona ansızın, derin bir şükran ve düşkünlük duydu. Hemen ellerini kapıp öpmek, "Senin için, gerekirse ölmek için geldim Suad. Senden ayrı yaşayamayacağımı kesinlikle anladığım için ne olursa olsun senin olmak için geldim, nurum!" demek istedi. Fakat bunu söylemediği için duyguları coşarak, bu kendisini o kadar seven nefis yaratık hakkında o kadar kötü fikirlerinden, kararlarından şimdi şaşkın ve pişman olup utanarak, onun için ölse bile şükran borcunu ödeyemeyeceğini görüyordu.

Suad olay edercesine: "İstanbul'dan mı?" dedi. O başını sallayarak: "Gitmedim!" diye cevap verdi. "Gidemedim!" gibi baktı. "Ah bilsen!.." diye başlamak için dirençsiz bir hareket hissetti. Fakat yalnız ateşli gözleriyle baktı. Sonra Süreyya'yı sordu. O bugün son defa olarak sandalla çıkmıştı. Yarın artık sandal büsbütün gidecekti. Dadı bunu anlatırken: "İyi cesaret!" diyerek dışarıya bakıyordu. Ekim ayının orası burası tehditli bulutlarla yüklü seması altında deniz kurşuni, köpüklü, kızgındı. O saat yedide çıkmıştı. Şimdi geleceğini söylüyorlardı. O zaman oturdu, beklediler.

Konuşurlarken Suad'ın kendine nasıl hararetle ve merakla yöneldiğine ilk defa görür gibi dikkat ederek şaşırıyordu. Bu hemen gözyaşı olacak kadar merhamet ve teşekküre sürükleyen bir hayretti ki, memnun ettiği kadar acı veriyordu. Onun gözleri hep bir soru gibi boynu bükük ve hazır bakıyorlar, o sürekli dokunaklı ve nem doluymuş gibi bakışı yakıcı bir endişe ve merak bulutuyla örtülmüş geliyordu. "Nasılsın? Ne yaptın? Niçin dargındın? Niçin gelmedin? Nen var?" gibi binlerce sorunun birbiri ardına gelmesiyle bakarken bu güzel kadını bu kadar cezbetmek ve gönlünü çalmak mutluluğuna bütün zayıflığıyla teslim oluyordu. Aynı zamanda ona karşı bir yumuşaklık ve merhamet de duyduğu için ağlamak arzusuyla eziliyordu. Onun bu acılar, isteklerle perişan bakışları önünde ruhunun sevinç ve ağlamak ile ezildiğini duyuyor, içinden yüce arzularının feryat ettiğini görüyor, böyle baktıkça bu kadına, şartsız, dönüşsüz, insanlığın üstünde bir bağ ile esir olmaktan başka bir şey yapmak gücü olmadığını tekrar onaylıyordu.

Dün beraber gezdikleri yerden bugün yalnız geçtiğini anlattı. Suad tasalı, özlemle dinliyordu. Onunla beraber olup oralarda yalnızca gezmek mutluluğunu hayat feda edilecek kadar kıymetli görüyor gibiydi. Fakat Necib bundan sonra artık mevsim bittiği için otelin son konuklarının da İstanbul'a taşındıklarını, artık kendinin de ineceğini haber verince bu neşe hüzünlü bir keder karanlığı ile soldu karardı. Gözerinde nasıl bir buruşmuş rica titrediğini görüp onun zayıflık ve düşkünlüğüne, kadınlık acizliğine özellikle kendi kederlerini yok etmek için hayatını güzellikle verircesine çabukluğuna son derece acı bir merhamette üzülürken şimdi böyle kendi için acı çekmesine dayanamayarak hemen gözleriyle yatıştırdı ve güven verdi. Bu otel kapanıyorsa da giden asıl yaz misafirlerinin henüz hepsi inmediğini, havalar iyi gittiği için asıl kırdan şimdi faydalanmanın mümkün olduğunu anlatarak öbür otele taşınacağını haber verdi. Ve onu memnun ve rahatlamış görerek rahat etti.

Onu özellikle dünden beri kendine karşı daha çok ateşli buluyordu. Sanki büsbütün kendinin olmuş gibi, sade bir tavrıyla bütün hayatını bir teslim edişi vardı ki, Necib bunda tam bir aşağılık ve acizlik ruhunu onu bu hâle iten hâller ve elemleri görüyorum sanıyordu. Bunun ona bu kadar kuvvet ve şiddetle sahip olmak memnuniyetinde sarhoş eden bir acılık bulmaktan kendini kurtaramıyordu. Çünkü Suad'a acıyordu. Onun önceki genişlik ve ciddiyetini şimdi böyle hiçbir şey yapamaz hâlde ve endişe dolu, perişan görmek onu yakıyordu. Şimdiki, bütün ruhuna girmiş gibiydi. Onu bütün soyluluk ve yüksekliğiyle kendisine bağlı gördükçe an oluyordu ki, nefsinden tamamen sıyrılıp sanki bizzat Suad oluyor, ona kendi ruhu gibi bağlı ve haberdar kalıyordu. Onun ne hemen kırılıverecek, ne hemen buruşmuş bir çiçek olacak yokluğa meyilli bir şey olduğunu görüyor ve onun için acıyordu. Özellikle kendini sevdiği, bu kadar sevdiği için acıyordu. Bu kadının hayatının mutluluğunu kendi gibi güçsüz ve aşağılık birini sevmesine yanıyordu. Kendisine bile zarardan başka şeyi dokunmayan bencil, kararsız, hasta bir adama onun bu kadar şiddetle bağlanmasına pek üzülüyor, onu mutlu edebilecek bir adam olmasını diliyordu. Ah onu mutlu etmeyi ne kadar istiyordu! Hâlbuki kötü talihli etmek ve ağlatmaktan, ona işkence ve yıkım vermekten başka ne yapabilecekti? Hatta şimdi bile ona acı çektirmiyor muydu?

Daha dün zevk alarak onu üzmemiş miydi? Hiçbir rolü olmadığı şeylerin bile intikamını ondan almak, kendi öfkesinin cezasını ona çektirmek için kalpsizce ona işkence ederek bundan haz almamış mıydı? Ama ondan daha ne istiyordu? Onun gibi bir kadın bu kadar şiddet ve kuvvetle ruhunu verdikten sonra başka ne yapabilirdi? Kendi gözünde bile asıl büyüklüğünü oluşturan yeteneklerini feda etmeden başka ne yapabilirdi? Ve onları bile aşkına feda etse belki en önce kendi aşağılamayacak mıydı? O zaman daha ilk busenin ardından düşecekleri çıkmaz pişmanlığı, düştükleri zillet ve uğursuzluk içinde birbirine bakamayarak nasıl aşklarının bir ölü donukluğuyla kalacaklarını, birbirini nasıl kayıp, hatta birbirlerine küçük göreceklerini görür gibi oluyordu, bütün o işkence ve pişmanlıkla şimdiden eziliyor, Suad'ı şimdiden gözünden düşmüş buluyordu. Evet, asıl o anlamak, o affetmek gerekirken asıl o suçlayacaktı. Asıl o hakaret edecekti. Ve Suad şüphesiz bundan ölecekti... Hatta şimdiden suçlamıyor muydu? Dünden beri o kendisini kim bilir nasıl ateşli ölümler, kederler içinde düşüp ne fedakârlıklar içinde çırpınırken kendisi gönül rahatlığı ve ihanetle ne kararlar vermemiş, nelere hazırlanmamış, neler düzenlemişti? Onu mutlu etmek bir tarafa, hatta kötü talihli olmaktan da kötü bir girdaba sürükleyecekti. Onun huzur ve rahatını şimdi böyle aldıktan sonra, hayat ve namusunu da verse yine inanmayacak kendisi bütün büyüklüğünü koruduğuna emin olduğu hâlde kadını eski yüceliğinde, göremeyecekti. İşte asıl nokta, kesinlikle görüyordu ki, hiçbir şey kendisine Suad'ı o zaman önceki gibi düşündürmeyecekti. Ne kendisi için namusunu feda edişi, ne aşkının şiddet ve etkisi, hiçbir şey... Namus bağı kendini böyle bir hareketten alıkoyamadığı zaman kendini affederken onun da yine aynı şartlarla namusu aşkına feda edişini affedemeyecek, kendi cinayetinin de cezasını ona yükleyecekti. Niçin? Onun ne suçu vardı? Bütün bu felâket kendini çok sevdiği, her şeyi aşkına feda ettiği için miydi? "Ah kadınlar kadın, siz sade aşkınıza, sade fedakârlık yüceliğinize âşık ve yenilip sıtmalı ve mutlu yanarken erkeklerin kalbinde ne çirkin, ne hain, ne yabancı duygular olduğunuzu bilseniz..." diyordu. Ve Suad da sanki bunu anlamış, nasıl bir yıkım geleceğini ve alçaklığa sürüklendiğini biliyormuş da imdat istiyormuş gibi bir perişanlık, her şeyi bilmekle berber kendini feda mecburiyetinden doğuyormuş gibi gizli fakat derin bir şikâyet bakışı vardı ki, onu harap ediyordu.

Necib bu fikirlerine, duygularına o kadar gömülmüş, o kadar kendini bırakmıştı ki, hiçbir şey, ne Süreyya'nın dönüşü, ne konuşulan sözler fikirlerinin birbiri peşi sıra akmasını bozamıyor, belki fazlalaştırmaya hizmet ediyordu. Sanki Suad'ın bütün varlığını bir gözyaşı örtüsü, bir ümitsizlik karanlığı kaplamıştı. En küçük sözüyle, en manasız bakışıyla bile kendinin, sırf kendinin olduğunu nasıl anlattığı, âdeta kendini vermekle mest olduğu hâlde nasıl yalnız kalmak ihtimalinde gözlerine siyah bir endişe renginin çöktüğünü fark ederek onda facianın asıl yakıcı sahnesinin sürdüğünü, aşklarının artık kesinlikle karar vermek gereken hummalı devresine geldiğini ve ne yapacağını bilmemekle beraber böyle de sürmesinin mümkün olmadığını görerek sonunda kendini feda mecburiyetiyle mücadele edilen son işkence anı ve elem içinde çırpındığını anlıyordu. O kadar anlıyordu ki, bu facianın bütün yakıcılığıyla yüreği sızlıyor "ah çaresiz Suad, çaresiz, çaresiz Suad'cık!" diye söyleniyordu.

Ve bu kadını o mahvedecekti. Kendine o kadar bağlanmış, o kadar fedakârca ruhunu teslim ettiğine inandığı, ruhunun masumluğuna hayran olduğu bu muhterem kadını o kirlenmiş ve kötü ad kazandıracak, yok edecekti, değil mi? Ama niçin? Sonra yıkım ve pişmanlığa, hor ve aşağılayan bakışla bakmaya ve alçaklığa, düşmek için, bütün başını bir yüce güzellik ve eşsiz kılan şiiriyyeti ve seçkinliğini bitirip sevdiğini aşağılamak için feda edecekti, öyle mi?

O zaman birden tutkun olduğu bir fikir geldi, birçoklarını vücutları için sevdikten ve bunun için istisnasız hepsinden başka bir yara aldıktan sonra şimdi birini de, şüphesiz en layık olanını da sade ruh ve şiiri için sevmek, bir zaman o kadar hayran olduğu günahsızlığına hürmet etmek arzusu doğdu. Ve birden kendinin buna güç yetireceğini görerek şaşırdı. Onun ruhuna bu kadar rakipsiz ve bağlanmış olarak sahip olduktan sonra ötesi miskin, özellikle hain ve çirkin geliyordu. Bu kendine sevdiği kadın kadar yüksek, ona layık bir seçkin aşk, bir eşsiz saygı, onun ruh ve güzelliğine layık bir ödül gibi görünüyordu. Bu birçok duygulardan meydana gelen bir istekti ki hepsine birden boyun eğme arzusuyla kuvvet kazanıyordu. Sade aşk ve merhametten ibaret değildi. Teşekkür, tutkunluk, şiir, saygı, korku, pişmanlık, gurur, her şey ve en sonra namus... Evet, namus, ana-babasından büyüklerinden duyduğu, kitapları da okuduğu namus. Bütün insani kanunların şart ve gayesi olarak tanıtılmış olan namus en sonra gelebiliyor, "Namus... Herkesin söylediği, fakat kimsenin rastlamadığı bir çeşit kuş olmalı..." diye omuz silkiyordu.

Bu fikrine ilk anda bu kadar tutkun olunca bunu süslemeye başladı: Bunun bir çeşit evlilik, ruhların evliliği gibi görüyordu. Süreyya'dan daha çok ona işleyecek, bu evlilik onlarınkinden daha sağlam, daha yüksek, daha şairane olacaktı. Bu dünyada hiçbir pisliğin gelip düşüremeyeceği bir bağlılık olacaktı. Utandırıp yüz yüze baktırmayan o korkularla, gizli, haince buselerle yaralanacağına aşkları herkesin içinde, saf ve melekane sürecek, işitilmekten, anlaşılmaktan korkmadan, mutlu ve seçkin devam edecekti. Böyle birbirine daha yaklaşacaklar, sanki birbirinin içine girecekler, birbirinin samimi ruhunda yaşayacaklardı. Ve bunu düşününce kendinden geçerek bu bir ihtiyaç hâlini alıyordu. Ona: "Rahat ol. Gözlerindeki endişe ve karanlık yok olsun!" deyip bunun meydana getireceği şükranı görmek istiyordu ve gerçekten, sonunda ona bunu itiraf edip: "Evet, benim kardeşim olunuz" dediği zaman gözlerinde o kadar müteşekkirane bir arzu ve yaralarını sarmak için bir istek ve hevesle atılma gördü ki, bu da yetmiyormuş, ruhları yine yeterli derecede yakınlaşmamış gibi ağlamaklı bir sesle: "Kardeşim, yahut benim ninem olunuz..." diye inledi.

*

O zaman hatta son haftanın mutluluğunu bile önemsiz gösterecek kadar büyüleyici bir hayat devresi başladı.

Bu büyük aşk Necib'e sürekli artan ve genişleyen, ferahlamaya yönelten bir hayat veriyordu. En son heyecan derecesine ulaştım zannettikten sonra şimdi öyleleri oluyordu ki, hep öncekilere üstün geliyor, hiçbir zaman bu kadar müddet ve bu kadar şiddetle mutlu olduğunu itirafa mecbur oluyordu. Şimdiye kadar hiçbir zaman bu kadar bağlılığı olmamıştı ki bu kadar devam edip de kinle, ilgisizlikle, yahut iğrençlikle yaralanmış olsun. Suad'ın aşkı onu her zaman yeni bir hayata, hayran olduğu, bilinmeyenin verdiği heyecanın tutkunluğu, temiz ve saf olduğu için, şüphe edemediği için başkalarına benzemeyen bir bağlılığa yöneltiyordu.

Böylece ekim kendisi için hayatında bilmediği, tanımadığı bir mutluluk devresi oldu. Bu ay sabahları sisler, sisleri yırtan canavar inilileriyle vapurlar, baharı andırır gibi iken birden bütün mevsimlerin renkleriyle can çekişip sonunda siyah bir kış akşamıyla bunalan günler ile kendisi için ömür boyu hatırasında işlenmiş olarak kalacak bir sonbahar ayı oldu.

Önceden şiirini artırmakla beraber şüphe ve ümitsizliğe de sürükleyen son günlerin kapalı hiçleri bugün artık güven ve gerçek bir kavuşma sözü ve sevinci veriyordu. "Benim, benim için!" derken gelip sevinçlerini ezen "Ne belli?" şüphesi, en sevinçli zamanında onu öldüren: "Ne olacak?" endişesi artık silinmiş, hepsinin yerine birbirini son dereceye kadar seven, bunu anlatan ve sağlamlaştıran iki kalbin saygısı ve ilişkisiyle bunun eserleri olan bağlanmalar, bakışlar, tebessümler yerleşmişti. Artık birbirinden gizli, ayrı hiçbir şeyleri olmuyordu. O kadar ki Süreyya ile Suad'ın böyle olmadığını gören Necib'e çılgınca bir mutluluk veriyordu. Hatta öyle şeyler vardı ki sadece ikisinin arasındaydı, Süreyya'nın hiç bir şeyden haberi yoktu, bu onlara sanki aşklarının kuvvet ve şiddetini gösteriyor, hatta artırıyor ve onları adeta sarhoşluk havasına sokuyordu. En ufak şeylerden bile mutluluklar yakalayarak yaşarken bir gün bu mutlu hayatlarının biteceği düşüncesi onları hüzünlendiriyordu, bu hüznün ikisini de fazlasıyla hırpaladığı oluyordu. Fakat Suad'ın gözlerinde o kadar sonsuz bir gökyüzü maviliği vardı ki ona baktıkça: "Ama sen biliyor musun, sana fedayım, sana fedayım..." diye haykırmak isteğiyle boğuluyordu.

Tesadüflerde, vedalarda öyle bakışları oluyordu ki, şükran ve tutkunlukla titriyorlardı. Ancak kendileri, birbirlerini mutlu edeceğini, ettiğini bilmekten doğan bir ihtiyaçla, beraberken ve ayrı bulunurken hep birbirini düşünüp mutlu olduklarını anlatan bir güvenle, vedaları bile bir mutluluk oluyordu. Onlar birbirlerinden ayrı bulunmakla ayrılmış olmuyorlardı. Başka bir yerde olmanın bir hüzün damlası ve hasretle sarhoş ettiği ateşli bir aşkla daha bağlanıyorlar, senden başka emeli, senden başka düşüncesi, senden başka beklediği olmayan bir varlık gidip mutlu ederek mutlu olmak heyecanıyla geçen bu saniyelerde oraya koşmak, tekrar o bakışlarda sarhoş olmak tehlikeli arzusuyla yaşıyorlardı. O zaman ayrılmak, tekrar görüşmek heyecanlı bir titreyişle birleşmek hâlini alıyordu.

Başkalarının yanında birbirini daha çok seviyorlar ve bu aşklarını daha da yüceltiyordu. Çünkü yalnız kaldıkça hâlâ o masum heyecan onları perişan eder bırakırdı. Hâlbuki alıştılar, birbirine ilk anlarını itiraf ettikleri, küçük küçük bir şeyler paylaştıkları anlar oldu. Necib ona nasıl kalbini bağladığını, niçin sevdiğini anlatırken, yavaş, ancak işitilecek kadar tek tük sözlerle hikâye ederken o dikişinin üstünde dinlemiyor gibi meşgul, dalar kalırdı. Bu bir dereceye geldi ki, hayatlarının bu iki devresini birbirine karıştırmaktan korkmaya başladılar. Onların yanında kendilerini unutup bir tedbirsizlik etmekten korkarak titriyorlardı. Meselâ önceden sofrada "Niçin almadınız, Necib Bey?" derken şimdi buna sade rica ve ısrar eder bir bakış gayriihtiyarî bir manaya geliyordu ki, bir gece Süreyya'nın da bakışı araya girdiği için ikisi de birden sararıp donmuşlardı. Öyle zamanlarda Necib heyecanını gizlemek, doğal görünmek için gereksiz sözler bulmakla uğraşarak, kendinden ve onlardan memnun olmayarak, kötü bir an geçirdi.

Duygularına esir olup giderken bu arada bir ikaz darbesi oluyordu. İkisi de hissediyordu ki, bu yapılan şeye ne denirse densin, nasıl söylenirse söylensin iyi bir şey değildir. İşte kendilerini engellemekle bunun çirkinliğinden ruhlarını kurtaramıyorlardı. Süreyya'nın bu bakışları altında soğukkanlılığını, sevgisini koruyamıyor, onların ne lekeli, ne yaralı olduğunu saklayamıyordu. Evet, bu kadar iyi niyetle, o kadar yüksek bir istekle beraber bu yine ara sıra iyi bir şey görünemiyor, kalbine bir ezginlik bir korku getiriyordu.

Ve bu yakıcı tesirle oradan çıkıp yalnız kalınca bunları daha bir ciddiyetle ve acıyla düşünmeye kendini vererek karanlık ve kalabalık içinde duyguları düşüncelerine karışıyor, garip ve vahşi felsefeler yaptığı oluyordu. Tabiatta her şeyin insanları aşk ve kavuşmaya yönelttiği ve davet ettiği, engellerin sade düzenlenmiş ve temelsiz önlemlerden, hatta faydasız uğraşlardan ibaret olduğu fikrinde şu anda sabit olduğu için kendinin yine ıstıraplı ve güçsüz oluşunu anlamıyor, zaaf ve çaresizliğine kızıyordu. Kendini muhtemel ve söz verilen bir mutluluk için her kayıttan serbest tutmaya aşkından başka her şeyin boş olduğuna karar verip, başka hiçbir şeye önem vermemeye kesin karar vermiş olduğu hâlde engellemek elinden gelmiyordu. Bazı duygularına boyun eğerek bu kadarını da feda ediyor, maneviyatta her şeyi feda ederek yetiniyor ve yine bundan bile acı duyuyor ve yine eziyet çekiyordu: Süreyya'nın karşısında içinden: "Hayır bana bakma Süreyya bana böyle sevgi ve yumuşaklıkla bakma... Ah bilsen..." demek istiyor, özellikle Suad'a böyle büsbütün sahip olduktan sonra elinden ne kıymetli bir malını gasp ettiğini görerek onun karşısında olmaktan büsbütün usanmış oluyordu. Düşündüğünde temelsiz bulduğu şeylere böyle elinde olmadan böyle esir ve tabi oldukça: "Acaba düşündüklerimde mi yanılıyorum?" dediği oluyordu. Fakat hayır bu akıl ve mantığın, fen ve hikmetin son netice çıkarmalarından ve delilleri üzerine kurulmuş bir karşılaştırmalı bir düşünüştü. O zaman bir mana veremeyerek, bir sebep gösteremeyerek bir şeyin doğru olmakla güzel ve iyi olamayacağını anlar gibi oluyordu. Duygu akıldan daha etkiliydi ve onu üzüyordu. Akıldan çok duyguya uyduğumuz için "Bağlılık ve toplumsal düzenlemeler" dediğimiz şeylerin özüne, gereklilik sebebine ve varlığına dokunmuş olduğunu anlayarak "Evet, işte namus, mutlak namus bu..." Ben kelimeyi kabul etmiyorum. Fakat "şeyi" yapıyorum. İşte zorunlu olarak yapıyorum. Onun altında eziliyorum. Bak bu kadar boyun eğerken bile hâlâ acı çekiyorum. Ne kadar inkâr edilirse edilsin bu şeyler kötü, çirkin. esasen çirkin ve ruhum, kalbim bu çirkinliğe, bu kötülüğe dayanmıyor. Demek namus bu, demek namus var..." diye boynunu büküyordu.

Birçokları esas ve renklerinin bilmeden, sade bu namus kelimesine boyun eğerek hareket ederlerken kendisi olayların yönlendirmesiyle bu kelimenin işaret ettiği şeyin varlık sebebini hissedip ona esir oluyor, bunun için onlardan daha çok düşkün ve baş aşağı kalıyordu.

Gerçekten bu fikirlerden sonra Suad'a kavuşunca onun endişeli bir merhamet ve bağlılığı karşısında yalnızlığın, gecelerin kâbus ve karanlığıyla her şeyi simsiyah gördüğüne güler, gerçeğin bereket versin ki kuruntularındaki kadar acı olmadığını görüp mutluluğunu henüz çekilecek kadar saf ve yüksek bulur, düşüncelerini unuttuğu olurdu. Fakat yavaş yavaş bu bir ruh hâli oluyordu. Hele onu en çok konumlarının açıklanamaz ve isimlendirilemez oluşu oyalıyordu. Durumunu pek kapalı, pek yapmacıklı, pek yalan buluyordu. O geceleri hiç olmazsa iyi niyetimiz var diye kendilerini savunabilirken bunun miskin, ikiyüzlü olduğunu artık red ve inkâr edemiyordu. Böyle kimi aldatıyorlardı? Sanki nasıl süslenirse süslensin bu yapılan şeyin yine hain bir şekilde gizlenmek istenildiğini, yine hain bir şekilde titremeklere, sonra birbirinden utanıp ezilmeklere, kararmaklara, sararmaklara, kalp çarpıntılarına sebep olduğunu görerek bunda cinayetten başka bir de çaresizlik; hem de pek gereksiz, pek çirkin bir miskinlik buluyordu. Bu eğlenceli tiyatro oyunuyla kendilerinden başka kimseyi kandıramıyorlardı. Çünkü başkalarının öncesinden de haberi olmayacaktı. Hâlbuki kendileri birbirlerinin dudaklarında ölmek için can veriyorlardı. Bunu o hemen yerlere düşüp serilen bakışları bile saklayıp gizleyemiyordu. Bir gün Suad başını kaldırıp kulağının yanına kadar bilmeyerek sokulmuş Necib'in titreyen dudaklarına, bulanık gözlerine karşı sapsarı olmuştu. O hâlde, hatta: "Evet seviyoruz ve ister istemez aşkımıza esir oluyoruz." diyebilmek samimiyetine artık kendileri için kalan bu biricik sığınma çaresine sarılmak bile yoktu.

Sonra acaba Suad da acı çekiyor mu diye merak ederek onda bir belirti göremeyince kendini üzmemek için kederini gizlemediğine karar vermekle beraber, ara sıra onu suçlamaya kadar varıyordu. Fakat bir gün bunda da yanıldığını anladı. Sözlerini yönlendirmesiyle aşkından bahsederek hüzünlü bir şekilde özlemlerini, yoksunluklarını anlatıyordu. Bunun arasında yalnız bir Süreyya isminin geçmesi ikisini de titretti. Şimdi o şiirin yerini bir pişmanlık almıştı. Suad'ın gözlerini kaldırıp bakamayarak ağır bir suskunluktan sonra acı acı: "Ah biz kötü bir şey yapıyoruz, kötü, kötü..." dediğini işitti.

Demek o da acı çekiyordu? Demek kötü bir şey yaptıklarını ikisi de anlıyorlardı? Evet, kötüydü yaptıkları. Bunu ikisi anlıyorlar ve ikisi de birbirini bir parça aşağılıyorlardı. Oh, hem de pek ağır bir duyguyla, içi sıkan bir duyguydu bu, hatta sonra geri çekilip birbirine dönmek üzere, fakat ikisi de hayatı duygusal yaşayan ince huylulardan oldukları için aralarında böyle dehşetli uçurumlar açıldığını hissettikleri, kendilerinden ve birbirlerinden iğrenir gibi oldukları bu saniyelerde son derece acı çekiyorlardı.

Suad onu Süreyya ile yine önceki gibi temizlik ve içtenlikle görüşüyor gördükçe içi sıkılarak, onu kötü bulmaktan korkarak "Hâlâ nasıl görüşebiliyor? Bari görüşemese de kaçsa..." diye düşünüyor, artık gitmesini, hemen gitmesini istediği oluyordu. Ondan böyle memnuniyetsiz kendilerini suçlayarak zorlandıkça kendilerinden iğreniyor, eziliyorlardı. O zaman Süreyya'nın göğsüne düşüp hıçkırarak: "Bana bak, dinle Allah aşına... O gelmesin, artık gelmesin, istemiyorum, gelmesin!" diyeceği geliyordu. Ah, Necib anlasa da gelmeseydi. Bunun böyle devamının kendini öldürdüğünü görse de acısa, merhameten gelmeseydi.

Fakat Necib anlamıyor, geliyordu. Ve o geldikçe, Suad gerçekten ve ilk defa seven bütün kadınlar gibi, her gün ona daha çok kalben bağlandığını görüyor, onu sevdiği için talihine teşekkür ihtiyaçları hissediyordu. Öteki, Suad'ın bu tutkunluk anlarındaki derin ve hüzünlü bakışları önünde bütün endişeleri silinip yok olurken, onun da hüzünlü ve sıkıntı dolu kaldığı zamanlarda, onun gözünde bir aşağılama çizgisi korkusuyla titreyerek: "Kim bilir o da benden iğreniyor, beni ne kadar sefil buluyor!" diye harap oluyordu. Ama hakkı var mıydı? Gerçekten bu durum kötüyse yalnız kendi mi sorumluydu? O kadar zaman Süreyya'ya olan sevgisini gördüğünde: "Demek sevmiyormuş. Sevse beni sevmezdi, sevemezdi..." diyerek nasıl gizlediğine, onu nasıl o kadar sever gibi göründüğüne şaşıyor, "En iyisi de en kötüsü kadar hıyanete yatkın... Ömür boyu dalila!" diye söyleniyordu. O hâlde nasıl inanmalıydı? Ona bile inanmayınca neye tutunacaktı? "Hıyanetle yaşıyorlar..." diye başını eğip tereddütlü kalıyordu.

Necib'i asıl kahreden ve önce sıradan bir endişeyken gittikçe kalıcı bir işkence olan bir şey vardı ki, o da bu fikirlerin yavaş yavaş bütün aşkını, hayatını zehirleyebilmesi korkusuydu. Ah aşk bile, bu kadar saf ve beyaz aşk bile kendi kendisini yok ederse, hayatta ne yapmalı, yaşamak için başka neye tutunmalıydı? İnsana o heyecanları, o yükselen ateşi, o şiiriyetleri verebilen aşka bile böyle kendi yok olmasını kendi getirirse niçin yaşamalıydı?

O zaman: "Mümkün değil de onun için!" diye düşündü. Aşkla namusun aynı yerde olmasının mümkün olmadığını, asıl suçun bu toplumsal kurallara esir olup titiz davranarak hayatını zehirlemekte olduğunu tekrar etmek istedi. Fakat işte bunu yapamıyordu. Buna dudaklarının değdiği gün gözümde hiç bir şeyin önem ve değeri kalmayacak kadar düşeceğini gördüğü için yapmıyordu. Böyle, isteyerek, kararları ona sahip olmak değil, o kadar müddet yanında sessizce, ciddiyetle oturduğu bu kadını dokunmak bile onun asla yapamayacağı bir ihanet geliyordu. "Asıl kötülük bunda ruh hem istiyor, hem katlanmıyor." diye karar verdi. İnsanlarda hayat ve mutluluk için gerekli olan şeyden bıkan, yahut iğrenen bir hâl vardı ki, işte hayatındaki çaresizlik buydu. "Hem ancak onunla yaşayacak, hem yaşayamıyor. İşte ceza burada... Sanki gıdasıyla zehirleniyor!" diye ümitsizliğe düşüyordu.

Fakat sonra, Suad'ın derin bir arzulu bakışıyla maddiyatlardan temizlenince ondan başka her şeyi unutuyor, o zaman sıtmalı geçen saatlerin intikamını almak istiyor gibi Suad'ı seviyor, sevmek istiyor bütün bulutların sıyrılıp gittiğini görerek rahat ediyordu.

Bir gün Süreyya İstanbul'a inmişti. Dönüşte onları yalnız bulunca Necib, belki ki acılarının tesiriyle, zannetti ki Süreyya gücenmiş oldu. Zaten onun kendisiyle hoş vakitler geçirdiği zaman bile şüpheleneceğini farz ederek pek çok incindiğinden şimdi böyle bir iz de görünce kendinde şiddetli bir alçalma hissetti. Ondan korkmak, onun gözünde hak veren bir iğrençlik görmek kendisine o kadar güç, o kadar katlanılması güç geldi ki, yakışıksız olmayacağını bilse hemen kalkıp kaçacaktı. Fakat mecburen kaldı. Ve gecesi yakıcı ve ateşli bir gece oldu.

Yemekte Süreyya bağdakilerin konağa indiğini anlatıyordu. Necib bundan faydalanmaksızın hemen şimdi aklına geldiği hâlde önceden kararlaştırılmış gibi kendinin de artık yarın İstanbul'a ineceğini haber verdi ve Süreyya'nın: "Öyle ya artık iyice kış geldi... Bakalım, belki haftaya biz de ineriz artık." demesi onu rahatlattı. Çünkü İstanbul'a inmeyi hiç istemediğini onun birkaç defa söylediği sözlerden bildiği için bu söz üzerine ona baktı. Suad oraya giderlerse Hacer'in yanında her şeyin biteceğini düşünerek Süreyya'nın kışı köyde geçirmek arzusuna seviniyor ve şayet inmek isterse kendisini ikna edip burada kalmayı düşünüyordu. Onun için önce Necib İstanbul'a ineceğini söyleyince önceden kendine haber vermediğine bozularak belirsiz bir bakışla ona bakarken Süreyya'nın da o sözlerini işitince iki darbe altında sersemleşti ancak bir süre sonra sorabildi: "O niçin? Hani kışın kalıyorduk?"

Süreyya çatalındaki et parçasına bıçağının ucuyla hardal sürmekle meşgul, omuzlarını bir gülümsemeyle sallayarak: "Kalıyorduk, kalıyorduk ama... Şimdi kalmayacağız..." dedi. Ve sonra, sebep göstermek için artık burada sıkıldığından, havaların kötülüğünden uzun uzun şikâyet etti.

O özrünü açıklarken karşısında, ne yapsa Süreyya'yı ikna edemeyeceğini ilk defa hissederek, birden gelen bir kızgınlıkla gözleri kararan Suad: "Ama siz kendiniz asıl onun için istemiyor musunuz?" dedi.

Süreyya sonunda kuvvetli bir sebep gösteremeyince işlerinden bahsetti. Artık bu kadar zaman işi terk etmenin kötü olduğundan, bu kadar yalandan hasta olmanın yanlış bir etki bırakacağından bahsediyor fakat kendisinin de anladığı anlamsız yalanların ancak bir masal etkisi bıraktığını da görüyordu. Suad bu yalanlardan, bu masallardan, bu nazdan birden son derece öfkelendi. Suad Süreyya'yı fikrinden caydıramayacağını, onu vazgeçiremeyeceğini bildiği için ümitsiz ve şikâyet eder bir yüzle: "Hiç de değil, gitmek istiyorsunuz, ondan... Bunlar hep kuru bahaneler!" diye karşılık verdi.

O zaman Süreyya gizlemeyi pek başaramadığı bir öfke hâliyle Suad'a dönüp:

"Evet, gitmek istiyorum, işte bunun için gideceğiz..." dedi ve "Daha bir diyeceğiniz var mı?" gibilerinden baktı. Bu "Susunuz!" demekti. Suad'ın şu hakaret altında nasıl sararıp ezildiğini, nasıl gözlerinin dolduğunu gören Necib için bu Suad'da derin bir şefkat ama aynı zamanda Süreyya'ya da derin bir öfke hissettiği karışık ve yakıcı bir duygu oldu. Öncelikle konumunu son derecede korumasız buluyor, Süreyya'nın kendisini kıskandığını zannettiğinden bu hâlin sebebi kendini sayıyordu. Sonra Suad'ı o kadar gözünde büyütmüştü ki zannediyordu ki o ne isterse yapabilir, ona nasıl reddedilebilirdi, bunu düşünmek bile ona şaşkınlık veriyordu. Onu böyle aşağılanmış, zayıf görmeye dayanamıyordu. Ve kocasına daha çok hak verdiği için Suad'ın böyle ihanet üzerinde tutulup kendine bile hakaret edilmiş görünmesine memnun olmuyor, böyle zayıf görünce hain görür gibi olarak temizliğine emin, niyetine güvenebilseydi bu kadar sakinlik ve âcizliğe düşmeyeceğini düşünerek, onu o kadar büyük gördükten sonra böyle küçük bulmak ona pek acı geliyordu. Fakat onun kendi mutluluğu için, kendisi için uğraştığını ve şimdi gözlerine toplanıp serpilemeyen zavallı yaşların kendisi için döküldüğünü, bu hakarete kendisi için katlanıldığını görerek:

"Zavallı Suad, bak seni ne çıkmazlara soktum!" diye yanıyordu.

Sonra bir aralık, Süreyya'ya kızdı. Bütün bu acıların onun yüzünden çekildiğini, o olmasa işkencelerine sebep olan şeylerin bile kendilerini mutlu edebileceğini görerek: "Mademki o beni istiyor, ben de onu... Niçin?" demek istedi. Hâlbuki asıl bu işte felâkete sebep olan biri varsa kendisi değil miydi? Onlar mutlu, yahut rahat otururlarken kendi gelip huzurlu ailelerini bozmamış mıydı?

Yemekten sonra, bu acılı düşüncelerle yorulan zihnini onların sessiz sıkıntısını ancak oyalayarak saatten faydalanarak kendini bekleyen arabaya atlayınca bir an kurtuldum zannetti. Fakat asıl işkence bundan sonra başlıyordu, acaba ne olacaktı, sonu kötü mü bitecekti, hep merak içinde sıkıntılı vakitler geçirdi.

O böyle her şeyden korkarak ve inleyerek giderken, Suad tam tersine uğraşmaya hazır, son derece bir şiddetle mutluluğunu savunmaya hazırdı. Bunun için Süreyya'ya tekrar ricaya başladı. Onu kararlı görünce biraz öfkelendi. "Ben gitmem" demek, buna bahaneler bulmak için yoruldu. Bu evlilik hayatlarının ilk kavgasıydı. Süreyya bu inada, bu öfkeye önce şaşırdı, sonra kızdı. Soğuktu ve kesin kararlıydı. Başarma ümidi yok olan Suad gittikçe acı, sonuç alınamayan bir ümitsizlikle kalacağını anlayarak kanlı bir kızgınlık içinde boğuluyordu. İlk defa olarak kendini savunmak için her şeye hazır, birbirlerini kırmaya kararlı, yabancı, düşman gibi bakıştılar. Ve bu kavgadan yalnız Suad yaralı çıktı. Onu en çok harap eden ve yaralayan şey Süreyya'nın aslında istese kalabileceği meselesiydi. Ve sade istemediği için kendini bu kadar kırdığını görünce kalbinde bir intikam ihtiyacı ortaya çıkacak kadar hırslanıyordu. Aklına Süreyya'nın babasından şikâyet ve nefretinin sebebi de bu zorlama olduğu gelerek: "Bunun için şikâyet ediyordu. İşte şimdi kendisi aynı şeyi bana yapıyor!" diye ona: "Ama demek ki sen de fenasın. Sen ona kötü demiyor muydun? Öyleyse kendin bunu fark etmeyerek suç olarak gördüğü şeyi kendisinde hak olarak görüyordu. Ama niçin bunu onun yüzüne haykırmıyorlardı? İşte kendisi bunu haykıramayacak mıydı?

Ve onun haksızlığı altında kalıp haykıramadıkça öfkesinin çoğaldığını duyuyordu. Ömründe ilk defa evliliğin anlamı önünde aciz ve sessiz kalıp sonunda anlamaya mecbur oluyordu. Koca denilen birinin haklı haksız keyfine esir olmaktan başka bir şey olmayan, mutlu denilenleri ise onun her türlü heveslerine şartsız tabi ve esir olmaktan ibaret olan bu evlilik ona iğrenç geliyordu. Artık Süreyya ona bir düşman görünüyor, şimdiye kadar da böyle miydi diye şaşırıyordu. O zamana kadar hiç bunu anlayacak bir fırsat çıkmamıştı. Çünkü hep boyun eğmişti. Hep arzularını daha ortaya çıkmadan, keşfetmeye ve onları gerçekleştirmeye çalışmıştı. Demek kocasının kendine, sevgisine alışık gelmesi bundandı? Gerçekte işte bu gece göründüğü gibi kendini düşünen ve soğuk bir adamdı. Demek o kadar zaman onu tanımadan, hem boş yere emin ve mutlu olarak yaşamış, görünür şeylere mutluluk adını verip hayatından memnun olduğunu ve dahası mutlu olduğunu sanmıştı. İşte onda hiç beklemediği huylar, kötülükler vardı. Demek bunları yeri gelmediği için görmemişti. O zaman başını ellerinin içine alıp: "Ben onu bilmiyormuşum. Büsbütün başka bir adammış!" diye sızladı. Korkuyordu, onunla geçen hayatı, kendindeki güven için korkuyordu. "Nasıl yaşamışım ya Rabbi" diye titriyordu.

"Acaba hayatımı idareye yeterli miydi?" diye düşünerek başka birisi olsa daha mı mutlu olacağını etraflıca düşünüyordu. Sevmiş miydi, kendini sevmiş miydi? İşte bugüne kadar buna eminken şimdi şüphe ediyor, "Hayır" diyordu. Bir kadının ömründe seçkin ve sevimli bulduğu bir adam tarafından sevilmek isteyeceği kadar, her şeyini feda edecek kadar sevmemişti. Bunu görüyordu. Her şeyi feda etmek değil, bir arzusuna bile kıyamıyordu. Bu ya çokça devam eden bir heves, yahut bir âdetti. Ve kendisi bunu ciddi bir karı-koca sevgisi sanmıştı. Demek o sade bir oyuncak, hem de onun bile gülünç bulduğu bir oyuncak olmuştu. Yalnız kendisi için, kadınlığı, güzelliği, kalbindeki sevgisi için? Hayır, bin kere hayır, onu bir dakika seven adam bu geceki hakareti yapar mıydı? Sevseydi, Necib'in bakışları gibi bakışları, onun ruhi hücumları gibi âşık ve aşkından aklını kaybetmiş bakışları olurdu.

Böylece, ömrünün en güzel ve en mutluluk ve sevgiye layık zamanının aldanarak geçip ziyan olduğunu görmek, hiç olmazsa: "Biraz mutlu oldum." diyememek hüsranı onu yıkıyordu. Kendisi yumuşak huylu, cana yakın, boyun eğen biri olmasaydı bu kadar bile rahat edilemeyeceğini, ne olmuşsa, kendi budalalığından; boyun eğişinden olduğunu görmek onu acı bir intikam hırsıyla, derin bir ağlama ihtiyacı ile sarsıyordu. Bununla beraber, şimdi zorunlu olarak İstanbul'a gidince, her şeyin de biteceğine dair acı bir şüphe vardı ki, ne yapsa bunu geçiremiyordu. O kadar ki, üç gün sonra taşınırken üzüntüsünden gözyaşlarını tutamayarak evden çıkarken hayatının bütün mutluluğu burada geçmiş, burada bitmiş gibi bir tırmalama ile kalbi yırtılıyordu.

*

Vapur, birçok defa o kadar ümit ve emelle işittiği düdüğünü bu sefer acılığıyla yüreğini oynatarak keskin keskin öttürüp iskeleden kalktığı zaman: "Her şey bitti!" ümitsizliği yerini gittikçe öfke ve şiddete saldıran hırs ve hiddete, bir şey yapmak mümkün olmadığı için âdeta bunalım derecelerine gelen bir kızgınlığa dönüşüyordu. Herkesin kendi aşağılık ve mahrum mutluluğunu bile çok görüp elinden nesi varsa almaya harcamışlar gibi acı duyarak, vapur uzaklaştıkça o kadar sevildiği, mutlu olduğu yerleri kendi kendine gösteriyor acıyla fark ediyordu ki, elinden alınan bu mutluluktan uzaklaştıkça hem acı duyuyor hem de kızgınlığı bir kin hâline geliyordu.

Ah niçin özgür değildi? O zaman gidip Necib'e: "İşte seninim!" diyebilecekti. O zaman gösterecekti ki, kontrolü kendi elinde olan hayatın kendi arzu ve tercihiyle onun eline bırakıyor ve emanet ediyor. Sonra düşündü ki, asıl şimdi bunu söylerse bir şey feda etmiş, aşkının şiddetini ancak bu fedakârlıklarla göstermiş olacaktı. Fakat şimdi, şimdi bu mümkün değildi. Yalnız Süreyya değil, Süreyya olmasa bile bunu söyleyemeyeceğini hissediyordu. O kadar tantanayla feda edilecek hayatın bir değeri olmalıydı. Hâlbuki kendisi... "Ah genç olsam da, ona layık olsam da: Seninim! desem..." diye özlem duyuyordu. O zaman onu ne kadar mutlu edeceğini görerek bunu yapamamak ümitsizliğiyle boynu bükülüyor "Her şey bitti!" iç sıkıntısı yeniden yayılarak hiçbir çare bulamamak ümitsizliği tekrar hücum ediyor, son günlerde biraz unuttuğu karanlık düşüncelere tekrar gömülerek: "Eylül, ah işte eylül! Ne yapılsa boş... Bak, her şey bitti..." diyordu.

Her şeye, herkese, konağa yaklaştıkça her şeye kızarak, arabalara, sokaklara, geçenlere, haykıranlara büyük bir kızgınlıkla gidiyordu. Bu kendini o yüksek tavanlı, karanlık sofaların içinde, yüksek pencereleri örten ağır perdelerin yarım gecesiyle dolu odalarda bulunca, isyanının nasıl aciz olduğunu görüp hiçbir şeye cesaret edemeyeceğini anlayarak tekrar: "Her şey bitti!" fikriyle düşünüp hırs ve aczinden ağlayacak bir hâle geldi.

Hacer'in: "Maşallah, maşallah efendim... Bu ne şeref!" diye gösterişle karşılık bir alayla karşılamasına karşı ancak dudaklarını ısırarak susabilmiş, hemen kendini odasına atmıştı. O zaman evin kalabalığının etkisiyle bir şeye yapmaya, hatta şikâyet etmeye bile gücünün yetmeyeceğini gördü. Süreyya emirler vererek, yerleşmek için öteberi yaparak uğraşırken, orada sade onun yanında tekrar, bu artık gittikçe düşman gördüğü adamdan öfkesini almak için tekrar acı bir istek duyuyor ve o zaman, onlardan da, bütün bu Hacerlerden, Fatinlerden, Efendilerden de korktuğuna kızıyordu. Onların ne mal olduğunu bildiği hâlde... Ah nasıl onların hepsini birden şaşırtacak, hayretten öldürecek bir çılgınlık yapmak, nasıl kendinin öyle kolayca ezilecek sıradan bir kadın olmadığını anlatmak istiyordu. O zaman biraz rahat ederek çareler düşünmeye, düzenlemeler yapmaya koyuluyordu.

Fakat hanımefendinin yanına çıktığı zaman bütün o şeylere ne kadar sahip olmadığını anladı. Onun da bir şey işitmiş olması, bir şey düşünmesi ihtimalinin huzurunda Allah kadar saygı gösterdiği kadının yanına öyle bir kalp çarpıntısı ve aşağılık duygusuyla girdi. Onun yüksekliğini düşünerek o kadar ezildi, o kadar kahroldu ki, mümkün değil bu aşağılık duruma dayanamayacağını tekrar anladı. Ruhunda o kadar kibir ve büyüklük vardı ki, başkalarında kendisine en ufak bir ima yapmasına bile katlanamıyordu. Böyle şeyler için doğmamış olduğunu zaten düşünmüştü; fakat tekrar ve pek acı olarak şimdi anlıyordu. Burada kendini tanımıyordu. Nasıl böyle imalı sözlere imkân verecek bir girdaba düşmüştü, bu nasıl mümkün olmuştu? Bunları düşündükçe şaşırıyor, bitiyordu. Bu kendisine yakınlık sevkiyle, intikam hırsıyla fikren düştüğü girdaplar içinde bir tembih darbesi oldu. Biraz düşünme ve orta hâlde kalması gerektiği hissi verdi.

Fakat Süreyya'yı neşe dolu, şen dolaşır gördükçe: "Ama sen kendin değil miydin? Sen kendin burada yaşamayacağını söylemiyor muydun?" diye haykırmak arzusuna direnebilmek için büyük çaba sarf ediyor, yoruluyordu. Ve onun sözlerine, başkalarının sorularına dargın ve asık suratlı görünmemek kaygısıyla sakin bir tavırla cevap vermek zorunluluğunda kurtulup kimsenin olmadığı yerlere kaçmak, kimseleri görmemek, yalnız kendi kendine düşünmek istiyordu.

Akşamüstü hep birlikte oturuyorlardı. Hacer Suad'ın yanına gelmiş gayet dostane ve gizlice konuşuyor, söz arasında hayatından ve kocasından şikâyet ederek: "Ah ne iyi ettiniz de geldiniz vallahi kardeşim..." diye yüzüncü defa memnuniyetini söylüyordu. Yazın ne kadar boğulduğundan bahsederek: "kıymetinizi asıl o zaman anladım!" diyor "Bizimkiler bilirsiniz ya!.." diyerek bunak gibi beyefendinin yanından ayrılmayan kocasından, hanımefendiyi bir dakika yanından ayırmayan beyefendiden şikâyet ediyor: "Onların arasında bunuyorum sandım..." diye kıs kıs gülüyordu. Ve Suad'ın gülümseyerek susmasına karşı küçük şeytan gözleriyle derin derin bakarak: "Kaç kere düşündüm size geleyim, yalıya geleyim diye..." diyor, sonra: "Fakat korktum doğrusu!" diye bitiriyordu.

Suad sebebini sordu. O zaman biraz kararsızlıktan sonra üstü kapalı konuşmaya devam etti:

"Öyle ya, rahatsız ederimden çok... Çünkü yabancı değilim a!.. Fakat belki yer yoktur diye korktum doğrusu... Bize yalı küçük dediler. Eğer gelecek olursam sığacak yer bulamam dedim... Düşünsenize ne kötü olur? Mesela Necib'le ikimize bir oda... Değil mi?"

Zorla gülüyor, küçük bir kanepe yastığıyla dizinde oynarken eğilip gülüşünü ve heyecanını orada gizliyordu. Birden Suad'a bir yakınlık isteği geldi. O istediği sözü ima edip bir açıklama yaparak onunla barışmak, gerçeği ona anlatıp bu iftira ihtimali ve lekesini yok etmek isteğini duydu. Fakat Hacer'in gözaltından bakışında, kıvranışında öyle bir yılan hâli vardı ki, gözlerinde o kadar şeytan bir hıyanet gülüyordu ki, omuzlarını kaldırıp: "Ne fayda?" dedi. Anlıyordu ki bir şey kazanmayacak, belki zarar edecekti.

Pencerenin önüne oturan hanımefendi birden Hacer'e:

"Fatin Bey geldi, Hacer..." dedi. O omuzlarını kaldırarak tekrar Suad'a bir şeyler anlatmaya başladı.

Süreyya annesiyle konuşurken dönüp, azarlar gibi bir gülümsemeyle:

"Küçükhanım, omuz silkmek nezakete uygun mu? Bak, kocan geliyor..." dedi.

Hacer yine kulak vermeyip Suad'a tatlı tatlı, güya gayet merakla anlatmaya devam ediyordu. Buraya taşındıkları haftanın içinde gittikleri bir düğünü anlatıyor, "Severek evlenmişler" diye gözleri parlarken şen görünmek için kendini zorluyormuş gibi küçük gülmekler, kıvranmalar, yarım sözlerle, daima elindeki yastığı dizinde evirip çevirerek anlatıyordu; fakat Süreyya'nın tekrar ikazına karşı sabrı tükenerek birden dudaklarında titremelerle, gözlerinde hışımla döndü: "Ooo, rica ederim, gelir gelmez beni yine cendereye sokma Süreyya" dedi. "Dünkü gelin değilim ya... Yolu da pekâlâ biliyor."

Süreyya'nın sözleri Fatin'in gürültüsüne karıştı. Açılan kapının içinde bir yazdır daha büyümüş karnının arkasında, büyük bir sevinçle: "Ooo, oo!" diyordu. Yüzü geniş bir gülümsemeyle genişledi, katmerlendi. İki adım atıp nefes arasında "Kırlangıçların dönüşü!" dedi. Sonra ilerleyerek "Fakat fırtınasız kırlangıçlar iyi değildir derler..." diye gülümsedi.

Süreyya yarı alaylı, yarı öfkeli:

"Eğer fırtınaya ihtiyacınız varsa ondan kolay şey olmaz." diye homurdandı.

Fatin bu asık surata karşı hemen gülerek sokuldu:

"Vallahi ne iyi ettiniz de geldiniz, Süreyya'cığım. Doğrusu pek göreceğim geldiydi... Canım insan bir kere alıştı mı ayrılınca güç oluyor vallahi... Evin sanki tadı kaçmıştı..."

Ve yanına oturup tatlı tatlı konuşmaya başladı. Suad birbirini hiç sevmeyen bu iki adamın şimdi böyle öteden beriden, belki biraz olayla, fakat yine sakinlikle gerçek ve derin olmayıp yalnız görünürde, yapmacık bir sevgiyle görüşmelerine bakarak: "Gören bir dost sanır, herkes böyle..." diye düşünüyor, Hacer'in aynı kabul ile kendini karşılayışını hatırlayarak ve hâlâ kulağına sokulup kıkırdaya kıkırdaya bir şeyler anlatışına bakarak: "Ben bile, ben bile öyleyim... Başka türlü yaşamak mümkün değil..." diyordu. Ah, bunu anlamakta ne kadar geç kalmıştı? Ama o bütün temiz ve içten kalbiyle yaşamak istiyordu. Ve şimdiye kadar öyle yaşıyorum inancındaydı. Fakat hiç öyle olmadığını nasıl acı acı anlamıştı.

Ve herhâlde şimdi itiraz edilebilecek zıtlıkları bulduğu Süreyya'ya bakıp kendi sabır ve tahammül etse yine önceki gibi yaşacaklardan sade kendi bunda hata ettiği için, kocası rahatını bozmak için araları nasıl bir uçurumla açılacağını düşünerek bu haksızlığa isyan ediyordu.

"Nasıl? Sonra bu da mı mutlu evlilik? İşte en iyisi... Hâlbuki işte en iyisi de kötüsü gibi!" diyor ve Hacer'in duygularını gizlemeyip açık davranmasını seviyordu. "Hiç olmazsa kimseyi aldatmıyor, herkes biliyor ki, birbirlerini sevmiyorlar, istemiyorlar..." diyordu.

Ve bundan sonra ömrü bunları bile bile, her şeyi göre göre geçecekti, değil mi? Artık Süreyya'nın önceki gizli ve tatlı sevgisine yabancı, evin böyle ayrı ayrı ruhî derinliklerini bildiği adamlarıyla yaşayacağı hayat onu ürkütüyordu. Bir hanımefendi... Evet Suad'ın sevdiği ve saygıya layık gördüğü yalnız o vardı. Onun da beyefendinin nasıl kahırlarına, zorluklarına katlanarak yaşadığını görüyordu. Bey'in hemen her şeyinde görülen hırs ve öfkesinin, bir kere kızınca hiç karşısındakinin kalbini, hatırını düşünmeyip hırs almak, acı çıkarmak için ağzına geleni söyleyerek zehir saçışının masum ve katlanılacak bir kurbanı olduğunu gördükçe: "Nasıl sabrediyor, Ya Rabbi?" derdi. Şimdi hatırladı ki, henüz kızken kendi de kötü kocaya düşerse tahammül eden kadınlar gibi sabredemeyeceğini, susamayacağını zanneder, öyle de iddia ederdi. Fakat bugün bu kadarına katlandığını görerek yavaş yavaş birbirini izleyerek gelecek böyle haksızlıklara bugünkü gibi sabrede ede bir gün alışacağını anlıyor, "Yavaş yavaş ben de onlar gibi bir oyuncak, bir hizmetçi, sade bir hırs ve zevk altı olacağım, hiç istediğim bir şey olmayacak, hep istenen şeylere alt olacağım..." diyordu. Ve buna katlanamayıp "Hayır, hayır, buna bir çare bulmalı... Bu mümkün değil!" demek istiyordu. Şimdiye kadar bunu yapmıştı; fakat arzu ve aşkla, aldandığını bilmeyerek... Şimdi artık biliyordu, artık şimdi... Hâlbuki herkes aldanmıyor mu? Herkesin mutluluğu böyle bir aldanmanın sonucu, bir gafletin lütuf tozu değil mi? diye düşünüyor "Ah aldanabilsem, hiç olmazsa yine aldansam!" isteğiyle yanıyordu. Fakat artık mümkün değildi. Gözler o kadar açılmıştı ki, artık hep görüyordu.

Bir taraftan Hacer kulağının yanında dirseğiyle kolunu dürterek kocasını gösteriyor, "Allah aşkına kardeşim, alnı nasıl parlıyor, börekçi çırakları gibi..." Sonra ileri çıkık, göğsüne eğik başının arkasında, yakalıkla fes arasında oturunca katlanan enseyi göstererek: "Ah ne kadar iğreniyorum, bilsen, kardeşim?" diye gayet gizli bir şikâyet edasıyla bakıyordu. Hacer'in daha önceleri bir takım itirafları olmuşsa da hiç bu dereceye gelmemişti. Suad ona bakarak şaşkınlıkla güldü. Bununla beraber bu genç kadın, bu şimdi: "İğreniyorum." diye yüksek görünmek istediği adamın karısıydı. Ve ona pekâlâ katlanıyordu. Bu duygularla beraber yine onun gece gündüz yanında yaşaması, onun okşamalarına katlanması Suad'ı düşündürüyor, "Hâlbuki pekâlâ onunla yaşıyorsun?" demek istiyordu. Ama o da Süreyya ile yaşamayacak mıydı? O da bundan sonra Süreyya'nın yine önceki gibi karısı olmayacak mıydı? Kalben o kadar ciddi dargın idi ki artık bunu mümkün görmüyordu. İçinde buna şimdiden isyan eden bir kırgınlık vardı. "Hayır, hayır, artık bitti!" demek istiyordu. "Beyefendi" dediler, hep ayağa kalkıldı. Suad tekrar o haşin, beyaz sakallı adamın karşısında bulunuşuna sıkıldı. Bey şöyle yan bakarak, etekleyenlere kayıtsızca: "Ooo, maşallah..." diye mırıldandıktan sonra karısına dönüp: "Hemen yemek yiyiverelim de... olmaz mı?" dedi. Öbürleri suskun duruyorlardı. Hanımefendi: "Peki, peki..." diye onu çıkardı. Ve Suad, bundan sonra, her gün hayatı böyle geçeceğini görerek acı bir hatırlayışla yalıdaki ömrünü, bu yazın geçen o güzel hayatı, o saf ve serbest, şimdi endişeli zamanlarını bile arzu ile gördüğü o güzel hayatı özlemle düşündü.

Sofrada biraz önce tam bir alçak gönüllülükle konuşan Fatin, beyefendinin huzuruyla cesaret kazanarak ona yaranmak için peçetesiyle sağa sola bıyıklarını silerek, gözlüğünün arkasından gözlerinin etkisini anlamak için telâşlı bakışlar fırlatarak:

"Tuhaf vallahi" diyordu. "Ben değişeceksiniz falan zannettimdi ama... Bir de baktım ki, yine öyle geldiniz..."

Süreyya alay edercesine gözleriyle açıklama isteyerek:

"Nasıl değişmek?" dedi.

Fatin sözün akışından memnun, sözlerine büyüklenme katarak:

"Belki biraz büyürdünüz filan dedimdi ama..." dedi ve gülerek Bey'e baktı.

O zaman Suad Süreyya'nın gözlerinde yalıda sofrada kendine baktığı o çirkin bakışla hiddetlenerek: "Siz olsaydınız kabuğunuza sığmazdınız!" dediğini gördü. Ve içinden yine o zamanki zehir aktı.

Birden Necib burada olsaydı diye düşünüp yüreği hoplayarak: "Ama herkesin bin ikiyüzlülükle birbirini incelediği bu evde onun vücudu bile bir tehlike!" diye karar verdi.

Yemekten sonra biraz onların yanında oturdular. Sonra Süreyya kalktı, "Haydi!" der gibi Suad'a baktı. Onu izlemek gerekti. Ve yürürken artık ne onun yanında, ne ötekilerin arasında yaşayamayacağını, hepsinden usandığını derin bir endişeyle hissederek bununla beraber hayatının bu adama bağlı olduğunu, canı istediği vakit istediği şeyi yapmazsa buraya gelişi gibi zorla yaptıracağını düşünerek perişan ve korkulu, ölmek isteyerek yürüyordu.

Artık ne bir iş, ne bir kitap, ne de piyano hevesi vardı. Havaların inat gibi pek parlak olduğu bu ikinci, üçüncü günü akşamlara kadar sıkıntıdan, hiddetten boğulurken aklına cenneti düşünür gibi ara sıra Pazarbaşı'nı getirirdi. O zaman düşünmekten harap olarak yalnız odasından kaçıp hanımların yanına giderdi. Yalıda yapacak o kadar işi varken şimdi işi de kalmadığı için mecburi uğraşsız oturmaktan, onlarla konuşmaktan başka bir şey yapmak mümkün değildi. Hacer sürekli orada cumbada bulunurdu. Hanımefendi ara sıra görünür, elindeki işle uğraşırdı.

Hacer'in böyle yalnız kaldıkça aralarında zorunlu bir takım teslimler gerçekleşiyordu. Onu pencereye o kadar müdavim ve meraklı görüyordu ki, önce sıkıldığından eğlenmek için sokağa bakıyor demişse de gittikçe bu merakın yalnız bir kişiye ait olması ihtimalinde karar kılmıştı. Fakat onun hemen her geçene dair bir fikri oluyordu. Bazen: "Aman kardeşim bak, şu ne güzel bir bey!" dediği oluyordu. Sonra bir diğerini gösterir, ona aynı tehlikeli arzu ile hazır bulunurdu. Suad nasıl olup hepsine birden böyle meyilli olduğunu anlamayarak şaşırırdı.

Sonra beyler gelir, Fatin'in lüzumlu lüzumsuz "vallahi billahi"leri, Süreyya'nın suskunluğu arasında yemek yenir, sonra saat geçer, sonunda tavla bir gürültü arasında şakırdayarak kapanır, herkes odalarına çekilirdi. Beyefendi haklı haksız huysuzlanarak, öfkesini almak için her şeyi yaparak Fatin'i hırpalar o haklı olsa bile boyun büker, razı olurdu. O zaman Hacer, Suad'ın kulağına eğilir: "Allah aşkına bak, oyun oynarlarken nasıl bazen aptal gibi düşüncesiz kalıyor, nasıl eliyle burnunu kaşıyarak donuyor." derdi. Babasına boyun büktükçe kızarak "Gurur yok ki..." diyordu. Sonra devam ederek bunun hep ona hoş görünmek için yapıldığını söylüyor "Param gitmesin diye... Ah bilsen kardeşim, hep para için... babamla hoş geçinmek için ondan dayak yese yine sırıtacağına eminim..." diyerek, bir kere bir şey için onu teşvik ederken onun "Ne, sonra beni evden kovsun da sokakta kalayım?" dediğini anlatarak yüzüne bakıyordu.

Gerçekten beyefendinin böyle rast gele ateş püskürmelerine katlanmak için insanın böyle bir mecburiyeti olması gerekirdi. Bir akşam tavlada yenilerek hiç gereği yokken hanımefendiye dönüp, hışımla: "Canım sen de elinden bırak şunu... Allah aşkına..." diye bir çıkışmıştı ki, Suad haykırarak şikâyet etmemek için kendini zor tutmuştu. Bazen odasında haykırdığı işitiliyordu. Meselâ, sürahisini boş olduğu için karısına söylemedik söz bırakmaz, otuz senelik hayatlarını bir yük olmak üzere, lânetle katlanılmış bir şey göstererek: "Öldüm, aranızda kurudum... Allah da sizi kurutsun..." diye haykırır, sonra: "Ama suç bende... İyilikten kim anlamış... Ensenizde boza pişirmeli ki iş görülsün... Aksi herifin biri olsaydım görürdünüz..." dediği işitilirdi. Hanımefendi buna karşı sakin, alttan alır, susmasını rica ederse "Niçin susacakmışım?.. Hem yap, hem öldür, hem de sustur... Artık öldürüyorsunuz... Son günlerimde beni hortlatıyorsunuz... Akşama kadar sizin için ter döküyorum, bir suyumu vermiyorsunuz... Hem sizden mi korkacağım? Kendi evimde niçin susayım? İstemeyen def olsun." diye bir sürü şikâyet ve hakaret gelirdi.

O zaman eğer Fatin evdeyse onun gözüne görünmemek için ufalmak ister gibi tıs bir köşeye büzülür, hanımefendiyi haksız bularak: "İyi ya canım o da bakıversin. Evde hizmetçi yok değil a. Gönül kırmamak için aldırmıyor ama... İhtiyar adam bu, hiddetlenir a... Hepimiz sayesinde yaşıyoruz..." derdi.

Böyle herkes hep kendi işini, kendi hesabını düşünerek doğruluk ediyordu. Ah Suad bunlardan ne kadar iğreniyordu. Hatta Süreyya'nın nasıl olup bu babanın oğlu olduğuna şaşırıyordu. Sonra annesini gözünün önüne getirip ona çekmiş diyordu. Çünkü ona hayran oluyor, bu kadının bu büyük sabır ve sakinliğine o kadar hayran oluyordu ki, ıstıraplı zamanlarında gidip başını onun dizine koyarak ağlarsa şifa bulacağını sanırdı.

Üçüncü gün akşamüstü henüz gelmiş olan Süreyya ile hanım, Hacer, kendisi orta odada otururlarken pencerenin önünde Hacer birden: "Ooo, Necib Bey geliyor!" dedi. Süreyya donup: "Gerçek mi?" diye sordu. Köşede perdenin karanlığında Suad kıpkırmızı olduğunu hissetti. Kendini bitkin bırakan kalp çarpıntısıyla o tarafa baktı. "İşte canım, yanında bizim bey var." Suad şimdi buraya gelince ne yapacağını düşünüp şaşırarak, kendisi nasıl görecekse herkes de öyle görüp fark edeceklerini, titremekten bir kelime söyleyemeyeceğini zannederek bitiyordu.

Bir an oldu ki, kapı açılıp Fatin'in arkadan gelen birine yol verdiğini gördüler. Necib gülümseyerek girdi, arkasından Fatin:

"İşte bir kırlangıç daha... Dönüş, dönüş... Artık hücum var..." diyordu.

Necib gülerek: "Kırlangıçlar galiba yazın dönerler..." dedi.

Suad, Necib'in gözleri kendini arayıp bir müddet bir tarafa doğru dönmüş kaldığını ve bu anda bu gözlerde bir kararsızlık, bir karanlık, mutsuzluk vardı. Sonra hanımefendinin çıkışmalarına cevap vermek için ona döndü. O sebebini açıklarken Fatin Hanım'a hak vererek: "Ey ne yapalım, insanlık bu..." diyor, sonra herkese bakarak: "İnsan işte geldiği gibi hareket eder. Bu insanın huyunun gereği... Değil mi Süreyyacığım!" diye ona bakıyordu. Sonra birden artık bu yeter gibi bir hareketle lafın akışını değiştirdi: "Ama bir lüfer buldum ki... Bayılacaksınız." diye herkesi susturdu. Eliyle göstererek ve anlatarak: "Bu kadar, tamam bu kadar vallahi... Birden öyle imrendim... Ama ne balık... Bir görseniz..." diye bitiremiyordu. Sonunda ettiği fedakârlığın kıymetini iyice hissettirerek: "Aldım." dedi. Ve bir şeyi gizli tutuyormuş gibi parmağını ağzına götürdü:

"Ama parasını sormayınız... Korkarsınız... On beşten aşağı vermedi... Aksi gibi hainlerin tanesi de üç yüz dirhem geliyor..."

Suad karanlıkta, Necib pencerenin önünde aydınlıktaydı. Fatin söylerken hepsi ona bakıyordu. O zaman Suad bir iki kere Necib'in gözlerinin kendine özlem ve istekle baktığını fark etti. Bir an oldu ki kendi de baktı. Bu iki mevcut karşı karşıya gelince oradakilerin hepsinden çok birbirine yakın olan ruhlarının çırpınmalarını hisseder gibi oldular. Sade bu haftadan beri onu o kadar seviyordu ki, kendinde uzak yerlerden saldıran bir gürültü seli gibi kalkıp ona geldiği için teşekkür etmek, "Seninim, beni götür!" demek coşkusunu buldu. Ona o kadar derin bir şükran ve bağlılık duyuyordu.

Fakat Hacer'in bir sözü onu dondurdu. O şimdi Necib'e çıkışıyor,

"Maşallah, efendim, artık bilmem nasıl gelinebildi?" diye başıyla "Seni, seni" yapıyordu. Sonra ince dudakları sivrildi: "Artık tabi bundan sonra sık sık şeref veririz." Ve gözleriyle Süreyya'yı gösterir gibi bakarak: "Bunlar buradalar mı değiller mi? Sık sık gelirsiniz artık. Değil mi?" diyor, böyle başlayan bakış sözün sonuna doğru Suad'a yönelerek, şeytanî bir gülümsemeyle parlıyordu.

Öteden beriden konuşulmakta devam olunuyordu. Necib hem ara sıra söze karışıyor, dinliyor, hem ara sıra kaçamak bakışla Suad'a bakarak ondan bir gülümseme, bir okşayıcı bakış, bir muhabbet eseri bekliyordu. Pek şen görünüyordu. Onlara özürler diliyor, Fatin'le eğleniyordu. Balık konusunu kurcaladıkça öbürü parmaklarını birleştirip ağzına götürerek: "Ama ne balık... Vallahi billahi görseniz şaşarsınız..." diyordu. O zaman Necib: "Pek az çıkıyormuş." deyince Fatin: "Dedim a, on beşten aşağı vermedi. Hem de tanesi..." diye tekrar anlatıyordu. Fakat Necib gittikçe neşesinin yapma ve yalan olduğunu görüyor, bir siyah kedere boğulmaya başlıyordu. O kadar ümit ve hevesle geldiği hâlde Suad'ı, durgun, donuk gördükçe şaşırıyor, hayıflanarak: "Ne oldu acaba?" diyordu. Hâlbuki Suad, Necib'in ikide birde kendine dikilen bakışlarından sıkıldığını, herkes biliyor da bir mana vereceklermiş, şimdi Hacer bakıp görerek anlayacakmış gibi korktuğu için, "Bakmasa, bari bakmasa..." diye ona endişesini anlatmak istediği için öyle duruyordu. Necib: "Bir haftadır onu görmedim. Kendisinden ayrı nasıl yaşadığımı anlamıyor. Demek o beni çabuk unuttu. Benden bir güzelliği, bir gülümsemeyi esirgiyor. Acaba dargın mı?" diye üzülüyordu. Bir haftadır ne olduğunu bilmediği için sonsuz bir ümitsizlik ve işkence ruhunu kaplıyor ve yayılıyordu. Yalnız kadınların yapabileceği anlamsız bir hareketle, sıradan bir gülümsemeyle mutlu edişleri ümit ettiği hâlde kendisinden kaçan bu bakış onu bitiriyordu. Öyle oldu ki, yemek boyunca gevezelik etti. Her an yinelenen ümidini izleyip neşesini yerle bir eden sıkıntılarını göstermemek için zorla zevzeklik ediyordu. Onlara Beyoğlu'nu anlattı, söyleyecek, tuhaf şeyler buldu, güldürdü ve geleli iki saat olduğu hâlde ondan bir bakışa kavuşamayınca, onun hâlâ renksiz ve manasız durduğunu görünce ruhunda bir gücenmenin, pek çabuk öfke ve kızgınlığa dönüşen bir gücenmenin köklendiğini duyarak suskun ve karanlık kaldı.

Daha kahve elde iken beyefendi işaret edince Fatin tavlayı çatırdatarak ortaya açtı. Onlar orada bir takım oluşturdular. Ve yemekten çıkınca karanlık bir köşeye kaçmış olan Suad tavla için mumlar gelince şimdi yine ışık içinde kaldı. Ve gölgede doya doya Necib'e bakarak, onu üzdüğü, üzgün gördüğü için kendini böyle durmaya zorlayan şeylere kızarak hüzünlenirken tekrar herkesin bakışına maruz kalınca canı sıkıldı. Necib ise geldiğine pişman, yaşadığına pişman, karar veremeyerek kalıyordu. O hanımefendinin yanındaydı. Ara sıra alçak sesle konuşuyorlardı. Sonra hep susuluyor yalnız tavlacıların sesleri devam ediyordu.

Hâlbuki Hacer'in canı sıkılıyordu. Tavla tarafına hiddetle bakarak kızıyordu.

Sonra birden susan Necib'e, gülerek:

"Siz de susuyorsunuz, bu gece ne kadar neşesizsiniz, a canım!" dedi.

Necib:

"Niçin?" diye sordu.

"Bilmem! Baksanız a!.."

Ve Hacer fıkırdayarak Suad'a döndü:

"Değil mi Suad?" Suad kapalı bir işaret yaptı. O zaman ona da saldırdı: "Zaten sen de bir köşeye büzülmüşsün ya. Bilmem neniz var?"

Necib sıkılarak, Suad'ın gayet renksiz bir gözle baktığına dikkat ederek, bozuk bir gülümsemeyle: "Hazım zamanı..." diyecek kadar kuvvet buldu. Sonra hanımefendiye kardeşinden bahsetmekte bir kurtuluş çaresi aradı. Onlar yavaş sesle böyle konuşurken Hacer sözlerine kulak veriyordu. Birden tavlanın etrafında bir fırtına patladı. "Yok, ama olmaz ama..." diye Fatin terli burnu, yorgun gözleriyle yemin ediyor, efendi elinde zarları sallayarak kahkahalarla gülüyordu. "Zarlar, pullar, mars" kelimelerinin tekrarı arasında tekrar fırtına dindi. Tekrar zar ve pul sesleri uzadı.

Şimdi Hacer'in canı yine sıkıldı, bu sefer Suad'a döndü:

"Haydi, biz de bezik oynayalım üçümüz, olmaz mı?" dedi. Necib'in yüreği atarak onunla bezik oynamak mutluluğuna tam bir arzu ve heves gösterdi; fakat Suad rahatsızlıktan şikâyet etti. Başından rahatsızdı...

"Ha onun için mi susuyorsunuz? Ben de sandım ki... Eğersiz yalıda da böyle idinizse..."

Süreyya başını kaldırıp bu tarafa baktı. Suad'ın kalbi onun bakmasıyla bir şey çıkacakmış gibi hopladı. Büyük bir yorgunluk duydu. Onlar konuşmaya başladılar. Süreyya yanlarına gelmiş yalıyı anlatıyor, o abarttıkça Hacer ikide birde Necib'le Suad'a bakarak gözlerinde bir parıltıyla dinliyordu.

Necib:

"Evet, şimdi tekrar tünemek sırası geldi. Ah yaz bir daha gelse!" dedi.

Bu son cümleye bütün yoksunluğunun acılığını koymak, onu Suad'a anlatmak istiyordu.

Hacer alaylı bir şekilde:

"O niçin o? Kış kötü mü? Bir zamanlar o kadar severdiniz... Aksine kış gelince sevinirdiniz..." diye soruyordu. Sonra birden aklına bir şey gelmiş gibi:

"Ha kuzum o sizin eldivenin hanımı ne oldu?" dedi.

Suad ölüyorum zannetti. Necib heyecanını kahkaha ile geçirmek isteyerek: "Yani madamı demek istiyorsunuz?" diye kapatmak istedi. Fakat Süreyya merak ettiği için kapayamadı. O soruyor, Hacer cevap vermeyerek Necib'e hitap ediyordu: "Hanım mı, madam mı?.. Onu soruyorum..." diyordu.

Necib sadece artık ciddi ciddi: "Öldü" dedi.

"Ey eldiven ne oldu, hâlâ saklıyor musunuz?"

"Onu da gömdüm." diye cevap verdi.

Sonra hanımefendinin gülerek yavaşça söylediği söze cevap verecekmiş gibi döndü. Hâlâ Süreyya'nın sorduğunu ve Hacer'in anlattığını işiterek, Suad'ın ne kadar acı çekeceğini ne kadar canı sıkılacağını da düşünerek hem sıkılıyor, hem korkuyordu. Fakat hanımefendinin kendisinin hafifçe geçireceği bir sözünü Hacer kapıp: "Evlenmek mi? Necib Bey mi!" dediğini ve ilân ettiğini işitince büsbütün bozuldu.

"Eğleniyor musunuz? Ben daha çocuğum..." diye şakaya vurmak istedi.

Süreyya ciddi ciddi düşünmeye, evlenmemekte bir sebep bulunamayacağını anlatmaya başladı. Necib bunda gizli bir maksat sezdiği için bir cevap vermedi. Fakat ah niçin Suad'ın gözleri ondan insafsız, zalim, yabancı bir ısrarla kaçıyordu. Niçin öyle susuyor, söz söylerse bile iki manasız kelimeyle bitiriyor, gülerse bile herkese gülüyordu? Ne olmuştu? Onun sözlerini dikkatle, can kulağıyla dinlediği, onun yüzüne bütün ruhunun arzusuyla baktığı hâlde onlarda hiçbir özel mana bulamıyordu? Bütün gece Necib, ruhu bu endişelerle karanlık, şen görünüp sezdirmemek için konuşmaya mecbur ve çok acılı geçti. Fakat sabahleyin bunun acısını çıkardı. Aşağı indiği zaman Suad'la Süreyya'yı yalnız buldu. Ve Süreyya yeni gelen gazeteye dalmış olduğu için, birkaç dakika Suad'la yalnız karşı karşıya kaldılar. Suad istemeyerek, elinde olmayarak ona o kadar acı çektirdiği için bütün gece yanmış, erkenden inerse yalnız kalırız diye uyumayarak aşağı inmişti. Onun da geldiğini görünce bir saniyede onu mutlu edip her şeyi anlatmaya istekli "Maşallah bu ne erkencilik..." diyerek ona gidip gülümsedi. Bu gülümsemede bütün ruhu, perişan ruhu titriyordu. Bu mutlu etmek isteyen ve mutlu olan kadının ruhunun verdiği bir gülümsemeydi. Necib bütün ruh karanlıklarından sıyrılıp bir bahar içinde kalmış gibi, mutluluğuyla ezilmiş, sade gözleriyle teşekkür etti. Suad ona: "Buradaki hayatımızı görüyorsunuz a!" gibi baktı. Sonra "Her şey bitti." demek ister gibi bir hareket etti. Ve Necib'in ne oldu diye gözleriyle sorgu dolu bakışlarına: "Aman rica ederim dikkat!" diye fısıldadı.

Fakat o kadar... Birbiri peşi sıra Fatin, Hacer geldiler. Fatin gazeteye, Hacer Necib'e yanaştı. Suad bir kenara çekilip Hacer'in ne bitmez tükenmez sözlerle onu rahatsız ettiğine bakıyor, ara sıra onun: "ama Necib Bey!" diye gülüşlerini soğuk ve nahoş buluyordu. Beri tarafta beyler gazetenin yanında birbiriyle konuşurlarken Necib ne söylüyordu ki, Hacer böyle gülüyordu. Bu bir müddet küçük kahkahaların uzamasından ortaya çıkan bir fıkırtı iken sonra üç hamleli bir kahkaha oluyor, güzel güldüğünü bilen bir genç kadın israfıyla gülmelerin arkası gelmiyordu. Piyanonun yanına oturdular. Şimdi Hacer uzun uzun bir şey anlatarak Necib'in gülümsemeyle tek tük cevaplarını dinliyordu. Eliyle şöyle dayandığı piyanoda şimdi ihmal ile birkaç nağme yapmaya başladı. Ama Suad bir erkek olsun da kim olursa olsun gibi bir şey olan bu hâlden o kadar iğreniyordu ki, Necib'e kızıyordu. Bu kadarının fazla olduğunu, Hacer'in deliliklerine bu kadar oyuncak olmanın uygunsuz kaçtığını anlaması gerekir gibi geliyordu.

Onun için, Fatin gazeteyi bırakıp: "Yolculuk göründü. Saat kaç?" diye Süreyya'ya saati sorduğu ve gitmek zamanı geldiğine karar verildiği zaman rahat etti. Süreyya Necib'e: "Çıkıyor musun Necib? Beraber çıkalım?.." diyordu. Hanımefendi gelmiş, Fatin'e bir şey ısmarlıyordu. Sonra Hacer'in müdahalesi gerekti. Hanımefendi Fatin'in Hacer'e aldığı lavantadan bir şişe istiyordu. Öteki bir taraftan gazetenin son sütunlarına bakıyor, bir taraftan: "Hay hay, efendim... Baş üstüne..." diyordu. Ve hanımefendi parayı sorunca, Fatin'de pek telaşlı bir red veya kabul yokluğu tavrı göründüyse de sonunda mecbur olup: "Yirmi beş... Yirmi beş, efendim... Fakat ne gerek var... Rica ederim... İzin vermeliydiniz..." diyerek parayı aldı.

Artık çıkıyorlardı, Hacer Necib'e ne zaman geleceğini soruyor o da "Bakalım!" diye tereddütle Suad'a bakıyordu. O zaman Suad öfkesinden, istemeyerek; fakat elinde olmadan kalbinden gelen bir arzuya uyarak, başını çevirdi. Ve onun tam bir ümitsizlikle çıktığını görünce şimdi de içinden bir zehir aktığını duydu. Evet onun buraya gelmesini hem istiyor, hem istemiyordu. Burada her an şimdi bir şey olacak mı diye korkmak onu bitiriyordu. Dün gece bir müddet kalbinin durduğunu hissetmiş, kulaklarına uğultular hücum etmişti. Bundan başka Hacer'e de kızıyordu. Necib burada sade Hacer'in oyuncağı oluyordu.

Hacer cumbadan onları bakışlarıyla köşeye kadar izledikten sonra birden dönerek:

"Gördün mü babamın sevgili damadını?" dedi. Sonra içinden taşıyormuş gibi bir şikâyet coşkusuyla söylenmeye başladı: "Ah sen bilmezsin?" diyordu. "Sen bilmezsin ki... Her gün yaşaya yaşaya her hâlini o kadar öğrendim ki, artık iğreniyorum. Dün geceki balık meselesini biliyorsun a... Sonra sabahki lavanta... Güya para almak istemiyor, hâlbuki ölür. Eğer kendisi mecbur olsa da o bir şişe lavantaya yirmi beş değil, beş kuruş verse, bir ay hasta yatar..." Bu arada acı acı güldü. "Sonra, sonra o gazete... Gazeteyi gördün a... Eğer okumadan buradan çıksa akşama döndüğü zaman ille okumalı, yoksa sokakta on para verip de bir gazete bile almaz..."

Suad istemeyerek gülüyordu. "Amma yaptınız?" diye itiraz etti.

Öbürü tam ciddiyetle yemin ediyordu. "Hep para için, para..." diyordu. Söylerken, ikide birde sokağa bakmaktan geri kalmıyor, cumbanın içinde dizüstü oturmuş kâh dayanarak, kâh dinlenerek ciddiyetle anlatıyordu. Biraz sonra ona bakarak: "Para için neler yaptığını bilsen..." dedi. Sonra gülerek:

"Bilmem sana söyleyeyim mi? Gece gündüz parasızlık şikâyeti ile biraz para biriktiriyor vallahi biriktiriyor. Benden saklıyor. Ama eminim; bir şeye harcadığı yok ki... O kadar parayı ne yapacak? Zavallı Perizad giysilerini süpüre süpüre, lekeleri çıkaracağım diye uğraşa uğraşa ne hâllere giriyor bilsen... Aman, hanımcığım, ille yaka... Siliyorum siliyorum... Bembeyaz oluyor..." diyordu. Hâlâ damatlık gömleklerini giyer... 'Ne yapayım, ne zararı var? Parasızlık bu...' diyor... Daha, daha... Söylenmekle biter, tükenir şey değil... Ara sıra çocuğumuz olsa diyorum da gözleri faltaşı gibi açılıyor. 'Sen çıldırdınsa kendini okut, hanımefendi! Benim daha o kadar param yok' diye beni kovalıyor. Çocuk, çocuk... Hâlbuki bilsen ne kadar istiyorum, kardeşim..."

Suad üzüntülü, merak ederek bakıyordu. Öbürü ise şikâyete devamla: "Benim elimde bir şey bırakmıyor ki, ne yapayım?" diye yarı utanarak kendi zayıflığını anlatmak istiyordu. Suad çocuk için sızlayan ve şüphe edilemeyecek kadar içten görünen bu kadının yanında bir duygu ortaklığıyla, ona acımaya başladı, onun birtakım hâllerine hak vermek istiyordu, onu birtakım zorunluluklar arasında zayıf ve aciz kalmış görüyordu. Birden bu karı-koca arasındaki maddî ve manevî boşluğa bakarak ürktü.

Hacer devam ediyordu:

"Bir taraftan babama o kadar tutundu ki, artık hiçbir şeye önem vermiyor. Bir gün öyle olacak ki, beni boşayacak ve buradan kovacak kendisi burada evin çocuğu gibi yeniden evlenebilecek..." Tekrar acı acı gülmeye başladı.

Birden pencereye eğilip baktı. Telâşla: "Aman kardeşim... Koş koş, bak... Güzel Tahir'e..." dedi. Suad bu telâşlı davete uyarak baktı. Bu zembil ile karşılarındaki konağın kapısını alan genç bir uşaktı. O zaman Hacer nasıl bütün hanımların bunu beğenip "Uşak güzeli" dediklerini anlatarak katılıyor, "İlle Miralay'ın hanım... Gözlerine bayılıyormuş..." diye bitiremiyordu. Suad şaşkın, "Hangi hanım? Niçin?" diye soruyordu. O zaman Hacer saydı. Bunlar âdeta hanımlardı. Hatta bazılarının genç ve yakışıklı beyleri de vardı. Şaştıkça Hacer zaferle anlatarak gülüyor, o kadar merak ve önemle bakarak öyle bir açıklıkla tarif ediyordu ki, kendisinin de onlarla aynı fikirde olduğu görülüyordu. Bununla beraber daha çekingen göründü.

"Ama çirkin bir adam da değil... Allah için söylemeli... Hele gözleri... Eğer ona da bey elbiseleri giydirsen olur biter."

O gülerken Suad şaşkın, susuyordu. Onun için bir erkeğin güzelliği incelik ve seçkinliğiyle ölçülürken bunların böyle düşünerek nasıl kadın olduklarını düşünüyordu. Hâlbuki Hacer "Canım senin buradan geçerken bayıldığın zabitler, beyler..." dedikçe: "Hayır benim buradan geçerken bayıldığım zabitlerden, beylerden haberim yok." demek istiyordu. Ah nasıl anlıyor, nasıl görüyordu. Hacer'in iyi bir kocası olsa da yine bunlardan hoşlanacağını, çünkü ruhu adi, kirli olduğunu nasıl görüyordu. Ve o hanımları gözünün önüne getirip böyle ufak itirafları, aralarında ettikleri toplantıları düşünerek iğreniyordu.

Bu kendisi için garip ve uzun bir tesiri gerektirdi. Hacer'de nasıl kendisine hiç benzemeyen esaslı hâller olduğunu zaten bilirdi. Fakat uyuşmazlığın bu derecesine şaşıyordu. Bu kadarını hiç tahmin etmemişti. Bununla beraber hanımefendi onun için başka bir ders oluyordu. Onun hakkında en küçük bir azarlama kelimesi bile söylenmemiş, hiçbir rivayet işitilmemiş olduğunu düşünerek: "Hayır bu fenalıklar kocaların fenalığından değil, kadınların kendilerinden geliyor." diye karar veriyordu. İyi kadın, kocası kötü bile olsa, karşı koyması mümkün olmayan bir kader darbesi altında ezilir, kalırdı. Sevmeye gelince, o öyle sokaktan geçerken karşıdan görmekle erkek sevmeyi anlamıyordu. Bu ona seveyim diye sevmek gibi geliyordu. Sevmek için bilmeyerek sevmek, sonra fark etmek lazım diye düşünüyordu.

Öbür türlüsü... İşte Hacer'in, Hacer gibilerin sevdaları... Ömrünü geçirdiği cumbada birini bulup sevip sevilmek için geçen ömründe kendisine uygun bulduğu herkesle aşk oyunu yapmak, işte onların sevmeleri... Sevmek bir hastalık gibi geldikten ve sizi kavrayıp zorladıktan ve acı çektirdikten sonra anlaşılan, o zaman görülüp incelenebilen bir hâl olmalıydı. Kim bilir Hacer bu pencerede kimleri sevmişti? Yani mümkün olsa sevecekti ve mümkün olmadığı için gerçek hayatlarına olduğu gibi devam ediyorlardı, sade bir hevesle dönüş ve yönelişi merak edilen bir yükselişten ibaret kalıyordu.

O hâlde Hacer için ilk fırsat bir düşüş olacaktı. Sanki onun ruhu yoktu. Onun düşünceleri, kendini alıkoyan şeyler yoktu. Sade karşıdan görüp beğendiği bir erkeği adet yerini bulsun diye seven, bu kadar önem veren bir kadını anlamak ve onunla hemfikir olmak onun hayatındaki bütün değerleri yok edebilirdi. O zaman Hacer'in niçin Necib'e o kadar ölüme gidercesine arzu duymaya gönüllü olduğunu anlıyordu.

Ama o hangisini seviyordu. Onu anlamak imkânsızdı. Onun her geçene dair bilgisi, merakı, açıklamaları vardı. Ve bir gün istemeyerek bunu öğrenmiş oldu. Böyle itiraflarla geçen iki günden sonra bir akşam yine sokak üstündeki orta odaya gelmiş, alışılmışın tersine pencereyi boş bulmuştu. Oraya oturdu, birkaç dakika sonra köşeden çıkar çıkmaz yarı tereddütle gözünü pencereye dikip oradan ayırmayan orta boylu şişmanca bir süvari subayını gördü.

Arkasından koşarak Hacer'in geldiği görüldü. Hacer hiç Suad'a önem vermeyerek cumbanın öbür penceresine abandı. Onu ancak arkasından görebildi. Demek buydu. Zavallı adam şimdi kendine bakan gözün akşama kadar kimlere nasıl aynı merak ve hoşlanarak baktığını şüphe etmeyerek başarılı, zafer kazanmış, memnun gidiyordu.

İstemeyerek öğrendiği bu hâl ile sıkılırken birden Hacer dönerek elindeki lavanta şişesini gösterdi. Katılarak gülüyor, Suad'ın merakını görerek: "Boşuna, anlayamazsın!" diyordu. Sonra anlattı: "Hani önceki gün!" dedi. "Annemden lavanta için yirmi beş kuruş almadı mıydı? Hâlbuki işte..." şişenin altındaki fiyat kâğıdını gösteriyordu. Suad orada on sekiz kuruş yazılı olduğunu gördü. Hacer dudaklarında aşağılama, acı bir gülümseme: "Hödük herif hem yapıyor, hem yapmasını bilmiyor... İşte..." dedi.

Suad üzüntülü, cidden rahatsızdı. Söyleyecek bir şey bulamayarak, kaçmak isteyerek, ateş üzerinde gibi duruyor, Hacer'in kocası hakkında söylediği ağır sözlerden sıkılarak ne yapacağını bilemiyordu. Onun karşısında kendini bıktıran bir şey de Necib meselesiydi. O kendi itiraflarıyla saatler geçirirken kendinden de söz almak merakıyla ara sıra gözleri ateşlenirdi. Bu kadında bu yolda bir şeyler konuşmaya bir tehlikeli arzu, konuşurken bütün ruhuyla meşgul olarak gözlerinde bir parlayış vardı ki, Suad hayret ediyordu. Konuşurken birçok şeyler Necib'den konuşmaya sebep olabilirdi. O zaman Necib'in bekârlık hayatından bahsedip merak ederek: "Onun başka işi yok ki... Hep kadın peşinde..." diye derin bir işin içyüzünü araştırma merakı ile parlayan gözlerine bakardı. Fakat Necib hep Frenk kadınlarıyla meşgul olduğu için onu sevmiyordu. "Bu kadınları nasıl da seviyorlar, bilmem ki?" diye dudaklarını büküyordu. Aslında takdir etmekle beraber kıyaslamada yine onları zararlı çıkarmaktan başka bir şey yapamıyordu.

O böyle söylerken Suad ağzından, gözlerinden bir kelime, bir bakış, sessizlikten bir anlam çıkacak, bir şey sorulacak, sonra abartılarak bir yeni yalan daha çıkarılacak diye titrer, "vallahi bir şey bilmem... Bir şey yok..." yeminiyle zihnen o kadar meşgul olurdu ki, hemen ağzından kaçacak zannederdi. Zaten var mıydı? Bir şey olmadığına hem de samimi olarak yemin edemez miydi? Onların yanında kendini o kadar temiz görüyordu ki, masum olduğuna yemin etmekten korkmuyordu. Fakat hanımefendinin yanına gidince bu hissi büsbütün aksi olarak ortaya çıkıyor, o zaman kendini onlarla kıyasladığına utanıp uçurumda bulunduğunu inkâr edemiyor, bir an hâli kalmadığı o yakıcı düşüncelerle kendini harap eden bir zıtlık kalabalığı içinde ölüyordu.

Hacer pencerede birden "Ooo!" etti.

Suad ne var gibi baktı. Öteki başını çevirmeyip cama yapıştırarak cevap verdi: "Necib'le Süreyya!" Ve birden kalp çarpıntısı ile sararan Suad'a anlamlı bir bakışla bir saniye bakıp sonra cama yapışarak:

"Artık elbette gelir... Siz burada mısınız, değil misiniz... Bütün yaz iki kere gelmedi." Sonra bu kelimelerde hiçbir gizli anlam yokmuş gibi gayet doğal olarak başını çevirip gözleriyle çağırdı:

"Aman gel bak Suad, ne güzel bir adam... Yanlarındaki zabit... Koş bak..."

O zaman Suad bunun süvari subayı olduğunu gördü. Bu adam Süreyya ile konuşuyor, Necib az açıkta onları dinlemeyerek eşlik ediyordu. Sonra subay ayrılmak için selam verdi ve pencerenin altından geçerken yine bir kere yukarı baktı. Hacer'in omuzlarında bir gülme fıkırdadı. "A" dedi. "Sanki o da ne? Niçin bakıyor öyle?" Ve sonra, beyler oraya geldikleri zaman Suad daha gideli üç gün olmadığı hâlde Necib'in gelmesiyle endişeli, "Ben gelme dedim, yine niçin geldi?" diye kızgın bununla beraber yine perişan, yine bitkin kalmışken, Hacer'in Süreyya'ya ve subayın kim olduğunu tam bir rahatlık ve memnuniyetle sorduğunu görerek şaşırdı. Hacer o kadar doğal ve serbest davranıyor, bu kötülüğü öyle tereddütsüz, âdeta haz ve tutkunlukla yürütüyordu ki, Suad kendinin nasıl safdil olduğuna şaşıyordu. O ne kadar korkmuştu. Hâlâ ne kadar korkuyor, endişe ediyordu. Hâlbuki herkes, işte bütün bir mahallenin en itibarlı hanımları iri yarı güzel bir köylü için ölüyorlardı.

Korkmaktan başka onu şimdi bir de kızgınlık rahatsız ediyordu. "Niçin geliyor? Niçin?" diye kendini yiyordu. Anlamamış mıydı? Giderken başını çevirmişken bunun "Hayır gelme!" demek olduğunu anlamamış mıydı? Hiddetle haksızlık etmek "Öyleyse Hacer gel dediği için geliyor." demek istiyordu. Demek kendisi için gelmiyordu.

Ve mademki kendisi için gelmiyordu... Suad gözlerini buğulatan bir hiddet bulutu içinde bir rahatsızlık bahane ederek kaçmak, görünmemek, yemeğe bile inmemek arzusuna düşüyordu.

Necib herkese söz söylerken Hacer'le konuştuğunu, garip bir gülümsemeyle ona cevap verirken hızlıca söylediği sözlerin etkisini merak ediyormuş gibi kendini de süzdüğünü görerek dinlemiyormuş gibi davrandı. Ama hiç olmazsa anlasa da sakınsaydı. Ve onu tam tersine fazla bir neşeyle, söylenerek Hacer'i güldürür gördükçe öne saldıran fikir kuvvet bulur gibi oluyor, "Hayır iftira etmemişim... Galiba onun için geliyor." demek istiyordu. İçinde buna inanmamak ister gibi var olan hisse karşı yalnız Necib'i aşağılamak arzusuna yenik, suçluyordu. Çünkü ona yüz yüze bir söz söylemek mümkün olsaydı ilk kelimesinin bir hareket kelimesi olacağını zannediyordu.

Ve onun mümkün oldukça acı, şikâyetçi bir bakışla baktığını gördükçe manasız görünmekte bir intikam zevki bulmakla beraber hepsinden usanıp, yorulup bir ağlamak arzusunun hücumunu da duyuyordu. Bu acıya mahkûm olmak için ne suçu olduğunu düşünüp artık dayanamayacağını, kendinin her taraftan gelen bu hücumlara karşı aciz, kimsesiz ve mutsuz kaldığını görerek boynunu büküyordu. O zaman Necib'e: "Hayır, sana gelme diyorum. Ne kadar mutsuz ve sefil olduğumu görmüyor musun?" diye şikâyet etmek ihtiyacı ile eziliyordu. "Hiç olmazsa bu kadar sık gelme... Çünkü artık her şey bitti." demek istiyordu. Gerçekten her şeyi bitmiş miydi? Hiç olmazsa büsbütün bitirmemek için tedbir lazımdı. Hâlbuki Necib o kadar ilgisiz davranıyordu ki, bu mümkün değildi. Ve bu gece Süreyya ve Hacer'le beraber onların dört kişi kaldıkları bu odada, Necib'in böylesine Hacer'in oyuncağı olduğunu görerek acıma ve kızgınlık arasında, yatma vakti geldiği zaman bir işkenceden kurtuluyormuş zannedecek kadar acı hissetti.

Hâlbuki bu gün yarın yine gelecekti. Bu Suad'da bir ateş ve telâş olacak kadar merak ve önem kazanıyordu. Onun anlamayan, böyle soğukluk görmek için ne yaptığını soran acı bakışları önünde merhamet duyuyordu. Özellikle Hacer'den ayrılıp birden kendine yönelen bu bakış, o gizli ilişki bu merhameti o kadar ateşlendiriyordu ki: "Ah seni mutlu görmekten başka bir hayalim yok... Yemin ederim ki başka bir şey istemiyorum... Fakat ah mümkün olsa da şu işkenceden kurtulsak..." diyordu.

Evet, niçin itiraf etmemeli? Bu her yönden katlanılmaz hayatında sefaletlerine biricik çâre hepsini, her şeyi bırakıp gitmek olduğunu, büsbütün onun olmayınca rahat etmek mümkün olmadığını uzak ve imkânsız bir rüyayı düşünenler gibi gizli gizli görüyordu. Fakat bunun imkânsız olduğunu da hemen, belki onu düşünürken beraber hissetmekten doğan ümitsizlik ve tembellikle artık ölümden başka bir şeye sığınma kalmadığını anlıyordu. Bu her şeyi bırakıp gitmek, önce delilik diye kabul ettiği bu kuruntu tekrar düşüne düşüne alışıp artık bütün saatlerini işgal ediyor bazen pek kolay bir hareketmiş gibi öncesini ve zorluğunu unutup sade mutlu ve rahat hayatlarını düşünmeye sevk ederek mutlu ederken bir an oluyordu ki, fikren aştığı mesafelerden ürküyor ona değil hayata geçirilmesi, yürütülmesi bile korkunç acı, bir ihanet gibi geliyordu. O zaman içinde bir yara açılıyor, bir yakıcılık hissediyordu. Herkesin, dünyanın küfür ve uydurmaları, ailesinin babasının düşünceleri ve namusunu lekelemeyi gözüne alacak kadar kuvvet bulduğu oluyor, bu ikiyüzlü ve kötü insanların yalnız bu sözde kalan böyle değerlerini küçümsüyordu. Böyle olmakla beraber bu işte ona imkânsız görünen bir taraf, bir uğursuzluk vardı. Onu asıl düşündüren Necib'in içtenlik ve ciddiyeti ve bundan emin olmak ihtimali de yoktu. "İnsan eminim zannettiği şeylerde o kadar çok yanılır ki..." diyordu. Hem Necib bu büyük fedakârlığı yapacak kadar kendini seviyor muydu? Eğer şimdi o kadar seviyorsa bile bu kuvvet ve gençlik sonra da devam edebilecek miydi? Çünkü bir gün onu üzüntülü ve pişman görmekten ölmek daha iyi geliyordu. Bundan sonra acaba bu yapılsa bile rahat ve geniş ömür sürebilecekler mi, herkesin haklarında düşünecekleri, özellikle o kadar hakaret ve yaralı edecekleri adamdan dolayı hayatları zehirlenecek miydi? İkisi de, birbirine bakıp geçmişi düşünmekten kendini alamayacak kadar içten, inceden inceye araştırınca bu hayat mümkün müydü? Daha bir ay önce, bu kadar onarılması imkânsız bir şey yapılmadığı hâlde de, henüz başlangıcın öncesinde birbirleri için, böyle şeyler için acı duymamışlar mıydı?

Daha bu dereceye gelmeden, daha ilk değerlendirmelerinde ümitsiz oluyor, özellikle Necib'i Hacer'in karşısında öyle gördükçe, onun ciddiyetinden şüphe ederek ümitsizliği çoğalıyor, o zaman başı bu ağırlıklar altında zayıf, karmakarışık, ıstıraplı, hep çaresizlikler arasında dirençsiz kalarak, ne tarafa dönse bir uçurum görerek: "Ah kötü, bu işte bir uğursuzluk var. Hiçbir şey yapmak mümkün değil!" diyordu. Yalnız her şeyden vazgeçip yine eski hayatına gömülmek isteyerek kalıveriyordu. Her şeyi unutup, unutmaya çalışıp: "O bir rüya idi, geçti..." diye bundan sonra hayatına herkes gibi katlanmak, o geçen birkaç aylık mutluluğun böyle birden ve sonsuza kadar sönüvermiş görmek ayrılığına hazırlanmak gerektiğini görüyordu. Ve kendi kendine bu yakıcı zorunluluğu düşünürken isyan eden kalbine karşı uzak bir ses vardı ki en akıllıca olanın bu olduğunu hatırlattığı oluyordu. Bu pek gizli, yok olması pek hızlı olan bir şeydi, belki imkânsızlıkla ümitsizlikten geliyor, kuvvet bulmak için kabul olunuyordu. Fakat hissediyordu ki, Necib o hüzünlü gözleriyle gelse, o ateşli sesiyle: "Hayır, Suad, sen burada böyle ölmeyeceksin, ben sensiz yaşayamıyorum. Seni götüreceğim; gelirsin değil mi, beraber gelirsin değil mi?" deseydi, hepsini, evet her şeyi unutabilecekti. O kadar çılgın, o kadar zayıf olduğu dakikalardı. Onun sesine, onun bu teklifine o kadar tutkun ve hasretti. Öyle zamanlarda geleceği düşünse bile bir kere büsbütün onun olduktan sonra ilk felâketinde ölmek imkânı kendisini inandırıyor ve yatıştırıyordu. Sonra "Hep rüya, hep çılgınlık! Uyanmalı..." diyor, Necib hiçbir zaman bu kadar fedakârlık yapacak derecede kendini sevmiyor gibi geliyordu.

Yine böyle bir anda, böyle ümitsizliğin altında ezildiği bir sabah, Süreyya yeni gitmiş, o eline okumak için gazeteyi almış fakat gözleri kafesin arasında dalıp kalmıştı. Arkasından kapının açıldığını işitti. "Hacer'dir..." diye düşünüyordu fakat Necib'in sesini duyunca sıçradı. O: "Maşallah..." diye giriverdi. Gayet büyük korkuların verdiği şiddetli kalp çarpıntılarıyla düşünmeden bir aşk heyecanı karışmıştı. Necib'i yine o mutlu zamanları, yalnız birbiri için yaşadıkları zamanları hatırlatan o derin sevgi bakışıyla bulunca bütün şüphelerin, kırgınlıkların bittiğini gördü.

Fakat Necib dış görünüşteki neşesinin gizleyemediği bir bakışla bıkkın ve kederliydi. Karşılarında bir acının eğilişi vardı. Her şeyden usanmış, dünyada hiçbir arzusu kalmamış insanlar gibi konuşuyordu. Bu bir haftalık hayatı onu yıkmış, hurdahaş etmişti. Önce resmiyet içinde başladı. Sonra yavaşça hayatını anlatmaya başlayınca şikâyetli bir tavır aldı. Kendinden bahsetmeyerek hayatının ne boş, ne karanlık geçtiğini anlatıyor, artık katlanamayacağını hissettirmek istiyordu. Suad, bir söz söyleyemeyerek, onun ümitsizliğiyle sıkıntıya yenik kalıyor, suskun ve gamlı, birden konumlarının yine hüzün ve korkusuna boğulmuş, dinliyordu. Sonra Necib kendilerine geçti. Ondan uzak, ondan yoksun hayatı onu öldürüyordu. Şimdi onun Boğaziçi'nden inmemek arzusunu anlıyor, her şey bitecek diye korkmakta hakkı olduğunu kabul ediyordu. Acı bir şikâyetle: "Fakat asıl sen bitiriyorsun..." denemek için dişini sıktı. O önce buraya gelirlerse daha sık görüşürüz sanmıştı. Burada bulundukça görüşmek için bin türlü bahane çıkabilir diye düşünmüştü. Hâlbuki orada... Kalsalardı...

O hayatı düşündükçe korkmuştu. Gitmekten çekinerek ve gitmek arzusuyla yanarak, bir karar veremeyerek geçecek o cehennem hayatından o kadar korkmuştu ki, İstanbul'a inince memnun olmuştu. Artık buraya sık sık gelecekti. Fakat şimdi... Eliyle ümitsiz bir hareket yaparak "Hâlbuki asıl şimdi bitti!" diyordu. Güya asıl sebep etraftakilermiş gibi davranıyordu. Fakat ona ağlayarak: "Hâlbuki sade sensin Suad, sade sen... Eğer sen istesen dünyada benim için başka hiçbir şeyin önemi yoktur. Ben senden başka bir şeyden korkmam... Fakat sen istemiyorsun, sen kaçıyorsun. Yalnız sen değil, benden şimdi gözlerin bile kaçıyor." demek istiyordu.

Ve ikisinin dudaklarında titreyip söylemedikleri bu sözlerde; birbirlerini anlayamamaktan gittikçe birbirlerine daha hain bir bilmece görünüyorlardı. Onun bu kadar hıyanetine karşı Necib kalbinde öyle acı bir intikam duygusu buldu: "Her şey bitti!" derken: "Fakat siz bundan memnun olmamalısınız!" dedi. Zaten belki onu Suad istememiş miydi? Suad kinayeli bir yakıcı bakışla bakıyordu. Necib o acılıkla:

"Evet, rahat, artık rahat... Bundan sonra iyice rahat... Benim sebebime o kadar işkence ve hakaret gördünüz ki." sözlerini söylüyordu.

Suad gözlerine hücum eden yaşlarını göstermemek için başını çevirip sakin bir şekilde pencereden baktı. "Ah bilsen..." demek isteyen içten gelen hücuma karşı koymak için uğraştı. Necib hâlâ o zeminde söylüyor, yazın kendilerini sıktığından, pişmanlığından anlatıyor böylece sevgi gösteren bir savunma görmek ümidiyle mümkün olduğu kadar acı sözleriyle devam ediyordu. Hâlbuki sessizliğinde, ikisinin yalnız bulunuşundan sıkılır gibi bir hâli vardı sanki onun ruhunu saklayan bir yabancılık, bir fikri başka şeyle yahut şu durumdan kurtulma arzusuyla meşgul oluşu fark ediyordu. Onu yalnız bulmak için buraya bu vakit gelip de istediği gibi yalnız bulunca mümkün olduğu kadar uğraşıp açıklama istemek, işi iyice anlamak kararındaydı.

Ve tekrar onun istekli ve hayat veren gözlerinin önünde, o namus kaynağı temizliğinden ümit ve şifa içmek emelindeyken onun iki haftalık ayrı düşmelerinin vereceği etkiyle böyle yabancı, inatçı ve bir sır gibi umursamaz ve sınırlanmış görünce söylemek istediklerini söyleyemeyerek ruhunda bir acı şikâyet, bir feryat arzusunun yükseldiğini duyuyordu. Böyle ümit isterken ümitsizlik ve yoksunluk verilmesinin acısıyla o kadar zehirlendi ki, bir intikam hırsı ile kendisi de zehirlemek arzusuna düştü ve sözlerini: "Hâlbuki işte hâlâ rahatsız ediyorum." diye bitirdi. Sonsuz bir ümitsizlikle güçsüzdü.

"Bilir misiniz gelmek için niçin bu saati seçtim? Biliyordum ki yalnız bulmak ihtimali ancak bu vakit vardır. Bir şey olacak zannediyordum. Üzüntüm azalır diyordum... Fakat işte... İşte gördüğüm kabul... Ah budala..."

Kuvvetle kesti, onun öbürlerinden korktuğu hakkındaki fikri tamamen yok olmuş olduğundan kendisinin istemediğini ve nasıl olsa o istemeyince bu hâl devam edeceğini, artık önceki kadar sevilmediğini düşünerek bu çaresizlikten bir feryat ortaya çıktı:

"Ah bilmem ki ne yapmalı."

Çılgınlıkla bakarak inliyordu. Suad hâlâ başı cama çevrilmiş duruyordu. Her an başını çevirip birçok şey söylemek arzusuyla boğuşuyor, gözlerinin hâla kurumadığını hissederek kalbinden çıkan aşk ve elem feryatlarını susturmaya uğraşıyordu. Bunda bir mecburiyetle teslimiyet vardı. "Mademki iyisi her şeyi unutmaktır." diye biraz irade de karışıyordu. Ve işte bu kararsızlık ve sessizlik anında "Beni sevmiyor, beni istemiyor artık!" şüphesi Necib'e bu saniyelerde geldi. Bu acı bir tırmalanmayla başladı. Fakat o kadar acıyla ruh derinliklerine inip acılarına öyle bir teselli oldu ki, bir ümide sarılır gibi ona sarıldı. Ah bir kere bundan emin olsaydı, onun bütün nefret ettiği kadınlar gibi birkaç aylık hevesle vakit geçirdikten sonra ilk tehlikede rahatını aşkına feda edemeyerek çekilen kadınlardan olduğunu anlasa, bu son ihanetle yine yaralansaydı... Hatta şimdi onun aşkı için kendisi sızlanırken mesela o pencerede başkasını, kalbini şimdi titreteni beklemiş olsaydı... O zaman yine yaralanacaktı. Fakat bu yarada büyük bir şifa var gibi geliyordu.

Bunun üzerine sevilmediğini anlamak, emin olmak için çalışmaya başladı. Bunu büyük bir zevkle, beklenilen bir neşeye katılmak zevkiyle, kimden olduğunu bilmediği bir intikam hırsıyla yapıyordu. Bu zevkte fırsat bulan bir acılık vardı. "Tekrar ne vakit geleyim?" diye sordu. Suad bu kötü yerden kurtulmak, her şeyi anlatmak samimi arzusuyla uğraşırken sonunda karar vererek başını çevirdi. "Vallahi o kadar karışık ki..." diye başladı. Fakat Necib'in gözlerinde o kadar yabancı, o kadar ruhsuz, hiç Necib'de görmediği soğuk bir bakış vardı ki, coşkusu birden dondu. O zaman korkarak, tereddüt ederek onun inanmayıp eğlendiğini göre göre, bulamadığı kelimeleri araya araya evin rahatsızlığını anlatmaya çalıştı. Necib bütün bunların nasıl temelsiz bir bahane olduğunu görüyor, "Pekâlâ, ya şimdi... Şimdi de Hacer mi var? İşte şimdi de öldüğümü görüyorsun. Şimdi de inliyorum... Ve sen hâlâ taş gibi, hâlâ kalpsizlik... Bana bir bakışın bir ay elverir! Bunlar hep yalan... Asıl gerçeği niçin söylememeli? Senin gözlerin söylüyor ki: Artık her şey bitti... Yalan, yalan... Ah hep yalansınız..." diye haykırmak istiyordu. Bir an oldu ki Suad onun bu fikrinden şüphe eder gibi oldu. Ruhunun tekrar o şelâle heybetiyle onun ayaklarına atılmak istediğini hissetti. "Ah bilsen..." demek için öldü. Fakat Necib o kadar soğuk, öyle karanlıktı ki, sustu. O şimdi ayağa kalkmış, pencereye dayanmış, sokağa bakıyordu. Ve dudaklarını titreten, gözlerini bulandıran bir gözyaşı hücumu içinde bu artık ümitsiz, tedavisiz, her şeyin bittiğini, onun buna çare bulmayacağını, tam tersine kendi bitirdiğini görmekten meydana gelen gözyaşları içinde boğuluyordu. Bir zaman Suad'ın kendini ne kadar sevdiğini, kendi için ne zahmetlere katlanmaya hazır olduğunu düşünüyordu. Ah o zamanı bir daha ele geçirmek için hayatını ne kadar sevinerek verirdi. Çünkü bundan sonra bu hayatı ne yapacaktı? Önceden katlanamıyordu, bundan sonra ne yapacaktı?

Kapı şiddetli bir fırtınayla açılır gibi arkasına dayandı. Eşikte Hacer görüldü: "Necib Bey gelmiş diyorlar, nerede ya?" diye gözleriyle araştırıyordu. Onu görünce girdi. "Maşallah, efendim, hiç de haber vermezsiniz..." diyor, Necib'e giderek: "Nereden böyle? Bu ne şeref efendim?" sitemlerine geçiverdi. Sonra, ikisinin de hâllerine bakıp merakla: "O ne o? Ne oluyorsunuz ikiniz de Allah aşkınıza?" diyordu. İnce dudaklarında sivri bir gülümseme duruyor, gözlerinde bir ateş gülümsüyordu.

Necib'in söylediği birkaç söz üzerine merak siteme dönüştü: "Hani dün gece gelecektiniz? Maşallah, gerçekten sözünüzün erisiniz..." Necib'in mırıldanarak açıkladığı özürlere karşı dargınmış da affetmeyecekmiş gibi davranıyor, işlenilen suçun büyüklüğünü anlatmak ister gibi:

"Bilsen ne kadar bekledim..." diye şikâyet ediyordu.

Suad başını pencerenin camına dayamış ağlıyordu. Gelmek için kendinden gizli sözler verdiği bu kadının gözünde Necib'in komşunun uşağından bir farkı olmayışına ağlıyordu. Ve onlar olmasa haykırarak ağlayacağını zannediyor, mendiliyle ağzını tıkayarak, dalmış gibi görünerek, bakmıyordu.

Necib o gün akşama kadar kalbinde zehir ve ölüm olduğu hâlde kalmaya mecbur olduktan sonra bir zindandan kurtuluyor gibi oradan çıkınca, oradayken sokağa kendini atıp serbest kalırsa rahat edeceğini zannederken, şimdi yalnız, bütün endişeleriyle, bütün felâketleriyle yalnız kalınca harap oldu. Asıl beynini ezen, kafasını çatlatan, bir türlü halledemediği bir taraf vardı. Yüz bin kere: "Ama nasıl olur? Niçin? Bu mümkün değil! -bir sebep belirleyemeyerek- "Bir şey var, ne olduğunu bilmem, fakat her hâlde bir şey tuttuğunu ve kahrettiğini görüyordu. Bu ateş arasında bu şeyin başka birisi olmak ihtimali de düşüncesini bir zehirle yakıyordu.

Demek her şey bitmişti... Her şey, bütün her şey... Hiçbir dönüş ihtimali, geri alma ümidi olmaksızın... Büsbütün, ne bir ümit, ne bir emel, ne bir şey, hiç, hiç bir şey... Ne bir gülümseme, ne bir bakış, öyle mi? Fakat niçin? Burada, bu işin haksızlığı ile kudurur gibi olarak öfkeden etrafını kanlı görüyordu. Niçin? Evet, o ne yapmıştı? Bu hakaret ve rezalete mahkûm olmayı anlamayarak, bilemeyerek, bulamayarak sersem, mutsuz, sefil yine oraya gidiyordu. Ah oraya onun yanına çıkıp titreyerek onu varlığını isteyerek ölürken, onun gözlerinde yine o gülümsemeyi, onun sade bir gölgesini görmek için kalbinde ne sefil bir istek ve tehlikeli arzu vardı. Fakat Suad'ı donuk ve soğuk, yalnız görünürde bir incelik gördükçe, tekrar delil olarak ne yapacağını bilemiyor ve Hacer'in elinde kalıyordu. Başı endişe ateşinden çatlarken gülmek, güldürmek, konuşmak gerekiyor, kaçmak için bahaneler arayarak geldiğine pişman oluyordu. Hacer onu piyanoya götürür, şarkılar, peşrevler çalar, sonra kantolara geçerek eğlendirirdi. Ve Necib piyanoya dayanarak, şimdi ötede bir düşman gibi duran şu kadına bir zaman kendisi için piyano çalmanın bir bahtiyarlık olduğunu acı acı düşünerek bu mutlu olmaksızın geçen bahtiyarlığa bir yetim ayrılığıyla ağlamak isterdi. Acı bir tırmalanmayla: "Ah bir saatlik o hayat için bütün ömrümü verirdim..." diyordu. O zaman Hacer'in deliliklerine şen görünüp hüngür hüngür ağlamamak, yahut ümitsizlikle ve asık suratlı kalmamak için ona eşlik ederken, tekrar gelmeyeceğine yeminler ederek eziliyordu. Her gelişinde ümitle geliyor, gelir gelmez kaçmaktan başka bir şey istemeyerek onu bir kurtuluş gibi görüyor ve tekrar gelmemek yeminiyle çıkınca yine özlemle yanıyordu. Bu sefer bir daha gidip ona yalvararak, ağlayarak, onsuz kalınca harap ve yok olduğunu anlatarak ona tekrar hayat vermesi için rica etmek istiyordu. Fakat onu yalnız bulmak mümkün olmuyordu. Ve yalnız kalmasını beklemek o kadar şiddetli bir ateş olurken yalnız kalsa bile onda coşkusunu, zavallı cesaretini donduran bir ciddiyet ve ağırbaşlılık görerek korkuyordu. Bir zaman o kadar emin olduğu bu kadından şimdi böyle korktukça, kaçmaya cesaret edemeyecek bir hâle geliyordu, gözünde o kadar büyümüş oluyordu. Sade bir kere yalnız kaldıkları ilk bir kaç dakikada, bin gayret ve kalp çarpıntısıyla, ortada bir hayat ve ölüm meselesi varmış gibi heyecanla birçok şeyler söylemek niyetinde olduğu hâlde sinirleri kilitlenip çeneleri kuvvetsiz kalarak, en sonunda sadece "Artık zannediyorum ki dargınız..." diyebildi ve titreyerek sustu. Ciğerlerine kadar bitkin bırakan bir titremeyle çaresizdi.

Suad'ın gözleri belirli bir mana veremeyeceği bir sorgu dolu bakışla kendine yöneldi. Necib, şu nefis yaratığın nasıl bir tek sözüne hayat ve mutluluğunun bağlı olduğunu, gözünde bu vücudun ne yüz bin hayata değer kıymette bulunduğunu düşünerek, tereddütlü, bir şey söylemedi:

"Bilmem..." dedi, "O kadar surat ediyorsunuz ki..."

Suad, yorgun, sonsuz bir bakışla baktı. Ve bir şey söylemedi.

Bir başka sefer Hacer'in piyanodan kalkmasından fırsatla birkaç gündür kendini oyalayan ve heyecanlandıran bir niyetini söylemek istedi. Cesaret ederek ona bir rica etti. Hem açıkça reddedemez diye onların yanında söylüyor, hem de belki bir hatırlatma olur da döner diye düşünüyordu.

Fakat Suad gayet kısa ve cesaretini yok eden bir sakinlikle geri çevirdi. "Bitti, ah ne olsa bitti... Tamiri imkânsız şekilde bitti..." diye başını dövüyordu. Ve onu gittikçe zayıf ve hasta görüyordu. Kendi geldiği zamanlar onun birçok şeyler bahanesiyle kaçtığını ölerek gördükçe acı acı "Benden kaçıyor, benden... Bir zaman o kadar sevdiği

Necib'den şimdi kaçıyor. Demek o kadar iğreniyor. Niçin? Ne oldu Ya Rabbim?" değerlendirmeleriyle harap oluyordu. Onun elinden geri dönüşü imkânsız bir şekilde kaçtığından emin oldukça geçmişlerindeki mutlu hayatı, onun kendini mutlu etmek için yaptığı şeyleri, o uzun uzun geceleri düşünerek, o zamanları ateşlerle geçirdiği hâlde de bugün yaşadıklarını anlayamıyordu, iki yaşadığı arasında dünyalar kadar fark vardı.

Sonra öfke geldi. Ve öfke gelince değerlendirmelerle beslenerek ateşli, kanlı bir düşmanlığa pek çabuk dönüştü. Onun elinden gittiğine kesinlikle karar verip bir sebep de bulamayınca bütün suçu ona yüklemekte bir intikam vahşeti buluyordu. "Ben ne yapayım? Daha ne istiyor?" Ona hürmet ve kölelikten başka ne göstermiş, onu o kadar büyük ve yüksek tutmuştu? O kadar özen ve ilgiyle beraber bu da mı böyle hakaret ve alçalmayla bitecekti? Bu da mı her karşılıklı aşk gibi sade bir nefretle hâlinde bir mezar bırakacaktı? O kadar eşsiz ve muhteşem gördüğü, muhteşem olması için her şeyi yaptığı bu karşılıklı aşkın da bayağı, her günkü aşklar gibi olduğunu kabullenmek mecburiyetiyle isyan ederek başını duvarlara çarpmak ve bu isteğinin de hemen oracıkta böylesine aşağılık bir biçimde son bulunmasını istiyordu. Ah hayatından ne kadar iğreniyordu. Onun hiçbir zerresinde sevilecek, büyük, muhterem bir şey görmüyordu. Köpek gibi başlamış, köpek gibi yaşamış, köpekler gibi şimdi sürünmeye mahkûm olmuştu.

İlk, hayata dair hayallerinin büyüklüğüyle kendini aldattığı devri izleyen devir hezimetle başlamıştı. Önce şöhret kazanmak, büyük olmak için hiç durmadan çalışmıştı, görkemli emellerinin esaslarını hırs oluşturmuştu. Fakat bundan daha çabuk ve kesin bir şekilde şifa bulmak gerekti. Hayatının bu emellerini gördükten sonra, kadınlar için yaşanılan bir hayat yeterlidir emeliyle onlara koşmuş ve bu ömür boyu bir yıkım, sürekli yeni çalışmalarla, yeni tehlikeli arzularla feci bir yıkım oldu. İşte bu son, en son yıkımdı. Ve bu her şeyin sonuydu... Artık hayatına tükürmek istiyordu. Ah onu nasıl bir şey zannetmişti. Hâlbuki hep, hep boştu. Şöhret, hırs, aşk... Hepsi, hepsi, boştu. Tutacak, hayatta yardım edecek hiç, hiçbir şey yoktu. Yokluktan başka hiçbir şey gerçek, hiçbir şey sonsuz değildi...

Ona gidip: "Kadınlar, ah siz hep bir şeysiniz..." diye haykırmak istiyordu. Ve bir gün, o kadar kahroldu, o kadar vahşileşti ki neredeyse onun önüne kadar gidip düşmanlıkla bakarak bu sözü söyleyecekti. Fakat çok zamandan beri yakından görmediği için onu şimdi o kadar zayıf, sarı, gözlerini o kadar çürük ve zayıf buldu ki, bütün düşmanlık ve kızgınlığının gözyaşına dönüştüğünü gördü.

Evet, Suad ölüyordu. Her şey onu öldürüyor, evdeki hayatı, Süreyya'nın hâlleri, artık o kadar mutluluk umduğu aşkı gömmesi, her şey... Fakat onu asıl öldüren şey Necib'in Hacer'in elinde tahammülle değil, zevkle oyuncak oluşu, piyanoda, bezik masasında, pencere kenarlarında saatlerce gülmeler, fısıldamalar idi. Kendini artık sevmeyişine, maddi bir faydalanma sağlayamayınca da onu ihmâl edişine, özellikle de onu böylesine paçavra gibi atmasına tahammül edebilecek, üstelik eğer gelmezse onu unutabilecekti. Fakat Necib'i gözlerinin önünde bu hareketlerde bulunacak kadar adi kalpli bulmak onu öldürüyordu. İlk defa kıskançlığın öldürücü deliği kalbini yakıyordu. Onu öyle gördükçe sade sevilmediğine değil, hiçbir vakit ciddi sevilmediğine karar vermek onu harap ediyordu. Hem niçin sevilecekti? Kendine bakıp siyahlanmış kapakları içinde gözlerini donuk, yüzünü sararmış bularak şimdiye kadar hatta o derece sevgi gördüğüne şaşırıyordu. Hiçbir zaman da kendisinin eşsiz bir güzel olduğuna inanmamıştı. Fakat herkeste özel bir cazibe bulunur fikrindeydi. Hâlbuki kendinin işte bir sene bile bir aşkı sürdüremediğini görüyor hiçbir şeyi başaramadığını fark ediyor ve kendini aşağılanmış hissediyordu. Ve acı bir fedakârlıkla beraber Necib'e hak veriyordu. Sevmekte hakkı olabilirdi; fakat gözünün önünde o hareketlerde bulunmak zalimane bir hareketti. Hele ara sıra kendine yine eski tarz sesi ve tavrıyla davranışında dayanılmaz hainane bir alay buluyor ve o zaman ateş kesilerek kaçmaktan başka bir şey yapamıyordu. Ve bütün bu mücadeleler içinde her gün daha çok ölüyordu.

Hâlbuki Necib bırakıp kaçamadığı için dayanamayarak, yanarak, ölerek gelip de Suad'ı böyle aşağılanmış, karanlık gördüğü için, kederli görünmemek, şüphe vermemek için, deli gibi, bilmeyerek yapıyor, ayrı yaşayamadığı için geliyor, onu öyle bulduğu için ölüyordu. Ve önce böyle birbirini yanlış anlamaktan başlayan kırgınlık görüşülüp anlatılmadıkça yavaş yavaş bağladığı düşmanlık rengi o hâle geldi ki, bir müddet sonra Suad onu o hâlde görüp ölmemek için onları yalnız bırakarak kaçmaktan başka çare bulamaz oldu. Fakat hiçbir şey yapmak ihtimali yoktu. Sebepsizlik çaresizlik içinde kudurmak istediği bu bunalım ve çöküş devrelerinde sade kendini yiyordu. Ve bu öylesine karmakarışık bir hayat oluyordu, o kadar kararsızlık içinde sürünüyordu ki, artık gözünde hiçbir şeyin önemi kalmadığı oluyordu. Buna karşılık, deli olacağını zannettiği, haykırmak istediği fırtına saatleri, "Ama ben ne yapaydım? Ben ne yapaydım? Niçin?" diye her şeyi ilân etmek istediği kin ve nefret anları da ardından geliyordu.

Bir gün bu son dereceye geldi. Bir akşam yine kendini engelleyemeyerek, belki bir gülümseme görürüm, belki sefaletimi görür de pişman olur diyerek konağa gitti. Hacer'le hanımefendi oradaydılar. Suad'ı görmediği için ümitsiz, sormaktan çekinerek, yemeği bekledi ve titreyerek onun sarı yüzü, soluk gözleriyle şimdi geleceğini beklerken Süreyya yalnız indi. Ve onun rahatsız olduğu için inemediğini söyledi bu param parça eden bir darbe oldu. Son ve öldürücü darbe... Bu artık her şeyin sonuydu. Demek her şey bu kadar, bu kadar tedavisiz bitmişti? Demek artık onu vücuduyla bile o kadar rahatsız ediyordu? Bir zaman onu tam tersine mutlu ettiğini ve kendini görmek, alıkoymak için neler, ah neler yaptığını acı acı düşünerek gözlerine yaşların hücumunu hissetti. Fakat birden öfke ve kin bunları kuruttu. Bu hakaret, tahammülünün pek, pek üstündeydi. O kadar ki, deli gibi elinden çatalı bıçağı fırlatarak sokağa fırlamak ve...

Evet, artık ölmek istiyordu. Mademki her şey bitmişti, mademki her şey bu derece bitmişti, artık ölecekti. Hem de ne bitiş, hem de nasıl bitiş Ya Rabbim? O bütün bir temizlik ve soyluluğuyla bu kadın o kadar saygı ve aşkla sevip yüceltikten sonra şimdi, ah şimdi ne kadar, onu da öbürleri gibi hafiflikle, hakaretle kabul edip iki buluşmadan sonra eskiyip atılan bir kundura gibi bırakmış olmayı ne kadar istiyordu. Ona gidip "Ah siz hepiniz şeysiniz!" diye aşağılamak için nasıl bir arzusu vardı. Acı acı: "Beni pek budala bulmuştur!" diye gülüyordu. Fakat bu da mümkün değildi. Hiç öyle görünmüyordu. "Mutlaka, mutlaka bir şey var, fakat ne?" diye beynini yerken, bu kadar alçaklık ve hakaretle, rezalet ve miskinlikle kovulmak acısı bir yara oluyordu. Ona haykırmak, kanlarına boğularak, önünde ölerek haykırmak istiyordu. Ve onun ayaklarının altında kanlar içinde ölmenin bir intikam vahşeti var gibi geliyordu. Önce bu fikre tutuldu. Ne olursa olsun onun önünde kendini öldürecekti. Ona, yırtıcı bir düşmanlıkla: "Biliyor musun, sen de sen de onlardansın. Bense bir şey zannetmiştim..." diyebilerek ölmek, ona kendi kalbinin kuvvet ve heybetini gösterip pişman etmek, harap etmek onu zevkten sarhoş hâle getiriyordu.

Ve yemekten sonra, bir bahaneyle, ellerinden kurtulup sokağa fırladığı zaman, ateşlerle yanıyordu. O kadar yanıyordu ki, "Ah bir şey, bir şey" diye sızlıyordu. "Bir şey, bir deva, bir şifa..." Birden aklına gelen fikre o kadar esir oldu ki, kendini bir arabaya atarak "Çabuk, Tokatlıyan..." dedi. Şimdi araba şiddetle kaldırımların üzerinde yuvarlanırken, sanki beyni uyuşmuş, bir şey bilmiyormuş gibi açıklamalarını ve sebeplerini düşünmüyordu, acı çekiyordu. Acıya o kadar alıştığı, onu o kadar yaratılış hâli saydığı için ıstıraplıydı.

İnsanı tokatlayan bu kış gecesinin saat dördünde, ıssızdı, neredeyse kimseler yoktu. Yalnız birkaç yemekte geç kalmış, masa başında yemekten sonrasının rahatı ile sohbete dalmış takımlar vardı. Orada masaya oturdu. Garsona "Viski!" dedi. Garson viski ile soda getirmişti ve büyük bardağa bu İngiliz rakısından iki parmak kadar rakı koyuyordu. Necib "Koy, koy!.." dedi. O, hâlâ "Koy, koy!" diyor ve garson hayretle bakarak dolduruyordu. Bardak dolduğu zaman sodayı göstererek "Götür onu" dedi ve ilk hamlede rakının yarısını içti. İki dakika sonra midesinden bir ateş bütün damarlarına, beynine yayıldı. Hâlâ o acı, sebepsiz, o belirsiz bir sancı gibi işkence devam ediyordu. Ve bu yayılan sarhoşluk arasında, gözleri dumanlanıp derin bir özlem ateşiyle ruhu sızlarken, birden mızıkanın çığlıkları yankılanınca "oh" dedi. Dumanlı bulutlar beyninde acı bir zevkle dalgalandı.

Şimdi artık hatırlıyordu. Artık bütün aşk serüvenini, en uzak ve hurda ayrıntılarına kadar görüyor ve onları her ayrıntıda uzun uzun düşündükçe, hepsinde sonucunda sefillik ve alçaklığıyla yaralanarak, her ayrı mutluluktan bir başka yaralanıyordu. Ve onu bu işkencelerden çok, en çok öldüren şey sebebini bilmeyerek anlatamadığı Suad'ın bu davranışını belki küçük bir hareketle engellemek mümkünken bunu bilemeyerek, yapamayarak, her şeyin böyle sönmesine aciz bir tanık oluşu idi. Orkestra o kadar sevdikleri, beraberce o kadar kendilerinden geçtikleri Maskeli Balo'nun bir fantezisini çalıyor, "Ama sakından koparılmış." parçasına gelince, bütün o yok olmuş mutlulukları o kadar elem ve hasretle hatırlatan güzel nağmeyle kendinden geçerek, "Evet, sakından... Sakından değil, canından koparılmış, ruhundan koparılmış..." diye inledi. Viskiyle boğmak istediği kederi müziğin etkisiyle öyle bir dumanla sanki uzaklaşmış, sanki ateşi söndürür gibi bir tesir veriyor ve bundaki sarhoşluk zehri, kâinat his ve bilgisi o kadar yükseliyor ve uzaklaşıyordu ki, garsona tekrar bardağını gösterdi. Ve gece yarısına kadar burada kaldı. Artık gözleri ağır bir uykuyla mahmur gibi, yavaş, bulutlu, yüzünün adaleleri bir bir çekik, gergindi. İradesiz ve sürekli bir şekilde bıyıklarını karıştırıyor, ara sıra o havayı kendi kendine mırıldanarak: "Ah sakından koparılmış..." diye mırıldanıyordu.

*

Bu sefer Necib konakta bir hafta görünmedi. Suad önce bundan memnun olurken gittikçe endişeleniyor ve sıkılmaya başlıyordu, onun yüzünden de arkasından da üzüntülü olduğunu görüp: "Ah bu aşk ne acı bir yara imiş. Ne kötü şeymiş!" diyordu. Onu o kadar çok sevmişti ve severken mutluluğa o kadar da dokunmuştu ki, hayatının bu sarsıntıdan kırılmaması mümkün değildi. Ve her şeyden çok onun şu kadar küçük mutluluk ihtimalini bile bir yara yapmak isteyen kaderin elinde feryat ve ölüme hazırlık arzusu hissediyordu. Kim bilir belki Boğaziçi'nde kalsalardı bu aşk böyle bitmez, belki bir mutluluk olurdu. Zaten bir mutluluk değil miydi, böyle birbirlerini son dereceye kadar, ölümlere kadar sevmeleri, birbirlerine dünyayı feda edeceklerini her bakışta, her nefeste tekrar anlatışları ve giderek sağlamlaştırmalar; sevildiğini, sevdiğini, bununla mutlu ettiğini bilerek yaşamaları zaten bir mutluluk değil miydi? Bu artık yok olmuştu. Acı, kötü sonlu bir rüya olmuştu değil mi? Ve hayatında bir şey olabilecekken uğursuz bir rastlantıyla kırılıvermiş olan bu aşkının hayali cesedi arkasında sevdiğini gömenlerin yakıcı yürek yanmalarına benzer bir özlemi vardı. Hayatın boşluğundan doğan bıkkınlık ve sonsuz iç sıkıntısına şimdi bir büyük mutluluk fırsatını kaçırıp hayatını yok etmiş olmaya ayrılık acısı da ekleniyordu.

Bu uzun düşünceler, kederler onu büsbütün sarartmıştı. Yüzü birden incelmiş, sarı, uzun bir hâl almış, gözlerinde derin bir bıkkınlık vardı, bütün yüz çizgilerine sürekli bir elem ifadesini yerleştirmişti. Artık ömrü hemen hemen hep sessizlik ve düşünceye mahkûm olmuş denilebilirdi. Süreyya ile dargınlıkları hâlen sürüyor, ikisi de pişman görünmeyerek zorunlu birkaç kelimeden başka bir söz konuşmuyorlardı. Hacer'in sözlerine artık cevap verip vermemeye de pek önem vermiyordu. Yalnız hanımefendinin ender birkaç sözüne katıldığı oluyordu.

Necib'in böyle sıra ile dört beş gün gelmediğini görünce, şimdi kendisi merak etmeye başlamıştı. Onun darılmış olması ihtimali bu merakı endişeye dönüştürüyor, ona gereğinden fazla bir sertlik göstermiş olmaktan korkuyordu. Öyle bir hafta gelmeyince "Demek Hacer için değilmiş" düşüncesi de değerlendirmelerine ekleniyor, o hâlde Necib'e niçin böyle kaba davrandığını anlamadığı dakikalar oluyordu. O kadar kırgınlığa esir kalmıştı ki, katlanamayarak, bir ateş içindeymiş gibi, elinde olmayan hareketlerde bulunmuştu. Fakat şimdi? Şimdi işte mademki artık gelmiyordu, demek o darılmış, haksızlık etmişti. Özellikle onun böyle günlerce uzaklarda ne yaptığını düşünmek bu endişesini artırıyordu. Acaba nerede yaşıyor ve nasıl yaşıyordu? O kadar müddet onun hayatına o kadar karışmış, o kadar girmişti ki, şimdi kendinde bir boşluk, bir rahatsızlık oluşuyordu. Bu değerlendirmeler arasında nadir dakikalarda hiçbir şey düşünmeyip dalıp herkes gibi gitmek, her şey bittiği için boş yere rahatsız olmak istediği de oluyordu. Fakat gizlice araştırmak ve merak üstün geliyor, tutkunlukla bunlara zihnini harcıyordu.

Bir akşam sofrada onun konusu umulmadık şekilde açılması bu düşüncelerine kuvvet ve şiddet verdi. Fatin Süreyya'ya Necib'i sordu. Cevap alamayınca kendisi bir kalem arkadaşından duyduğunu anlatmaya başladı. Fakat sözü ağzında o kadar ezip cümleleri, lokmaları çiğnemekle o kadar parçalıyor o kadar uzatıyordu ki, bir sinir ateşi içinde Suad ona haykırmak istiyordu. Fatin o arkadaşından alarak Necib'in hayatı hakkında bilgiler verirken fakat bazen sade bir gözle, sonra bir kapalı kelimeyle cümlelerini büsbütün belirsizliğe boğarak söyleniyordu.

"Bizim Fehim Bey geçen gece berabermiş... Şaştım diyordu... 'Ne tahammül, ne tahammül, ben kimsede bu derece aşırılık görmedim' diyordu..." diye aşırılığın ne de olduğunu söylenmemiş bırakarak açıklamalara giriyordu. Hanımefendi de kendi gibi bir şey anlamak için olmalı ki, sonunda anlatmaya mecbur oldu. O zaman Fatin manalı bir gülümsemeyle bakarak sadece: "Beyoğlu malûm a, her türlüsü... Şimdi bir de tiyatro kumpanyası gelmiş..." diye gözleriyle bir şey anlatmak istedi. Sonra Süreyya gülerek: "Kumpanyalar zaten buraya oyun vermeye değil oyun etmeye gelirler ve aktrisler sanatlarından çok mevkileriyle nam bırakırlar..." dedi.

Sonra söz başka bir şeye döndü. Suad sade Necib'in çok eğlendiğini anlamış olarak belirsizlik içinde daha da acılı oldu. Fakat bu kadarı da kendisine soğuk bir ihanet hissi bırakmak için yeterli değil miydi? Hâlbuki öbür gün Hacer'den öyle bilgiler aldı ki, artık hiç şüphesi kalmadı. Hacer yanına gelip birdenbire sade onunla meşgul olduğunu gösteren bir ciddiyetle dedi ki:

"Dün gece bizimkinden duydun a, Necib maşallah almış yürümüş..."

Suad merak ediyor görünmemek için kendini zorladı. Fakat Hacer anlatmak için teşvike muhtaç değildi. O zaman Necib'in bir aktrisin arkasında gezdiğini, onun için birçok fedakârlıklar, delilikler ettiği hâlde sonunda yanında alıkoymayı başardığı bir gece yemekte sızdığı için onu lokantada bırakıp karının başka biriyle kaçtığını, her gece de onu hep öyle yerlerde ve sarhoş gördüklerini anlatıyordu. Ve o anlatırken Suad inanmamak, savunmakla beraber kendinden uzakta, başka bir kadın için bu kadar hakarete uğradığı için Necib adına acı çekiyor ve bir aşağılanma hissederek eziliyordu.

Sonra birden isyan etti. Bu üzüntüsüne kızdı. "Neden? Niçin? Bana ne?" dedi. Artık bu işten sonra aralarında hiçbir bağ görmediği hâlde bu adamı hâlâ niçin düşündüğünü anlamak istiyordu. O ilk zorluklarda direnemeyerek sadece yine eski zevk âlemine dalmıştı. Şu kadar ki: Şimdiye kadar büyük adamlara yakışır şekilde yaşarken bu sefer usluca geçen bir yazın bütün istekle atılma ve intikamıyla bunda aşırılık gösteriyor, yahut her vakit böyle davrandığı hâlde yalnız bu sefer haberleri oluyordu. "Zaten onlar o hayata, o kadınlara alışmışlar... Şimdi artık memnun olmalıdır." diyordu. Hâlbuki o hayattan nasıl gönlü tok görünür, o kadınları ne kadar aşağılardı. Demek onlar yalandı. Demek o da yalandı. O kadar bugün böyle, yarın böyle hissediyor, o da herkes gibi sahte yaşıyordu? Hâlbuki kendini Suad ne kadar içten ve ciddi bellemişti. Ve onun da aldattığını görünce "Zaten hep öyle, hep... Hiç kimse yok..." diye suçluyordu. Hayatın o kadar ıstıraplı olduğu fenalıkları arasında bir aşk var diye ruhunun bütün arzusu ile ona sarılmışken ondan da böyle aşağılama, uzaklaştırma görmesi o kadar acı geliyordu ki, bu emellerinin sönmesi içinde tekrar: "Ah eylül... Eylül... Hayatın mutluluğunu bilmemekte, anlamamakta... Hâlbuki onu yaşayıp bilmemek mümkün değil... Bir kere Eylül geldi mi? Boş... Hiçbir ümit..." diye inliyor ve önündeki hayatını uzun, renksiz, yorgun günlerle dopdolu görerek sabır ve tahammüle gücünün yetmeyeceğini sanıyordu.

Elinde aşkının kırık oyuncak gibi perişan oluşu onu pek kahrediyordu. Şimdi artık her şeyi unutmak, onu kovmak istiyordu. Mademki o da yalandı. Artık değil unutmak nefret bile ediyordu. Ah hâlbuki ne kadar sevmişti, değil mi? Özellikle ne kadar aldanarak nasıl seviliyorum sanmıştı ve ilk fırsatta bunun nasıl gülünç olduğunu ne yakıcı bir şekilde anlamış, ne acı, ne aşağılık şekilde, ne alçakça anlamıştı... Sade bir mevsimlik işte onun tesiri güzelliği ve cazibesi... Ve bu an mutluluktan yararlanamayarak bütün kalbiyle köle olup ve hilelerle, kıskançlıklarla onu elinde tutmayı ve korumayı düşünemeyerek içten, doğru bir aşkla sevmiş ve bunu göstermişti. Ne kadar ateşle sever ve ne kadar gösterirsem o kadar mutlu ederim diye düşünmüş onu mutlu etmekten, mutlu görmekten başka hiçbir şeye önem vermemişti. "Fakat işte pişmanlık... İşte ders!" diyordu. "Pişmanlık mı, niçin? Ders mi, artık ne fayda!" diye omuzlarını kaldırıyordu. Mademki Necib o kadar hafif ve vefasızdı. Hiç pişman olmuyor, tam tersine memnun oluyordu. Hem böyle küçük bir tecrübeyle bu felâketten böyle sağlam kurtuluşuna şükrediyor. "Ya inansaydım, ya büsbütün inansaydım..." diye titriyordu. Hâlbuki neler ummuş, onun ateşli sesiyle ne teklifler beklemiş ve buna ne kadar candan razı olmaya hazırlanmıştı!

Bunu düşündükçe, hor ve alçak, boynunu bükerek: "Of aman!" diye feryat edecek kadar ıstıraplanıyordu. Bu düşüncelerden, bu derin alçaklık duygusundan bu ruh acılığından kurtulmak için ölüyordu. Artık düşünmemek, artık unutmak, o zamanları yaşamamış gibi olmak istiyor, bunun uzun müddet mümkün olmayacağını, böyle birden sönüveren aşkının üzüntülerinin, böyle hatta bir kelime af istenilmeksizin, özür dilemeksizin bırakılıp terk edilmenin, bu ayrılığın ne olsa mutlak bir müddet süreceğini bilmek acısıyla sürükleniyordu.

Bari hayatında bunun için bir kolaylık, sevilecek bir şey, yaşamaya, mücadeleye teşvik edecek bir güzellik olsaydı... Süreyya ile hâlâ soğuk bir nezaket hüküm soruyordu. Evde hanımdan başka herkesten iğreniyordu. Ve bu kalbe ait duygularıyla birleşince hayatını katlanılmaz bir işkence hâline getiriyor, akşamlara kadar yalnız, yorgun, güçsüz kalıyordu. Bir gece, âdet üzere yatmak için odalarına girdikleri zaman, Süreyya gülerek kendine yaklaştı. Ellerini uzatarak ve "Hâlâ affetmeyecek misin Suad? Ne kadar kindar imişsin!" diye yalvararak ellerini almak istedi. Suad o kadar mutsuzluğu ve çaresizliği altında o kadar ezilmiş bulunuyordu ki, birden eski seneleri hatırlatan bir içtenlik sedası ile kendine acındığını görünce gözlerinin dolduğunu hissetti. Ve ona bunları göstermekten utanarak, kaçacak yer de bulamayarak, derin bir ümitsizliğe karşılık bir sığınma ve imdat isteme duygusuyla onun boynuna saklandı. "Ah neler çektim, neler!" diye hıçkırmak isteyerek, onun ricalarla, öpücüklerle, küçük hitaplarla yalvarışı arasında büyük bir teselli ve şifa duyarak ıstıraplarının acılığıyla karışık bir teşekkür ağlamasıyla hayatından ve mutluluğunun böyle hareketli son bulmasından bir şikâyet ihtiyacıyla uzun uzun ağladı.

Onu sade bir koca sinesi olarak değil, her türlü kederlerin ağlanılıp rahatlayacağı bir şefkat sinesi zannediyordu. Bu yaşların arasında onun Süreyya olduğunu o kadar unutmuştu ki, yatıştırmak için kendine söylediği sözlerden olduğunu hatırlayınca irkilerek: "Ah senin bana ettiğini bilsen..." diye onu itmek istedi. Fakat tam Süreyya da o meseleden bahsediyor ve af dileyerek: "Ne yapayım Suad'cığım, öfkeme yenildim... Kendimi tutamadım... Fakat sen de itiraf et, sen de o gece biraz gereğinden fazla sinirliydin... Eğer öyle yapsaydın kim bilir..." diye söyleniyordu. Kim bilir belki orada kalacaklardı, değil mi? Fakat orada kalmamakla bilmeden birçok şeyi korumuştu. Süreyya hem kendi hukukunu, hem karısının namusunu, yani mutluluklarını korumuştu. Ve kendisini uçurumlardan korurken kendisi onu aşağılamış, onu suçlamıştı, değil mi? Şimdi ona teşekkür etmek, ağlayarak teşekkür etmek ihtiyacı ile daha göğsüne girmek "Yok, yok, asıl suçlu benim... Sen iyisin, iyisin Süreyya... Sen beni affet! Ah sana ne kadar hakaret ettiğimi, haksızlık ettiğimi bilmiş olsaydın..." diye inlemek, daha sokularak: "Oh beni sakla, beni koru... Beni savun!" diye sığınmak istiyordu ve bu sığınmada rahatlık, teselli ve kuvvet buluyordu. Gözlerinden akan yaşlar onu biraz yatıştırmış, onun sözleri kendine güç vermişti. Ve demek, hâlâ Süreyya'da şefkat ve sevgi, her şeyi unutup onu sevecek kadar içtenlik ve güven bulabiliyor, demek onu sevebiliyordu? Onu sevmek değil, ona ettiği hakaretlerin affını elde etmek için yalvarmak gerektiğini görüyordu. Çünkü şüphesiz ona karşı haksızlığı vardı. O kadar aşağılamalardan başka onu haksız saydığı için de haksızlık etmişti. O hep bilmeyerek korurken kendisi günahlarının maksatlarına âlet olmadığı için kızmış, özellikle hiddette bile haksızlık ederek hemen ümitsiz olup suçlama ile bundan bile bir faydalanma dersi araştırmakta kusur etmemiş, eğilimlerine serbestlik verip büsbütün teslim olmak için her şeyi yapmıştı. Oh, bunu şimdi ne kadar küçük, ne kadar güçsüz, ne kadar hain buluyor, bu alçalma ile ne kadar eziliyordu.

Şimdi derin bir sakinlik ve memnuniyet içinde, ona yakın, şükreder bulunmaktan büyük bir rahatlık hissederek ara sıra gelen hıçkırıklarla, tek tük konuşuyorlardı. Ve Süreyya'nın birden gereksizce Necib'in adını bir kere söylemesiyle bütün vücudu ateş gibi yandı. Bu henüz kapanamayacak kadar derin ve yakıcı bir yara olduğu için tekrar o sakinlik ve rahatlığın birden yok olup yerine daha yakıcı ve cana dokunan bir acının var olduğunu, hatta bu hâlin hiç yok olmamış gibi bulunduğunu gördü. Süreyya bunlardan habersiz, gülerek Necib'e dair bilgiler veriyor, ona rastladığını ve kendisini göremiyorlarsa da haberlerini aldıklarını söyleyerek alay edince onun "Azizim, ben de şaşıyorum. Fakat hiçbir kadına bu kadar ateşle bağlanmamıştım. Fakat görsen ne kadın! Kadın değil başka bir şey!" diye anlata anlata bitiremediğini, hatta kendini bir gece yemeğe çağırdığını söylüyordu. Ve Suad, tekrar aşkına dair kurduğu bütün kıymetli hayallerin, o mutluluk yuvasının, bir yakıcı çöküntünün acı, gönül yakan matemiyle yandığını hissederek hiç, asla bu yaradan şifa bulamayacağını, ölünceye kadar bu ateşle yanacağını, özellikle uzaklaşıp hatırada sade mutluluklarıyla sıtmalı ve sarhoşça, can yakan bir baygınlık gibi kalan, o birbiri için yaşanılan, ölmeye tam bir minnetle hazır bulunulan ve bu kadar sevip sevildikçe dünyalar ele geçirmiş gibi ruh ve hayatın artması hissedilen aşk ve mutluluk anlarını bir saniye derin bir esefle tekrar görür gibi oldu. Bir kere aşkın bu sarhoş edici öpücükleriyle dehşete düştükten sonra hayatın hiçbir iltifâta değer olmadığını itiraf etti. Ve tekrar bu kadar hayaller, ümitlerle ele geçiren ve büyüleyen böyle bir aşkın böyle bir alçalma ve aşağılamayla bitip gitmiş olmasıyla içi yandı. Fakat onu pişman olup dönecek diye beklerken, hatta iki günlük bir tecrübeye direnmeyerek böyle Fransız kadınları peşinde her şeyi unutup dillere düşecek kadar sarhoş ve hafif bulmak o kadar derin bir kırgınlık yarasıyla onu harap etmişti ki, tekrar kendini zorlayarak o hayalleri zihninden kovdu. Ve bu sefer zoraki bir istekle atılmayla Süreyya'nın boynuna uzandı.

Artık kesinlikle o aşkı gömmek gerektiğini, asla düşünmeksizin bu hayalleri feda etmek gerekli bulunduğunu anlıyor, mutluluğu sade hayalde olan bu mutsuz aşk şimdi baştan ayağa bir zahmetten, belâdan başka bir şey görünmüyordu. Bininci defa olarak bu aşkın katlanılmaz bir yıkım, sade bir dehşete düşüren ceza olduğunu tekrar ediyordu. Bizzat ondan işkence ve acıdan başka bir şey görmemişti. En mutlu zamanında bile bin türlü ateşleriyle kendini yakmış, rahatını yerle bir etmiş, öldürmüştü. Önce sebep yokken pişmanlık ve vicdan azapları ile yanmışlar, sonra ayrılmak, kıskanmak çıkmış, sonra aşağılama ve ihanet gelmişti. Ve böyle düşünürken bile: "Fakat o anlar, işkence saatleri arasında o bayıltan ve bir tanesi asırlarca işkencelere bedel olan o dehşet verici mutluluk ve zevk anları!" Fakat ne olursa olsun bundan sonra onun için Süreyya'dan başka kimse olmayacaktı. Onunla âşıkane mutlu olamayacaksa da hiç olmazsa hürmet ve sakinlik bulabileceğini zannediyor ve bu bir hayat için yeter, belki teşekkürü gerektirecek şekilde bir yardımı da olur gibi geliyordu.

Hayatı o kadar ateş ve işkence içinde geçirdikten sonra bu sakinlik ona büyük bir nimet gibi görünüyor ve "Mademki aşk ile saadet ne kadar mümkün değilse, aşk ile namus da o kadar imkânsızdır. O hâlde namus ile sakinlik ve rahat elbette daha üstündür..." diyerek bundan mutlu bile olmak gerekeceğini düşünüyordu.

Fakat bir zaman asıl isteği Süreyya'nın eski sevgisini kendine dönmüş görmek olduğu hâlde arada yakıcı fakat benzersiz bir aşk hayatı geçirmiş olduğu için şimdi Süreyya'nın bu dönüşünü istediği kadar sevgi ve bağlılık gördüğü hâlde de yine cazip bulmuyor, hayatını isteyerek değil, fakat kendini zorlayarak sürüklüyordu. Başka çare olmadığını, alışmak lazım olduğunu anlıyordu. Etrafına bakınca herkesin hayatında da birçok yaralar, çöküşler, belalar görüp, alışkanlıkla bunları unuttuklarını düşünerek hayatın bu kadar çok izni için bile seviyordu. İşte hayatında bulduğu en büyük bir iyilik, bütün kötülüklerinin zararını ödetecek kadar büyük bir lütuf bu alışabilmekti. Herkes felâketlerine katlanmakla başlıyor ve katlanmayla alışkanlık kazanarak direnebiliyordu. Hanımefendiye bakıp onun nasıl bir meleğe yakışır sabrıyla hayatına sarıldığını görerek bunda, bu mücadelede bir büyüklük buluyor ve mademki mutlu olmak imkânsızdır; olmaya çalışmakta, mutlu olamazsa bile öyle görünmekte güzel bir sağlamlık, bir kuvvet var geliyordu. O zaman Hakk'a güvenmekte bir zafer kazanılmışlık değilse bile bir güzellik, özellikle bir rahat bulunduğunu anlıyordu. Hâlbuki hayata karşı isyan insanı rahattan yoksun bırakıyor, felâketten felâkete değil, sefaletlere, rezaletlere atıyor, pislik içinde bile çalkalıyordu. Ve birdenbire aklına geldi ki, kış gerçekten her şeyi çürütüyor, harap ediyordu. Fakat öyle çiçekler, öyle fidanlıklar vardı ki, bunları onun zulmüne karşı önlemler alıyor, ilgiyle saklayabiliyorlar, güzelce koruyorlardı. Demek hayatın eylülünde de ümitsizlik ve korku yerine bağlılık bir şeye yarayabilirdi. Bu gerçekten bahardaki ferahlık ve gençlik olamazdı. Fakat hayattan daha fazlasını istememeliydi. Bu bir gençlik olmakla beraber yine bir hayat, özellikle sakin ve hiç olmazsa rahat bir hayat olurdu. Hızlı ve ateşli, biraz daha bayılarak yaşamak isteyenlere gelince, onlar hem başarılı olamıyorlar ve hem sönüp gidiyorlardı. O da denemek istemiş ve işte nasıl harap olmuştu.

Hele ki şimdi artık kendi hayatını o kadar da tedavisi imkânsız görmüyordu. Bu ara sıra yine ayrılıklar, yine üzüntülerle beraber bir gün mutlaka unutacağına emin olduğu aşkı bir yana atılırsa hayatı kötü bir hayat değildi, pek çabuk eski Suad olabilecekti. Zira Süreyya ne Fatin gibi iğrenç, ne efendi gibi zorla yaptıran bir koca olmayıp tam tersine idare edilebilirdi. Ve bundan iyisini aramak artık o kadar felâketten sonra aklına bile gelmiyordu. Özellikle boş gelen hanımlık hayatında hepsinin yerini tutacak ve belki aşacak mini mini bir bebek de olursa... Ve bu fikrine kalben mutlu olup açıktan gülerek: "Oh, bir çocuğum olursa o zaman hayatımı ne kadar seveceğim. İşte o zaman mutlu olacağım..." diyor, bir genç kadın hayatında can verilecek, büyütülerek terbiye edilecek bir çocuk bulunmasının ne düşünülmesi bile mümkün olmayan faydaları olduğunu anlayarak "Asıl suçum, asıl eksiğim bir çocuktu..." diyordu. Ve bir hafta geçmemişti ki, şimdiden öyle olmuş gibi, şimdiden hâline saygı duyduğu ve sevdiği saatler oluyor, hatta bunların arasında o eseflerin, o acıların, o tırmalamaların kalbini gittikçe daha az zedelediğini görerek bir gün tamamen şifa bulacağına inanıyordu.

*

Fatin bu gece pek şendi. Gecelerdir iddialar, kızgınlıklar ve inatlarla sürüp sonunda bu geceye ertelenen ve bu gece kesinleşmesine karar verilen bu son oyun beyefendinin gürültülü bir küfrüyle bitirildi. Pullar bir tarafa, zarlar bir tarafa fırladı. Fatin bir taraftan onları topluyor, bir taraftan da: "Aman efendim ne zararı var, siz yenersiniz... Doğal değil mi? Allah ömürler versin de..." diye yaltaklanıyordu. Bey: "Zâti bu hafta işim hep ters gidiyor... Haydi, kalk!" diye hanımefendiye baktı. Fatin gözlüğünün altından herkese işaret edip sinsi sinsi gülerek onu gösteriyor, gerçek hâlde oyunun ödülünü gürültüyle kaçırmakta, hiddet arasında söyleyemeyeceğinden korkarak soğuk terler döküyordu. Bu bir çift potin kundura için oynanmıştı. "Tabii mesele kundurada filân değil, Allah ömürler versin, fakat yenilmek kötü" derken, Fatin müthiş bir ıstırap anı içinde onun kalkıp yürüdüğünü gördü. Daha fazla dayanamayarak: "Artık yarın mağazaya uğrarım... Değil mi efendim?" diye can gözüyle bekledi. Ve onun hatta dönmeksizin "Olur..." diye homurdanması üzerine artık neşesine neşe katıldı. Yarın gidilecek bir düğün için Hacer'le eğlenmek istedi. Fakat Hacer bir iki haftadan beri konuşmalarında ve hareketlerinde çok sinirli ve oldukça yırtıcı bir tavırda olduğundan onun dişlerinin arasından kendini güç kurtararak işi abuk sabuk davranışlar sergilemeye vurdu, herkesi güldürdü; efendi için birkaç "Allah ömürler versin!" daha savurdu. Sonra birden haykırdı: "O ne o?" diye hayretle kapıya baktı.

Gerçekten kapı açılmış ve içeri Necib girmişti. Her sesten bir hayret nidası çıktı. "O ne, nereden böyle? Maşallah... Siz buraya gelir misiniz? Seyahattesiniz sanıyorduk" sözleri her ağızda dolaştı. Necib gülüyordu. sonra birkaç özür kelimesi geldi. Fatin'in yanına oturdu. O da bu gece pek şendi. Saat iki buçuktu. Yemekten sonra aklına geldikleri için öylece geldiğini söyledi. Fatin gülerek ve ötekilere gözüyle işaretler ederek: "Nasıl, nasıl?" diyordu. "Kulaklarıma inanamıyorum... Bu kadar fedakârlık, sizden, mümkün değil... Sizin canınız sıkılır mı? Özellikle

Beyoğlu'nda, şimdi tiyatrolar, hele o yeni gelen kumpanya... Bizim Fehim Bey söyleye söyleye bitiremiyordu..." Tekrar göz kırpıyordu.

Necib küçümseyerek omuz sallıyordu. Bir dakika hiçbir şeye önem vermiyormuş, gayet yorgun ve bitkinmiş gibi göründü. Fatin bunu yapmacık olarak anlıyordu. Gerçek hâlde hep onu biraz zayıf, biraz bozulmuş buluyordu. Süreyya: "Vay, bu yorgunluğa vücut dayanır mı?" diyordu., onlar şakalaşırken Hacer birden fıkırdayarak Suad'ın kulağına eğildi. Ve Necib'in sürekli, Suad'ın kulağına bir hasta sesi gibi üşüterek gelen ince kahkahalarını anlatmak isteyerek: "Aman kardeşim, ne tuhaf, dikkat ediyor musun, değil mi?" Suad acı dolu, dalgın, onun sonu gelmez şakalarla devamlı gülüşlerini rahatsız edici ve sahte bularak on-on beş günde başka kadınlarla ne kadar değişmiş olduğunu düşünüyordu. Tavırlarına lâubalîlik, daha bir düşüklük gelmişti. Sözlerini öncekine benzetemiyor, onları biraz utanarak, yorgun çıkıyor zannediyordu. Ve bu başkalık yalnız sözlerinde değil, bütün hâllerine yansımıştı ve giderek daha da dikkati çekiyordu. Onda yenilgi, kuvvetsizlik, acı bir sersemlik gibi bir hâl vardı. Gözleri bulanık ve donuktu, sanki görmüyor ve hatırlamıyor, düşünüyor gibi donuk, sürüklenir bakışlarla dumanlıydı. Sözleri sürüklenerek, sendeleyerek çıkıyor gibiydi. "Acaba hasta mı?" diye içinde bir acı duydu. Bunu bir anda her şeyi unutarak, yine onu eskisi gibi görerek düşündü. Ve onun hastalığı aklına gelip o zamanlardaki şiddetli, can yakıcı duygulanmaları tekrar yaşayınca, geçmişin hasretiyle tekrar hâlinin ümitsizlik ve dertlerine dönmek, ani oldu. Ve en çok iyileştim zannettiği, en çok ona ait esefleri unutup sakinlik ve huzura, artık büsbütün unutma devresine giriyorum fikrinde bulunduğu bir zamanda, onun varlığı ile yeniden şaşırmış, perişan kalmışken, bu hastalık fikriyle büsbütün kırıldı ve harap oldu. Artık ona yabancı, uzak oluşuna onu sevk ve idare edemeyeceğine yanıyordu. İçini bir merhametin kemirdiğini duyduğu bu saniyede ona henüz ilgisiz olmadığını, özellikle olamayacağını, ne zaman görse böyle derin ve henüz atlatamadığı hüzünlerin sızlayacağını, onu böyle kimsesiz ve muhtaç gördükçe, hatta terk edilip başkalarına gidildiğini bile unutacak kadar kuvvetli bir yardım etme isteği altında ezileceğini hissediyordu.

Birdenbire bu elemin altından bir korku, hain, soğuk, çirkin bir korku titremesi meydana geldi. Onlar hepsi gülüyordu. Fatin'in bir iki hokkabazlığına, Necib'in devamlı kahkahalarına Hacer'in çıngırakları karışıyordu. Bir zaman oldu ki, Fatin şakayı eğlenmeye kadar yükseltti. Etrafına bakıp göz ederek alaylarından gayet muzaffer ve sevinçli görünüyordu. O zaman Suad'ın kalbinde acı bir yara açılır gibi oldu. Artık görüyordu. Necib'in gereğinden fazla içmiş olduğunu ve hararetten bunun her an çoğalarak gittikçe göze çarptığını anlıyordu.

Bunda o kadar hor ve alçak bir hâl vardı ki, tavırları, o kadar soğuk, eğlenceye düşkün görünüyordu ki, onu o kadar iyi ve hürmete layık bildikten sonra bu çıkmaz içinde koşuyor, onu görmek katlanılmaz bir acıya dönüşüyor, o kadar gözünden düşmüş, sıradan buluyordu ki, bu sefillik ve aşağılanmışlığına dayanamayarak ağlamak istiyordu. Ve Necib işte bu hayatı seviyor ve yaşıyordu. Özellikle yaşayacaktı öyle mi? Onu bu kadar sıradanlığa katlanır, sıralandıkta zevk bulur bilmediği için ne kadar aldanmış olduğunu düşünerek boynunu büküyor, "İşte böyle aldanmak, her şeyde, her vakit..." diye inliyordu. Ama onu bu sefaletten kurtaracak, sözünü dinletecek kimse yok muydu? Hiç kimse yok muydu ki, ona gerekirse sözünü geçirsin?" Ama yazık ediyorsun, sen bu hayatların adamı değilsin, ölürsün!" desin? O kadın, o kadın olsun onu bu hâlden alıkoymalı, kurtarmalı değil miydi? Tam tersine Necib'in bu hâllere onun sebebiyle düştüğünü düşünüp değeri bilinmeyen zavallı vefasının yası ile: "Demek öylelerini seviyormuş. Demek bu hayatları istemiyormuş!" diyordu.

Necib'de keyif o dereceye vardı ki, hiçbir endişesi olmadığını, gerçekten çok mutlu olduğunu gösteriyordu. Kahkahaları peş peşe sıralanıyor, sözleri sanki akıyordu. Hâlbuki Fatin o kadar eğleniyor, bin türlü belirsizliklerle herkesi o kadar güldürüyordu ki, Necib'in bu memnuniyet ve zekâsının ne kadar aciz olduğu, hatta etrafını görüp işitemeyecek kadar duygusuz, ağlanacak kadar hasta ve aciz bulunduğunu görünüyor, bu hâl ile Suad nefret ve öfkesine derin bir acımanın da karıştığını hissediyordu.

Bereket versin hanımefendi yetişti. Önce Necib'i şaşkınlık ve memnuniyetle kabul ettiyse de ilk dikkatle fark etmekten geri kalmadı. Suad: "Aman onu getirip yatırsalar..." diye dua ediyordu. Hâlbuki Necib gittikçe daha düşkün, sıkılmış, gibi kalkıp gezinmek istedi. Fatin gülüyor: "Biz donacağız, Necib Bey elinden gelse soyunacak... Ne ateş, ne ateş... galiba sıfıra sıfır elde var sıfır... Tabi, değil mi ya?" diye göz kırpıyor, sonra Süreyya'ya doğru eğilip filozofçasına ekliyordu:

"Gözüne yandığım karıları. Efendim nerede ben nerede dedikleri gibi bak kendileri nerede, etkileri nerede?"

Hanımefendi, Necib'in yanında ona bir şeyler söylüyor, Necib reddeder gibi görünüyordu. Onlar konuşurken Fatin yine Süreyya'ya eğilip:

"Ama ben de resmini gördüm, gerçekten mübarek bir parça, ne dersin... Hani yok mu, değeri var Allah için..." Suad bunu işiterek tarif olunmaz acı bir duygu ile ezildi. İmkânsız olduğu için öldüren bir temenniyle kendinin de daha güzel olmasını, onu hiç olmazsa şu çıkmazdan koruyabilecek kadar güzel olmayı hasretle istedi. Öbür tarafta Necib hâlâ direniyor, artık işitilen bir sesle: "Vallahi bir şeyim yok canım..." diyordu. Sonra boğazını göstererek kısık bir sesle: "Sade burada, burada... Yanıyorum." diye tekrar etti. Hacer fırladı su verdi. Onu oturtmak istediler. İnat ediyor, gezmek istiyordu. Orada bir kanepenin arkalığına dayandı. Gözleri bulutlu, bakışları dalgalı durdu. Fatin "Vallahi billâhi." diyordu. "İşte bu sanki neye oturacakmış..." Öyle değil mi ya?" Artık Necib'in, söz söylerken gözlerinin daldığını, ağzının kıvrıldığını, gözlerinin kaydığını, sanki konuşacağı kelimeleri bulmaya çalıştığı fark ediliyordu. Gülmeleri gereğinden fazla sürüyor, sonunda gülmeye benzemeyen bir şekilde bitiyordu. Sonra ağzından bir hava çıkar gibi oldu. Fatin hemen "Ha şöyle... Aman biraz piyano çalsan a Hacer?" dedi. Hacer esefle: "Babam uyumuştur, olmaz ki..." diye gülüyordu. O zaman Necib'in yüzünde bir bulut görüldü. Öfkeyle: "Piyano mu?" dedi. "Hayır teşekkürler... Zahmete gerek yok..." Sanki birden kararmış, iç sıkıntısı basmış bir gücenme onu sarmıştı.

Fatin "O, o, o..." etti. "Neden, o neden? Hani bir zamanlar neydi o kantolar, şarkılar, baletler efendim... Hacer neydi o, kalp sevdazedeler mi, ne? Vay efendim vay, ne şarkılar, ne peşrevler... Artık piyanoyu sevmiyorsun galiba..."

Necib'in kısık ağzından sıkıntılı bir fısıltıyla: "Artık bir şeyi sevmiyorum..." sözleri sürüklendi.

Hacer gülüyordu: "O, o, o... Ya eldivenin sahibi ne oldu?"

Suad, Necib'in gözlerinin bir an kendinde karardığını fark ederek ölüyorum sandı. Onun karanlık bir tereddütten sonra kısık sesle sadece: "Masal!" dediğini işitti. Oh, demek artık eldiven onun gözünde sade masal olmuştu!

Fatin soruyor, "Şakın... Hele söyle canım... Nazikâne bir soğuk davranış filân... Deme canım haydi..." diyordu.

Necib'in omuzlarında bir önemsemezlik hareketi göründü. "Soğuk muamele etmek mi?" dedi. "Pöh!" etti. "Sizi temin ederim ki, soğuk davranışın ne olduğunu bilmeyen bir yaratık varsa o da kadındır." diye ekledi. "Fakat hayatına gelince... Bakınız bunda altın yoktur. Sanki sade bunun için yaratılmıştır." sesi o kadar hiddet ve hakaretle doluydu. Bakışları Suad'dan o kadar inatla kaçıyordu ki, genç kadın bu aşağılamanın kendine ait olduğunu zannetti ve ateş gibi oldu. Öbürü devam ediyordu: "Adi denilen kadınların diğerlerinden şu farkları vardır ki, onlarda her şey önceden bellidir, aldanmak tehlikesi yoktur. Kimle iş gördüğünüzü bilirsiniz. Hâlbuki öbürleri, o bir şey sandığınız, bir şeyler beklediğiniz yok mu?.. O ilk ve son defa sizi sevdiklerini garanti edenler... Bütün bağlılık, bütün vefa olanlar... Hain, boş kahkaha ile omuzlarını sarsarak "Zavallılar..." diye tekrar etti.

Suad, kalbini bir şeyin kopardığını hissederek ölü gibi dinlerken Süreyya'nın: "Zavallılar kim, kadınlar mı?" dediğini işitti.

Necib hâlâ kanepenin arkalığına dayanmış, gözleri dumanlı, ona baktı: "Zavallı mı, kadınlar mı? Ama onlara inananlar... Bizler, biz, işte sen, ben..." diye haykırdı.

Onların kahkahaları arasında Suad sade hanımefendinin sesini işitti:

"Peki evlensene Necib..." diyordu.

Necib gayet komik bir söz işitmiş gibi vücudunu kanepenin arkalığından kaldırarak ellerini havaya kaldırdı:

"O, o, o... İşte bu iyi. Evlenmek, ben, öyle mi? Bu öyle bir masaldır ki kendimi bildim bileli bin kere dinledim... Evlenmek... Bundan sonra bana güzel adam, güzel ağaç, güzel beygir, güzel vapur, özetle güzel ne gösterseniz bakarım ve belki severim. Fakat güzel kadına gelince... Asla, asla... Artık yeter, rahata ihtiyacım var."

Ellerini sallıyor, "Asla" sözünü tavırlarıyla kuvvetlendiriyordu. Hanımefendi gülerek:

"Canım mutlaka güzel kadın olacak değil a!" dedi. "Evlen de iyi bir kızcağız al..."

Necib söylemeyi canı istemiyormuş gibi:

"İyi bir kızcağız mı? İşte bir masal daha..." dedi. "Canlı mı, cansız mı? O yaratığa şimdiye kadar kimse rastlamamış. Eğer bir tılsımla benim için bu mümkün olacaksa... Bence kadınların iyisi kötüsü yoktur. Onların hepsi kadındır, hepsi kadındır..."

İhtiyar kadının sabrı bitmiş gibi: "Of, Necib yeter..." diye şikâyet etti. Fatin: "Ey hanımefendi, mazur görünüz. Tabi, değil mi ya... Şu zamanda kendisinden kadın kısmı hakkında övgü beklenmez a, değil mi?" diye Süreyya'ya bakıyordu. Necib tekrar kanepeye yaslanmış, başı göğsüne düşmüş, artık susuyordu. Suad perişanlık, baygınlık arasında, Süreyya'nın kalkıp onun koluna girdiğini gördü. Necib reddederek "Hayır, hayır daha vakit var..." diyor, yatmak istemiyordu. Sonra: "Hem zaten ben gidecektim, kalmak için gelmedim..." dedi. Hep: "O, tamam..." dediler. Dışarıda kışın en vahşi bir gecesi uluyordu. Hanımefendi: "Mümkünü yok..." diye onun yanına gitti. O çabalıyor, ısrar ediyordu. Suad, haykıracak kadar ıstıraplı, sıtmalı, sersem kaçmak istedi. O çıkarken hâlâ Necib ısrar ediyor, hanımefendi ötekilere: "Siz bırakın, bana bırakın. Ben onu yatırayım, haydi siz!" diyordu. Suad, hanımın onu bu himayesine alıkoymasına kalben müteşekkir, hıçkırıklara boğulmamak için uğraşarak odasına koştu. Ah düşkünlük, ne yakıcı bir düşkünlüktü. O kadar seçkin ve eşsiz olan bu aşk o aşağılamalardan sonra bu rezilliğe kadar inerek, böyle çamur mu olacaktı? Demek Necib kadınları hâlâ o kadar kötü biliyor, demek kendini de öyle biliyordu. Demek kendini de herkes gibi hıyanetle, kalpsizlikle suçluyordu? Kendisi de o kadar aşağılamadan sonra bile hâlâ ona acıyıp hâlâ onu mutlu görmek için her şeye razı olacağını hissediyordu. Hâlbuki asıl kendisinin suçlamaya hakkı yok muydu? Kendisi bir köşede aşkı aşağılandığı, bağlılığı alaya alınıp reddedildiği için ölürken o kadınların peşinde, şerefini unutacak kadar zevk ve sefaya dalmamış mıydı? Fikri eziliyor, karışıyor, uğultular arasında anlamıyordu. Sonra birden bir feryat arzusu ortaya çıktı. Haykırmak, haykırarak ağlamak için tehlikeli bir arzu duydu. Ona: "Ama asıl sensin, asıl sen yaptın..." demek tehlikeli arzusu... "Asıl sensin, asıl sen yaptın..." diyecekti. "Ben her şeyi feda için senin bir sözünü bekliyorum. Hâlâ senin o kadar hakaretlerini unutuyorum ve sen beni suçluyorsun... Ama sen kendin, işte kendin yapıyorsun, hep kendin..."

Süreyya odaya girdiği zaman o hâlâ ağlıyordu, yaşlarını ona göstermemek için yataklığın önünde meşgul göründü. Süreyya: "Münasebetsizlik, delilik..." diye söyleniyordu. Suad bir saniye sonra, onun karşısına geçmek gerekince ne yapacağını düşünerek korkarken Hacer imdada yetişti. Kapıya vurarak: "Kardeşim, orada mısın? Biraz gelir misin?" dedi ve Suad bir kurtuluşmuş gibi dışarı koştuğu zaman Hacer'in elinden tutarak kendini bir yere götürdüğünü, kıs kıs gülerek: "Aman gel bak, ne tuhaf..." dediğini gördü. Merdivenleri çıktılar, kendi odalarının üstündeki odaya yürüdüler. Hacer kapının önünde durarak: "Dinle bak..." dedi. O zaman Suad içeriden onun sesini işittiklerini anladı.

Necib'i zar zor gitmek fikrinden vazgeçirerek yatmak için bu odaya getirmişlerdi. Hanım kendine birkaç ağır söz söylemiş, darılmıştı. O şikâyet ederek: "Ah bilsen, bilsen..." diyor ve ihtiyar kadın her şeyi bildiğini anlatarak şimdi vakit olmadığı için asıl kendisiyle yarın kavga edeceğini şaka yollu söylüyordu. Necib: "Hayır, şimdi söyleyiniz... Suçum varsa şimdi söyleyiniz. Ah bilseniz ne yanıyorum..." diye inlediğini ve hanımefendinin: "Tamam, işte şimdi de çocuk gibi ağlıyor..." dediğini işittiler.

Dışarıda gece rüzgârın iniltileriyle ağlıyordu. Ve bu inleme arasında Necib'in hıçkırıkları genç kadını harap ediyor, fark olunmayan birtakım şikâyetlerle ağlarken Suad'a bu ses dayanılmaz bir feryat gibi geliyordu. Hacer: "Vay, annem de bak ne yaptı?" diyordu. Ara sıra Necib'in 'Bilseniz...' sözünü tekrar ettiğini, sonra hanımın yatıştırmak için söylediği sözler arasında onun: "Affediniz, beni affediniz..." diye yalvardığını işitiyorlardı.

Hacer artık hemen hemen içeri girmiş gibiydi. Başparmağını bir şeyler düşünürken yaptığı gibi dişlerinin arasında kemiriyordu. Hacer kapıyı daha fazla aralık ettiği için şimdi Necib'in sözlerini az daha fark ediyorlardı. Ve o inleyerek: "Ölüyorum ne yapayım" diye ve "Ne yapayım, ancak böyle unutabiliyorum, başka ne yapayım? Nasıl vakit geçireceğim, yalnız kalırsam çıldıracağım..." diye sızlanıyordu. İhtiyar kadının darılır gibi: "Ne demek canım! Biraz aklını başına toplasan a... Nedir o murdar kadınların peşini bırak artık!" dediğini işittiler. Necib yemin ediyor "Yalan." diyordu. "Hep onun için, vallahi billâhi yalnızlıktan kaçmak için..." O zaman, hanımefendi: "Canım ne demek? Buraya gelsene..." dedi. Ve Necib'in sustuğunu gördüler. Tekrar hanımefendi: "Bak yine ağlıyorsun..." dedi ve artık Suad duramadı. Sersem, boğularak, yaşlar içinde koşarak karanlık bir köşeye atıldı. Orada ağladı, ağladı...

Her şeyi anladığı, hayatı artık bütün gerçeğiyle gördüğü için ağlıyordu. Ettiği tamiri imkânsız hataların hep birden işkencesiyle inliyordu. Necib'in sadece kendisi için buraya gelmediğini ve buraya gelemeyince dayanamayarak böyle sefil ve serseri kaldığını görüyordu. Ve tüm bunlara sebep olanın kendisi olduğunu fark ediyordu. Artık düşünmek istemiyordu. "Mutlaka, mutlaka öyle... Ve ben, ben, hep ben sebebim değil mi?" Ah ne kadar koşup onun ayaklarına kapanmak, ellerine sarılarak af dilemek, ah ne kadar ağlamak istiyordu. Bir ihtiyaç, ona koşup: "Hayır biz yanılmışız, ben yanılmışım, ah mutsuz, beni affet... Hâlâ seviyorum, fakat affet..." Ona hâlâ sevdiğini anlatmak şiddetli ihtiyacı onu bırakmıyor ve kahrediyordu. Ve ettiği bu haksızlığın, bu zulmün altında o kadar eziliyor, o kadar kendini affedilmez görüyordu ki, affettirmek için hayatını feda etmek: "Al hayatımı, bütün dünyayı, hatta Süreyya'yı bile al" diyerek her şeyi ona feda etmek emeliyle âciz kalıyordu.

Odasına sarsılmış, bir üzüntüler kasırgası ile yerle bir olmuş olarak girdi ve Süreyya'yı yatmış görerek sakince bir tarafa çekildi. Sabaha kadar onun, üstlerindeki odada boğulurcasına öksürdüğünü işiterek, bin kararsızlık arasında bin düşünceleri kâbuslarla onu sıtmalar içinde çalkalayarak yattı. Sabahleyin puslu, iniltili, kirli bir kış sabahı, kapılarına vurulup uyandığı zaman yeni dalmış olduğunu gördü. Fakat başı o kadar ağır, o kadar sersemdi ki, gözlerini açamıyordu. Kendisini hanımefendi görmek istiyordu. Acele onun odasına gittiği zaman gülümseyerek: "Bu ne uyku canım, saat üç..." diyordu. Sonra Necib'in rahatsız olduğu için doktora haber gönderdiklerini, kendileri söz verdikleri için düğüne gideceklerinden doktor gelince yanına çıkarıp baktırmasını tembih etti. Onlar hemen gidip döneceklerdi. Hanımefendi şikâyet ederek mecburiyetine kızıyordu ve Suad bu darbeyle büsbütün sersem, korkuyor, soruyordu. İhtiyar kadın güven verdi: "Sade bir ateş..." diyordu. Sonra: "Fakat kim bilir, belki kötüdür de... İşte onun için merak ettim, doktora haber gönderdim..." dedi.

Suad oradan çıkınca hemen onun yanına gidip: "Hayır Necib, eğer sana bir şey olursa yemin ederim ki ben de ölürüm!" demek için yandı. Fakat odasına girmenin mümkün olmadığını hissediyordu. O kadar ki, kaç kere niyet edip hatta bir defasında kapının önüne kadar gittiği hâlde içeri girmedi. "Nasılsınız?" derken onu harap ve yıkılmış görmekten, yahut düşüp ağlamaktan korkuyordu. Saat dörde gelmişti. Süreyya kalemine gitmeden Necib'i biraz görmek için odasına gitti. Uykuda bulduğu için uyandırmadan döndü. O zaman doktor bekleme ıstırabı başladı. Kış sabahı uzakta inleyen vapur düdükleri inleyen rüzgârın arasında ara sıra satıcı sesleri sürükleniyordu ve doktor hâlâ gelmiyordu. Hâlbuki o uyanmış olabilirdi, bir şeye ihtiyacı olurdu. Bunun için odasına gitmek lazımdı. Ve cesaret edemeyeceğini görerek sonunda bir kalfa gönderdi. Eline bir dikiş almış, onunla meşgul, bir anda bin kararla âciz ve perişan, ateş verecek bir faaliyetle sıtmalı, bekledi.

Ve kendini bitkin ve çökmüş kılan telâşına, endişesine, acılarına bakıp, hatta daha dün her şeyi unuttum zannedişine acı acı güldü. Görüyordu ki, o zaman sadece kendini aldatmış, gururunun yarasını sarmış, başka bir şey yapmak mümkün olmadığı için mecburi bir iyi niyetle hayatına razı olmuştu. Onu unutmak en can yakan bir mutluluk devresini unutmak, yaşamamış olmak, en mutlu günlerini esefle hatırlamak değil miydi? Hâlbuki bu durumda nasıl mutlu olurdu. Hem Suad'a unutmak değil, işte hayatını ona bağışlamak ve feda etmek için hükmeden, zorlayıcı ihtiyaçlar içinde kalbinin yandığını, ruhunun susamışçasına bir arzu ile ona doğru, tehlikeli bir şekilde yöneldiğini görüyordu. Fakat Süreyya, o, Süreyya ne olacaktı? Ondan korktuğu için değil, onu yalnız, böylesine mutsuz görmeye dayanamadığı için mahvoluyordu. Hep verdiği kararların böyle beklenmedik bir şiddetle çarpışma darbesiyle allak bullak olduğunu gördükten sonra artık kararına inanamıyor, hatta karar veremiyor, hangi düşünceyle, kararla hayatını düzenleyeceğini şaşırıyor "Tereddüdümün, zayıflığımın cezasını..." diye kendini suçluyordu. Fakat düşündükçe kararsızlık kendinde değil, asıl hayatında olduğunu, kendinin sade onun coşkunluklarının selinde dirençsiz, kararsız akıp giden bir oyuncak kaldığını görerek bundan sonra da, sürekli böyle kararsız, böyle oyuncak olacağını kabul ediyordu.

Kapının açıldığını işitip doktorun geldiğini haber vermeye gelirler diye başını çevirdi; fakat Necib'in giyinmiş olarak girdiğini görünce şaşkınlıkla yerinden kalktı. O da Suad'ı yalnız bulmaktan şaşırarak orada kalakalmıştı. Sapsarıydı, gözleri sönük ve yorgun bakıyordu. "Kimse yok mu? Hanımı görmek istiyorum da..." diye sordu. Suad: "Hayır, fakat..." demek istedi. Ama onun oturmak istemiyormuş ve ne olsa oturmayacakmış gibi duruşunu görüp sözünü tamamlayamadı. Hanımefendi'nin yokluk sebebini açıklarken zor beklediğini fark edip sonunda kederlenerek: "Ama doktora adam gönderdilerdi..." sözlerini söyledi.

Necib şaşkın, durgun: "Doktora mı?" diye sordu. "O niçin o? Hasta filan mı var?" diye merak eder göründü.

Ve Suad, bu kadar ilgisiz ve alaylı sesle, bu yabancı, soğuk tavırla daha kederli: "Hayır, sizin için." dedi. "Sizi hasta diyorlardı da?.."

Necib artık gitmek üzere, sadece "Yanlışlık olmalı, tam tersine hiçbir şeyim yok..." diye homurdandı.

Suad ağlamak isteyerek ona baktı. "Nasıl yok? Ama işte renginiz, gözleriniz pek iyi gösteriyor ki hastasınız. Sabaha kadar öksürdünüz, bir kere şu havaya baksanıza..." demek için yandı. Ruhu şikâyetlerle dopdoluydu. Fakat onda o kadar hain bir ilgisizlik vardı ki, kalbinin acısını duyuramamaktan ümitsizleşti. "Hayır, dün gece ben yanılmışım... Sevmiyor, sevmiyor..." diye tekrar yerine düşer gibi oturdu. Ne kadar yalvarsa onu burada tutamayacağına inanarak gözleri yaşlanmış, elleri titreyerek, öfkeyle tekrar dikişine eğildi. Fakat onu böyle bırakacak mıydı? Tekrar onu bir şey söylemeden gönderirse her şeyin büsbütün biteceğini, mahvolacağını görüyor, ona her şeyi anlatıp af dilemek, özellikle onu kurtarmak için yanıyordu. Fakat her vakitki gibi ruhunda taşkın seller, fırtınalar varken sade titreyerek çeneleri kilitleniyor, hiçbir şey söyleyemeyeceğini, onun yine büsbütün ümitsizlik ve düşmanlıkla çıkıp gideceğini görüyordu.

Necib hiçbir şey söylememek kesin kararı ile çıkıyorken birden hücum eden bir kızgınlık dumanı içinde boğulur gibi döndü:

"Bir de gerçekten hasta olmuşum ne olur?" dedi. "Artık bu hayat o kadar önem verilecek bir şey midir zannediyorsunuz?"

Onun susarak dikişiyle meşgul oluşuna uzun uzun bakıp öfkeli, kindar, acı bir sesle: "Tam tersine" dedi. "Ben ondan o kadar usandım o kadar usandım ki, bir an önce bitsin diye bekliyorum... Evet, o kadar usandım..."

"Niçin? Ne oldu?" Suad'ın ağzında bu sözler vardı. Fakat söyleyemedi. Boğuluyordu. Hıçkırmaya hazır, yakıcı bir bakışla bakarak sadece "Necib!.." diye inledi. Ve gözlerinden yaşların aktığını hissederek tekrar dikişine kapandı. Genç kadının bu hitabında o kadar derin bir acı vardı ki, Necib'i titretti.

O zaman delikanlı biraz üzüntülü, biraz hüzünlü, acı acı: "Evet, Necib..." diye şikâyet etti. "Fakat biliyor musunuz ki, bu şikâyette ne kadar haksızsınız... Ama ne kadar haksızsınız... Ama şikâyet edecek, ağlayacak, feryat edecek bir kimse varsa o siz değilsiniz, benim... Asıl ben (Ah Suad) diye feryat etmeliyim. Fakat yalnız 'Suad' diye değil 'Beni öldürdün Suad, beni öldürdün!' diye feryat etmeliyim... Çünkü sen gerçekten beni öldürdün Suad... Sana benim nasıl inandığımı, benim için ne büyük bir kuvvet, nasıl bir hayat olduğunu bilmiş olsaydın..."

Suad hıçkırıklara boğuluyor gibiydi. Necib'in sesindeki yakıcılık ve gözyaşı ile büsbütün sarsılmıştı. "Ama yemin ederim ki..." diye baktı.

Necib yine o acı yakıcılıkla gülerek:

"Oh, yeminleriniz..." diye kesti. "Bir sürü masal... Bunları hep biliyorum... Burada Boğaziçi gibi serbest ve rahat olmadığınızdan şikâyet edeceksiniz değil mi? Ama ben sizden o kadar büyük, o kadar çok bir şey mi istiyordum? Haftalarca burada bir bakışınız için köpekler gibi süründüm. Siz benden bir bakışı, bir gülümsemeyi sakındınız... İşte sizin yeminleriniz... Benim hürmet ve size saygımdan bir şüpheniz mi vardı? Benim bağlılığımda bir noksan mı gördünüzdü? Sade bir sözle, bir işaretle beni inandırsanız, bana sade: 'Hâlâ seviyorum; fakat korkuyorum...' deseniz ben sizin için aylarca ateşlerde yanar, mutluluk ve ümitle beklerdim..."

Vahşi bir kinden hüzünlü bir şikâyet ve üzüntüye geçmiş, sobanın yanında, ayakta, ağlar gibi söylüyordu. Ve Suad'ın hâlâ sıtmalı bir faaliyetle dikişiyle oyalanmasına bakarak devam etti: "Fakat siz hiç, hiçbir şey yapmadınız... Bir bakışınız bana bir ay yeter, bir gülümsemeniz sizden günlerce yoksun yaşamak için kuvvet verirdi. Benim ne suçum vardı. Size ben ne yapmıştım?"

Sustu, cevap bekler gibiydi. Onun hâlâ bir cevap vermediğini görerek inler gibi: "Ah beni nasıl kovduğunuzu, benden nasıl kaçtığınızı düşündükçe..." diye ah etti. Sonra tekrar öfkelenen bir sesle: "Şimdi acıyorsunuz. Öldürdükten sonra şimdi acımak öyle mi?.. Fakat artık istemiyorum, sizden hiçbir şey istemiyorum... Zira artık her şeyden bıktım. Bekliyorum ki, bir ayak önce her şey bitsin de kurtulayım artık. Anlıyor musunuz, artık kurtulmak istiyorum..."

Suad, Hacer konusunda nasıl yanıldığını anlıyor, affedilmek için yanıyordu. Onu üzdüğünü anlayan Necib daha hasretle, sanki kendi kendine söylüyormuş gibi yavaş bir sesle:

"Hâlbuki ne emellerim vardı?" dedi. "Ne güzel emellerim vardı? Gideriz diyordum, benimle beraber gelirsiniz sanıyordum... Ne delice, gülünç bir kuruntu, değil mi?" Acı acı gülümsedi: "Size bir saray sunamam. Fakat birbirini çok sevdikten sonra neyin önemi kalır diyordum... Aşk her şeyi unutturur diyordum... Beni gerçekten seviyorsunuz zannediyordum!"

Birden, Suad'ın gözlerinden, eğildiği dikişine yaşların düşüşünü gördü. Ve sonsuz bir neşe ve sevinçle: "Ah ağlıyorsunuz." diye sevindi. "Ağlıyorsunuz, demek seviyorsunuz. Demek hâlâ seviyorsunuz? Onlar hep yalandı değil mi? Ah bir kere buna emin olsam Suad! Bir kere daha emin olsam senden ayrı bile yaşamak için kuvvet bulacağıma yemin ederim... Ah seni ne kadar delice sevdiğimi bilsen Suad! Bir bilsen!.."

Sesi derin bir feryatla söndü. Suad, o artık daha fazla dayanamayarak dikişiyle yüzünü kapamıştı. Ve Necib onun hıçkırdığını işiterek mutluluk bitkinliğiyle, oraya bir koltuğa düştü. Ve orada kendinden geçerek ve inleyerek kollarını ona uzatarak: "Ah bu yaşlar, bu yaşlar!" diye feryat etti. "Zannediyorum ki, hayatım çoğalıyor..."

Onun ağlamasına tutkun, kendi de ağlamaya hazır, bir müddet susarak onun ağlayışını dinledi. Uzun aşağılamalardan, ümitsizlikten sonra bu mutluluğun ansızın bütün âşıkane yeteneğini son derece feragate yükseltmişti. Ona bakarken, onun kendisi için ağladığını işitirken onun bir nefesi için orada ölüp gitmek kadar büyük mutluluk olamaz gibi geliyor ve gerçekten böyle olacakmış kadar sarhoş ve mutlu bekliyordu. Ona son derece acıma ve koruma hissiyle karışık bir tutkunlukla uzun uzun baktı. Sonra birdenbire kalkıp yanındaki koltuğa giderek derin bir merhamet inlemesiyle yalvarmaya başladı. "Ah Suad gel gidelim." diyordu. "Gel her şeyi unutalım, her şeyi bırakalım... Bak sana artık söylemeye cesaret ediyorum Suad. Ölünceye kadar, saniyelerine kadar hayatım senindir... Gel bunu kabul et Suad. Bak ağlayarak yemin ediyorum ki beni ne kadar mutlu edeceğini mümkün değil anlayamazsın..."

İkisi de mutlu, aciz, bu teklifin ciddiyeti altında iradesiz ezilerek sustular. Bir an oldu ki, bakışları derin bir şükran ve mutlulukla parladı. İkisi de birbirlerine ne kadar bağlı ve müteşekkir olduklarını gördüler. Fakat hemen ikisinde de bir karanlık meydana çıktı. Elinde olmadan birinde beliren Süreyya düşüncesi sanki diğerine de bulaşmıştı. Ve sapsarı, tereddütlü bakıştılar. Gözlerin başladığı değerlendirmeyi genç kadın tamamladı. Sonsuz bir yorgunlukla:

"Hayır, Necib, hayır..." dedi. "Bana birbirimizden o kadar şey istemeye hakkımız yoktur gibi geliyor... Hem her şeyi unutsam bile Süreyya var. Bilsen ona ne kadar acıyorum Necib... Bile bile ona bu kötülüğü yapmak o kadar kötü geliyor ki... Düşün, onun için bu ne acı bir hakaret olur değil mi?"

Henüz yaşları kurumamış hüzünlü gözleri, bakışlarının derin hararetiyle bakarak cevap bekliyor gibiydi. Necib bu bakışta sonsuz bir hüzün ve merhamet, bir esef ve tok gözlülük görüyor ve Suad'a bir an olsun bu kadar sahip olmak, Süreyya'nın hayatı kendi rey ve rızasına bağlı bulunmak o kadar yakın, samimi, hâkim olmak onu o kadar mest ediyordu ki, şükrederek tasdik etti. Bu mutluluğunun içinde bir zaman kendini o kadar aşağılayan ve âciz eden acı değerlendirmelerden habersizdi. Bununla beraber bu düşüncenin hayata geçirilmesinin ne kadar imkânsız olduğunu hissediyordu. Ona Süreyya için: "O ne olursa olsun!" demek de ruhuna ağır gelen bir küçüklük, bir erdemsizlik görüyor ve genç kadını sadece aşkıyla zorlamak değil, ikna edecek, Süreyya'yı ihmal ettirecek birçok deliller gösterebileceğini düşündüğü için bile kendini kınıyordu. Ve bir kere bu değerlendirmelere geçince, hareketlerinin sonucunu yalnız bir noktadan düşünmek birden bütün bakış noktalarını ona yöneltmişti. İlk anda böyle acıtıcı bir yaraya sebep olacağını görerek Suad'dan o kadar fedakârlık isteyemeyeceğini anlıyor, hatta teklifinin ciddiyet ve cesaretiyle eziliyordu. Ve bir saniye daha susarsa aşk ateşinin ve o müthiş çekimin bozulacağını bildiği hâlde bir saniye, bir kararsız ve mücadele arasında geçti. Öyle ki, genç kadının kararsızlıkla ona geçirdiği dakikalarda içine düştüğü zayıflık ve iniltinin şaşkınlığı, sonra o eski günleri hatırlayış, yazın yaşadıkları o doyulmaz günler hepsini bir anda yaşamış gibi oldu ve kendine bir ceza gibi görünen aşklarının geleceğini düşünmek bu kararsızlığını destekliyordu. Öyle acı çekmişler, öyle yaralar almışlardı ki bu iki dakikalık sessizliğin sonunda birbirlerine bakarlarken tüm bir gelecek gözlerinin içinde saklıymış gibi baktılar ve korktular. Aşk ikisi için de irade dışı, engellemez ve gizli ama gerçekleri de yüzlerine acımasızca vuran, boyun eğişten başka bir şeyi kabul etmeyen bir canavar gibi gelmişti. Suad ona: "Hiç değişmeyeceğine emin misin?" der gibi bakıyor ve zannediyordu ki, bu soruyu sorsa gerçekten Necib cevapta zorluğa düşecektir. Genç kadın bu değerlendirmesinin içine o kadar gömülmüştü ki, Necib başını kaldırıp, bitkin bir hayıflanmayla: "Evet hakkın var!" dediği zaman iki dakika önce ne düşündüğünü, ne söylediğini unutmuştu. Onun için bu sözün manası artık kendini yitirdi yalnız artık her şeyin bitişinin acısını duydu. Necib de, o da bu sözü söyler söylemez bir an güvenle ona sahip olma hissi oluştuğu için bu sonsuza kadar sürecek zannederken bir baktı ki onun yerine sonsuz bir ayrılık gelmişti. Mutluluğunun, mutluluklarının sonsuza kadar yok olduğunu anlayarak yandı. Ve ardından içindeki yangınla: "Fakat beni sev Suad, beni sev!" diye inleyerek ekledi. Kaybettiğini tekrar geri almak istiyormuş gibi bir tehlikeli arzusu, bir susamışlığı vardı. Şimdiden pişman olmuştu işte, pişmanlık giderek tüm benliğini kaplıyordu. "Hiç olmazsa" dedi "Hiç olmazsa söz ver Suad!" diyordu. "Beni seveceğine söz ver... Beni, beni, yalnız beni... Söz ver, bâri kalbin benim olsun. Beni hiç unutma... Ah söyle Suad! Söyle, hiç olmazsa sevdin mi. Söyle sevdin mi?"

Bu kadar yakın ve böylesine içten bir ateşe ilk defa kavuşan Suad artık geri kalan ömrünün aşk acısıyla, üzüntüyle, sonsuz bir özlemle geçeceğini, bütün bütün çaresiz ve güçsüz kalacağını hissediyor ve bu acıyla büsbütün harap oluyordu. Ve sade bir sözü yeterli görmüyormuş gibi haykırmak isteyerek, canını verir gibi ellerini uzattı. Bunları tuttuğu an zarfında Necib bu uzun ve nasipsiz aşkın bütün mükâfatına ermiş gibi mutlu oldum zannetti. Başka bir hayatta, başka bir dünyadaymış gibi titriyordu. Ve bu uzun bir aşk güveni ahlarla, gözyaşlarıyla çarpıntılarla ikisinin de ruhunu birbirine katan, birleştiren, sözlerin bütün güzelliği ile içildiği, kimliklerin birbirinde anlaşıldığı ve dehşete düştüğü bir aşk anı oldu. Birisi sadece onu sevdiğine ve seveceğine, diğeri bu güvenle işkencelere katlanacağına yemin ediyorlardı. Necib: "Sade, izin verirsen, ayda yılda bir Necib birkaç saat buraya gelir..." diyordu. "O zaman bir bakışın bana hayat olur, bir gülümsemen kuvvet verir, değil mi?" Şimdi fedakârlıklarının, el ele sade kendilerini birbirinden geçirdiği devresinde, bir hayal aymazlığı ile her zaman aynı duygularla mutlu olacaklarmış gibi, memnun ve müteşekkirdiler. Sonra bir hatıra meselesi çıktı. Necib: "Bende var ama pek zavallı bir hatıra, çalınmış..." diye o kadar mest olduğu tek eldiveni çıkardı. "Ben size bunu vereyim..." Onu kalbinin üstünde o kadar taşımıştı ki hemen kalbi olmuştu. "Fakat siz bana..." diyordu. O zaman genç kadın gömleğinden bir şey çıkardı. Bu aynı eldivenin diğer tekiydi. O da o teki o zamandan beri saklamıştı. Ve Necib bunu görünce o kadar mutlu olmuştu ki, eldiveni de bunu tutan eli de kaparak ağzına götürdü ve ilk defa olarak dudakları ona değdi. Bu elde önce bir namus isyanı vardı. Fakat o kadar titriyordu ve Necib o kadar ısrar etti ki sonunda büsbütün dirençsiz kaldı...

Kendilerinden başka şeyleri o kadar unutmuşlardı ki, saatin sesi onlar için acı bir uyarı oldu. Genç kadın ellerinin onun ellerinde olmasından sıkılmış, Necib bunları bırakırsa ne yapacağını bilemeyecekmiş gibi, ondan yoksun kalacakmış gibi istekli, ama işte şimdiden bu mutluluktan bile ayrılmak mecburiyetiyle inleyerek öylece kaldılar. Fakat ayrılmak gerekiyordu. O zaman Necib yana yana ondan son bir iyilik daha istedi. Bunu korkarak, titreyerek, nenesinden bir şey rica eden bir günahsız hâliyle söylüyordu: "Gözlerinden bir kere ve son defa öpmek istiyorum." Mademki ayrılıyoruz..." diyordu. Onları o kadar sevmiş, asıl onları sevmiş, hayatında onlar kendine o kadar mutluluk vermiş ve o kadar mutluluk vaat etmişti ki, şimdi böyle ayrılmak pek güç geliyordu. Ve Suad'ın hafif bir tereddütle, bir utanç rengiyle kapanır gibi titreyen gözlerinden öptüğü zaman bunlardan, onun vücudundan ayrılmak, bu elleri bırakıp çıkmak, bu sonsuz mutluluk rüyasından geri dönmek pek zalim bir şey oldu. Bu elemli, zehir dolu, harap eden bir yara gibi yanmaya başladı. Necib çıkıyordu. İkisine de bundan sonraki hayatları yaşamaya değmeyecek bir karanlık gibi, inleyen, boş, bulutlu ve karışık bir çöl gibi geliyordu. Boş yere feda edilmiş hayatlarını yıkımıyla ezilerek ikisi de bir dakikalık bir gafletin eseri olan bu ayrılık için birbirlerine haykırmak istiyorlar, fakat yapamıyorlardı. Ve ikisi de yalnız kalınca bir yük taşımış da düşüyormuş gibi, fakat kalkmayıp can vermek isteyecek kadar bitkin ve yaralı, sanki kan tutmuş gibi serildiler.

Sonunda, sonunda işte bitmişti. Ve sade kendi istekleriyle, fedakârlıklarıyla bitmişti.

Necib sokakta, sendeleyerek çamurların içine daldı. Yağmur altında fark etmeyerek yürürken aklına başka bir yağmurlu gün geldi ve kalbi o kadar ezildi ki, fedakârlığının derecesini bütün acılığıyla hissetti. Ah hayatın bu kadar fedakârlığa değecek nesi ve ne mükâfatı vardı? Böyle bir aşkı feda etmek için hayat, namus bize hiçbir şey vermiyor, miskin bir rahattan başka ne veriyordu? Ve hayata, hayatın bütün kurulu itibarlarına fırsat bulmuş bir kinle kudurmuş, yürürken gözleri sallanarak görmüyor, çamurlara yatmak istiyordu.

"Beyim araba!" dediler. Bir arabaya atladı. Ve eldiveni elinde hissederek onu dudaklarına götürdü. O zaman onun ellerini, gözlerini hatırlayarak yaşlar büsbütün dökülmeye başladılar. "Ah gitti, gitti... Hem kendi elimle gitti..." diye inliyordu. Başını arabanın bir kenarına dayamış uzun uzun ağlıyordu. Hayatta aşka üstün gelecek hiçbir şey bulamıyordu. İnsan hislerinin ve meyillerinin en yükseği, en seçkini o idi. Ve bütün öbürleri onun huzurunda sade susmak ve sarsılmak mecburiyetindeydi. Dünyada büyük, hükmeden, tabii ancak o vardı. Onun yanında her şey yapay, şahsi, gereksiz kalıyordu. Bunlar sadece imkânsız değil, aynı zamanda da vahşiydi düşünmeden olduğu gibi yaşamaya izin vermiyorlardı, sadece kuru, sıkıcı, zorlayıcı bir baskı... Ne kadar dayanılmaz bir ateş olursa olsun acıları, lezzet ve mutluluğa o kadar arttırıyor, bizzat işkencesi bir bahtiyarlık oluyordu. Öldürerek, dehşete düşürerek yakan, zevki ne kadar ani olursa o kadar insanın tahammülü dışında can yakan bir ateş "İşte aşk!" diyordu. İnleyerek "ah sade aşk, sade birbirini sevenler her şeyi unutup nurlu, süslü gördükleri bir şiir rüyası ve heyecan var. Sade o, sade o..." Hatta bütün ceza bile olsa, bütün hıyanet bile olsa onu bilmeyenler, bu saniyeyi yaşamayanlar için "Yaşamadık!" diye feryat etmek lazımdı. "Ondan başka her şey boş, her şey hiç, her şey beyhude idi. O olmasa hiç, hiçbir şey olmazdı. Ve yine ondan başka her şey yoktu. Yalan olsun, sahte olsun yine sürekli o hüküm sürüyor, her şeyde, her hâlde o üstün geliyordu. Ah ne iyi oluyor da yine o üstün geliyor, her yerde daima o üstün çıkıyor, bütün o miskinlikler daima eziliyor aşağılanıyor!" diye yanarak söylüyordu. Ve araba onu sokaklardan geçirirken içi yanarak "Ah Suad, biz, sade biz divanelik ettik. Başka kim olsa yapmazdı." diye inledi. Sonra onu düşündü. Acaba o ne yapıyordu?

O da ağlıyordu. Orada dikişinin üstünde yapayalnız derin bir kimsesizlik ayrılığıyla ağlıyordu. O Necib'den çok, ruhen dokunulmamış olduğu için daha yaralı çıkmıştı. Ateşli bir rüyadan uyanmış gibiydi. Fakat o kadar kendinden geçmişti ki, artık bu hayatını hiç sevmiyordu ve mutluluğunun bir rüya gibi tekrar canlanmasının imkânsızlığına yanarak matemle: "Bari mutlu olduk a, hiç olmazsa cidden sevdik ve bir hayatta istenebilecek kadar sevildik a..." diyordu. Fakat bu düşüncesi de zayıflığıyla güçsüz kalıyordu. Aşkı kavuracak kadar şiddetli bir ateş olsaydı ve hayatını onun için harcasaydı daha mutlu olacağını, işte ancak o zaman mutlu olacağını zannediyordu. O kadar sarhoş ve mahmurdu ki, şimdi Süreyya'yı feda etmek acılığını bile duymuyordu. Hayatını artık o kadar renksiz görüyordu ki, uzun sakin bir hayata bedel yakıp kavuran bir aşk saniyesini tercih etmek mutluluğuna özlem duyuyordu. Ve bu saniyeyi bir kere hissettikten sonra bunu boş hayallere feda etmek onarılması imkânsız bir hata gibi gelerek miskinliğe feda ettiği mutluluğun acısıyla ağlıyordu. Şimdi bütün geleceğe dair endişelerini anlamsız görüyordu. "Hiç olmazsa beraber ölmek de mi yoktu" Ölmese ve çekse bile böyle birkaç aşk saniyesi bütün bir hayata bin kere, yüz bin kere daha üstün değil miydi?

Ve ağladı. Başını yastıkların arasına sokarak, saatlerce ağladı...

*

Gece, karanlığın içinde dayanılamayacak derecede acıyla dolu bir haykırışla başladı. Peşinden koşuşmalar, gürültüler, çığlıklar gittikçe artıyordu, sesler her tarafa yayılıyordu, etraftan hücum eden telâşlı, çılgın kalabalık bir nehrin coşuşu gibi uğuldayarak yığılıyor, koşuşuyor, bağrışıyordu. Ve bütün bu seslerin tehlikeye aldırmadan koşuşmaları arasında gittikçe ilerleyen bir uğultu vardı ki, her şeyi yutuyor; çığlıklar, naralar, bunun içinde kayboluyordu. Ve bu, çatlayan, kırılan camların binanın orasından burasından boğulurcasına çıkan saldıran, öfkeli, orada siyah, burada beyaz, ötede kanlı dumanların uğultusuydu. Bir zaman geldi ki bir taraf bütün ateş oldu. Homurdayarak, çatlayarak, gürleyerek dolaşan alevler etrafı tuttu. O zaman o levha büsbütün etrafa yayıldı. Her köşeden yükselen feryatlar, naralar, çığlıklar birbirine bir kıyamet gibi karıştı...

Onlar içeride ilk telâşın heyecanı ile sersem, çılgın dışarı fırlamışlardı. Henüz dumanlarla kıvrılan, sade içeride bir kısımda homurdanan ateşin iyice aydınlatamadığı kış gecesinde birbirlerini arıyorlardı. Camların bir kısmı patlıyor, bazısından duman, birkaçından ateş görünüyordu. Selâmlık tarafı artık ateş içindeydi.

Bahçenin uğursuz aydınlığında koşuşan, haykırışan hayatlar arasında perişan, kulak tırmalayıcı bir sesle bir kadın: "Süreyya, Süreyya!" diye seslenerek birini arıyordu. Bu hanımefendiydi ki, efendiyi bir tarafa götürerek şimdi onlar için koşuyordu. Sonunda onu bulduğu zaman "Suad, o nerede?" diye haykırdı. Süreyya deli gibiydi. İşitmiyor, bilmiyor, görmüyor gibi "Beraberdik, çıkıyorduk... Fakat bilmem..." diye inliyordu. Sonra acı bir çığlıkla: "Suad, Suad!" diye çağırmaya, oraya buraya sersem sersem koşmaya başladı. Bir an bahçedekilerin hepsi tarafından bu feryat işitildi: "Suad, Suad!.." Fakat hiçbir cevap yoktu.

Sonra bir kısık ses daha işitildi: "Suad mı! Yok mu? Niçin?" Bu Necib'in sesiydi. Süreyya ile karşılaştılar, boğuk bir sesle birbirlerine bakıp haykırdılar. İhtiyar kadın feryat ederek: "Ama Allah aşkına koşunuz, bakınız kızcağıza..." diye yalvarıyordu. Birisi sakın içerde kalmasın..." dedi. O zaman Necib'le Süreyya'nın kapıya doğru koştuğu görüldü.

Aşağıdaki merdiven henüz ateşten korunmuş idi. Sade perişan eden bir duman boğuyor, çatırtıdan, hararetten bunalıyorlardı. Haykırarak merdivenin üst başında bulundular. Selâmlık tarafına giden koridor ateş içindeydi. Harem sofası yoğun bir dumanla kaynıyor, Süreyya'nın odası köşede duman içinde kayboluyordu. O zaman Süreyya orada, içeri girmeye cesaret edemeyerek: "Suad, Suad!" diye haykırdı. Necib kapının önüne kadar koşmuştu. Dehşetli bir ateşle boğuluyorlardı. Tekrar Necib: "Suad" diye inledi. İkisine de bir inilti işitiyormuş gibi geldi. Fakat ses tırmalayan bir çatırtı ile boğuldu. Bir fırından fışkıran alev gibi yakarak, eriterek saldıran duman içinde önce bir saniye ikisi de tereddüt ettiler. Fakat sonra Süreyya Necib'in vahşetle haykırarak içeri atıldığını gördü. "Necib!" diye koşmak istedi; fakat dehşetli bir çatırtı ile tavanın yıkılıp oda kapısının ateş içinde kaybolduğunu görerek deli gibi geri döndü...

SON

Boğaziçi, Şubat-Mart 1900